无涯集

何英 著

浙江文坛·新批评

上海人民出版社

目录

第三辑 当代文学观察

序

浙江省作家协会党组书记、副主席　叶彤

2024年即将收尾，在盘点一年收获之际，我们迎来了“浙江文坛·新批评”第二辑的成果。他们是王侃的《时见疏星渡河汉》、翟业军的《阐释之门》、何英的《无涯集》。浙江省作协在持续推动文学评论的道路上踏入了一片新的风景。不同于“浙江文坛·新批评”丛书第一辑中王晴飞、赵霞、徐兆正、顾奕俊等四位评论家的“新锐”与“新颖”，王侃、翟业军、何英三位代表性学者的文学批评与研究成果，呈现出枝繁叶茂的丰富和根脉深广的实力。他们的评论集仍然可以名之为“新批评”，展示浙江文学评论中坚力量的新方法、新视野、新观点。

第二辑中的三位学者或回溯与重释经典作家、作品，或捕捉与评点当下文学热点，在理论与创作、个人与时代、文学与世界之间自由穿梭，以广博的知识、敏锐的观察、纯熟的语言构造了各人独具一格的评论风格。王侃《时见疏星渡河汉》汇集了对中国当代文学重要作家与作品的重思和新解，勾勒了多位活跃在当下文坛的作家的创作面貌，亦有对当下文学热点、文学理论问题的分析。翟业军《阐释之门》以其灵动的语言展现了丰富或绵密的文学之思，除了对作家、作品的解读，还触及小说本体等理论问题，又玄想人工智能与文学、人性的关系，对文学内外的隐秘多有探索。何英《无涯集》涉猎颇丰，不仅有对宗璞的深入研究，更从中国当代文学出发，抵达少数民族文学、外国文学、治学方法等诸多话题，体现出一位观察者对当代文学现场的认真和专注。

文学评论以不同的方法揭示出作家与作品的诸多面相。毫无疑问，丰富的阐释证实着、也打开了作品宏大的意义空间。文学评论的批评行为本身不仅展现了评论者塑造他者的良苦用心，也展现了评论者心灵的深度广度。王侃、翟业军、何英三位学者热情而慎思，他们建构了形态各异却同样五光十色又不失锋芒的文学世界，让我们看到了成熟评论者坚实的能力与对文学的热爱。

我们一直希望浙江的文学创作与评论能够早日形成两翼齐飞的格局，我们计划持续以“浙江文坛·新批评”丛书的形式发出呼唤：浙江的文学创作与评论当有万千气象，既有自成一体的一枝独秀，也有百花齐放的满园盛景，既有直探精神之源的深邃，也有纵横文史的广博。唯其如此，相互辉映，文学的星空将更加璀璨。

是为之序。

第一辑　小说评论

《白鹿原》的“乾”与“坤”

这是一个需要文学杰作，也产生了文学杰作的时代。《白鹿原》就是当代文学史上的一部达到经典高度的杰作。一部文学杰作，要担得起“经典”二字，必得在风格和主旨方面经得起时间的考验。虽然出版至今已有二十六年，但是，《白鹿原》仍然受到读者的喜爱，对它的解读和阐释，依然是一个学术热点。

当代文学从来没有出现过像《白鹿原》这样厚重的作品。作为一部宏大的民族秘史，它从文化、政治、经济、风俗等方面，生活全景式地纵深铺开，全然没有我们通常看到的那种被概念、理念统领而表现出来的僵硬和浅薄。《白鹿原》饱满、厚实、绵密，生气灌注，刚健笃实。不管是沉重的历史，还是复杂的人性，都被作家表现得刀刻斧凿、纤毫毕现。整部《白鹿原》是一个浮雕长廊，是一整原的金黄色麦浪翻滚，是苍凉嘶哑、爱憎分明的秦腔在八百里秦川的嘶吼。

《白鹿原》也是作家吸纳一切他可吸纳的文学营养和经验，对新时期以来文学所取得的成就的总结和升华，是一次集大成式的写作。新时期以来重要的文学变革和成果，都被作家辩证地接受与融合，最后形成这样一部超越式的杰作。

一部《白鹿原》，叙写了渭河平原半个世纪波澜壮阔的生活，刻画了众多性格饱满、命运各异的人物形象。在这部小说里，每个人物都被自己的欲念驱使着，上演了一出出惊心动魄、跌宕起伏甚至血腥残酷的活报剧；而小说中的农村宗法制社会，既展现了一种表面稳定的古老秩序，又包含着压抑甚至扼杀人性的“吃人的礼教”。然而，陈忠实呈现的这个复杂而矛盾的“整体世界”，却通篇笼罩着一种刚健、笃实而光辉的天地精神。《易经》所谓“刚健笃实，辉光日新”，显示着我们民族的充满阳刚之气的美学思想。《白鹿原》则以史诗般的叙事，体现了中华民族的刚健性格和健全的美学精神。

“小说被认为是一个民族的秘史”，这句巴尔扎克的名言，被陈忠实郑重地题写在书的扉页上。巴尔扎克以“编年史的方式”描写了上升中的资产阶级对贵族社会的冲击，书写了一出出人间喜剧。这种“百科全书”式现实主义的创新（相对于巴尔扎克以前的小说而言），把握住了现实，把握住了整体。巴尔扎克既赞美共和主义英雄，又对封建贵族的覆灭抱持明显的同情。对照看来，陈忠实的小说宏愿，也是要写一部我们民族的百科全书式的命运史和心灵史。而他对行将覆灭的地主乡绅阶级，同样抱持着既批判又赞赏，既鞭挞又挽悼的态度，“他既看到传统的宗法文化是现代文明的路障，又对传统文化人格的魅力依恋不舍；他既清楚地看到农业文明如日薄西山，又希望从中开出拯救和重铸民族灵魂的灵丹妙药”①。真正伟大的文学，都是复杂而丰富的，都体现出矛盾因素的高度辩证与统一。

---

① 雷达：《废墟上的精魂——〈白鹿原〉论》，载《文学评论》1993年第6期。

《白鹿原》是典型的家族史小说，两个姓氏、两代人争夺白鹿原的统治权。以时间为纵轴，纵写了涉及辛亥革命、国共合作、大革命、抗日战争、解放战争的五十年风云；横向则枝繁叶茂地讲述了众多的人性故事，“塑造了一大批过去未曾有过的人物形象”①。最后一个地主白嘉轩、最后一个长工鹿三、最后一位先生朱辰熙，其他人物包括鹿子霖、田小娥、黑娃、白孝文……都已成为当代文学人物长廊里的经典形象。《白鹿原》呈现的历史生活饱蘸着混沌而醇厚的浓汁，又如奔腾的渭河之水，蕴藏着巨大的势能。而小说激烈的、绝不妥协的情感力量，也使古老平静的白鹿原沸腾。“那些将要失去精神家园、失去未来的人物身上的道德光辉和道德激情”②长久地令我们震撼。

作为全书的灵魂人物，作为“宗法文化废墟上的民族精魂”，白嘉轩重诚信，讲义气，敢担当，疾恶如仇，致力于维护家族伦理和乡村秩序；关中大儒朱先生，只身退敌，坚决抗日，过着一箪食一瓢饮，一心向学问道的隐士生活；鹿三忠诚刚正，守本分，却残忍地杀害了儿媳田小娥。与之相对的另一组人物，如贪权纵欲却内心孱弱的鹿子霖、白鹿精灵白灵、从孝子贤孙到堕落黑化的白孝文、叛逆鲁莽却有着骇人生命力的黑娃、悲惨沉沦的田小娥等，全都是饱满的、立体的、异常复杂的形象。几个主要人物的命运也都极尽曲折，深刻再现了生活和命运的复杂、神秘甚至诡异。

其中，白嘉轩的形象最为饱满立体。50万字的小说围绕他的一生展开。他和鹿子霖、黑娃、田小娥、白孝文、岳维山等人的矛盾冲突，构成了小说中最重要的冲突——文化冲突所引发的人性冲

① 李建军：《〈白鹿原〉的美学价值和艺术旨趣》，载《人民日报》2016年11月8日。
② 同上。

突。凡是与宗法社会的仁义礼教不符的，就是白嘉轩冲突的对象。陈忠实在后记中写道："写下《白鹿原》草拟稿第一行钢笔字的时候，整个世界已经删简到只剩下一个白鹿原，横在我的眼前，也横在我的心中；这个地理概念上的古老的原，又具象为一个名叫白嘉轩的人。这个人就是这个原，这个原就是这个人。"[①] 作家通过白嘉轩这个人物，串起了一部家族史；又通过这一部家族史，展现了我们民族半个世纪的灵魂史。白嘉轩看到一心要学为好人的黑娃被白孝文处决，心痛气急到"气血蒙目"，成为残疾；他看着鹿子霖的眼睛说："子霖，我对不住你。我一辈子就做下这一件见不得人的事，我来生再世给你还债补心。"这个人物，犹如一把钥匙，帮助我们打开了中华民族传统文化的库藏，让我们看到了自己民族的文化传统、人伦精神、思维方式，以及伦理文化的特征。而对这个地主乡绅的农民式狡黠、讲究风水迷信、视土地如命的品性，作家也绝不回避。

在鲁迅笔下的鲁镇和巴金的《家》《春》《秋》中，宗法社会都是被抨击、控诉的对象。而《白鹿原》对中国古老的传统社会，却是从正面从头说起：传统农村的宗法制社会是如何形成和运作的？它的深层结构和原理是什么？传统的中华文化对于人格的培养，又有怎样的正面价值与消极影响？这样，就更为深刻地引发我们对中华民族的历史命运和文化命运的思考与探究。

对女性形象的塑造，能够检验一个作家的精神高度。陈忠实在后记中写到了对田小娥这个人物的创作过程。他用了"关于性，庄严与挑战"这个题目。卡彭铁尔和田小娥是一起到来的。前者的"神奇现实主义"启发他，要创造出一种全新的、不走老路的现实

① 陈忠实：《寻找属于自己的句子：〈白鹿原〉创作手记》，上海文艺出版社 2009 年版。

主义。于是他翻阅了包括蓝田县在内的三个县的县志。他说，自己在蓝田县翻阅一卷一卷“贞妇烈女卷”，感受到无以数计的女人不敢出口的心声，内心的庄严感由此产生。灵感就这样天降了。作家既要替这些无声埋葬自己青春人性的女性发声，更发现了爱与性在撕破白鹿原的宗法道德时所具有的摧毁性破坏力。田小娥就是这一力量的化身。作家还要把他新发现的潜意识、非理性、魔幻、性、死亡意识等现代主义手段，借田小娥这个人物来一个检视。除了田小娥这个令人既爱又恨、既可怜又可鄙的魔女，《白鹿原》中还有仙草“坤”一般的地母形象，更有完美无瑕的女性——白鹿精灵白灵。她是书中最明亮动人的存在。白灵与兆海的爱情象征着国共合作的初始；与兆鹏的结合，是白、鹿两姓终于合一的隐喻。正如波伏娃所赞扬的《红与黑》中司汤达对女性形象的拓展，《白鹿原》也一反此前女性形象的扁平化，赋予女性以智慧与主观能动性，拓展了女性的魅力。

按照《易经》这部儒家经典的概念体系，“刚健”是乾的体现，指顽强不息的生命意志，“笃实”是坤的意涵，指厚重踏实的德性品格。刚健、笃实，就是天地精神的精华。《白鹿原》刚健笃实，辉光日新，传达出我们民族追求道德光辉日日新的美学思想。陈忠实的这部杰作，值得我们民族永远珍视与骄傲。

原载《博览群书》2019 年第 11 期

作为思维方式的“时空意识”

——刘亮程叙事文学论

刘亮程所秉持的文学之道、之技，究竟怎样影响了他的叙事面貌，而他的叙事又是怎样连通着中国古代哲学、艺术的传统？这种书写方式所产生的美感又有何意义？本文试图阐述这些问题。

一、“时空意识”① 的“道”

熟悉刘亮程创作历程的人，可能最终都会发现一个属于作家的“诠释学诡计”的秘密，那就是他的写作都带着具有强烈个性的哲学、美学意图。而这些带有个人印记的哲学、美学意图被制造、编码在语言之中，如同詹姆斯·乔伊斯的谜、豪尔赫·路易斯·博尔赫斯的迷宫一般，成为刘亮程的文学之谜。人们经常会在

① 关于中国艺术美学的“时空意识”，美学家如王国维、方东美、宗白华等都有著述论及，以宗白华的相关研究影响最大。他的《中国诗画中所表现的空间意识》《论〈世说新语〉和晋人的美》《略谈敦煌艺术的意义与价值》等文章提出：我们的宇宙是时间率领着空间，因而成就了节奏化、音乐化了的“时空合一体”。这是“一阴一阳之谓道”。本文中的“时空意识”，基本沿用了宗先生的观点及内涵。

他的文本中体味到诸如玄之又玄、有无动静的哲学缠绕，看到虚实相生、寄言出意的美学追求。这些文本的大部分句子都充满时空意识，它们的存在都在无限延宕叙事的线性时间，成串的念珠式叙事好像从来与刘亮程无关。他的空间化的叙事将过去与现在并置、交融在一起，令传统的小说读者困惑不已，但他笔下的形象、意象仍是一种展示与启示。每一个段落、每一个碎片甚至树叶尘土，都是某种哲学上的总体性的瞬间显现，凸显的是一叶知秋的象征效果。

从《一个人的村庄》到《本巴》，刘亮程的文本都包蕴着深邃的主题。由于他充满空间感的碎片式叙事，使读者很难穷尽他作品的意蕴。与此同时，他所倚靠的深厚的中国艺术美学的资源为作品提供了强大的生命力。刘亮程总是能将抽象的哲学式玄虚写成优雅的句子和意象，令他的文学成为可以一再玩味与探究的范本。制造文学之谜，也许并不是刘亮程的刻意为之，而能造成“诠释学诡计”意义上的独特，何尝不是一种风格？毕竟每一次叙事也许就是一次“诠释学诡计”的实施，而每一次的显示正是一种新的隐藏。

《虚土》（初版于2006年）胶着于时间、生命、童年等命题，是《一个人的村庄》的深化与小说化。此时的作家正在从诗歌、散文的织法中艰难抽身，转向小说的文体结构的经营；身处新疆的历史、现实之中，刘亮程从《凿空》（初版于2010年）开始，充分利用小说这种政治性文本来表达他对现实世界的思考。《凿空》叙述了一个叫阿不旦的村子，人与人之间充满了不信任，缺乏安全感。无论是张旺才还是村里其他人，都悄悄地在地下挖洞。然而，《凿空》仍是大段的赋式抒写的连续，叙事线索从这些赋式文字之中延伸。尖锐的现实性隐迹在“气高而不怒”“力劲而不露”[①] 的含蓄美学之中。长篇《捎话》(初版于 2018 年）本是对古西域宗教战争的影写，从历史的烟尘中追溯新疆的前世今生。在这个框架里，作家仍然不忘自己的贯道意图，操作小说的结构，似乎还是依赖于某种诗学方式。小说与诗学的联姻，制造出一种“不规则形态”的小说，而“文学性”却不容置疑地深藏其中。《本巴》(出版于 2022 年）来源于史诗《江格尔》。作家又一次将目光投向大历史，延异、改写了《江格尔》的故事，延续着史诗的浪漫主义，将史诗的夸张进行了极度个性化的演绎。《本巴》的多义主题之一，可以理解为对史诗《江格尔》的文学性阐释。但这个阐释性文本却另辟蹊径，仿佛一群穿着蒙古战袍的英雄、勇士，变成了洞悉时间简史的哲学家。其宗旨似乎又回到刘亮程念兹在兹的对“时间”的哲学化思考，回到对童年的无边想象之中。刘亮程所执的时间在“静止而停顿”[②] 这个点上，令人联想到本雅明关于“当下时间”的论述，过去与现在重叠交织在一起，时间因此而停留，从而模糊了历史的线性走向，目的是通过将历史召回来回应当下。这种“时间”促使人们思考，什么样的历史塑造了当下的人性。唤醒“过去”，将它置于现在的时间之中，把充满异质性的历史时间重新呈现出来，用以抵御线性时间的同质化与空洞化。[③]《本巴》中的时间到了赫兰解救哥哥洪古尔这一章时，已不再线性流动。时间变成了圆形。这样的时间，讲述的是现在，却包含着过去、未来，时间的空间化特征如此醒目。阿甘本在论述“何谓同时代人”的问题时，

---

① 这两句诗出自诗僧皎然《诗式》，指诗之气脉不可过露，露则失之雕琢，诗之行文要神完气足。见《诗式校注》，人民文学出版社 2003 年版，第 17 页。

②［德］本雅明：《历史哲学论纲》，见［德］汉娜·阿伦特编：《启迪》，张旭东、王斑译，生活·读书·新知三联书店 2014 年版，第 274 页。

③ 同上书，第 275 页。

强调要与时代保持距离并凝视它，只有这样才不会被时代吞没。“在最近和晚近时代中感知到古老的标志和印记的人，才可能是同时代人”。[①] 从这个意义上来说，刘亮程也是一位如此意义上的“同时代人”。本雅明和阿甘本都致力于破除历史的线性时间观，历史时间并不是一往无前的，只有把当下的时间停顿下来，援引历史时间到当下，才能更深刻地认识当下。因为过去预言了当下，并深藏于当下之中。

早在《一个人的村庄》出版之后，就有评论称刘亮程为“乡村哲学家”。对这个称谓如何成立的论证却所见稀少。人们似乎仅仅满足于“刘亮程是一位具有哲思的散文家”这个层面的认识，而没有深究刘亮程的哲思是如何体现在文学中，并影响甚至决定了他的文学风格。刘亮程的文学风格与他的时空意识是浑然一体的，文学的美感来自他倾注于文本之中的时空意识，他的哲思即是他的美感，两者交融统一，不可分离。刘亮程发扬中国艺术美学的时空意识，并以技贯道、道技一体地传达出中国美学的符号特征。

中国文学历来与哲学关系密切，文学家总是以明道、贯道自居。刘亮程也有自己的“道”：“散文无论从哪写起，写什么，都不重要，重要的是写作者心中得有那个‘天’和‘荒’。心中有‘天’和‘荒’，才能写出地老天荒的文章。”[②] 这里的地老天荒，就是一种时空意识，是刘亮程的“道”。这个“道”，从《一个人的村庄》开始，直到《本巴》，一直主宰、影响着刘亮程的写作。对由“天地”所构成的时空意识，作家本人是有一定自觉的：“至少在诗经

---

① ［意］吉奥乔·阿甘本：《何谓同时代人》，见《裸体》，黄晓武译，北京大学出版社 2017 年版，第 31 页。汪民安译为“当代人”，黄晓武译为“同时代人”，其实指相同。

② 刘亮程：《把地上的事往天上聊》，见《把地上的事往天上聊》，译林出版社 2019 年版，第 29 页。

时代，我们的祖先便创造出了一整套与天地万物交流的完整语言体系……对天地说话，与天地精神独往来，这是我们中国散文的一个隐秘传统。……这才叫喧荒，是从地上出发，往虚空走。直喧到荒无一言，荒无一人。”①

在这里，喧荒的“荒”，往虚空走，都道出了写作最后要到达的地方——“道”。所谓的“虚空”，就是一种空间意识。古人对“太虚太空”的无穷无涯不是几何学式的探究，而是怀着景仰的情感态度，将其看作有生命感的“道”的投射，所谓“高山仰止，景行行止，虽不能至，然心向往之”。庄子曾赞“古之人，在混茫之中”(《庄子·外篇·缮性》)。这里的“混茫”，指的是一种与外部世界混为一体恬淡自然的状态。杜甫也自诩他的诗“篇终接混茫”(《寄彭州高三十五使君适、虢州岑二十七长史参三十韵》)，其实说的既是一种空间意识，也是虚灵的“道”，大化运行的原理。而“道之为物，惟恍惟惚。惚兮恍兮，其中有象。恍兮惚兮，其中有物。窈兮冥兮，其中有精。其精甚真，其中有信”，老子认为“道”是说不清道不明的，但可以通过“象”“物”来体察。

从《一个人的村庄》开始，那种恍惚、玄远的气质就成为刘亮程独特的个人标志，他拥有一种站在另外的空间看这个世界的眼光。写作似乎是他体道悟道的方式。这也是为什么到《本巴》，刘亮程的叙事显得越来越玄虚、空灵。《江格尔》史诗虽有浪漫主义的神话色彩，极尽原始诗歌的夸张，但在主题上却绝不玄虚，基本符合黑格尔对史诗的定义：“史诗就是一个民族的传奇故事、书或圣经，每一个伟大的民族都有这样绝对原始的书，来表现全民族的

① 刘亮程：《把地上的事往天上聊》，见《把地上的事往天上聊》，译林出版社2019年版，第30页。

原始精神”[1]。但《本巴》却用搬家、做梦等情节，灌注了刘亮程追求时空一体的“道”的哲学美学意图。《本巴》以《江格尔》的诗句作为写作的起点，仿佛时间的魔术师，将本巴停在没有衰老的青春中，故事在停顿的时间中展开。本巴享有人人25岁的青春，然而时间停止之后却是空洞而同质的时间体验。小说以洪古尔和阿盖返回童年、重回母腹为结局，昭示了一种对人的生存性的肯定。亚里士多德在《尼各马可伦理学》中区分过三种生活：动物般的享乐生活、共同体中的政治生活、沉思生活。[2]无论如何，纯粹享乐的生活不是一种理想生活。

刘亮程为自己的创作谈取名为《把地上的事往天上聊》，从这个名字亦可看出“天地”这样的时空概念，是刘亮程写作的起点。中国哲学的兴趣在“究天人之际”，目的是天人合一，人与物不是对立两分的客我，而是息息相通的生命联系。这种思想成为中国伦理哲学的建基之处。人的行为要合乎“天经地义”，这意味着时间化的空间，正如古老的《易经》中“鼎”卦所谓“君子以正位凝命”[3]，即：代表时间的生命要定格于一定的空间位置。“正位凝命”四个字，是君子的行为法则。它使时间率领空间[4]，在时间化的空间里，空间有了生命的意义。在他的文本中随处可见这样的句子和表述：“蒲公英从五月开始播撒种子。那时早熟的种子随东风飘向西边的广阔戈壁。到了七月南风起时，次熟的种子被刮到沙漠边的

---

① [德]黑格尔：《美学》第三卷（下册），朱光潜译，商务印书馆1981年版，第108页。
② [古希腊]亚里士多德：《三种生活》，见《尼各马可伦理学》，廖申白译，商务印书馆2003年版，第11页。
③ “《象》曰：木上有火，鼎。君子以正位凝命。”见《易经》，华龄出版社2017年版，第174页。
④ 宗白华：《中国诗画中所表现的空间意识》，见《美学散步》，上海人民出版社1981年版，第106页。

灌木丛，或更远的沙漠腹地。八九月，西风骤起，大量熟落的种子飘向东边的干旱荒野。十月，北风把最后的蒲公英刮向南山。南山是蒲公英最理想的生栖地。吹到北沙漠的种子，也会在漫长的漂泊中被另一场风刮回来、落在水土丰美的南山坡地。”[①] 这一段文字完整地呈现了刘亮程的时空意识。那就是一种时间化的空间意识：中国艺术美学的时空意识是“历象授时”、正位凝命。“《易·系辞》中所总结的阖辟、阴阳、乾坤、天地、变通、象器把空间的开阖和时间的节奏打成一片，这就是《易经》的宇宙观，也是中国艺术的时空观”。[②] 中国艺术历来重视时空意识及二者之间的关系。“历象授时”的哲学从源头上造就了“时空合体”的时空观，也形成了中国艺术的“时间化的空间”意识以及以器明道的传统。

通过刘亮程的创作脉络可以看出作家在构思小说时的方法，总是由现实的触发回归到作家思考的问题上来，不论作家在摹写历史还是现实，他最终都会回到一个本体性的原型思考上来。那么，什么是刘亮程的本体性原型？从《一个人的村庄》到《本巴》，刘亮程的文本都在贯彻着他的时空意识。他以道驭技、道技一体地创造出独特的文学景观。

二、“道技一体”与“以技进道”

不管是儒家的“志于道”，道家的世界本源谓之道，还是佛家的“得道”，中国人将大化运行的规律或原理视为“道”，“道”是中国哲学的核心价值范畴。不管人们理解的“道”是什么，“道”

① 刘亮程：《虚土》，春风文艺出版社2006年版，第32页。
② 时宏宇：《宗白华论中国艺术的基本象征物——时间化的空间意识》，载《东岳论丛》2010年第2期。

作为最高的抽象原理，很大程度上决定了古人的“艺”。正是对“道”的哲学皈依，形成了中国画“不以技炫耳目之娱”，而是要“以技发见道的精神”的价值属性，形成了“以形写神”“以形媚道”的美学追求。道是灵，技是体，从而体现了哲学对艺术的导向作用。所谓“道成而上，艺成而下”，将“技”作为“道”的载体，“道”是艺术创作的最终旨归。而在安身立命处，圣人的“道也者，君子不可须臾离也”，已成为中国人的理想人格。“闻道”“得道”一向是“君子上达”的终极的人生目标。读者在刘亮程的文学中看到他对自己的文学之道的执着。正如解牛的庖丁在乎的不是“技”，而是“道”：“道也，进乎技矣。”①因为技的精益求精而得道，才是大喜悦。也正因为“道心惟微”，“道”才难得。艺术家“志于道”，“从道而行”，才能获得高妙超逸的境界。由“技”进乎“道”，成为传统文化的价值自觉。同时，这个“道”也离不开“技”，是道技一体、精于技而得到的“道”。

《本巴》充分体现了刘亮程的时空意识，以及以道驭技、道技一体的创作方法。江格尔的勇士们对自己终日沉迷喝酒的解释，惊人地印证着古老的“正位凝命”的时空观。“策吉说，江格尔汗说得对，我们约定不变的日子，正是本巴国永葆青春的根基。我每次站在宫殿瞭望塔上，朝前后几十年的时间里遥望时，都感到头晕，我们漂泊在时间的汪洋之上，随波逐流，没有方向。但是，我们定下来的这九九八十一天，是汪洋中的岛。别的日子都淹没了，我们举起酒碗守住的时光不会流失。我们端起放下的，是不再改变的时间。干。”②在这里，空间的“位置”定住了“时间”。这个

① 庄周：《养生主》，见《庄子选集》，陆永品选注，人民文学出版社2001年版，第42页。

② 刘亮程：《本巴》，译林出版社2022年版，第103页。

位置的物质表现是酒，因为酒，人们约定了九九八十一天的时间期限，使时间沉浸在喝酒的空间位置上，也就是事情里。这种喝酒的仪式感，正是永远停留在25岁的江格尔勇士们的“正位凝命”。与此相似的还有：“我感觉虚土庄一直在半醒半睡中度年月，它要决定一件真实事情时，就得抓住一根大木头。他们围在木头旁说事情时，我看见时间，水一样漫上来，一切都淹没了，他们抱着一根木头在漂，从中午，漂到下午，好像到岸了。”① 大木头就是虚土庄的“鼎”，上面刻着虚土庄的时间，刻着虚土庄人们过日子的法则，同样是“正位凝命”。这种要把时间停住的渴望是很多哲人、诗人的思考域，比如本雅明、曼德尔施塔姆都想要中止“流逝的时间”。尽管前提、背景各异，目标方式不同，但将“时间停住”这个想法本身却充满了哲学美学的魅惑。

《本巴》的构思动力，来源于永远25岁的诗句。这种使流淌的时间停住的思维吸引了刘亮程，这跟他一直以来的时空意识产生了交响碰撞。于是，他用中国艺术美学的时空意识重写了这部史诗。对《本巴》来说，单纯的史诗性回返，没有意义。必须从逝去的时空里，赢得词语和事件结合所碰撞出来的天才般的火花，实现认知的新发现，也即梁启超所谓小说能于“现境界”之外创造“他境界”。刘亮程无意于叙一定之事，反而有无中生有的“匠心”，他用自己的想象力，创造了一个新异的他境界，实现了从《江格尔》的“壮美”到《本巴》的“优美”风格的转换。刘亮程一直以来都有一种终止流逝的时间的渴望，他把词语提升到时间的高度，追求的是苏轼《枯木怪石图》那般的意境，所谓灭即是生，寂即是活。生灭、寂活等二元转化关系，历来深受文人激赏。从表面看，《本

① 刘亮程：《虚土》，春风文艺出版社2006年版，第60页。

巴》是主张不“生”的，也就是寂、恒常。但永远停在25岁的本巴就像永远开花而不结果，是没有未来的草原，也是不实存的乌托邦。小说最后，作家让洪古尔和阿盖返回童年，回到母腹，其实是从“无”到“有”的重新轮回，也是回到原初原点的总体性的哲学美学意图。本巴瓶在藏传佛教中是宝瓶，是占卜灵童转世必不可少的圣器，寓意智慧与吉祥。作家以“本巴”为小说命名，其中的深意可见一斑。

刘亮程是如何将这种时空一体的时空意识灌注到文学创作中去的？也就是说，他是如何观察天地、体验时空的？究天人之际，实现天人合一的目的，这一哲学观照之下的艺术，必然造就一种“游观”的观察方法，即“俯仰往还，远近取与”的流动观照法。这是“用心灵的俯仰的眼睛来看空间万象”① 的方法。

早在《周易·系辞》里，就记载着古代圣哲是“仰则观象于天，俯则观法于地，观鸟兽之文与地之宜。近取诸身，远取诸物”。俯仰往还，远近取与，是中国哲人的观照法，也是诗人的观照法。游观的观照法，可以理解为一种散点透视，而非焦点透视，需要艺术家“提神太虚”，游目骋怀，用“心灵的眼睛”从世外鸟瞰的立场观照对象，在此过程中形成“三远”② 境界的艺术空间。在刘亮程最早的《一个人的村庄》中，人们就发现了这种“网罗天地于门户，吸引山川于胸怀”③ 的空间意识。《一个人的村庄》中反复出

---

① 宗白华：《中国诗画中所表现的空间意识》，见《美学散步》，第98页。

② 北宋画家郭熙在《林泉高致》中，提出画有高远、深远、平远之分：“山有三远：自山下而仰山颠，谓之高远；自山前而窥山后，谓之深远；自近山而望远山，谓之平远。高远之色清明，深远之色重晦，平远之色有明有晦。高远之势突兀，深远之意重叠，平远之意冲融而缥缈。”见［宋］郭熙：《林泉高致》，梁燕译注，中州古籍出版社2013年版，第105页。

③ 宗白华：《中国诗画中所表现的空间意识》，见《美学散步》，第104页。

现站在房顶望天的刘二，这个形象在《虚土》中又持续出现。作家如此眷恋这样一个站在房顶仰望天的形象，其实正是用哲人、诗人的观照法，将这个观照的眼光凝固成一个永恒的意象。“那些，生活于尘土中的人们，那些，在四季轮回中，迷失了方向的人们，那些，在大地的收获与亏欠中，欣喜和痛苦的人们，他们会有一个朝上仰望的心灵。如果文学还能做什么，那么，文学需要承载大地上所有的苦难和沉重，让人们抬起头来，朝着云端去望，朝着尘土和树叶之上去仰望，这是文学唯一能给我们的。”① 向上仰望的动作通过文学的语言与形象，道技一体地融合在一起，传达出作家对人生的悲悯与抚慰。

刘亮程的文本中，既有“仰望”的“动”，也有类似于中国画中“三远”的空间的“静”。例如：“我在远方哭我听不见、我在流血我觉不出痛、我的死亡我看不见”②，“谢知道躺在那里的那头驴已经不是自己”③。作家将词语解蔽，将它们透亮地敞开，用语言述行他的时空意识，并精于自己的“技”而达“道”。

正如中国画的空间必然于夕照中有归鸦，“众鸟欣有托，吾亦爱吾庐”（陶渊明诗），我们从无边世界回到万物，回到自己，回到我们的“宇”。“天地入吾庐”也是古人的诗句。④ 这种回旋的结构成为《虚土》的另一隐性结构，也是《本巴》的结构。甚至在每一段的叙事中，都可看到这种圆形时间，过去与现在并置、交错或相互渗透，叙事也总是在最后回到原点，而不是向前推进。“《易经》

---

① 刘亮程：《把地上的事往天上聊》，第 31 页。
② 刘亮程：《虚土》，第 218 页。
③ 刘亮程：《捎话》，译林出版社 2018 年版，第 194 页。
④ 宗白华：《中国诗画中所表现的空间意识》，见《美学散步》，第 117 页。

所谓：‘无往不复，天地际也’。这正是中国人的空间意识。”① 这种空间意识在认识到宇宙的无穷无尽、广垠无限的底子上，最终要还复，回诸自身。天地际也，循环往复。站在一个更恒久的时空，也许过去、现在、将来之间的区别也只不过是一种幻觉。如《捎话》的结尾：“没想到后堂还是原样，烧火做饭的锅头、案板、锅和勺子，都没变。”② “鸡还是照常在叫，没有丝毫改变。”③ 究天人之际，始终是中国哲学、艺术的出发点和落脚点。日常物象所代表的空间，抵御了时间，使时间又回到了原点。刘亮程的文学，正是在这种打通时空、不断回到原点的时空意识中建构。作为观照物的自然万象，与人的关系是和谐统一、气息相关的。正如刘勰论诗人作诗的方法：“目既往还，心亦吐纳。……情往似赠，兴来如答。”④ 周围的物象都寄托着“我”的情思，“我”的心跟随“我”的目光亦有所吐纳，有所赠答。刘亮程的时空意识通于“技”，接于“道”，技法与道心相连，“心手相应”，提技入道，最终形成以道驭艺、道技一体的文学典型。

三、叙事美感及其他

关于小说叙事的美感问题，也许可以引入叶朗的观点：“中国小说美学对于小说欣赏的美感心理的分析……认为小说欣赏除了情感活动和理智活动之外，还包含有想象活动和很大程度的品味的成

---

① 宗白华：《宗白华全集》第 2 卷，安徽教育出版社 2008 年版，第 426 页。

② 刘亮程：《捎话》，第 268 页。

③ 同上。

④ ［梁］刘勰：《文心雕龙》，徐正英、罗家湘注译，中州古籍出版社 2008 年版，第 432 页。

分；小说欣赏是情感、理解、想象、品味等多种心理因素和心理功能的交融和统一。”[①] 以此为标准，刘亮程的小说在想象与品味方面所形成的美感是突出的。

他把时间融化在空间中，赋予他的文学一种生命的空间美感。这种空间美感与意境相通，所谓“意境”，某种意义上就是空间的美感，指作家超越物象对人生以及时空的哲理性感悟。“意境”即“道”。刘亮程也总是要在讲故事之余，或者故事终结处，执着于“道”。他的诗歌般的抒情性使读者领略到“情感活动”能够到达的境界，他那天马行空的想象力也总是让读者回味再三。他的小说印证了叶朗的观点，这些非正规形态的小说在接受层面依然深具魅力，因为他背倚深厚的中国哲学美学传统，他的小说令读者体味到传统美学的精神如何照进人们的心灵。

中国古典小说美学对小说应有诗意、韵味，要创造艺术意境这一点历来颇为看重。[②] 这也是中国古典小说的一个美学特色。四大名著无不是深深地渗透着古典诗词的意境和韵味。然而，中国古典小说中形象与意境往往紧密交融在一起。如果以此为标准，会发现刘亮程的文本，实虚比例也许是失调的。例如《虚土》中随处可见的关于梦、风、月光、影子、树叶、尘土的文字，已超出了一部小说所能承受的“虚”的极限，使小说不是以情节、人物或故事为中心，而是以大面积的主观叙述为主，发挥的是散文的团块、发散思维，而不是小说的线性叙事思维。他的文学尚“虚”，或至少是虚实参半，与小说以叙事的“实”为主构成区别。造成如此面貌的原因还在于，他的语言沉浸在诗歌般的象征森林中。古代诗歌等传统

---

① 叶朗：《中国小说美学》，北京大学出版社 1982 年版，第 276 页。
② 同上书，第 279 页。

艺术的“游观”的观察方式，那种“俯仰往还，远近取与”的流动观照法，也是刘亮程的观照法，这使得他的文学从本质上来说近乎诗，是一种诗学意义上的叙事。这就可以用来解释，为什么从《虚土》到《本巴》，作家一直在努力将自己朝纯粹小说的文体上扭转，也取得了可见的成就，甚至创造出一种新形态的“诗化小说”。[①] 但不可否认的是，小说毕竟是一种“生活之书”[②]，是以人物、故事或情节为中心，以描写的“显示”而非叙述为主体。中国艺术传统的时空意识影响并决定了他的写作形态，线性时间的、整体性的“故事”在他的文本中被放逐了，仿佛成了文学的剩余。也许，作家在连接空间与叙事、空间与凝视的情感之间，遭遇了与小说叙事的矛盾。

从《虚土》到《本巴》，小说的结构基本上用诗赋的思维方式，铺采摛文，体物写志。一段一个议题，一段一个中心。比如《凿空》中，有一节专门写拖拉机（《驴和拖拉机》《羊和拖拉机》《狗和拖拉机》），分别从驴、羊、狗的眼光看拖拉机。这正是一种哲人、诗人的“俯仰往还，远近取与”的观照方法。不同于本雅明对现代科技生产力的欢呼，刘亮程在意的是阿不旦村民的生存状况，失业的阿不旦村民是危险而动荡的。作家对他们投以悲悯的凝视，将时间穿越千年回到当下，将历史的碎片重新诗意地缝合起来，用解蔽的词语为人类的生存寻找尊严与自由，表达着身在新疆的他对历史与未来的终极思考。作家将拖拉机从叙事中独立出来，围绕拖拉

① 此说法参见拙作《刘亮程〈捎话〉：诗化小说的可能性》，载《中国当代文学研究》2019 年第 2 期。

② 黑格尔认为史诗是“生活之书”，朗西埃更正了这一说法，他认为小说是“生活之书”。本文同意朗西埃的观点。参见［法］雅克·朗西埃：《词语的肉身：书写的政治》，朱康、朱羽、黄锐杰译，西北大学出版社 2015 年版，第 110 页。

机这个中心分段叙述，是典型的体物写志的方法，即使不是诗歌思维，也是散文化的。而三种动物与拖拉机之间交互的眼光本身，构成了一种认识论的空间，这正是一种以小见大、以器明道的时空意识。

按照杜维明的说法，中国人认识世界的方式是“体知”，刘亮程的文本是对这句话最好的注释。《虚土》中人们追逐一片树叶来丈量一场风的长度、在刮大风的天空手举钩子往下钩东西，《凿空》中三种动物对拖拉机的认识，都是一种体知。如果说西方人倾向于用几何学的眼光看待世界，那么中国人是用“生物学的眼光”看待世界，倾向于依靠心灵的直觉整体地把握对象，以“心”感外物，是中国人把握世界的方式。道家谈心灵驰骛，儒家谈内在省悟，玄学谈心归万有，禅宗谈体验，理学谈心性，都强调心灵体验的认识方式。① 这种“体知”的认知方式，令中国人将审美对象视为生命的有机整体，古人赋诗作画都讲究观物切、体物亲，如钱锺书所谓“即我见物，如我寓物，体异性通。物我之相未泯，而物我之情已契。相未泯，故物仍在我身外，可对而赏玩；情已契，故物如同我衷肠，可与之契会”②，这一段可以用来解释为什么刘亮程的小说中会有那么多“物我之情”的叙述。以《捎话》为例，小说的叙述主线是主人公库和他的毛驴谢去送经，送经不成，反被皈依敌城的宗教，后作为随军翻译跟随大军杀回自己的故乡。其中各种家畜，包括驴、鸡、狗、羊、骡等参与叙事的程度，令人一度认为这是一部动物小说。库和他的驴有如亲密的伙伴，驴被剥皮之后转世，仍来到库的身边；驴、鸡、狗的叫声都积极参与了毗沙和黑勒的战

① 张慧：《宗白华中西空间意识比较论述评》，载《中国社会科学院研究生院学报》2000年第4期。

② 钱锺书：《谈艺录》，中华书局1999年版，第53页。

争，正是鸡叫暴露了军情，驴叫声可以送战死的鬼魂升天，天庭的传话通过驴叫来传达人间。屠村之后，村子的凄厉惨怖是通过“空空的狗吠”来表现的。作家还花了大量笔墨来叙写驴的视角看出的人世。有一节的题目为“扁”，一个形容词领衔了一段叙事，而叙事则完全从驴的眼睛来看人世，看出的人世就是“扁”。这个“扁”不但是驴眼看出的客观世界，也是作者借驴之眼对这个因经书的不同而彼此屠杀的人世的看扁。作者还写到了库眼中的世界，人眼看出的世界是“高”，因为人是万物之灵长。这种交互的眼光，构成了审美自由流动的空间。早在《一个人的村庄》里，刘亮程就写过各种家畜，比如《狗这一辈子》《通驴性的人》等。用交互的眼光来打量彼此，这种庄周梦蝶式的哲学思维，同时也是中国人用生物学的眼光看待世界的表现。

中国画的“三远”境界常常能在刘亮程的文本中找到，而他的美学目的似乎正是要写出那“最深的静境”。那种“外枯而中膏，似淡而实美”的风格，那似中国画一般的清幽深远的意境，令读者在似曾相识的感觉中找到中国人自己的美学灵根。

对刘亮程来说，写作恐怕更大程度上是他体道悟道的方式或过程，传达的是他道技一体的哲学美学意图。以《本巴》为例，情节设置也许没有过多考虑小说美学的要求。比如不愿出生的赫兰与待在母腹的哈日王，这两个人物按照小说美学的观点来看，是用了犯笔，用犯笔而不犯，是中国古典小说的美感追求，但刘亮程似乎对此并不介意，两个在性格、内涵上几无区分的人物被写出来，无非是突出强调他回到总体性、原点高于一切的哲学意蕴。但价值的过程是不可逆的，一旦成为可逆，便失去重量。刘亮程的小说动用大面积的“虚”的内容，将时空并置挤压、相互渗透，早已突破小说的禁忌，朝向诗的没有边界的空间散逸。由于他背靠博大精深的中国艺术美学传统，他的文学仍旧令人遐想与沉迷。行文中常常四处发散的奇思妙想，吸引读者进入他所设的各种岔道与迷津，他在塑造具有歧感意识的读者群体，他的思考方式将会启示后来的人们。

原载《当代文坛》2023 年第 5 期

诗化小说的可能性

——评刘亮程长篇小说《捎话》

还是在自己的散文时代，刘亮程就制造出一种需要“翻译”的文体。他那基本用诗歌的语法写就的散文令读者耳目一新；后来，他用这种散文体来写小说，又制造出一种小说界的“混乱”：对小说文体持顽强的边界认定的读者会认为，刘亮程的《虚土》《凿空》仍然是长篇散文的连缀。更有批评指向其带有颓靡色彩的自恋式话语游戏。但是到了《捎话》，再顽强的小说文体论者也会承认，《捎话》确实是一部小说，尽管它仍然十分另类，他依然在用诗歌的语法操作句子，当然程度弱化了很多。其中也足见作者将自己朝小说的方向强行扭转的努力。这种努力的结果是，一方面，《捎话》几乎撑破了小说的边界，另一方面，作为诗化小说的当代成果，《捎话》提供了足够深广的阐释空间。本文拟从四个方面来论述这部需要翻译或置换系统的小说，即《捎话》的小说形式感、从语言到声音的审美哗变、感觉的撕裂与缝合、诗化小说的可能性。

一、交织的视角、对话的潜文本

一直以来，刘亮程的文本都有着利维斯所谓“生命好奇”的追求，这也就是为什么他那些在意识方面多少有些“保守”“落后”的散文能获得广大读者的追捧。不论是诗歌还是散文，直到后来的小说，刘亮程都是在用文学解人生之惑。正是怀着对生命的深深好奇与探究之心，他一边自我说服，试图解释生命之谜，一边在文本中制造着文学之谜。面对他经营的文字谜团，破谜成了有些读者的兴趣，而制造文学的迷津对很多作家来说，已是生疏的技艺。对刘亮程来说，吐纳出的每一行字，都天然地带着玄机与迷思，似乎这才是正常的。也许我们都已忘记，文学产生的前提，就是要促成一个超现实的心灵世界的建构。在这一点上，刘亮程的文学实践从来没有含糊过。他的问题也许出在，他在建构心灵世界的时候太超现实了。

《捎话》的结构表现出作者有意要写一部纯粹小说的动机，这从小说的整体形式感即可看出。故事的主线是捎话人、翻译家库到黑勒向买生昆门捎一头驴。这是离乡。在离乡的过程中，他遭遇了毗沙与黑勒的战争。到黑勒后，改宗了的买生天门活剥了毛驴谢，得驴皮昆经一部。库也被迫改宗，作为随军的翻译随着黑勒大军杀向毗沙。这是两国的终结之战。在此期间，作者不断用妥和觉的对话，倒叙交代出发生在两国之间的战争细节。离乡与回乡都要经过的栏杆村是中间站，也是觉的家乡。两国都在这里收集情报。在回乡的路上，老奶奶拿镰刀割掉了一个黑勒士兵的头。在此之前，栏杆村白杨树的头全都被割去了（这实际上是一个隐喻：栏杆村几乎被屠村）。一个盲昆门的故事独立出来，他永远找不到去毗沙的路，象征着回不去的精神之乡。作为头的黑勒士兵妥与作为身子的毗沙将军觉，终于在离乡回乡的途中相互认出对方。终结之战以毗沙被破城为结束。这是回乡。库老死在破城的那一刻，他转世投胎到一户人家，灵魂刻有昆经的谢，早已在那里等他。

小说开始，是毛驴谢与库的视角的交叉叙述。一场战役之后，作为鬼魂的妥和觉开始交叉倒叙、互叙。与此同时，库仍然在向黑勒行进。到达黑勒之后，毛驴谢被活剥，库也被迫改宗，跟随黑勒大军的征伐，开始了充满悲剧意味的回乡之路。叙述方式是沿着地名向前推进，到了一个地方便开始回忆，通常是三年前，也有五年前，或是从去年开始。于是，时间变为双向流动：一面是正向的叙事，一面是反向的回忆。

在整个叙事中，基于作者的生命哲学观以及他对乡村的情感和虔诚，乡村生活的事物如驴、鸡、狗、烟、尘土等都参与了叙事。这些事物在作者看来，是与人物同一的，它们不但与人一起经历宇宙循环往复的洪流，本身也与人构成对话、交通的关系，它们是来自世界另一维度的眼光和态度。评价刘亮程，是难以明确地将他划分在一些条块分割的论述里的，因为他似乎秉持着某种“总体化”的哲学想象，万事万物都有说不清的象外之意，无穷粘连。所以，更有甚者，扁、细、长、深、黑等形容词也用来作段落的标题。作者是要将一个感觉的世界纵深到底了。

如，谢看到的世界是扁的，把人看得扁、细、长。“《捎话》中的扁，又有了更广的寓意。扁让所描述的事物有了轻盈欲飞的灵魂状态。扁是我设定的毛驴谢所看见的世界。在那里，天国是扁的，死亡是扁的，天空和大地是扁的。所有生命和非生命，慢慢地走向扁。扁是万物的灵魂状态。”①一方面，这是一个极强的隐喻和暗示。在毛驴的眼里，人世本就是一个被看扁的世界。联系书中后来

---

① 刘亮程：《捎话》，译林出版社 2018 年版，第 328 页。

出现的无休止的杀戮，被驴看扁的这个人世，确实不值得称颂。另一方面，诚如作者所言，从感觉系统来说，“扁”又是一个普遍的灵魂出窍的状态描述。但库看出的世界却是“高”，因为人是万物之灵长。一切物体都是主动格的，如“一个死掉的村庄比一堆死人更吓人”①，“毗沙城在驴世界里叫大驴圈”②。

《捎话》述行自己的逻辑。如，驴能看见鬼。“驴的路有三层，尘土里一层，驴蹄声传到的云里一层，驴叫声飙到的云上又一层。驴知道自己最后要去鸣叫声飙到的云上生活，所以卖力地叫，存银子一样往云朵上寄存叫声。”③“人升天，烟指路。”④“在震耳的驴鸣声里，毗沙城清晰地显露出来。”⑤作者动用了民间思维、巫术想象，也充分调动了民间传说的资源，那些行将消失的古老记忆与情感想象，那些巫术般的交感反应，像《百年孤独》中毫无顾忌地出现的乘床单飞升的女孩，都被刘亮程用来搭建一个古老的乡村。某种意义上说，文学也是人类文明的活化石。刘亮程制造出中国版的《佩德罗·巴拉莫》，胡安·鲁尔福式的叙事魅力在刘亮程这里汇聚，他无师自通地将农耕文明的精神画像描绘出来。作者无所不用其极地要将感觉尽可能扩大到天地之间，意图搭建一个人、畜、灵共居的村庄。一方面是世俗生活的搭建，另一方面却是有关精神的拉锯战争的摧毁。在“疼”一节中，作者用“谢知道躺在那里的那头驴已经不是自己”⑥这样的表述来传达一种至深的痛。说他逃避也好，不直面也好，这种修辞手段却营造了令人悲无可悲的空茫。

---

① 刘亮程：《捎话》，第 58 页。
② 同上书，第 26 页。
③ 同上书，第 151 页。
④ 同上书，第 90 页。
⑤ 同上书，第 301 页。
⑥ 同上书，第 194 页。

那是对世间最深的失望。

“两群挖洞者在黑暗的地下迎头而遇，扔了坎土镘、锄头扭打在一起，在能听见地下动静的驴耳朵里，一大群人像老鼠一样在土里厮杀。没有一个活着出来。”① 库改宗时自述：“我是一个捎话人，刚才你说的那句话，我会如实捎给我自己。从耳朵到心里的路，也许比从黑勒到毗沙都长。请您给我些时间，我一辈子为别人捎话，现在，我给自己捎一次话。捎到了，我的心认了，我就随你信，否则你就砍了这颗头。”② 为了昆经、天经之争，人们被杀戮得麻木了。作为凡人，库的耳朵到心里的路，比他自己想象得还要短。为了保住项上的人头，他和买生天门一样，改宗是必然的。至于那些形而上的坚持和信仰，在野蛮的屠刀面前早已不堪一击。

然而，“一千个墓地里积的仇，一千个墓地里积的恨，山洪一样咆哮高涨”③。墓地逻辑早已经绑架了黑勒国。“打了第一仗，第二仗便免不了。因为死了许多人，国家要报国仇，家庭要报家仇。反正以后的战争跟高墙没关系了，谁也说不清为什么在打仗。”④

最终，库死又投生，妥觉合为一体。时间战胜了一切。向死而生的生还是战胜了死。“没想到后堂还是原样，烧火做饭的锅头、案板、锅和勺子，都没变”⑤，“鸡还是照常在叫，没有丝毫改变”⑥。而天庭却对凡间因经书的不同而引起的血腥战争不屑一顾：“我听到最多的是凡间的驴叫。人声高不过麻雀的翅膀，又怎会传到天庭？”⑦ 最终，库得了天庭的新使命：“上天让你用驴叫给人捎一趟

---

① 刘亮程：《捎话》，第 162—163 页。
② 同上书，第 201 页。
③ 同上书，第 227 页。
④ 同上书，第 288 页。
⑤ 同上书，第 189 页。
⑥ 同上书，第 268 页。
⑦ 同上书，第 309 页。

话。你当了一辈子捎话人，都是把人话捎给人。这趟差不一样，是把上天说给驴的话，捎给人。”① 说是解构也好，讽刺也好，在上天眼里，人类的战争连驴叫都不如。

一个指涉历史的大寓言所拥有的叙事张力由此凸显。

二、从语言到声音的审美哗变

“我构造的是一个人和万物共存的声音世界，在这个世界里，人声嘈杂，各种语言自说自话，需要捎话人转译。”② 读者都感觉到了《捎话》有意识地突出声音的意图。其实，注重声音，尤其注重听觉打开的感官世界，一直是刘亮程的一种美学追求。早在《虚土》中，作者就描绘了一个如混沌初开般宁静、虚空的乡村世界。任何声响、动静以及天地间事物的微妙变化都在听觉世界里被捕捉、感知和呈现。《凿空》中，农民张旺才在地下挖洞，那也是一个听觉统治的世界，而红色的驴叫所彰显的反抗已经出现。到了《捎话》中，在人死光的荒村里，狗空荡地吠叫，鸡叫声决定了两场战役的胜负，驴叫声甚至使毗沙城暴露而终被黑勒所破。

作者兴致勃勃地描写声音的旅行，如“天庭守门人被惊醒。人间的驴叫声从严实的桑木门缝穿透天庭，那里的人都被唤醒，竖耳倾听来自另一个世界的美妙声音”③，“天庭不通驴车，但驴叫声是路，一声驴叫顶多送一个鬼升天”④，“驴叫最有劲，那架声音的天梯直接送魂到天庭门口”⑤，甚至作者还“能听到尘土在空气里碰撞

① 刘亮程：《捎话》，第 310 页。
② 同上书，第 324 页。
③ 同上书，第 33—34 页。
④ 同上书，第 60 页。
⑤ 同上书，第 313 页。

的声音”[①]。作者饶有兴致地描述了声音的形状、颜色，“……驴叫声在毗沙城上层层叠叠垛起一座红色城堡，城堡周围辐射出条条红色道路，连接东方西方”[②]，“……但驴叫声骑在人的声音上，驴在天上的位置比人高”[③]。

为什么作者要赋予声音以色彩形状，要对无形的东西赋予形象？中国的形而上之道，即象，非理，“圣人立象以尽意”，中国的象征哲学塑造了“示物法象，惟新其制”的艺术精神，似乎是万物接近了“象”，就接近了真理。“象”乃范型。可以说，“象”对中国传统文化及文学具有至关重要的意义。

从作者自己的成长经历来看，他似乎与听觉有着不解的缘分：

> 早年在新疆乡村，村与村之间是荒野戈壁，虽然相距很远，仍然能听见另一个村庄的声音，尤其刮风时，我能听见风声带来的更遥远处的声音，风声拉长了我对声音的想象。那时候，空气透明，地平线清晰，大地上还没有过多的嘈杂噪音，我在一个小村庄里，听见由风声、驴叫、鸡鸣、狗吠和人语连接起的广阔世界。声音成了我和遥远世界的唯一联系……那个我早年听见的声音世界，成了我的文学中很重要的背景。[④]

那么，“声音”之于文学究竟有何意义呢？苏珊·桑塔格在《意识听命于肉体》中写道：

---

① 刘亮程：《捎话》，第 132 页。
② 同上书，第 26 页。
③ 同上书，第 28 页。
④ 同上书，第 321—322 页。

> 但在我们这个时代，大多数重要的艺术都是乏味的，贾斯珀·约翰斯乏味，贝克特乏味，罗伯-格里耶乏味，也许如今的艺术不得不乏味。（当然，这并不意味着乏味的艺术一定是好艺术。）我们不该期望艺术带来娱乐或消遣，至少别对高级艺术抱有这样的期望。乏味自有其功用，可以集中注意力。我们正在学习新的专注模式——比如用耳多过用眼——可只要采行老的专注术，就会发现某某很乏味……例如，总是想听出弦外之音（对寓言重视过度）。①

“听觉”将成为新的专注模式。将听觉的声音世界呈现为文学，差不多一直是刘亮程所天然追求的。听觉是比视觉（在文学中体现为观看）更倚靠直觉和心灵的一种感官知觉。而对刘亮程来说，在文学中做一个古老而恒久的村庄梦，无疑是他的创作情结。“我的那些文字也许复活了一种乡村的精神记忆。”② 他几乎所有的文本都在执着地表现一个直觉和心灵中的乡村世界。他通过移情和直觉的方法，也使读者接受这种移情与直觉的审美方式，让读者领略到这一古老又常新的文学原理的奥妙。

苏珊·桑塔格似乎认为“对寓言重视过度”很乏味。但在文学领域里，尤其在中国文学的传统范畴里，寓言具有源头般的初始意义。寓言和象征的创始人庄子，开启了一个天马行空的艺术世界。“比如庄子，他的文章作得很好，善于利用寓言讲故事，利用艺术形象来表达他的思想，生动活泼……庄子的思想对后世的文学、绘画等的影响很大。”③ 刘亮程声称受庄子的影响最大，而“庄子的美

---

① Susan Sontag: *As Consciousness Is Harnessed to Flesh*, Farrar Straus & Giroux, 2012.

② 何英：《刘亮程论》，载《扬子江评论》2011 年第 1 期。

③ 宗白华：《宗白华全集》，安徽教育出版社 2008 年版，第 593 页。

学同他的哲学是浑然一体的东西，他的美学即是他的哲学，他的哲学也即是他的美学。庄子哲学是同他的美学内在地、自然而然地联系在一起的，两者交融统一，不可分离”①。观之刘亮程的文学，可以明显发现这一论述的影子。他的哲学意味、美学追求紧密地统合在一起，天地万物混沌一体，天马行空，善用象征和寓言，都大有庄子的遗绪。

“《捎话》思考的是语言。由语言而生的交流、思想、信仰等，也都被语言控制。连生和死也似乎被语言所掌握。”②征服并消灭对方的语言，强迫对方用自己的语言写成的经书，这是战争的主要借口。作者还多次借库的师傅之口，传达出语言的威力。“你学会一种语言，就多了一个黑夜……所有语言里天亮这个词对于其他语言都是黑的。”③“人走不过词语。”④“他不知道自己死了，你看伤口，都中了要害。不喊名字他会一直以为自己活着。”⑤库一辈子几乎学会了所有远近的语言，但他在生命的最后一刻，仍然要用僵硬的舌头找回自己家乡的母语，尽管这个母语早已被征服并消失了。

作者甚至借库之口直言了声音高于文字的意思。“更恐惧的是师傅翻译的语言被两边的记录官写成了文字，师傅最害怕那些随口说出的话变成文字。一旦变成文字，那些话就躺在纸上死掉了。”⑥与此类似的是一些人类学者也表达过这样的忧虑。作者这种试图返回人类童年期的对声音的依赖，使《捎话》像一个从语言到声音的审美哗变。众所周知，古人早就有关于“书”与不“书”以及如何

---

① 李泽厚、刘纲纪：《中国美学史》，安徽文艺出版社1999年版，第216页。
② 刘亮程：《捎话》，第323页。
③ 同上书，第111页。
④ 同上书，第113页。
⑤ 同上书，第74页。
⑥ 同上书，第178页。

“书”的讨论。如《周易·系辞上》中说：“子曰：‘书不尽言，言不尽意。’然则圣人之意不可见乎？子曰：‘圣人立象以尽意，设卦以尽情伪，系辞焉以尽其言。’”先秦时的意象理论，推崇“不着一字，尽得风流”。废名也有“一落言诠，便失真谛”的表述。刘亮程的立“象”尽意，在他塑造的妥觉、乔克努克等形象中可见一斑。也许，作为一个认为万物都是生命有机体的作家，刘亮程的旨趣在于，不惜惹恼读者也要探究：“他所听见过的所有的驴鸣，一句摞一句地在天空中垒成一部声音的书。只是，那些垒在空中的声音又在说什么呢？”①

三、妥觉的撕裂与弥合

《捎话》中的一个重要形象就是妥觉。似乎是为了不使他太突兀，作者又创造了一系列基于同一思维模式的形象：人羊、乔克努克、骡子、驴人……妥觉的形象很成功，他的头身分离象征着人的信仰悖论。一个妥协的头连在了觉悟的身体上，一对矛盾统一在一个人身上。头和身体日夜争吵，从互不相认到最终合一，完成了进入天庭之旅。时间终将治愈一切。

“可惜你看不见，那时我的眼睛还不是你的。”②“觉静静地听着，妥的眼睛突然流出了泪，泪水流过脸，流过有皮条接缝的脖子，一直流到觉的胸脯上。这颗头终于感受到身体的悲痛了。”③头在被身体接受之后，眼睛可以为身体看了，妥的眼睛流出了觉的泪水。时间消弭了一切。一切在时间面前，都将消失于无形。头和身

---

① 刘亮程：《捎话》，第 173 页。
② 同上书，第 166 页。
③ 同上书，第 121 页。

体达成了一致。那么，这段时间是多久呢？作者通过妥、觉的交叉倒叙、互叙，交代出战争的细节，也交代出两人互认的过程。可是从头至尾，两人没有对这场持续了一代又一代的战争反思讨论过一句。也许身在其中的个人太渺小，又或者他们不具备这种思想能力，又或者国王的屠刀太坚硬，所到之处一切灰飞烟灭。

盲昆门也是一对矛盾的组合体。他的身体阻止他的意志的施行，但他明知不可为而为之。每天独自走向荒野，向毗沙的方向行进，这是一个注定失败的寻根之旅。可是这个人物毕竟出现了，毗沙的失败终于有了价值归依。作者将一个有着顽强信仰的人设置为一个瞎子，似乎注定了毗沙的万劫不复。而将他双眼戳瞎的黑勒人，早已忘了自己曾经是和盲昆门一样的人。信仰如沙聚之塔。“很早以前，一个瞎子是可以从黑勒走到毗沙的，现在不行了，大地上有了灵魂朝两个方向的人，瞎子再问不到毗沙的方向。”①“你的路也是黑的。”②

乔克努克是白天、黑夜的对立统一。这对孪生兄弟一个白天冲锋，一个晚上夜袭，敌方却以为活见了鬼。毗沙的不眠大军令敌人闻风丧胆。乔克努克是这场旷日持久的战役中的战神。尽管拥有了战神，战争仍然宣告了毗沙方的失败。这是因为黑勒从域外招募来了本这样的军队。这场持续了近百年的战争不可谓不悲壮。书写这样一场战争，对哪个作家来说，都不是一件容易的事。也许，作者这种高度抽象、象征的方式，反而能将这场战争的本质呈现出来。乔克努克的另一层象征意味在于“小说中写的是战争和改宗给人带来的身体和精神分裂。其实，即使在平常生活中，内心分裂也是人的潜在状态，每个人心中都有另一个或另几个我”③。乔克或努克，

---

① 刘亮程：《捎话》，第 105 页。
② 同上书，第 110 页。
③ 同上书，第 319 页。

同时是对方想象的另一个自己。

人羊，是战争中的牺牲品。把一个孩子硬塞进刚活剥的羊皮里，变成一只羊，硬生生地赶进羊群中当羊来放，为的是收集敌军的情报。人羊最终被毗沙人发现，再次被活剥。可怜他的皮早已和羊皮长在了一起，活活疼死了。人羊成了黑勒人的神圣墓地之一，复仇的火焰燃得更旺。

骡子黑丘，是黑勒国王赐给库的坐骑。作者一再写到这种动物的不稳定性。“尊敬的汗王，我接受您馈赠的骡子，她是马驴合体的牲畜，请您容许我只用她身上驴的那一半。”① “驴和马在她身上本来就没合在一起。”② “妥觉见这个由半匹马和半头驴组合起来的牲口，合得不太严实，有缝隙。妥觉自己也有缝隙。在黑勒时那些鬼魂就把妥觉叫骡子。”③ “库也觉出黑丘性情不稳，跑起来身体中像有两个牲口在扭动。”④《捎话》的叙事在这里可见出作者的用心：骡子对应着妥觉，又似乎是一种讽刺，妥觉如果像骡子，那是因为它们都是分裂的怪物。

驴人，也是作者有意对应人羊的产物。“他的皮肤撑开，看见那个浑身刻满经文的光秃秃的身体，完全地被他的皮肤包裹起来。他突然想起了人羊，那个在羊身体里活着的人。现在是一头小驴活在他身体里。他知道自己已成了一个驴人。”⑤ 这种成双、对偶的思维方式也是诗歌式的。宗白华论“俪”，即并偶，即两个鹿并排在山中跑。这是美的景象。在文学艺术中，如六朝骈俪文，如园林建

---

① 刘亮程：《捎话》，第 217 页。
② 同上。
③ 同上书，第 218 页。
④ 同上书，第 219 页。
⑤ 同上书，第 296 页。

筑里的楹联，如京剧舞台上的形象对比、色彩对称等，都体现了骈俪之美。[①] 对偶、对称、对比等因素可以引发美感。另一方面，驴人的出现也是叙事的需要，作者的最终目的似乎是要在驴和人之间建立起一种联系，一种驴中有人、人中有驴的关系。一则驴这种家畜确实和人的关系非常亲密，驴性早已在役使中与人性相互交融；二则从万物平等的视角来看，驴陪人经一世，驴的灵魂要有归依处。谢的归依处就只能在库。库在死的那一刻，知道自己是一个驴人，他的身体里早已住着一头周身刻有经文的小母驴。

四、诗化小说的可能

对《捎话》体现出的文体风格的命名或概括，目前较为切近的，似乎唯“诗化小说”这一概念了。那么，什么是诗化小说呢？学界一般取廖高会的定义：“是诗歌向小说渗透融合而形成的新的小说文体，其采取诗性思维方式进行构思，运用意象抒情和意象叙事等手法，淡化情节和人物性格，以营造整体的诗意境界、特定情调或表达象征性哲思为目的，通过诗性精神使主客观世界得以契合与升华。”[②] 吴晓东关于诗化小说则是这样描述的：“它呈现出了一些独特的形式特征，如分解叙事，经验的零碎化，借助于意象和象征以及小说中注重引入散文、诗歌及其他艺术形式等。”[③]

按照这些定义或描述来看《捎话》，大体不错，但《捎话》中还有些元素没被纳入这些定义中，比如它的以语言为本体、结构上

---

① 宗白华：《宗白华全集》，第 461 页。

② 廖高会：《文体的边缘之花：略论诗化小说的特征与概念》，载《长春理工大学学报》2011 年第 7 期。

③ 吴晓东：《现代“诗化小说”探索》，载《文学评论》1997 年第 1 期。

的散文化、对民族传统文化及心理的借重等。一般论及诗化小说，似乎抒情性是其首要特征，但在《捎话》中，因为世界太残酷，通常诗化小说中的那种抒情好像没有了用武之地。

一般认为，中国的诗化小说主要产生于一批现代文学作家，如郁达夫、废名、艾芜、沈从文、萧红、师陀、孙犁、汪曾祺等。中国的诗化小说一方面是从传统文学内部的强大的诗歌基因中诞生，另一方面，也受到了西方 19 世纪以来的诗化小说的影响，如契诃夫的《草原》、屠格涅夫的《猎人笔记》。在法国象征主义文学运动中，诗学视域成了一种文学风尚，之后的伍尔夫、乔伊斯等人的作品也被归入“诗化小说”的行列。

但与上述这些作家作品比较起来，《捎话》呈现出一些差异性。刘亮程是以诗的言说方式来写小说。整部小说中，诗歌经常使用的通感手法被大面积地运用，描绘出了声音的颜色、形状。这倒也不是刘亮程的独创，只不过现在的作家不这么用了，就显得非常独特。中国古典文学中就有很多描绘声音的佳句，从白居易的《琵琶行》到晚清刘鹗的《老残游记》，都大量使用通感手段传达声音的形象。废名在他的《桥》中，借程小林之口说：“声音，到了想象，恐怕也成了颜色。”

而诗的言说方式自然形成了语言的隐喻和象征的功能倾向。譬喻、象征的修辞格又有怎样的作用或意义呢？宗白华借歌德的话说：“真理和神性一样，是永不肯让我们直接识知的，我们只能在反光、譬喻、象征里面观照它，在璀璨反光里面我们把握到生命。”① 正是由于作者的诗歌式思维和话语方式，他在形象上创造出妥觉、骡子、人羊、驴人、乔克努克等怪物，其中凝聚了高度的譬

① 时宏宇：《道、气、象、和的生命流动》，载《东岳论丛》2012 年第 11 期。

喻和象征意义，从而形成言有尽而意无穷的修辞效果，使“象”这个中国古代美学的中心概念，发挥出无穷接近真理的魅力。

而在突出声音的专注模式上，作者描述了大量的村庄的声音，整个文本似乎都笼罩在各种动物的叫声、风声、厮杀声中。而声音能被听见和表现的前提是什么？这也是为什么刘亮程的文学总是体现出一种虚静的意涵，这在《虚土》中表现得尤为突出。古代关于“虚静”多有发现，从老子到荀子、刘勰、苏轼都有论述。老子主张“致虚极，守静笃，万物并作，吾以观其复”，这种观世界的心灵状态似乎早已左右了作者的思维方式。荀子发现了“心知”的方法，即归于虚静。《荀子·解蔽》云：“心何以知？曰：虚一而静。”刘勰《文心雕龙·神思》中说：“是以陶钧文思，贵在虚静。”苏轼则有“欲令诗语妙，无厌空且静”的诗句。[①] 他们都强调了“虚静”对于艺术思维的极端重要性，只有在静笃的心灵状态下，人才能听到天地间的各种声音，声音的意义才能由此凸显出来。刘亮程借由对声音的描述与发现，传达出他有关世间的认识论。更为重要的是，虚静的心灵状态，才是文思、诗语得以产生的环境。正是天然地继承了中国诗歌传统的美学精髓，刘亮程创造出自己的话语系统和言说方式。

当然，小说主要就是讲故事，但《捎话》在讲故事之余，或者说，在故事终结处，似乎仍然执着于一个“道”。宗白华曾说，道是万象的根本，是宇宙创化的原理，中国人抚爱万物，与万物同其节奏，宇宙根本上是虚灵的时空合一体，是流荡着的生动气韵，[②] 于是，从哲学的角度来说，《捎话》中那些看来没有必要的零碎

---

① 周振甫、冀勤编著：《钱锺书〈谈艺录〉读本》，上海教育出版社 1992 年版，第 112 页。
② 时宏宇：《道、气、象、和的生命流动》，载《东岳论丛》2012 年第 11 期。

叙事，比如树叶、尘土、烟等，都有了依托。作者描述这些事物，一方面是因为它们是构成这个大千世界的元素，另一方面则是因为，中国人抚爱万物，与万物同其节奏。作者要突出一个“生”的世界，这个世界，是与几代人厮杀其间的现实世界的对抗。《捎话》似乎在时刻提醒人们，在收割人头的世间的混乱与残酷之外，对更高的存在来说，气韵流转如常，它鼓动万物的节奏与和谐。

其实，刘亮程所有的文学作品，都可以用“人生的艺术化”来解释。早年间，一个闲人在村庄游逛，超然物表，恬淡自守，《虚土》中紧张的外部世界仍然堵截不了独享静观的玄想乐趣。作者似乎就是要在玄想里获得永恒生命之流里的安息，来摆脱现实生活中的苦闷。“艺术是一种创造，所以要化实为虚，把客观真实化为主观的表现”①，“化景物为情思……化实为虚，才有无穷的意味，有幽远的境界”②，对照来看，此言用来诠释《捎话》中的景物描写，可谓贴切。

刘亮程对于中国诗骚传统的继承，还体现为他观物切、体物亲。借物寄意叫“托”，深文隐旨叫“迷”，这就是比兴诗骚。借形象作比，是比兴，寄托深沉的情思，是诗骚。③“风雪花草之物，三百篇中岂舍之乎？”④风雪花草都有用意，都是借以起兴，另有含意。《捎话》中，作者也以诗人的眼光，试图从景物中看到真境，揭发大自然的奥秘。同时，刘亮程显然懂得严羽在《沧浪诗话》中所言：语忌直，脉忌露。这也就是为什么，很多时候，他的文本迷

① 宗白华：《宗白华全集》，第 458 页。
② 同上书，第 456 页。
③ 周振甫、冀勤编著：《钱锺书〈谈艺录〉读本》，第 68 页。
④ 同上。

津从生。这其实是他刻意的语言追求。

席勒认为，美导向自由。刘亮程能创造出一种言说方式的美，他便是自由的。康德也把审美形式视为自由的象征。审美形式即生命的形式，也是感性形式，遵循感性的秩序。唯独具备新感性的人才昭示着艺术的希望，而个体感官的解放是首要的前提。感官的世界也是一个历史的世界，而理性是对历史世界在概念上的把握和理解，想象力是沟通感性与理性的中介。因此，想象力是生产性的。谁的想象力发达，谁的生产性就强。在文学的所有体裁中，诗歌的想象力是最发达的，最不受限制。而中华文化从根本上说具有诗性品质。意大利哲学家维柯研究原始文明时，提出一个重要概念“诗性智慧”，他认为，人类社会最初的功利与超越不分的一种文化形态，或曰生存智慧，是一种“诗性智慧”。由于原始人处在人类发展的儿童时期，其智力是混沌不分的，理性的抽象能力尚不发达，却富于感觉力和想象力。这种感觉力和想象力被维柯称为“感觉到的想象出的玄学”，“这种玄学就是他们的诗，诗就是他们生而就有的一种功能，因为能凭想象来创造”。① 文学艺术本质上是异化，如果虚构的文学叫出了事实的名称，那么事实的世界就因此冰消雪融。《捎话》就这样用诗歌的精神，创造了一个也许“个性不真实”，却“通性真实”的古代西域。

五、结　语

长篇小说《捎话》的形式意义在于，在这个自我即将溃散殆尽的时代，刘亮程以诗化小说的尝试、诗化哲学的意味，为我们营

---

① ［意］维柯：《新科学》，朱光潜译，人民文学出版社 1986 年版，第 162 页。

造了一个东方的马孔多镇。当人们被视像霸权左右，逐渐用图像、人造音响代替自己的思考与想象，向不假思索的深渊滑落的时候，《捎话》以它对寂静乡村中的各种原始声音的强调，用声音的专注模式吸引读者试着重新学会思考与想象。它以寓言的形式，用高度抽象、象征却处处充盈着中国诗学精神的感性与生命观的方式，将毗沙、黑勒两国的战争呈现出来。这部源于中国传统诗歌精神的小说，在当下成为一种难得的实验之作。

正如陈寅恪在为冯友兰《中国哲学史》所写的审查报告中所言："中国自今日以后，即使能忠实输入北美或东欧之思想，其结局当亦等于玄奘唯识之学，在吾国思想史上，既不能居最高之地位，且亦终归于歇绝者，其真能于思想上自成系统，有所创获者，必须一方面吸收输入外来之学说，一方面不忘本来民族之地位。"这段话虽然针对思想学术，但用之于文学，也有着相通的意义。刘亮程的中国式文学的价值即体现在不忘本民族之地位。《捎话》作为小说，也有不尽如人意的地方。最易被人诟病的地方就在于他将似乎无关紧要的物象都请进叙事，几乎撑破小说的边界，从来没有小说家会这么毫无忌惮地将尘土、烟，甚至高、细、扁作为叙事的结构元素。比如"痒"这一节，不但不美，而且完全没有承载叙事的功能。他津津乐道的这些物象也几乎让读者扔掉这部小说。但不可否认的是，《捎话》仍然是一部稀有的独特之作。它在思想上的深邃、审美上的标高都使人不禁想起彼得·盖伊所说：在一位伟大的小说家手上，完美的虚构可能创造出真正的历史。

原载《中国当代文学研究》2019 年第 2 期

浙东的衣钵

——艾伟小说论

绪 论

试图简短地总括艾伟二十多年的写作并不容易。当评论家们赞赏其小说思想的深刻性和批判性时，并没有吝啬对他在小说艺术上的精致追求的欣赏，认为艾伟是“创造力和思想力特别旺盛的一位”①；如果说鲁迅有着浙东文化的“山岳气”②、复仇、一个都不原谅的激进气质与风格，艾伟的批判性锋芒则隐藏在敛声静气的叙述中；周作人谓自己有“不可拔除的浙东性，这就是世人所通称的‘师爷气’”和“满口柴胡”爱骂人的习气，艾伟则有着江南水乡

① 吴义勤：《艾伟长篇小说〈南方〉：抽象地理学与具象伦理学》，载《文艺报》2015 年 3 月 23 日。

② 鲁迅认为浙东人的性格有“山岳气”。他曾说：“浙东多山，民性有山岳气，与湖南山岳地带之民气相同。”“山岳气”包含着稳厚朴诚、刚硬劲直等诸多品格，而考诸鲁迅著述，他所特别推重于浙东人物者，则在峻烈不阿、迂执顽梗的傲骨与硬气。鲁迅曾自称“刚肠疾恶，轻肆直言”。见顾琅川著：《周氏兄弟与浙东文化》，人民出版社 2008 年版，第 88 页。

明慧文巧的那一面。艾伟是国内写女性、儿童视角最为成功的男性作家之一，相较于一些男性作家总被指摘笔下女性是男性想象物、虚假做作等，艾伟笔下的女性、儿童形象从未受到评论的质疑，反而有种笔意天成的感觉。他语言的轻盈、明净以及或婉转低回或腾空而起的想象力，细腻、密实的细节审美，正是江南水乡明慧文巧的文化滋养。他的写作从早期带有先锋遗绪的诸多作品如《少年杨淇佩着刀》《乡村电影》《家园》《越野赛跑》等，到《爱人同志》《爱人有罪》《风和日丽》《南方》《过往》《镜中》，基本在两个路向上展开。一种是寓言化的、象征的，沿袭了先锋文学的暴力美学想象；一种是写实的、心理的，文体实验性维持在较小的程度上。艾伟小说前后两个阶段的变化，与整个当代小说叙事的审美趋向基本同频。这两种叙事模式有时花开两朵，各表一枝，从《南方》开始则汇流融合。艾伟的小说不断追求变化，所谓“诗心之妙在能变”①；他直言“写作的最大敌人是重复自己”；他热衷于自我阐释，发表了大量的创作谈，在这些创作谈中，他几乎穷尽了评论阐释的可能线索。艾伟在强调求变求新之时，也承认：“有时候，写作者是有命定的，有些写作者注定一辈子写一个母题，不管形式上如何变化，他还是在写那个他最感兴趣的主题。”②而这正是我阐释的起点。

艾伟的写作有几个关键词：革命/历史、心灵/人性、寓言、批判性等。他的历史叙写不是《战争与和平》式的全景宏大体，而

---

① 清浙东学派李杲堂在《散怀十首有序》中谓：“诗心之妙在能变，日变斯日新。年少为诗，自当精思极藻，各尽其才。至齿学渐进，于是造而高淡，而奇老，其于风格日上矣。然使守而不变，以至于极，譬如数啖太羹，频击土缶，音味遂为索然，复何可喜！”启示后学，诗文要“变化日新”。见李邺嗣著，张道勤点校：《杲堂诗文集》（下），浙江古籍出版社 2013 年版，第 141 页。

② 艾伟：《关于小说的几点看法》，载《当代文坛》2007 年第 1 期。

是在主要人物的命运中展现时代之于心灵、人性的塑造与伤害，或是对于社会失序时，人性的黑暗面于欲望的深渊中恣意泛滥的道德警示。艾伟的整个写作就是“心”与“史”的纠缠，这是他写作的原点或原型。“我相信人的内心以及精神世界和我们这个时代是紧密联系的，人是被时代劫持的，谁都逃脱不了庞大的时代意志。”①正是基于这一认识，他的小说一方面是以人物命运为中心的内倾的、心理的叙事，另一方面，这种叙事又紧紧地附着在大历史的框架与线索之上，铺陈出各种命运和心灵的奇景。

为什么艾伟会始终从这个原点出发去建构他的小说群，背后深层的因由可以追溯到支撑作家创作的根源意义上的情感结构。“情感结构最迷人的地方在于：它存在于几乎所有的我们现在当作文学作品来读的小说中，也存在于如今已被忽略的通俗小说中。各种各样的反映都是真实的，也的确有着魔法般的力量。”②威廉斯认为“情感结构”是一种稳定的、明确的、切切实实的经验，是一定社会中人们共同的社会经验，人们置身于这种共同的经验中，虽然习焉不察，但都会按照这种稳定而明确的社会经验去行事，它是共同体共同生活的基础。使用共同语言的人们也继承了共同的知识和文化传统，这笔遗产必然会参与到新的文化建构中。

鲁迅曾说自己的家乡“海岳精液，善生俊异”，“其民复存大禹卓苦勤劳之风，同勾践坚确慷慨之志”③，正是这种浙东文化的情感结构决定了鲁迅对自己家乡的指认，“浙东性”被挑选出来赋予

---

① 艾伟：《人及其时代意志》，载《山花》2005年第3期。

② [英] 雷蒙德·威廉斯著：《漫长的革命》，倪伟译，上海人民出版社2013年版，第77页。

③ 鲁迅：《集外集拾遗补编·〈越铎〉出世辞》，《鲁迅全集》第八卷，人民文学出版社1981年版，第39页。

价值，得到强调，这种文化因而成为一种选择性的传统，而选择性传统也反映出一个时期该区域整体的文化状况。共同的情感结构维系着区域内的文化传统与心理传承，并在精神慰藉与心灵关怀方面提供强大的支撑，成为一代人创造新历史、丰富整体文化的精神动力。新的一代人当然会有自己的情感结构，因为“情感结构”始终都是一种处于“溶解状态的社会经验”，是一种在特定时空中对生活的感受，一种独特的思考和生活的方式。但这种感受的结构正是在吸收了许多可追溯的连续性传统的基础上形成的。而很多时候，我们低估了文化传统，认为它只是一种选择，而忽视了它同时还是一种解释。“小传统”的地域文化、文化原型意义上的情感结构，始终都是形塑该区域内人士精神、心理结构的一种原动力，是一种“内源性”的文化资源以及起源性的力量。

浙东文化之于文学的影响，现代以来论及最多的是鲁迅的“山岳气”、复仇、一个都不原谅的激进气质与风格，是周作人所谓“满口柴胡”的“师爷气”及浙东水文化[①]等，这些气质与风格表面上看起来与艾伟似乎没有什么关系，吸引艾伟投身小说写作的是先锋文学，他也曾说他们这一代是“喝二十世纪现代主义小说的奶长大的”，但其实更深厚也更悠久的情感结构意义上的文化背景，是更根本更持久的决定性因素。艾伟小说内容的时间轴线主要是20世纪60年代之后他所谓的“革命时代”与“经济时代”，但却是浙东文化在空间地理的意义上（当然，地域文化也是时间性的）给予了艾伟文化血脉上的基因遗传。只要深入研读小说文本，就会

---

① 周作人说：“我们本是水乡的居民，平常对于水不觉得怎么新奇，要去临流赏玩一番，可是生平与水太相习了，自有一种情分，仿佛觉得生活的美与悦乐之背景里都有水在。”见周作人：《风雨谈·北平的春天》，《周作人文类编》卷六，湖南文艺出版社1998年版，第64页。

发现艾伟正是沿着一条从南宋到明清再到周氏兄弟的完整文脉，成为浙东文化这一根脉的接续者。

艾伟在宁波的一次演讲中谈道："由于宁波的商业文化或市民主义文化比较发达，这种文化有一种强烈的对现存秩序重新解释的内在需要。所以，当年以王阳明、黄宗羲为代表的宁波知识分子，在姚江边上，满怀文化雄心，提出了'经世致用，工商皆本'的学识。"[①] 他明确提到阳明心学和浙东学派。[②] 心学是明代以后浙学的主流，受其影响又有清初黄宗羲创始、奠基的浙东史学派。王阳明、黄宗羲这两位浙东先贤对浙江人的影响是巨大的，王阳明的知行一体与黄宗羲的经世致用，成为两浙地区世代相传的显性文化，并逐渐成为浙江人的文化自觉，成为两浙人的精神情感结构。浙东文化的脉络再往上还可以追溯到南宋的陈亮（事功之学、义利之辩）、甬上四先生（陆九渊心学的浙东传人），王阳明、黄宗羲之后产生重大史学影响的是章学诚，近现代则是章太炎、鲁迅和周作人。这一条完整的文脉必然会深隐在当代浙江人的心理结构之中，也必然会在作家创作时成为一种选择性传统发挥作用，从而彰显其精神内涵及文化品格。

艾伟的小说以"心"与"史"的扭结为写作原点，有着强烈的介入现实的愿望，而这正是知行一体、经世致用思想的体现。从其小说的人物谱系来说，男人 / 军人 / 战俘系列与女人 / 圣母 / 戏子系列，可以被看作两大主要类型（其他人物是这两大人物类型的变形，当然还有一些别的人物类型，比如知识分子等）。男人 / 军人 /

---

① 艾伟：《我们为何需要文学？它能抵抗我们的孤独》，载《钱江晚报》2020 年 11 月 6 日。

② 本文提及的浙东学派主要指清代浙东学派，主要人物均为浙东（今宁波、绍兴）一带人士。其影响多在史学，故也称"浙东史学"派。

战俘系列有刘亚军、刘世军、肖长春、尹泽桂等，戏子形象有王香兰、米艳艳、戚老师，以及形象与之相反的张小影、杨小翼等。男人系列承担着革命/历史的叙事符号，对应着绍兴的革命性[①]，也即浙东的“山岳气”；女人系列承担着文化/越剧的叙事符号，对应着浙东的戏曲文化、水文化的一面。文化原型或情感结构的影响，终究会如海底的冰山一般冉冉升起。

一、言性命必究于史：历史/革命的主题

艾伟是一个对“历史”有着深刻认识，并在写作中念兹在兹的作家。他对历史叙事的热情与野心，成为他的一个显著标志。他的创作谈中反复地出现“历史”这个词汇，他认为“我们都是历史中人，我们不可避免地受到时代意志的左右”[②]。他首先自觉于自己在历史连续中的身份，认为20世纪60年代生的人经历了两个时代，一个是“革命的时代”，一个是“经济的时代”。主导这两个时代的分别是“革命意识形态”和“市场欲望”。写作时的艾伟有一个当代历史的时间表，历史线索常常清晰地镶嵌在他的小说中。比如：“一九四九冬季的某天，一辆绿色军用吉普车在杨家门口停了下来。”[③]这种提示历史时间的表述在他的小说中随处可见，也证实着作家时刻将人物行动与大历史的时间线索紧紧缠绕的风格。

艾伟的长篇处女作《越野赛跑》深得作者之心。尽管这一部长

---

① 艾伟在宁波的演讲中说道：“绍兴是江南的异类，一直有革命的性格，就像那里诞生的绍剧，是歇斯底里的，有着北方的雄风，也因此在绍兴诞生了像鲁迅、秋瑾、徐锡麟这样的刚烈之士。”可见在艾伟的心里，绍兴是革命性的。见艾伟：《我们为何需要文学？它能抵抗我们的孤独》，载《钱江晚报》2020年11月6日。

② 艾伟：《人及其时代意志》，载《山花》2005年第3期。

③ 艾伟：《风和日丽》，作家出版社2010年版，第2页。

篇似乎不如《风和日丽》影响大，但作为处女作，确实爆发出了艾伟中短篇积聚的所有能量与想象力。整部小说是一个超大隐喻，一场人马赛跑寓言了人类对乌托邦的幻想与激情、疯狂与盲目。中国自20世纪60年代以来的历史，革命、欲望、现代性，都被编码到符合进化论的演进之中。也是在这一部小说中，作者同时显露出他始终放不下的悲悯与温情，在残酷与动荡的光明村之外，设置了一个叫天柱的地方。在那里“四类分子”可以存在，步年和小荷花相爱，被现实遗弃和迫害的人们找到归宿。“表面上看，这是一个小村演变的历史，但真正的主角是我们这个国家和民族。”①

从目前艾伟的七部长篇来看，《越野赛跑》《风和日丽》《爱人同志》是跨越两个历史时段的当代史叙事，艾伟称之为“社会主义革命经验”三部曲，《爱人有罪》《盛夏》《南方》《镜中》则主要聚焦20世纪80年代以后的市场化历史阶段。不管是哪一个阶段，他都将人物的命运、心灵的挣扎置于时代的历史背景之中，置于与意识形态的深度扭结之中，在革命中表现个人情感的被符号化，又在市场大潮中检视欲望如何宰治了人们的心灵与精神。

“我试图写出革命以及后革命语境下人的复杂性，1949年以来，中国社会一直处在眼花缭乱的变化中，迅捷、生猛、浩大，如何有效地写出社会主义经验的复杂性，写出时代洪流下人的处境，是我的写作兴趣所在。”②《爱人同志》《风和日丽》是这类革命主题的代表作。正如丹尼尔·贝尔在《资本主义文化矛盾》中提及“革命的第二天”，“世俗世界将重新侵犯人的意识。人们将会发现道德

---

① 王侃：《戏剧性、自我救赎与“人性意志”——艾伟散论》，载《当代作家评论》2021年第5期。

② 转引自贺绍俊：《一个温情的怀疑主义者》，见中国作家网 http://www.chinawriter.com.cn/n1/2021/1010/c404030-32248991.html。

理想无法革除倔强的物质欲望和特权的遗传”。[1] 正是基于对“革命第二天”的危机的应对，继续革命的冲动几乎贯穿着中国当代历史。“第二天”开启的生活世界与社会政治的冲突成为一组恒久的矛盾，而对这一矛盾的纵深表现正是小说得以生长的空间。

《爱人同志》在文学与社会政治之间构成一种互文的关系。张小影和刘亚军的爱情是 80 年代初的大众神话，是革命文学传统中革命＋爱情的续写。而现代性从其开始就将人的身体纳入动员的社会系统，政治内化为人们的心理与情感。张小影正是爱情与性被动员起来的文学演示。革命的圣洁化，通过女性的圣洁化而体现，因而张小影成了“圣母”，她也自觉地维护着保尔·柯察金式的圣徒气质。但是真正的历史是抵制符号化的，因为历史是一个不断被重新构造出来的故事或文本。到了 90 年代，张小影的爱情神话破产，刘亚军自焚……这部小说提出一个尖锐的问题：将个人时间完全纳入公共时间是否可行？当然，艾伟的历史质询能够成立，也依赖于卡夫卡式深藏的精神分析学背景的异化主题。即如同卡夫卡笔下人物的悲剧一样，社会的强力和精神分析法的耦合，共同刻画了荒诞而深刻的存在。由于这一部分内容游离出本文，在这里不详述了。

20 世纪 60 年代的文学叙事常采用“父亲”视角，建立起家世描写，革命史往往对应着家族史，将个人纳入革命的家世谱系中，而年轻人往往是革命史教育的对象，如《千万不要忘记》中的丁少纯、《年青的一代》中的林育生。而在艾伟的笔下，杨小翼们却开始了“审父”的历程，证实着杨小翼被压抑的记忆的存在，杨小翼

① 丹尼尔·贝尔：《资本主义文化矛盾》，赵一凡等译，生活·读书·新知三联书店 1989 年版，第 75 页。

的儿子则成为新的争夺和叙述的对象，因为“革命作为主导中国20世纪最为关键的一种思潮，它的影响今天依旧复杂幽深地隐藏在我们的血液里，作用在我们生命的深处，联系着我们的情感反应”①。

为什么艾伟会让有着私生女身份的杨小翼来质询历史？这个裂隙般的角度是怎么找到的？朱熹发现浙东士子秉持着一种与中原文化截然不同的观念。他抱怨他们热衷于“王霸之辨”而不谈孔孟，甚至“专言功利”。这里涉及儒家一个重要的概念——义利观。南宋的浙东先贤陈亮反对把义和利对立起来，他认为道德追求总是体现在具体的事物和行动中，富国强兵的事功就是在行儒家所推崇的“王道”，这就是“义利双行，王霸并用”。事功学说发展到叶适，更臻成熟完备，使永嘉学派形成了以“崇义养利”“成利致义”为宗旨的学术体系，其精髓早已融入浙江后人的精神底色中，在面对具体的“义利之辨”时便被唤醒。这个历史与心灵的裂隙角度正是由“义利之辨”的思维方式发现的，艾伟要为杨小翼讨一个身份，要在义利之间辨个清楚。

艾伟的写作总是胶着于历史，为什么他对历史爱得深沉？自南宋浙东史学初露峥嵘，迨明清之际臻于大成，浙东地区形成了重史的传统。黄宗羲提出“文章本于经史之学”，章学诚认为“古文辞出于史”，在《文史通义》中开宗明义地指出：“六经皆史也。”他又在《文史通义·浙东学术》篇中明确指出：“浙东之学，言性命者必究于史。”这种风气到鲁迅的时代依然盛行。鲁迅的祖父交好浙东学人李慈铭（尽管鲁迅对其著作《越缦堂日记》颇不以为然，“仿佛受了欺骗”）②，周氏兄弟自小先从历史而不是经书读起，可见

① 艾伟：《〈风和日丽〉写作札记》，载《当代作家评论》2010年第2期。
② 鲁迅：《三闲集·怎么写（夜记之一）》，见《鲁迅全集》第四卷，第24页。

当时浙东地区社会精英阶层读史之盛。这种浙东史学传统为周氏兄弟打上了文化的胎记，兄弟俩还多次提及浙东故乡于自己思想性格的深刻影响。周作人认为鲁迅是章学诚、章太炎以后浙东“深刻派”文风的代表。[①] 正是由于鲁迅“言性命必究于史”的史识与史意，使他能够“切于人事”[②]、“以古例今”，获得洞穿历史与现实的思想境界。由是，鲁迅杂文经常出现“翻老账”“挖祖坟”的犀利文笔来针砭现实。周作人有同样的思维方式，他曾说：“读史的好处是在能预料又要这样了。”[③] 艾伟在打通文学与历史的同时，实现了历史与现实的对接，继承了浙东史学“切于人事”的传统。鲁迅那一代作家由传统中国向革命中国跨入，求的是“沙聚之邦，转为人国”；艾伟这一代作家则是从革命中国向现代中国迈进，求的是被时代意志裹挟的人的命运和心灵能够得到主体性的自由与安放。其中，“革命”都是他们的关键词，他们的文学也都具有革命形象化、历史文学化的特点。由此，从新文化的鲁迅到当代文学的艾伟，可见浙东文化的影响以及情感结构的建构。

二、心即理：开掘内心的哲学背景

艾伟的小说常常被赋予的另一个关键词是“心灵”。媒体评论称其为国内罕见的向人物内心与精神世界掘进的“新生代”作家、“中国的哈代”等，艾伟也自诩：“我可能是中国作家当中为数不多

---

① 周作人、周建人：《年少沧桑：兄弟忆鲁迅》，河北教育出版社 2000 年版，第 190 页。

② 章学诚在《文史通义·浙东学术》中说：“故善言天人性命，未有不切于人事者。三代学术，知有史而不知有经，切人事也。后人贵经术，以其即三代之史耳。”见《文史通义校注》，叶瑛校注，中华书局 1985 年版，第 49 页。

③ 周作人：《周作人文类编》卷一，第 517 页。

的向人物的内心、向人物的精神世界掘进的作家。我相信人们不是我们习见的那个平庸的面貌，而是有着像宇宙一样深不可测，谜一样的领域有待于我们去探寻。”① 艾伟小说中的主人公们似乎都有着自己的心灵或精神问题，他的写作也往往在这些心结上发力：杨小翼的寻父、审父，张小影的爱情神话，《中篇1或短篇2》中的意识形态战俘……在进入经济时代之后，除了欲望这个低层次的精神依托物，人们在“意义迷失”中无所凭借，被欲望控制的人们焦虑孤独、患得患失，心灵没有了意义的慰藉，精神在单向度上挣扎。找到心灵的寄托，获得主体自由并安放灵魂与精神，就成了艾伟的写作目标。

艾伟小说中经常出现的永城，就是史称“甬”的宁波。这里是诞生陆九渊心学浙东一派“甬上四先生”的地方。艾伟在宁波生活了二十多年，宁波的三江口、护城河、法院巷等地方，以及宁波的风土人情，都曾被艾伟反复叙写，足见宁波对于艾伟的文学意义。“心即理”最早是南宋陆九渊提出的，却是明中叶的王阳明将其发扬光大。王阳明在《传习录》中提出“身之主宰便是心，心之所发便是意，意之本体便是知，意之所在便是物”的主张。“圣人之道，吾性自足，向之求理于事物者误也。”“心即理也。天下又有心外之事，心外之理乎？”心学后人黄宗羲则明确提出“盈天地皆心也”的哲学命题。只要“穷心”，就能“穷理”，把人的主观能动性推到了前所未有的高度。黄宗羲史学认为研史首在“明心”：“所谓文者，未有不写其心之所明者也。心苟未明，劬劳憔悴于章句之间，不过枝叶耳，无所附之而生。”② 心学突出世俗人生的价值、尊

---

① 艾伟：《怀着对女性的尊重和敬意》，载《文艺报》2021年4月26日第6版。

② 黄宗羲：《黄宗羲全集》第10册，吴光主编，浙江古籍出版社2012年版，第670页。

重人的主体、关注人的心灵的文化精神，已经成为浙江人的“文化基因”与精神遗产，给予浙江人以精神的启迪，使他们能够在自己的文化创造中做出独特的贡献。

鲁迅作为五四新文学的开创者，其思想必然会影响新文学的方向。“改造国民性”是鲁迅乃至整个新文学创作的主要目标，而鲁迅的“立人”思想，就与“阳明心学”及浙东学派有着内在的关联。鲁迅发现，要改变落后中国的面貌，“其首在立人，人立而后凡事举”。“国人之自觉至，个性张，沙聚之邦，由是转为人国。”① 中国现代文学的版图上，两浙作家几乎占据半壁江山。周作人的“人的文学”、沈雁冰等（文学研究会）的“为人生”的文学主张，背后都有着浙东文化的影子。艾伟的写作模式，基本可以被定义为接续五四新文学传统的知识分子写作，是对有着浙东文化背景的鲁迅等人开创的新文学传统的当代继承，在情感结构上体现出一脉相承的特点。可以说，从王阳明的“心学”到鲁迅的“立人”思想，到新文化运动，再到艾伟的当代小说，体现着浙东文化的历史连续性。

《风和日丽》中的杨小翼一心追求“承认的政治”。人的情感并不仅仅是一种心理活动，它同时介入了世界，甚至主宰了人的行动。杨小翼表面上在寻父、审父，其深层的精神根源则是尊严政治。因为符号控制着我们的想象力，符号的争夺是根本的冲突。福柯把现代性想象为“一种历史的态度而不是一个历史的时期”。② 杨

① 鲁迅：《坟·文化偏至论》，见《鲁迅全集》第一卷，第 57 页。

② 福柯将现代性理解为“一种态度”，而不是一个历史时期，不是一个时间概念。这种现代性的“态度”或“精神气质”，福柯把它解读为一种“哲学的质疑”，亦即对时代进行“批判性质询”，而不去忠实于某种信条。因此，对于福柯来说，现代性从根本意义上意味着一种批判精神。见福柯著、杜小真编选：《福柯集》，上海远东出版社 2003 年版，第 534 页。

小翼的态度就是要名正言顺地成为革命共同体中的成员。然而，她的父亲则以“对一个革命者而言，个人情感不值一提”[1]来拒绝了杨小翼的需求。在革命者的价值序列里，多余的私人情感是不应存在的，而情感恰恰是杨小翼确证自己存在的方式。政治和生活之间的矛盾，由此成为一种结构性的冲突。

艾伟试图找寻属于中国人的内心语言，他在《镜中》的后记中写道：身为一名中国作家，“有责任去探寻一个最基本的问题，即身为今天的中国人，我们生命的支柱究竟是什么，中国人的心灵世界究竟有着怎样的密码”[2]。艾伟笔下的女性形象成功地担负起心灵密码的解锁功能。艾伟试图描述这些女性内心深处的秘密景观，以及为什么她们会有如此的心灵路线。用她们的或跌宕或失败，或惨烈或凄伤的命运以及纤毫毕现的人物心理，他试图告诉读者，她们心灵的轨迹最终决定了她们在世间的行动，妇女的简史就是她们的心灵史。《爱人有罪》是一次典型的关于心灵救赎的铺陈。这样极端甚至有些促狭的题材，如果不依赖于心理景观的表现是无法圆满达成叙事的。在完全解放的欲望和形而上的道德激情之间，人类应怎样平衡？正是心灵深处的幽暗，使小说能够强化道德的深度，逼迫读者思考人类的精神如何才能得到救赎与安宁。与此同时，作者深怀悲悯地描摹这一切的发生。

具有浙东文化基因的艾伟，从作为“小传统”的地域文化的基因中，找寻到支撑其创作的深层价值资源。他执着于对心灵的开掘，明显受到心学之于浙东文化的影响。在他的小说中，触目可见“心即理”的哲学追求，构成其独具魅力的文化风格。

---

① 艾伟：《风和日丽》，第118页。

② 艾伟：《〈镜中〉：是一个关于如何在破碎的生活中安顿心灵的故事》，载《新民晚报》2022年7月31日。

三、念念致良知的道德审视

“致良知”是王阳明心学的主旨，所谓明代理学看阳明，阳明心学在“良知”。朱熹的理学强调“格物致知”，王阳明的认识论却认为“我的灵明便是天地鬼神的主宰”，“良知是天理之昭明灵觉处”[①]，天理就是道德意识。良知本存于人心中，是人生来就有的善，但良知往往被私欲所蒙蔽腐蚀，只有“持志如心痛”一般加强道德修养，才能恢复良知的本性。“致良知”就是要在事上磨炼，从而达到知行合一。明代以后的浙东文化深受阳明心学“致良知”思想的影响，“种树者必培其根，种德者必养其心”(《传习录》) 的观念深入人心。强调道德的实现不仅是为了个体的伦理完善，更是为了天下人的“致良知”。只有这样，才能凝聚社会共识。

艾伟曾提出“当代中国人灵魂救赎”的命题。这正是他以写作致良知的体现，融于小说中就是强烈的质疑与批判精神。如果说鲁迅有的是浙东的“山岳气”，那么艾伟有的则是暗藏峥嵘的批判性。当然，莫言、阎连科、余华、苏童、格非等都具有批判锋芒，地域性文化似乎并不能为作家具有批判性提供保证，但是当艾伟的批判锋芒始终与历史、心灵缠绕组合在一起的时候，艾伟的浙东性就显现了出来。艾伟的批判性并不体现在疾言厉色、上来就摆架势的明面，相反，他的批判善于隐藏在敛声静气的和缓叙述中；他的“致良知”体现为对历史的关注，对革命的审视，对人心人性孜孜不倦的掘进，对人生念念致良知的道德拷问。

鲁迅在《狂人日记》中写道：“从来如此，便对么？”艾伟继续着这种质疑精神。他的小说质疑了大历史播弄小人物命运的合理合

---

①《王阳明全集》，吴光等编校，上海古籍出版社 1992 年版，第 111 页。

法性（《爱人同志》《风和日丽》），质疑了知识分子懦弱、自私、爱惜羽毛而不能担当的缺陷（《1958年的唐吉诃德》），用“喝汽油”抵抗饥饿这样残酷的隐喻揭露缺乏人性与理智的“时代意志”（《家园》），用普遍的善、人道主义观念质疑狭隘的国族意识形态（《中篇1或短篇2》），用人马赛跑暗喻被现代性发动的人类的愚蠢与疯狂（《越野赛跑》），以小姐们在葬礼上做生意的丑陋鄙俗讽刺了经济时代道德失范、欲望猖狂的景象（《小姐们》）……鲁迅的切于人事、以古例今的浙东史学传统，同样体现在艾伟的写作中。鲁迅有“挖祖坟、算旧账”的激进风格，而在艾伟这里则是“所有人都流下了泪水”[①]，最终都有一个温情的救赎想象来兜底。但他同样对不公的历史、对人性的黑暗有着尖锐而深刻的批判性。艾伟早期的中短篇有着先锋小说的外壳，暴力血腥的极端事件往往与救赎、忏悔的道德意识纠缠在一起。后来的长篇多采用写实的手法，因而批判性变得潜隐而温和，但其深刻性并不因此而减弱，如《爱人同志》中刘亚军的“自焚”：“他意识到，他幻想中的敌人根本没把他当回事，他们根本没有觉得他有什么力量，他们只是不想铲除他，他们要铲除他的话什么时候都可以动手。同那个世界相比，他根本就是一粒微尘，尘中的尘。”[②]无声的惊雷、无声的悲恸，就是刘亚军、张小影们可悲的一生。这种不动声色的深刻，成功地凸显了心灵悲剧的分量，这正是对周作人所谓鲁迅“深刻派”文风的接续。

艾伟对道德伦理的叙事怀有强烈的热情，他执着地“勘探人与世界的幽暗，发现人性内在的境遇和困局，拨开迷雾”，并“以同

---

① 在短篇小说《乡村电影》中，作家通过“所有人都流下了泪水”这一细节，凸显了人性的同情和悲悯。

② 艾伟：《爱人同志》，重庆出版社2013年版，第278页。

情和怜悯的目光，看待这个复杂的世界和人生”。①《敦煌》围绕女性的情爱与家庭故事，写出了现代女性的心灵与自我、主体性及外部世界的道德规训之间的紧张关系。这一切看起来似乎是一个有关平衡的技术问题，但又何尝不是一次关于性别政治、关于道德感溯源追问的灵魂之旅。小项与丈夫陈波都是高级知识分子，小项似乎具有完全的主体性，能够主宰和决定自己的人生。也许正是这种极大的自由使小项的情感走向混乱与迷失，哲学上所谓的自由的恐惧令小项心无所安，也许绝对的自由本身即是一个深渊。小项成了这个时代知识女性情感生活的某种具有典型性的缩影。

同样的心灵困境也在《过往》中母亲的一生中体现。作为一名越剧演员，母亲的生活乃至生命的重心在戏上。日常家庭生活中的母亲，是一个不负责任、抛弃儿女，因自己的风流令丈夫出走消失的女人。小说的最后，年老的母亲却渴望重新回归永城的家庭亲情中，不惜杀人以保护儿子秋生不被杀害。正如母亲当年的抛家弃子，杀人的母亲再一次将伦理的悖论如伤痕一般撕开，也许人生本就是一场逃无可逃的悲剧，逃过了遍布命运的陷阱，逃不过心灵的种种暗伤。

当代小说如何处理历史与现实的关系，小说艺术如何在深邃的思想中璀璨升华，如何在勘探人心深不可测的内宇宙的同时，在技巧与真诚之间取得平衡，艾伟的写作提供了一种可资参考的方案。

---

① 张学昕：《“我听到整个宇宙在和我说话”——读艾伟的几个短篇小说》，载《长城》2019 年第 4 期。

空间的现代性体验

——论《灭籍记》

从《裤裆巷风流记》开始，老宅就是范小青的一个中心物象或意象。可以说，她之所以会属意老宅，可以用“吴文化”和“小巷文学”[①]来解释。范小青的创作始终体现出空间上强烈的地方性。

到了《灭籍记》[②]，老宅显然已经成为一个空间诗学意义上的时空体，负载着太多的历史记忆与现实变革。本雅明想要追溯资本主义早期的巴黎，准确地说，想要沉浸在波德莱尔笔下的巴黎，因为波德莱尔对19世纪中期巴黎的现代性体验的诗行深深地吸引了他。范小青也深深地沉浸在老宅带给她的现代性体验中。《灭籍记》通过一个寻找身份的故事，让老宅成为小说的真正主题：一个“反讽的乌托邦”式存在。历史的追溯与回忆，围绕身份的建构与解构，正如记忆与失忆如影随形。历史或身份的建构必将以记忆迷惑的外观呈现其复杂与深度。历史主体甚至学会了主动虚构记忆。

---

① 参见王尧：《转型前后——阅读范小青》，载《当代作家评论》2008年第1期。

② 范小青：《灭籍记》，北京十月文艺出版社2018年版。本文所引原文皆出自此书，以下不再赘述。

《灭籍记》的核心仍然是历史寓言式写作，却有着喜剧、荒诞、后现代特点的生活外壳。而精致、匀称的小说结构，通篇对话式“引逗”①增殖的文体风格，倒溯推理的类型叙事手法，戏谑、戏仿、反讽等后现代元素，都显出范小青三十多年文学实践的功力与一再蝶变的文体创新精神。

一、空间诗学

在阐明《灭籍记》所体现的空间诗学的意义之前，有必要回顾空间理论在西方发生和发展的历程。

追溯空间理论的形成，一般都以福柯的一句话作为开端。他说：我们知道，19 世纪人们沉湎于历史……我们这个时代也许首先是一个空间的时代。②他在 1976 年的访谈中谈道：“空间贬值”早已在数代知识分子中盛行，空间被当作死寂、固定、非辩证和静止的东西。相反，时间却是丰富的、多产的、有生命的、辩证的。③其实更早一些的思想家如海德格尔在《存在与时间》和晚期的一些文章中，就已注意到了“空间”，他的“空间”更多地意指某种存在的框架、“栖居”，是“我们人据以在大地上存在的方式”，是“终有一死者在大地上存在的方式”。④加斯东·巴什拉的《空间诗学》则从现象学的层面讨论了空间带给人的经验。米哈伊尔·巴

① 参见王尧、牛煜：《文体·风格·现代性》，载《当代文坛》2018 年第 6 期。

② [英] 苏珊·斯坦福·弗里德曼：《空间诗学与阿兰达蒂–洛伊的〈微物之神〉》，见 [美] 詹姆斯·费伦、彼得·J. 拉比诺维茨主编：《当代叙事理论指南》，申丹等译，北京大学出版社 2007 年版，第 204 页。

③ [美] 菲利普·韦格纳：《空间批评：批评的地理、空间、场所与文本性》，见阎嘉主编：《文学理论精粹读本》，中国人民大学出版社 2006 年版，第 135 页。

④ [德] 瓦尔特·本雅明：《讲故事的人》，见《启迪》，张旭东、王斑译，生活·读书·新知三联书店 2014 年版，第 96 页。

赫金对一系列小说的“时空交错”，即“文学中艺术地表达出来的时间与空间关系的内在联系”进行了详细分析[①]；在《发达资本主义时期的抒情诗人》中，本雅明对巴黎的空间进行了不厌其烦的描绘与分析。他的《讲故事的人》追溯当代叙事至古老的讲故事的形式，将早期叙事分成两种“古老的形式”，其根据就在于讲故事的人与空间的关系。第一种是由水手讲的故事，他“来自远方”，“有些故事要讲”；第二种是耕者讲的故事，“他未出远门，熟稔当地的故事与传说”。[②]不管是在家还是在外，讲故事的人和讲故事都具有空间性。

这些思想家的著作以多种方式表明：空间本身既是一种“产物”，是由不同范围的社会进程与人类干预形成的，又是一种“力量”，它要反过来影响指引和限定人类在世界上的行为与方式的各种可能性。正如地理学家爱德华·索亚强调的，西方的现代性因而被重新设想为既是一种历史规划，“又是”一种地理和空间的规划，是对我们栖居于其中的环境（包括我们的身体）持续的分解和重组。[③]

美国人类学家保罗·拉比诺延伸了福柯的社会空间研究，他强调了现代性革命深刻的空间本质。[④]詹明信则从后现代语境中指出：后现代主义新的文化处境中最重要的一个方面，就是“我们的历史性在衰退，我们以某种积极方式体验历史的生动可能性正在衰退”，

① [美] 菲利普·韦格纳：《空间批评：批评的地理、空间、场所与文本性》，见阎嘉主编：《文学理论精粹读本》，第 137 页。

② [德] 瓦尔特·本雅明：《讲故事的人》，见《启迪》，张旭东、王斑译，生活·读书·新知三联书店 2014 年版，第 96 页。

③ [美] 菲利普·韦格纳：《空间批评：批评的地理、空间、场所与文本性》，见阎嘉主编：《文学理论精粹读本》，第 137 页。

④ 同上书，第 141 页。

相反，我们的文化成了一种“日益受到空间和空间逻辑支配”的文化。① 詹明信还分析了 20 世纪 70 年代早期对空间和空间性问题兴趣的复苏，是因为这段时间正是后现代作为一种新的文化主流出现在西方工业国家内部的时刻。日益城市化和全球化，把空间问题与文化地理学推上了中心舞台，而空间理论的勃兴，其实隐含着西方思想家试图探索重建人类的空间，并因此重建人类在世上的存在的可能性。从认识论的角度来说，人类想要认识客体世界，就必须把时间与空间一起作为人类思维和经验的中介组成成分。也就是说，缺了空间一维的认识中介，认识是不完满的。

二、老宅的空间

在《灭籍记》中，历史个体的意图世界、行动世界、空间选择全都集中在了“老宅”。对范小青来说，老宅是她的文化体验的空间，也是她笔下人物的生存空间。“就这样纵横交错的一个大宅，走进去就是迷宫。单说我家所在的这一路有七进，门厅，轿厅，后面还有四进楼厅。可怜我家，就在最后一进的一楼西房。”类似于这种对于老宅的空间描述，《赤脚医生万泉河》中就出现了。在小说的开头，这个空间直接以一幅图的形式，被直观地呈现出来。这可以看作是作者已经有了清晰的想要“绘制认知地图”的意图。这之后，范小青的作品持续着对空间的表现，到了《灭籍记》，终于以这段话明白昭示出来：“对于这座某某堂老宅，大家虽然身在其中，却早就不识它的真面目了。因为老宅早已经分割得七零八落。

① [美] 詹明信：《后现代主义，或晚期资本主义的文化逻辑》，见《晚期资本主义的文化逻辑》，陈清侨译，生活·读书·新知三联书店 1997 年版，第 489 页。

到底零落成了什么样，谁也搞不清了，除非飞到天上朝下看，才能看清楚。”

在这段话里，范小青将自己乃至一代人的现代性困惑和焦虑变成一个问题，那就是，“我”是怎么来的，“我”如何证明自己的身份。早在本雅明时期，人类历史中空间的现代性体验所隐藏的秘密就被发现了，之后，随着空间理论的发掘，空间的政治性分布、权力遍布于空间的组织秩序，“空间是任何公共生活形式的基础”，也是“任何权力运作的基础”。① 这些空间理论的论述，可以作为我们解读《灭籍记》的思想线索，甚至可以当作范小青在无意识中为自己的写作设定的哲学背景。范小青想做一个“飞到天上朝下看并最终看清老宅”的作者，她力图拥有这种空间视角，并最终在时空交错中将老宅的来龙去脉、生存在其中的人们的命运看清楚。在这里，老宅不仅仅是文化地理学意义上的场所、场景、舞台，更是与作者最终隐含的“民族寓言”式写作紧密胶着在一起的、具有能动性的存在。

老宅在这里，是居住其中的人们的意识的居所，是某种意义上福柯所谓的“异托邦”。生存在老宅、小巷中的人的身份认同，越来越与这个“空间”相关，越来越为“空间”所决定。空间不是叙事的“外部”因素，而是一种内在力量，它从内部决定叙事的发展，直接引起故事和情节，是故事的推动力和孵化器。老宅这个空间负载着历史，并继续回应时间、情节的发展，从而体现出时空的不可分割性。空间与时间从来就是合作的关系，它们一起构成叙事发生的力量。《灭籍记》其实就是要发起时间与空间的对话。

---

① [法] 米歇尔·福柯、[美] 保罗·雷比诺：《空间、知识、权力——福柯访谈录》，见包亚明：《后现代性与地理学的政治》，上海教育出版社 2001 年版，第 13 页。

老宅同时也是一个历史的力量具化之后的社会场所，不断表现出随时间变化后形成的社会秩序、社会结构和身份问题。各种人在这里相遇、跨越界限、发生故事。小说的叙事也便从这个空间的各种矛盾状态里建立起来。另一重意味是，这所房子谜一样的复杂结构模仿了历史的结构，以空间的形象体现了空间的时间化和时间的空间化。

阴森森的备弄，就是上演活生生历史的舞台。现在这个舞台的幕布已是一个后现代的空间，它充满游戏意味，而后现代另一个重要表征，就是主体的多元性和破碎性。郑见桃、吴永辉等身份的多元与破碎是现代性经验，而对发现于此并写成文本的范小青来说，又是后现代的眼光与语境。这个错综现代与后现代的当下时空带给作家的“震惊”，最终演绎成一个文化地理意义上的“传奇”。范小青曾经表达过自己“又走进了人与纸的圈子”的迷茫甚或是遗憾。事实上，这个“人与纸的圈子”就是老宅的必然，家宅“是我们在世界中的一角”，是“我们最初的宇宙”。[①] 家宅关系着人的身份认同、人的安定幸福、人的藏身之所、人休憩的港湾……甚至连家宅中的“柜子”都是存储记忆与历史的空间，是隐秘的心理生命的存在。[②]

那么，围绕空间的生产、分配，就是一个政治学问题。人摆脱不了政治，政治原本就是为了人的存在而采取的组织形式，它的核心和要义在于权力。勒菲弗说，“权力遍布于空间”。[③] 空间是各种斗争和权力逞能的场所，是政治性、意识形态性的。作为一种新型

---

① [法] 加斯东·巴什拉：《空间的诗学》，张逸婧译，上海译文出版社2009年版，第2页。

② 同上书，第84页。

③ [美] 爱德华·索亚：《第三空间：去往洛杉矶和其他真实和想象地方的旅程》，陆扬译，上海教育出版社2005年版，第39页。

匮乏资源，空间已成为被抢夺的对象，被卷入阶级与阶层的斗争之中，对空间的分配、规划和生产也都与各种权利关系相勾连。①

阴气重的苏州老宅子，狭长的备弄里，黑咕隆咚，阴气森森。这里是诞生故事的好地方，这里埋藏着多少不为人知的秘密。如何探寻“我”的来历，如何证明“我”的身份，成为居住在老宅里的人的身份认同问题。因为一张“纸”，也就是一张贫农的身份证明，吴正好的爷爷奶奶住进了老宅。三代之后的“我”为了要继承老宅，生出去寻找身份的兴趣。寻找的结果是，郑见桃丢了身份，叶兰乡伪造了“儿子”的身份。郑见桥要把老宅捐献给国家，伪造了老宅的身份，然而，老宅最终却没有了身份。这么集中地书写身份之困，实际上是在书写老宅的现代性体验：“狭长的备弄，依旧是那样阴森森的，依旧是那样的昏暗，几十年过去了，许多东西发生了巨大的变化，连我都老成一个老妖精了，唯独这老宅里的备弄，偏偏就没有享受到新世界的阳光。”新的城市化也许正在考虑如何处理老宅这笔历史遗产。郑见桃作为老宅的遗民，见证了老宅半个多世纪风云变幻的历史与现实。《灭籍记》展现出了这座城市在现代化过程中的驳杂面影——既传统，又现代，甚至还很有点后现代。然而，即便在这种表面的“新”，即现代甚至后现代之下，是这座古老城市顽固保守、艰难蜕变的精神历程。

三、现代性体验

在“后革命”的今天，去重新讲述当代中国的现代性经验，实

---

①［法］亨利·列斐伏尔：《空间政治学的反思》，见包亚明：《现代性与空间的生产》，上海教育出版社2003年版，第66页。

际上已成为一些有作为的"50后""60后"作家创作的原动力。正如有论者指出，无论从艺术风格还是主题指向上看，《灭籍记》都可以看成是《香火》和《我的名字叫王村》的某种延续。[①]范小青的小说，自《赤脚医生万泉和》开始，《香火》《我的名字叫王村》直到《灭籍记》，都在试图给出中国本土的现代性体验。西方的现代性起始阶段一般被认为是20世纪初，结束于20世纪60年代。中国的现代性则表现得复杂得多，它是一种既断裂又延续，既截然反叛又悄然同一的复杂同构。《灭籍记》即可看成是前现代、现代与后现代在老苏州的交织与混响："范小青创作中最根本的变化应该是发生在2006年前后。……一个明显的创作征候就是，2006年以后范小青短篇小说的题目中突然出现了很多问句。……这在之前的创作中从来不曾出现过。这些问句式标题传达出作家内心漫溢的迷惑、混沌和不确定。"[②]

这些对现实的敏感与反应，正是一个作家的难能可贵之处。作家把现实对自己的冲击及时地生成为文学文本，并不是所有的作家都有对现实及时反应的能力，而把这种能力综合为一种力图显现民族国家寓言式宏大写作的能力就更缺乏了。因为谁也不能确定：这些现实会否昙花一现，成为过眼云烟？这种现实是否有其呈现的价值？作家在描绘这个当下的同时，能否将历史的深层肌理展现在世人面前？作品真能描绘出当下社会生活的真实画面吗？问过这些问题，再针对这些问题来回答，我们会发现，《灭籍记》的表现是令人信服的。范小青对当下生活敏锐、细致的观察与描绘，是难得的。

① 黄玲：《荒诞叙事中的存在追问——评范小青的长篇小说〈灭籍记〉》，载《小说评论》2018年第6期。

② 同上。

对一位当代作家来说，作品与现实生活的联系，即使不比作品的技巧质量更重要，至少也是同等重要的。《灭籍记》对当下的描绘并不是皮相的，而是深入历史的内里，力图将历史的肌理、逻辑完整地显现出来。即使到了今天，西方的文论家也依然肯定伟大的写实小说的历史价值："我们完全可以坚持认为，就 19 世纪 40 年代英国的状况而言，最好的历史学家就是小说家——只要这种说法是以历史尺度而不是审美尺度来确定的。小说家们可能因此而承担了本不属于他们的义务。"① 这句话的目的是要突出小说家深刻呈现历史真相的功绩，显然审美尺度未列入考量范围。实际上，好的小说家总是一方面联系着小说的虚构元素，一方面则联系着历史学家的工作。

与此相关的是，一个文本之所以会呈现这种面貌而不是别的样貌，写法是关键。《灭籍记》一方面有着历史寓言式写作的核心，有着现实主义的情节逻辑，另一方面，整体语言的戏谑、反讽风格以及大面积的对话，却又都表现出某种后现代的风格。

例如，《灭籍记》对《红楼梦》中宝玉听黛玉葬花而"恸倒山坡之上"的移用以及对宋词的大量拼贴使用，都属于典型的戏仿。小说中多次出现吴正好的口头禅："无所谓啦，不关我事""追着玩玩呗""说着玩玩吧"。至于"我根本就没活过""我打游戏，打乱顺序，才能改变方向，改变方向，才能得以存活或者死亡""理想曾经来过，徒留一地悲伤"等句子，都传达出后现代新新人类吴正好的"佛"与"丧"。一切都无所谓，真假与虚实本没有界限。如果不是为了结婚，"我"才不会去寻找身份。在确定、辨明继承人的过程中，"我"的女朋友林小琼积极地参与进来，背后还有她妈

① [英] 劳伦斯·勒纳：《历史与虚构》，见阎嘉主编：《文学理论精粹读本》，第 99 页。

刘金灿的支持，但当老宅的身份被灭籍之后，女朋友与她妈一起消失了。而这些人，原本都是老宅这个空间里的，刘金灿原来就是刘明汉的女儿，显然她从刘明汉那里知道了“我”这个“真孙”的身份。历史的延续、空间的故事所构成的网络，在代际间或传递并置或交叉重叠。

另外，像这些句子：“她不仅不奇怪，她还相信了，她不仅相信了，她还联想了，她不仅联想了，她还想多了”，“我宁可信其真，绝不信其假，甚至说不定，如果需要，我还会以假乱真。反正我这个人，怎么说呢，你慢慢会知道我是谁。往事就这样清清楚楚地摆在面前了。……往事就这样不清不楚地摆在面前了。不管你们信不信。反正我也不知道我信不信”，顶真、绕口令般的语言，传达出一种外表戏谑、滑稽的喜剧效果，而内里却引人深思叙述的言外之意、话外之音。

小说采用了推理小说的叙述手法，随着吴正好倒溯身份，从街道办到派出所、殡仪馆、房管局、墓地、养老院等，在这些场所也就是空间里，也发生着时代语境下的各种小插曲。在房产局的一段，可谓将马克斯·韦伯分析的现代官僚机构那种既精密无懈可击，又什么都解决不了的荒诞，精彩地还原呈现。“我就是来找那张纸的，如果我有那张纸，我还来这里干什么呢？”这个最基本的问题问出了现代性的某种荒谬。最可笑的是，办事员向吴正好推荐了骗子，而这个骗子声称：警察也是我的客户，他们有难办的事也来委托我。

在墓地，一个靠吃死人饭的人说：“我是两边跑跑的，两边的币都用得着。”在养老院，无儿无女的郑见桃，或者是叶兰乡，清楚地知道小关的意图——“除了小关这样心存歹念的人，别的还有谁会关心我的存在？”在史志办，主任“急吼吼地说，你们可别上当，那不是我们编的，是民间几个人自发瞎搞的”。这些讽刺性的描写无不令人失笑，将社会各个空间里人物的典型形象、心理活动惟妙惟肖地表现出来。

范小青的这种写作风格，越来越趋向于符号化。比如小说中父亲的形象，已有多人发现了范小青近年来小说中父亲形象的“怪异”。他似乎是一个背对历史的缄默者、缺席者，一个面目模糊、不愿出庭做证的历史见证者，也有可能他背负了历史债务，这一切使得他面对历史变得暧昧、模棱两可。历史在“父亲”这里断裂，使“我”的身份追寻变得更加扑朔迷离。“我们这地方，是个有文化的地方，过去经常在戏文里唱才子佳人假子真孙这样的故事。”历史还在继续，老苏州“假子真孙”的文化记忆，由此成为叙事的原点，而“我父亲躺在一张旧藤椅上回忆往事”，成为一种符号化的书写。

父亲这个“假子”，只能是一个回忆的主体，而不是行动的主体，他知道一切历史，参与了历史的建构，却最终选择缄默与缺席。“吴永辉，一辈子就像一粒灰。”“因为，多少年来，我们郑家的后代，一代接一代地给我祖宗丢脸，不说那些我连做梦都没见过的先人，单从我曾祖父开始说，我曾祖父丢了一些，我爷爷接着丢，而且他丢得比较大了，他竟把郑家的传承人连同郑家的脸面一起丢了。到了我父亲，虽然他改了姓，但没有改变的是持续地丢祖宗的脸。轮到我丢的时候，我祖宗也已经没什么脸面可丢的了。”这段戏谑滑稽的独白，虽说传达的是一种喜剧效果，却也从深层折射出老宅如今白云苍狗、辉煌不再的破落形象。

有多位论者注意到范小青近年来作品中的对话体。对话具有潜在的“聚会研讨”性，具有插入报道的模式，因此增加了叙事结构的复杂性，它是纯故事与模仿或戏剧形式的混合体。尼采在他的《悲剧的诞生》中称，“柏拉图是古代小说的创造者”。众所周知，柏拉图最著名的作品就有他的对话录。尼采分析了柏拉图的矛盾性：“他一方面因苏格拉底的要求拒绝艺术，另一方面用他的对话给后代留下了一种新艺术形式即小说的原型。”① 可以说，西方小说的本质从源头就具有政治哲学的潜在诉求，“小说哲学最初的根基源于柏拉图的政治理论，而小说哲学则是其基本原理”②。这个西方小说源头上的特征，与中国小说的来历当然判然有别。中国自五四新文化运动之后，小说的范式逐渐深受西方小说的影响也是不言自明的。

程德培曾论说，范小青这种对话体是中国古代禅宗所推崇的，并在《香火》中有着淋漓尽致的发挥和创造性的借用。他认为“对话体结构丢弃写作者的在场和权威，拒绝出现大脑思考者的画像，对话成分可以互换，说过的话可以被推翻，情节的本质可以被中断，推托，逃避和节外生枝”。③ 但他也发现了一个问题，即：当语言以书写形式开始吸引越来越多的注意力时，它也愈益瓦解摧毁自身的有效性。④ 可谓是斯言诚哉。看《灭籍记》的感受，有时如坐着语言的飞车，而语言则好像被某种虚无所劫持。但是这恰恰是作者要达到的风格目的，即一切都是不确定的，含有自我否定的游戏意味，一切都是无可无不可的后现代风格。如果说，“小说是我

---

① [德] 弗里德里希·尼采：《悲剧的诞生》，周国平译，译林出版社 2011 年版，第 65 页。

② [法] 菲利普·拉库-拉巴尔特、让-吕克·南希：《风格》，见阎嘉主编：《文学理论精粹读本》，第 35 页。

③ 程德培：《变化之中有变化》，见《范小青研究资料》，人民文学出版社 2016 年版，第 245 页。

④ 同上。

们时代苏格拉底式的对话”[①]，那么，《灭籍记》既是对这句话的表现，也是对这句话的戏仿。小说就这样以对话的方式，多维地达到了某种社会心理的还原或某种本质的还原，从而具有了哲学的抽象能力。

① [法] 菲利普·拉库-拉巴尔特、让-吕克·南希：《风格》，见阎嘉主编：《文学理论精粹读本》，第35页。

方言小说的前世今生

——从《海上花列传》到《繁花》

从《海上花列传》到《繁花》，是上海城市小说的绵延，是“传奇”与“流言”的发扬。我猜金宇澄写《繁花》的时候，无意识深处横着一部《海上花列传》。二者之间的关联，首先自然是吴语方言。《繁花》在模拟上海话的声口，正如作家所言，“很多沪语句子，不易书面表达，只能舍弃，反复拿捏，用心良苦”，因此语言上，实际过渡到了所谓的“蓝青官话”；《海上花列传》经张爱玲的翻译，早已成为普通话的经典，除了研究方言的人，谁还会去阅读百年前花也怜侬的吴语原著呢？

张爱玲在写与胡适的书信中盛赞《海上花列传》，认为其与《醒世姻缘》，一个写得淡，一个写得浓，都是最好的写实作品，应位列世界名著中。张爱玲欣赏《海上花列传》，还因为这是一部写爱情的杰出小说。于小说的结构方面，“传奇化的情节，写实的细节”既不同于“五四”以来学习西方小说的新文学小说，也区别于中国传统的章回体，有一种“高不成低不就”的独特性。因此她要做打捞工作，替大众保存这本书。但她也承认，书中吴语对白的语气非常难译。有意思的是，作为新文化运动的发起人，胡适从《海上花列传》中看到的是吴语小说的价值，而小说家张爱玲看到的却仍然是小说的题材、情节和细节。

金宇澄说："我承认《繁花》这本书有很多让人读了很难受的部分，尤其是大量鸳鸯蝴蝶派的句子。其实，我是觉得中国小说在西化的道路上走得太远了，我要把它拉回来。"其实作家对读者的阅读情况可能有误解，读者也许并不觉得鸳鸯蝴蝶派的句子有什么让人难受的，相反还会认为这恰恰是小说的"文艺腔"。作家之所以会觉得读者读了这样的句了会难受，是因为他假定他们要么是精英文学的读者，要么是纯粹的普罗大众，因为这两者都有可能看不惯"鸳蝴做派"。

"《繁花》主要的兴趣，是取自被一般意义忽视的边角材料——生活世相的琐碎记录……充满无意义的过程与特质，不重要的重要所在，海阔天空，胡说八卦，或者吵闹调笑中，时间逐渐消耗，流过，在话语，小故事，段子里，逐渐流过，消失，这一层不大被人留意的发现，表现了时代的本相，一个很小的切入口，因为这类场景、时间、状态，生活中比比皆是。"这一段其实说出了《繁花》的本相。琐碎的记录、无意义的过程、八卦调笑和海阔天空，充满了整部小说。它是尊重市井的，自然是反启蒙的；它有着《清明上河图》式中国画的无焦点风格，是群像式小说，也就似乎不需要聚焦的深度内心模式；但它同样藏着精英知识分子的眼光，尽管作家认为自己走的是通俗文学、说书传统的路子，但当小毛向沪生八卦弄堂传奇的时候，沪生的议论和观点携带的是精英知识分子甚或是作家本人的态度。20 世纪 60 年代的部分被认为写得更有精英文学的深度，90 年代则如同后现代社会本身一般，变成了饭局、弄堂、夜总会的万花筒与大拼盘。然而爱情仍然是《繁花》的主题之一，这与《海上花列传》、与鸳蝴派、与张爱玲有着一条通俗文学史的脉络。

张爱玲曾说旧时男人谈恋爱只能到妓院去谈，《海上花列传》对长三书寓的态度是平等的、沉溺其中的，又用一种平淡近自然的笔墨写出来，这便是小说写实价值之所在。《海上花列传》是用细腻柔软的文笔写那些"混天糊涂"的人的"欢乐伤心史"（刘复），《繁花》又何尝不是市井喧嚣中的欢乐伤心史？汪小姐、宏庆夫妇的假离婚假结婚，逐渐脱离原先的设计，最后的结局就像从生活的摩天轮中摔出去一般。康总陪陆总等去夜总会，作家写了小姐的说话、陆总的放诞行止。陆总对康总"酒后吐真言"，最后康总陪陆总在夜总会外面等白裙子姑娘下班，因为陆总认真了，要娶这个白裙子小姐。康总说小费都给过了，结束了。但陆总执意要等，等到三点多钟，才知道白裙子已经从另一个员工后门走掉了。这期间陆总还掉了泪。稍显啰唆的写实最后居然达到了神奇的境界。陆总这个红尘商场中的俗人的典型性，用最不典型的"声口模拟"达到了出神入化的境地。在此煞笔，让人真正领会了那种古今情绪：欢场散尽之后的无尽空虚与悲凉。这也是《繁花》与《海上花列传》一脉相承的地方。

就我的观感而言，电视剧《繁花》的上海普通话版更好听、更高级、更有腔调。蓝青官话也是有传统的，只能说，对身处上海的外地人来说，蓝青官话的传统令她觉得上海普通话才是亲切悦耳的。上海话适合轻言轻语、嗲声嗲气，但电视剧显然需要清晰的吐字、快闪的画面，上海话于是在电视剧中显得喑哑了，而上海普通话却像男旦一般将京剧旦角的魅力挥洒出来，尤其是汪小姐充满娇憨、嗲味的"上普"，反而比上海话更清亮，更有冲击力。关于这一点，我还无法上升到理论的高度，只是真实地将自己的观感说出来而已。

一方面是“声音的小说”传统，另一方面是文字的意义传统。《繁花》可被看作“声音的小说”的典型之作，而《马桥词典》则是用方言传达地域文化的代表。方言小说在语言和文字两个层面都有极大的表现空间，这就是为什么方言小说难以被简单地评说。钟敬文说：“我们懂得最深微，用起来最灵便的，往往是那些从小学来的乡土的语言，和自己的生活经验有无限关联的语言，即学者们所谓的‘母舌’（Mother tongue）。”这是肯定的，但小说语言毕竟还是交流的载体，如果“母舌”到了阻碍交流的程度，也就不上算了。“娘宁看伐懂，晓得哦?”（“让人看不懂，晓得不?”）单看这一句话，文字的意义与声音似乎失去了对应关系，产生了混乱的知觉效果。

方言不仅在语音层面，还在文字、语义方面合成一个系统。选用方言若能取精用宏，自然能为小说增色，但取用是难的。张爱玲曾在翻译《海上花列传》时说过，取舍是一种折磨。在声音层面，方言也有自己独特的处理音节、节奏的方式。比如，沈从文的《萧萧》模拟的是湘西方言的声口，尽管字句看上去都是通用的，但整体的说话节奏、音节、停顿方式，却是陌生的，读者阅读时的感受也必然是疙里疙瘩，很多句子要重复读，在心里默念理解。即使如此，湘西本地人感觉到的畅快精妙，其他地方的人也体会不到多少。新中国成立之后推广普通话，在教育领域整体推进，只要是受过教育的，阅读文字时就是使用普通话的，因此，对于方言的接受程度可能已经不能跟沈从文写《萧萧》的1929年相比了。《萧萧》肯定是一流的小说，但方言成分对其跻身“一流”究竟起了多大作用，其实是值得深入探讨的。

比如这样的句子：“末了花狗大便又唱了许多歌给她听。”这里这个“大便”夹在中间，的确增加了湘西土话的色彩和味道，却也如陌生的沟坎，产生瞬间的歧义。又如：“同花狗在一起摘瓜，取名字叫哑巴的，开了平时不常开的口。”这一句话，“读”起来是很好听的，瓜、巴、开，连在一起，朗朗上口，如同山歌，但在“看”的时候，真是顿了两次，才把这个突然的歌唱的句式理顺，因它并不符合书面语对人物的介绍句式，增加了“看”的难度。又如：“一面还有那被说的萧萧感觉一种惶恐，说这话不为无意义了。”沈从文是才高任性，这一句话在通与不通的边缘疯狂试探。又如“这小女人简直是全不为丈夫设想那么似的，一天比一天长大起来”，“设想”后面加一个“那么”，把补语成分搞复杂，也令普通话读者感到惶恐莫名。

一个中篇下来，阅读实际上是在沟沟坎坎当中穿行，能读完的人绝对是现代经典作品的“真爱粉”了。阅读这些文字，就像时时要纠正航道一样，时间久了，未免疲劳，所谓审美快感无论如何不是那么发自内心了，更多是整体的叙事所带来的文化冲击令读者不得不承认这是一篇杰作。

《马桥词典》是证明方言文化自成系统的典型之作。科学、醒、神、不和气、贵生、根等词汇，能够令作家写成词典，足见其意义所牵涉的文化差异之大。如果完全用这些词语系统来写作，普通话读者也许会遭遇“字全都认识，却不知道在说什么”的尴尬。《马桥词典》把方言词汇放大，摆到中心位置，用故事来诠释，方言本身是叙事主体，这种写作真正焕发出魅力。它是方言的，却是“看”的和“意义”的；它对听觉系统兴趣不大，却充满了传奇与故事。因为是词典体，语言势必俭省、精练，明面的直奔主题反而增加了小说的冲击力。《马桥词典》看似跟明清笔记毫不搭界，却是最有明清笔记精神的，一则短故事讲一件事，讲到极致，讲到回味无穷，绝不啰唆。

在古代，方言写作也是不被提倡的。冯梦龙是苏州人，一生以创作、搜集、整理通俗文学为使命，但在他的文学创作中，使用的却是精练的北方官话。《海上花列传》是晚清的方言杰作，全用吴语对白，之前算是有一部《何典》，以后则无来者了。

古人已发现小说可分文字的、语言的两种，即所谓偏意义的和偏声音的。《金瓶梅》被认为是“纯乎语言之小说”，即偏声音的，优点在于“文字积习，荡除净尽。读其文者，如见其人，如聆其语”。古代小说的一个旨趣是说书听书，是声口模拟，是对狭小空间里的文化习俗、地域色彩的认同，是对共同体身份的确认。而《水浒传》《红楼梦》被认为是“文字兼语言小说”，是视听兼备的。显然，这个价值序列还是认为视听兼备的小说比单一突出声音或意义的价值更高。

方言在中国的现代性发轫中，从未占据中心地位。新文化运动的核心人物胡适、周作人、钱玄同等虽然都提倡方言写作，但“言文合一”的五四白话文精神，说到底发扬的还是一种“看”的文学。所以才有瞿秋白的不适应症：“仍旧是只能够用眼睛看，而不能够用耳朵听的。它怎么能够成为‘文学的国语’呢?”现代文学对方言的征用是有限的，基本还是一种蓝青官话的程度，不论是老舍的京味小说，还是李劼人的川味小说，都没有造成阅读的负担；之后延安文艺倡导大众化、民族化，出现了赵树理式大众文艺的代表，而赵树理本人却明确反对使用过于生僻的土语，认为会成为“大众读者阅读路上的拦路虎”。1956年全国推广普通话，强调“尽力提倡在书面语言中使用普通话……纠正那种在出版物中特别是文学作品中滥用方言的现象”。茅盾也提倡作家使用蓝青官话，通过蓝青官话教育连蓝青官话也不会的南方读者，最终目的还是全国通用语的推广统一。

20 世纪 80 年代，韩少功等人的寻根文学所实践的方言写作，毋宁说是其文化寻根的语言策略。莫言的小说很难说是方言性的，相较于对声音的兴趣，其小说的视觉特色可能更强一些。阎连科的《受活》被认为是地道的方言小说，其结构还创造了“絮言”这一形式，然而作家显然对意义的追究更感兴趣，《受活》是地域文化、色彩和情绪的体现。刘震云的《一句顶一万句》，地方色彩浓厚，人物形象更是将河南地域文化的性格与气质尽显，然而一个“说得着说不着”，很难说是河南人独有的方言，北京人也这么说。而作家纠缠于这个“说得着说不着”，并将其置于一个撬动地球的支点上，跟民族的千年孤独挂上钩，殊为难解。其实还是专注于语言的意义层面。贾平凹的乡土小说，因其表现的对象是农村或乡镇，方言当然是表现的利器，比之沈从文的湘西系列，其语言已与普通话无多大差别。如老舍、周立波、阎连科的脚注，贾平凹是坚决不会用的。然而，在他的某些段落或句式中，仍能见到陕西方言的思维方式，那是一种古老的、缠绕的、暧昧的气息和质地，仍然会时不时地幽灵闪现，有时也难免把普通话读者趼一跤，令读者产生意义的迷航。

总而言之，20 世纪 50 年代以来，方言主要还是作为一种补充性的文学资源。方言可为共同语提供丰富的语汇，有助于语法的改进。其实早在五四白话文运动时期，胡适就是这么强调的：作为民族共同语的取材资料。当代作家的方言写作，有着多方面的原因和诉求——对自我主体性的确认，寻找情感共同体的诉求，甚至还关涉权力。但方言小说同样存在着语言上的困境，如赵树理小说的语言空间弹性有限，李锐的《无风之树》“落入另一种语言匮乏的困境”（郜元宝）。当林白抛掉她女性主义感性、精细的语言，原腔原调地模拟起底层妇女的闲话风，着实令读者吃了一惊。

方言小说必定会超越对声口、腔调的简单模拟，超越地方性知识、气质和风俗的展览，因为这些东西随着全球化的到来，将越来越不具备通约性。地域文化的风格化，其实很多时候可能是一种负资产。可以预见的是，随着普通话的推广和城市化的进程，方言的版图将会大幅缩小，这是正在到来的现实。

“身体在世”、元小说及女性作家叙述权威的建构

——论杨怡芬著《海上繁花》

一、“身体在世”启动的感觉主义的叙事

“起初我写地狱航船这样的故事，只是想要控诉，可当我慢慢沉浸其中，我想发出的声音，有很多却像是来自那幽深的海底。”① 这是小说《海上繁花》中的一段话，作家杨怡芬在接受记者访谈时也有过类似的表达，甚至是反复的强调。这段话可以看作是作家启动小说叙事的创作心理的原动力，正是这一对生命被残酷剥夺的感同身受的心痛与怜悯，那种人类特有的生命之间的类比与勾连，使作家选择了生命 / 身体的视角来完成她对这一历史事件的非虚构叙事。在生命结束之前，身体 / 知觉的感觉主义的叙事便承担起小说关于情感、道德伦理的读者反应的激发与牵引。

① 杨怡芬：《海上繁花》，北京十月文艺出版社 2023 年版，第 316 页。下文凡涉及该作品的引文，均只在文中标明页码。

“身体在世”[①]是梅洛-庞蒂的知觉现象学中的一个观点，即知觉总是从一个特殊的视角开始。如果没有身体在世的知觉，就不会有人对世界的感知。小说中关于战俘身体的知觉，以及对知觉反应的描述，直接指向了小说的伦理道德追问。战争的不义、残酷与非人性，正是通过被密闭在船舱里受难的战俘们的身体感觉，以及对各种感觉的堆积、压缩和变形的描写，达成其伦理学意义上的认识论基础。我们对战争的认识，从如此感性的、身体的、感觉的经验出发，最终在战俘的身体与读者的身体的类比与勾连中形成。在这些感觉主义的细腻描写中，读者同时被迫或积极地启动自己的感受性，体验战争的可怖经验。如果说人的天性是趋利避害，那么人为地使他人痛苦就是某种恶。正是认同道德起源于人们的苦乐感觉，道德出自人的感情，小说建构起自己关于战争、关于人类应如何建立共同生活秩序的伦理观。

小说中关于身体感觉的叙述给读者留下了深刻的印象。这些描写准确、细腻甚至华美：从密闭着400人的、各种气味发酵和病菌充斥的3号舱，到逃出舱后在战栗的海里躲避日本兵枪弹的身体的拼命挣扎；在青滨被渔民救起后想起自己曾是文明人的感觉；乃至伊恩三人被救往重庆一路的身体的感觉经验，到最后战争结束，约翰和爱丽丝的幸福日常生活的感觉……整个叙事中前后身体的非文明的、文明的感觉和体验，完成了小说叙述的使命之一：揭示战争对人类身体的掠夺、压迫和非文明化。比如这样的描写：“腿有些抽筋，刚入水的清凉，已经被寒意取代，他竭尽全力抵过了一阵抽筋，必须游得更快些，在更猛烈的抽筋来临之前，游到岛边上，他

① [法] 莫里斯·梅洛-庞蒂：《知觉现象学》，姜志辉译，商务印书馆2001年版，第266页。

不知道自己能不能撑过去。”（第 81 页）约翰此时刚逃离地狱般的船舱，而被鱼雷击中的里斯本丸号正在沉没，沉船周围形成了危险的吞没人的漩涡。这时约翰的身体在世界中了，海中的这个世界不是对立于身体，而是环绕着、包围着身体。约翰此时认识世界的媒介不可能是别的，只能是自己的身体。而读者的心弦随着他的腿在海水里的抽筋而绷紧，难道刚逃出不堪回首的船舱，又要葬身海底了？这是叙事中身体感觉的描述所引起的读者反应。

对战俘约翰、伊恩们受难中的身体感觉的描写，激起了我们对同类尊敬和互相关怀的感情。作者曾谈道：“我写作这部小说的起初感动是对渔民勇敢的钦慕，最后落脚于对长眠于海底的里斯本丸沉船里的年轻人的心疼。”[①] 这种通过想象战俘的身体感觉，想象被剥夺生命权、沉睡海底的八百多位年轻战俘的类比与勾连，甚至最终决定了小说的结构走向：后半部分的隐形主角，实在是那海底的八百战俘。[②] 关于后半部分八百战俘成为隐含的集体叙述声音，将在后文论述。小说借叙述者“我”和香织的口吻说出：对自身拥有“生命”体验，特别真实（第 255 页）。由此达到一种双重的教育功能，作者先是自己从中受到教育，又使读者意识到小说的教育意义。

同样出于对生命本身的尊重，东极岛渔民不顾安危、倾其所有地救助战俘，从海里打捞起这些奄奄一息、濒临死亡的英国人，完全忘记了一百年前的东极岛正是鸦片战争的战场之一。小说中有多处对阿卷父母照料战俘的细节描写，渔民们使战俘安眠，给他们吃食和衣物，为他们疗伤。这些细致的照料是从伊恩、约翰们身体感

---

① 见《钱报读书会｜舟山人杨怡芬谈〈海上繁花〉：我的初心，吾土吾民》，https://baijiahao.baidu.com/s?id=1771534676640382052&wfr=spider&for=pc。

② 同上。

到温暖、舒适的入微体验来描写的。这种从身体的感觉出发来看待世界的思维方式，也在伊恩们那里得到延续。当伊恩看到村民被日本人投放的炭疽病毒折磨得双腿溃烂时，流下了同情的泪水，取出珍藏的药物赠送村民。他深深懂得这种身体上的痛苦和不自由，以及由此带来的精神上的创伤。他人的身体体验，勾连起人们类同的身体体验。“生理的身体”由此变为“交往的身体”，人们由己及人地体验到人生的痛苦和悲欢。

小说以细腻的描写与叙述，使读者意识到我们每一个人都是在自己的身体的知觉中与世界打交道。身体是意义的纽结，是意义的发生场。我们也是通过身体发现在世存在是自己的任务和职责。正如小说写道的：卑微的生命，如我们，也许都困在自己的岛上，都在自己的狭窄空间里，可我们一样挣扎着想负起自己那份责任，在这个意义上，我想，我们都是平等的（第240页）。伊恩始终有一个愿望，要将阿卷带出东极岛，这是他报恩的方式，也是他觉得自己负有的一个责任。

与身体自由紧密联系的是生而为人的尊严。小说中一再写到约翰、伊恩们重获自由后重新找到的一个文明人的尊严。而对非文明人的体验的描写，比如：“救生艇就在船舷上，他们不放下来，也许，他们连子弹也不想浪费了。有个船员将一条绳子扔到一个战俘面前，战俘待要去拿，那绳子却被飞快抽走，船舷边上的士兵们哄堂大笑。”（第81页）这种非文明性，除了身体被剥夺，还有人的尊严的扫地。对那些牺牲的战俘来说，他们是死过两次的人。第一次是身体的死亡，第二次是尊严的死亡。

小说带领读者通过返回身体知觉回到前知识的生活世界，由己及人，由人推己，道出一种人类特有的生命之间的类比与勾连，正像梅洛-庞蒂所言，“人类在他特有的生存中，在爱中，在恨中，在个体和集体的历史中，就是形而上学的”。[①] 作者最初带着“解密”历史往事的心态，却在沉入叙事之后，自然而然地用“身体在世”的类比之心完成了小说的伦理叙事与道德追问。

二、元小说及叙事结构

非虚构小说总是具有元小说性。《海上繁花》的整体结构呈现出元小说性。整部小说分为三部分，每一部分前有一个楔子，我称之为“插入文本”。而这里的元小说性就表征在插入文本上，也即几乎与历史叙事同等分量的楔子部分。这些楔子部分的叙述者是第一人称的“我”，一个翻译，一个偶然的机会参与了里斯本丸号沉船事件纪念活动。“我”同时是一个作家，决定要把地狱航船的故事写成小说。小说文本中也多次提到小说写作的进程、写作的动机甚至情节结构的安排等。这些表征元小说性的内容进而决定了小说的整体结构。

“我”与日本姑娘香织的恋情，始终作为里斯本丸号事件的后人故事，受到事件的影响。相恋十二年，却因为彼此的国族、战争的受害者与发起者身份而致使婚期延宕。然而相恋毕竟是美好的、真诚的，“我”和香织的恋情叙事，也即楔子部分，成为与地狱航船事件相互呼应的、作者称之为“明艳与黑暗并置”的结构。这些插入文本与正文之间构成一种直接的对话关系，两个恋人能否最终结合，取决于战争创伤弥合的可能性。这些插入文本实际上还像一个个隐含文本，也在促成人们对于战争的思考。它们将时间从眼

① [法] 莫里斯·梅洛–庞蒂：《小说与形而上学》，见《意义与无意义》(《梅洛–庞蒂文集》第 4 卷)，张颖译，商务印书馆 2018 年版，第 31 页。

前穿梭到过去，又从过去推向眼前，以及未来。那些表面文本无法深入的部分，由这些隐含文本来展现。正如施洛米丝·雷蒙-凯南指出的那样，“叙述者如果过于外露，那么他被完全信赖的可能也就微乎其微，这是由于他的阐释、评价和归纳并不总是与隐含作者的标准尺度相吻合”①。所以，作家在这里用了障眼法，第一人称的“我”，小张，一个翻译，这个身份几乎可以忽略。读者直接知道这个作为小张的“我”，隐含的正是作者“我”。由此，这些插入文本构成了一种“超表述”行为，一种评价眼光，一种道德尺度。对于小说这种多声道的文类来说，超表述行为显得尤其重要。正是通过这一类表述，叙述者建构起“真实性原则”，令读者接受并理解。这些对历史事件隐含的评价揭示了生而自由的人的品格或状态应该是怎样的，也让读者发自内心地认同并体验活着真好。

元小说的结构还体现在小说在缝合历史叙事与虚构叙事上所做的努力方面。由于小说的事件是由过去到现在，即从战俘成功出逃的1942年到最近一次纪念里斯本丸号沉船事件的2017年，而历史话语是一种表述话语，历史叙事某种意义上说是“硬”而“实”的，需要作家如历史学家一般对历史档案文献进行广泛而深入的检索和查阅，在此基础上才能亦步亦趋地重构。也就是说，文学虚构叙事是一种“生成”式的、缺乏真值评价的施为话语体系，而历史叙事是一种“认知”的、具有真值功能的话语体系，两种话语目标的不同导致阅读承受着分裂和断裂的风险。诚如苏珊·吉尔哈特所言，历史与虚构虽然并非独立的王国，但它们永远不会完全合

① [美] 苏珊·S. 兰瑟：《虚构的权威：女性作家与叙述声音》，黄必康译，北京大学出版社2002年版，第19页。

并。[1]两者不断地强化这种差异，历史叙述与虚构叙事之间存在着永不统一的界限。历史毕竟是对已经确立为事实的事件的叙述，尤其是面对大屠杀这样的历史事件，虚构叙事是不可能的。如何处理虚构叙事与历史叙事，对于《海上繁花》来说，是一个重要的问题，因为两者之间存在着文本类型和体裁的差异。作家在写作之时就面临着区分叙事化与虚构化的难题，这是《海上繁花》这类有历史本事的小说所面临的共同议题。

结果是历史小说或故事的施事星河被分割为两个子集：一个由虚构人物组成，他们有历史的对应者；另一个由没有历史对应者的虚构人物组成。[2]这在《海上繁花》的叙事中得到证明。一方面，约翰、伊恩和阿卷父母、阿卷等人物，待在实有其人的子集里，他们跟里斯本丸有关的真实经历不容施事话语偏离真实；另一方面，“我”和香织，以及香织的奶奶、家人们，待在没有历史对应者的虚构人物子集里。而小说的完成就需要将两个子集里的人物及叙事有效地缝合起来。正如小说中所写：“历史总是干巴巴的，我喜欢浸润了水分的故事——即便明知它掺杂了虚构，或许还夹带了作者的许多私货。”（第 6 页）这是因为，从某种意义上说，历史话语要到达“真实界”，需要诉诸“情节编排”的文学叙事，包括历史的细节、情绪、体温和表情，正是这些内容使历史叙事比之于纯粹的历史纪撰具有更丰富的意义和说服力。也正因如此，将历史叙事的“硬”与“实”转换为虚构叙事的自由与传奇，是一重叙事考验。

而当时空转入当下，历史叙事瞬间转变为类似于新闻体的小说叙事，操作方法又变为现场采访、忠实记录，而由此形成的文体必

---

① ［美］卢波米尔·道勒齐尔：《虚构叙事与历史叙事：迎接后现代主义的挑战》，见［美］戴卫·赫尔曼主编：《新叙事学》，马海良译，北京大学出版社 2002 年版，第 193 页。

② 同上书，第 194 页。

然带有新闻色彩。新闻体叙事与文学虚构叙事同样存在文体差异。东极岛渔民搭救英军战俘的心理动机、道德依据，是作家通过实地采访得来的；里斯本丸纪念活动中阿卷等村民的所思所想，以及他们与约翰的重逢与互动，也只能采用新闻体色彩的笔触，这又是一重叙事考验。这个容纳了历史非虚构叙事、新闻体叙事、文学虚构叙事的文本，便成为展现元小说、后现代拼贴的实验场。

新新闻体小说于“二战”后在西方兴起，这种“事实性叙事”满足了人们对于细腻实录的需求。它与历史叙事的不同在于，它描绘现在的形象。其价值在于以文献式散文代替了“倒退的”与社会无关的虚构，从而变得像经典现实主义小说一样强大。《海上繁花》将典型的虚构叙事的手法与新闻笔法糅合起来，其视点不断、多次地转移，由一开始的伊恩一家到约翰的视点，再到伊恩的视点，再回到约翰的视点（指除楔子以外的小说主体部分），其间还大量穿插他们的内心独白。可以说，19 世纪叙事史以来行之有效的诸种手法都在被运用，但这种新新闻体小说显然有对既有叙事的翻新，它穿梭在现实与虚构交互的时空里，打乱了人们对单一虚构叙事的阅读习惯。它追求一种超越虚构的“真实效果”，但不可否认的是，多种叙述类型的并置、碎片式拼贴，使整体叙事呈现出后现代主义的叙事特征，即叙事的主观性、混杂性和零散化。

三、女性作家叙述权威的建构

作家通过一种非历史性的倾向，即赋予历史以生活肉身的写法，提供了女性作家书写战争题材的某种写作策略。在这里，“女性主义”意味着对主体经验的强调、对文本意义的追求，还意味着将各种范畴混杂起来的后结构主义倾向。如果我们承认一个人的观察会受到其主体立场的影响，那么作为女性作家来处理一个战争题材的非虚构作品，就必定会呈现出一些独特的叙事景观。“我写得最得心应手的应该是涉及女性和日常生活的部分。”这种女性作家的视角，选择将叙事看成一次整体的修辞行动，拉开叙述者与她自己的距离，用繁复的视点、声音、空间等，建构起女性作家关于战争的文本叙述。这个文本所引起的读者反应，包括情感的、伦理道德的、性别意识的诸种反应，都可见出女性作家的叙事在文化中的性别结构方式，如萨丽・罗宾逊所说：“我关心的是性别如何通过叙事过程产生出来，这个文本是如何为读者和使读者建构男性意识或女性意识的。”

比如这样的叙述：“你忘在床格里和梳妆台上的东西，我都放进小箱子里了，和那些底片在一起。”（第232页）在此之前，敏妮将卢瑞秋母亲在婚礼仪式上赠送给她的金手镯等贵重首饰悄悄留在了卢家，她要跟随父母回英国了，她想为爱人留下这些东西以备不时之需，毕竟中国还在战乱之中。但卢瑞秋却细心地发现了，仍将这些首饰装在了敏妮的行李里。类似这样的细腻描写，充实了整个文本。这些细碎的、充满感性与情感的细节，都凸显了女性作家在文化中的性别结构方式，更彰显出女性作家建构叙事权威的伦理观：人们之间的相爱，完全可以跨越国族。作家试图写出相爱的人们相处的细节，并以此为模范，为人们建立和谐、美好的关系秩序，提供感人的文学景观。

小说中的叙述声音，“我”是一个男性，但真实的作者是女性，这是一个耐人寻味的设置。我们所熟知的海明威式关于战争的硬汉叙事，以及战争的男性叙事，某种意义上已形成一种关于战争叙述的垄断。似乎战争是男性的，一个女性的叙述者天然不占优势，而一个男性叙述者的设置则是一个不错的叙述选择。但隐藏在后面的实际上的女性作家的叙述声音、叙述眼光，那种“本真”的女性声音，便与小说中的男性叙述者声音产生一种张力，这种张力是令人感兴趣的叙事学议题所在。

这个故事对于作者来说，显然是一个“异故事”，作者不可能亲身参与其中，她与虚构人物分属两个不同的本体存在层面。那么，作者型声音的叙事是唯一之途。如何使作者型叙述令读者像在读一个作者亲身参与的“同故事”一样亲切？“插入文本”就是她的叙述策略之一。作家借此建立起小说赖于取得读者信任的“生活空间”，并制定出她能借以活跃其间的女性作家的叙述定律；建构起关于身体的感觉主义的话语权威，明确表达出某些意义而让其他意义保持沉默。比如这样的叙述：“经过这么多年海水淘洗，舱底的污秽，都被洗净了吧？被海水和钢铁封存的身体，会是怎样的样貌？这么些年，舱口还保持着封闭吗？”“直到四五年前，他才开口和家人说‘里斯本丸’和集中营的事情……不要把黑暗带给家人。”（第 297 页）这类叙述仍然将身体的感觉主义的叙事贯穿下来，从而达成作家关于战争的道德追问。

在作者型声音的叙述之外，作家主要是启动了让历史中的幸存者用个人声音讲述自己的故事的方法。因此，这是一个作者型叙述声音和个人型叙述声音同时出现的小说文本。前者建构了虚构作者“叙述”的声音，后者则形成了某个人物“模仿”的声音。而这两种叙述模式负载着不同形式的权威。它们互为背反：作者型叙述被理解为虚构，但其叙述声音却显得更具有可信度——这就是为什么读者在看“我”和香织的恋爱故事时，不用怀疑其真实性，直接明白其为虚构的小说；而个人型叙述往往被当作自传体，但其叙述声音的权威又被认为是名正言顺。如小说中约翰、伊恩的视角及经历，他们的内心独白，都具有无可辩驳的真实性。如果说启动个人声音叙事，让历史中的幸存者开口说话，并不总是女性作家的特权，那么杨怡芬在建构个人声音的叙事时，投入的则是女性作家的视角、感觉以及对细碎的生活世界的热衷与擅长。

同时，我们还应注意到，还有一种叙述声音的存在，那就是东极岛所有救过里斯本丸号沉船战俘的渔民们的叙述，即第三种叙述模式——集体型叙述声音的存在。它们表达了一种群体的共同声音，或者是各种声音的集合。如这样的语句："这岛民的祖先中，很多就是被救上来后在此安居的，下雨天，大家凑在一起搓麻绳，讲得最多的是救人的故事。救人一命，天上一星。"这种集体叙述的声音，传达出渔民们救人的心理动机和道德依据。第三部分中阿卷和香织之间的对话，阿卷的视角和叙述，实际上也是一种代表东极岛渔民叙述的集体话语叙述。这些集体话语叙述声音的出现，意味着杨怡芬对里斯本丸号历史事件叙事的目标，不再仅仅是再现，而是要在作家与读者之间达成某种关于伦理道德的共识。这在文本中体现为杨怡芬《海上繁花》对最终的伦理教育与自我教育的一再追认。正如小说中写道的："在坏的时代，我为什么不努力去做个好人呢，这其中肯定有好多好人的。"（第 318 页）只要人类还要延续下去，共同的前景设想与展望就是必须要正视的伦理建设。

一位小说家在写作并叙述一个故事的时候，实际上就已经开始了对话语权威的追求：为了赢得读者、获得听众，进而取得社会的尊敬和赞同，建立广泛的影响。如果我们把小说当作文化事业来阅读，实际上，关于里斯本丸号沉船事件的始末，读者正是通过作家的叙述获得了事件之外更多元的价值，包括有关世界观的观察与体验。这个展示性文本给予作家在虚构话语和历史的边缘地带创造叙述声音的机遇，而作家的创作也在这个过程中促成了自己虚构叙事的权威。读者从中受惠，激发起关于人类应如何建立共同生活的秩序，建构起新的人类关系诗学的沉重思考。

叶芝的诗句说，人类所体验的是“过去之事，眼前之事，将来之事”。这部小说就贯穿了这三种时间——里斯本丸号沉船的过去时间、“我”和香织的现在时间，以及我们共同的未来时间。小说中写道：“即使战争已经过去，但某一天战争重来的话，我们就自然接受它的残酷？”小说仿拟身体 / 心灵对时间环境的再现，目的是“这世界上，必须有人记得战争，那才会明白和平不是天然之事”（第 262 页），而这正是这一部以历史纪撰为副文本的非虚构小说的社会政治或伦理意义。

埃利亚斯在其《文明的进程》中提出，文明是一种过程，是历经数百年逐步演变的结果。在此过程中，人们逐步积淀心理规范，而人们的每一行动都处在彼此依存的网络中，这就意味着必须考虑同处这一网络中的他人，从而形成一套文化意义上的自动化机制。文明的进程需要人类不断自我修正、完善这一机制。小说通过一种教育或自我教育的叙事伦理，令读者意识到文明的进程值得我们一再反思非文明的历史与现实。作者深入到历史的纷繁复杂中去，赋予历史体温、表情，尤其是血肉的感觉，只有经历了这个生活世界的身体的痛和不自由，我们才能懂得活着的真谛，才能由此建立一种新的人类关系的诗学。“因为世界的过去时代实际上并不是由礼仪、公文、争执和抽象的人填充起来的，而是到处有活生生的人们。”①

任何的历史叙事都是对过去的重构。这种重构并不能完全复现过去，历史本来就是不可复现的，作家只不过重新创造了一个令读

---

① ［美］卢波米尔·道勒齐尔：《虚构叙事与历史叙事：迎接后现代主义的挑战》，见［美］戴卫·赫尔曼主编：《新叙事学》，第 194 页。

者相信是历史事件的故事。但我们相信伊恩、约翰是真的，相信阿卷父母以及东极岛上救人的渔民是真的，甚至也相信“我”和香织是真的，因为这些人物通过虚构话语的施为性，生成了一个活在小说中的人物世界。读者可以接近这个人物世界中的他们，赞美或怜悯他们、谈论或议论他们。而这正是小说叙事的意义所在。

原载《当代文坛》2024年第3期

胡性能的“窄途”及心理现实主义

胡性能的写作显示出很大的自由度，举凡世间人的心理，那些介于意识与无意识、隐意识与显意识之间的幽暗处，尤其是作家喜欢盘桓表现处。那些不安、焦虑、悸动、痛悔的心灵，心灵的轨迹、灵魂的逻辑，在他的笔下得以纤毫毕现地呈现。他显然不是一个小说的行动派，在小说的外部推进上频出情节，他的野心在于要以尽可能的深度表现人物的复杂；他无疑更热衷于塑造人物的内心世界；他是一个出色的灵魂侦探，想要去解释他的主人公因何遭遇了这些离奇事件；他擅长剖露他们的心理意识和对环境的感受，制造出小说必需的氛围和神秘情境；弗洛伊德的精神分析似乎是老生常谈，但心理小说以心理、悬疑为主题的传统，情节的心理化，使他的小说被导向哲学的深刻追问。拉康所谓“自我的本质就是挫折”①，胡性能的小说让读者看到世间形形色色的自我的本质。这种创作特色及风格，在当下中国文坛是为数稀少、极为难得的。对作家不公平的地方在于，读者的阅读趣味、欣赏水准对此类心理现实

① [法] 拉康：《拉康选集》，褚孝泉译，上海三联书店 2001 年版，第 258 页。

主义佳作的怠慢是显而易见的。中国文化的传统，一方面是士大夫立言载道，另一方面则是大众忙于生存，本身不喜悲剧，更无心品味人的心理呈现。久而久之，作家也走向情节小说、性格小说等外部表现之作，向内欣赏品鉴的趣味始终较为欠缺。从此意义上来说，胡性能的小说在当代中国小说界，有着尤为可贵的探索价值。只有这样的作家和作品多起来，中国的小说才可能真正走向深远博大。

一、谜以及不确定性

谜与解谜是永远的叙述动力和阅读动力。胡性能的宗旨似乎在探索与呈现人之谜，这使得他的小说常常表现出双套解谜机制的结构：主人公做出不合常理的行为→叙述予以解释→揭露一个心理症结。这个解谜的动力既是解决叙述的，也是解决心理动机的。或者说，叙事的完成依赖于心理动机的圆满释义。最能让作者施展才华和想象的心理症结，就是夹杂着愧疚而无以回报或永远痛失的心灵深井了。《重生》最为典型。章瑶以一种偏执狂的执着，在经历了各种应该可以阻断或使她释怀的事件之后，仍然想出了与恋人的父亲生一个像陈琪的孩子这种方式来解决她的“挫折”。这种畸形的代偿，在外人看来简直匪夷所思。但对章瑶来说，她被囚禁于愧疚之塔，永远地欠陈琪一条命，这使得她无法正常呼吸。这也是一口令人窒息的深井，她永远地失去了陈琪。陈琪为救她而死，使她活在世上的每一天，都在痛悔中煎熬。这种愧疚甚至并不仅仅因爱情而起，更是因为一种生命平等，自己不愿欠别人，哪怕是最爱的人。正如作者在创作谈中谈到的：“问题是，什么样的补偿是‘恰当’的，每个人的认知并不相同。补偿没有抵达预期，我们是否会因此感到失落？那么，如果补偿超过我们的受损，我们会不会因为多出来的利息，而感到有所不安?”[1] 显然，这个心灵平衡之问，就时常萦绕在作家的心头，关心什么样的心灵困境，就呈现什么样的小说图景，小说是解决之道。在这篇小说中，叙事被一个心理困境推动，并最终完成主人公的精神轨迹。

《下野石手记》则在历史的底布上，铺就人性厮杀、冲突的棋盘。历史被淡化为背景，人性、人心的隐秘被放大和定格。作者不断否定自己的叙述，又重建，时间也犬牙交错、前后跳跃，以叙述的情绪或者主人公的情绪为转轴。海青为何要杀人、小美为何要自杀、“我”为何要告密，便在作者如梦如幻却又如镌刻一般的叙述中解谜了。

《鸽子的忧伤》同样是一个心理事件：“我”因为童年时受到李小兵长期的欺侮，产生了精神问题，一次次在梦中殴打楚楚，楚楚离开了“我”。而当“我”终于解决了这个精神障碍，在手术中放过了李小兵之后，楚楚也离开了人世。在这篇小说中，作者写到了创伤的转移，通过睡梦中殴打楚楚，“我”转移了仇恨，而最终的转移却表现为“我”宽恕了李小兵。然而，“我”却永远地失去了楚楚。又是一则关于愧疚与公平的人性追问。

而《母亲的爱情》是一则苦涩的回忆——命运的乖戾，看似偶然的下滑，以及被淤泥吞没的人生。母亲因为给父亲送去吃的，导致父亲死亡。时代的背景当然昭显了历史叙事的批判意味，但对作者来说，他的重心似乎仍然在呈现一张灵魂的地图：愧疚夹杂着痛失的情感，如何主导了母亲的一生。历史叙事的批判意味与人性叙事的伤感，双重的重量加重了这个短篇的分量。历史的面目有时是

---

① 胡性能、丁东亚:《谈胡性能的中篇〈雨水里的天堂〉》，见 http://www.sohu.com/a/255187066_202823。

那么残酷和尴尬，被裹挟其中的微小人物的命运，是何其脆弱。被撕裂的折磨由人心承担，父亲的殒命由母亲的一生来偿还。

作家非常擅长使小说变得迷离恍惚、神秘莫测，甚至有时“不确定性”就是作家书写的主题。比如《孤证》，是“我”精神错乱还是记忆失误？是有人故意隐瞒了真相还是根本就是一个阴谋？或者，作家就是要写一个纯粹的“不确定性”故事，要的就是那种不确定性的开放品格及神秘气味。卡夫卡、品钦等文学大师都曾倾心于表现“不确定性”，毕竟，世界如此奇妙，人类不可知的疆界是无垠的。下野石的谜团，在于作家要将一个地方赋予全部的记忆，记忆有时可靠，有时则自我矛盾。由一个地名承载一个时代的缩影，承载一段至痛的人生经历，这个任务不可谓不难。事实上，作家成功地写出了下野石的氛围和命运。而作家选择的这个难度印证了自己的叙事能力。《鸽子的忧伤》中的鸽子是一个隐喻，也是小说中确实存在的角色担当，但当作家将小说如此命名时，谜与解谜的叙述智慧可见一斑。鸽子作为介质，一种无辜、纯洁的鸟类，就这样消失于天际，正如楚楚之于“我”。小说的抒情性通过鸽子达到最大的强化。《母亲的爱情》中的爱情，也是谜与解谜之间的引子。通过母亲的爱情，读者看到历史如何撕裂了一个女人的心灵，爱情最终由母亲用一生的时间来赔偿。

二、内宇宙、梦以及巫念的“心理现实主义”

《淮南子》谓：“往古来今谓之宙，四方上下谓之宇”，宇宙就是时间和空间的统一。一般来说，人的心理即是人的内宇宙空间。胡性能的小说的发动机似乎就是以内宇宙、梦以及巫念为触媒的各种心理现实。“每一个人的内心，都是一块难以触摸的神秘世界。

广袤、繁杂、模糊、变化和难以把握，就像我们永远也看不见自己的后背一样，我们的心灵世界，也一定有我们认识不到和抵达不了的‘盲区’，也许我们穷尽一生，到头来未必真正地了解自己。但对于文学来说，让晦暗的东西逐渐澄明，让个体独特的心理体验得以生动呈现，同样也是文学的魅力所在。”① 这可以看作是胡性能小说创作的原动力所在。

在多篇小说中，胡性能都以细腻、独到而又疏冷的笔触描绘出现代人的种种不安和恐惧、欲望和善恶。《雨水里的天堂》是一个现实凡人的忏悔书。邹树的妻子出了车祸，他将此归因于自己突然冒出的咒念。“我愿意将《雨水里的天堂》看成是一个人的不安书。尤其是当我们置身于一个无法倾诉的空间时，不安就是我们对自身的祷告、忏悔、克制和谅解，甚至是我们内心深处一次略显沉重的洗濯。”② 作者在这里提到了无法倾诉，实际上，胡性能的小说常常有这种意蕴在里面起到关键作用，正是人与人沟通的不可能性，导致事情最终发展到无可挽回的地步。语言的不可达成性、能指的缺位，最终隐秘地影响了人的一生。

而其中，邹树具有的咒念的超现实能力有巫文化的痕迹。鲁迅先生说“中国本信巫”③，而昭通历史上是云南省通向四川、贵州两省的重要门户，是中原文化进入云南的重要通道，是云南文化三大发源地（大理、昭通、昆明）之一。渝、川、滇、黔自古就为巫文化盛行之地，这种巫文化的影响与渗透就在这些地区的作家写作中潜隐地流传下来。“咒”是巫术的一种，多用于使他人陷入灾祸。

---

① 胡性能、丁东亚：《谈胡性能的中篇〈雨水里的天堂〉》，见 http://www.sohu.com/a/255187066_202823。

② 同上。

③ 鲁迅：《中国小说史略》，上海古籍出版社 1998 年版，第 24 页。

巫文化活动的实质，即“通过某种仪式冀能达到施术者的目的”①。在云南等地，人们的日常生活中不可避免地有着巫文化碎片的残留，而巫的意识也早已渗透到人们的无意识里，起着隐形的、若有若无的日常宗教作用，乡间甚至城里人都易于接受巫念的暗示。不论是《重生》中开篇的鬼故事，还是邹树的咒念，抑或是《疯狂鹦鹉》中鹦鹉的复仇、神秘的乌鸦，《扑腾的鸟》中连续三个人的死亡，老蝙蝠家族男人都不能活过五十二岁，等等，作家将巫的色彩与人心的幻影结合，亦真亦幻，似假还真，大大提升了文本的审美空间，增加了小说呈现心灵的深度。冥冥中，一切既是偶然的，又是必然的，充满了不可知的神秘意味。

梦无疑是胡性能实现他的心理现实主义的重要手段。自古以来，梦就一直困扰着人类，也曾有过无数种关于梦的解释与理论，但直到今天，即便人类拥有了科学的武器，有关梦的奥秘仍然没有得到充分揭示，梦仍旧是一个谜。文学与梦的关系历来受人重视，也最难解难分。鲁迅在《呐喊·自序》中写道：“我在年青时候也曾经做过许多梦，后来大半忘却了——而我偏苦于不能全忘却，这不能全忘的一部分，到现在便成了《呐喊》的来由。”②这里，鲁迅所谓的“梦”，既是实指的，也是虚指的。梦的魅力就在于实指与虚指的真假难辨、假作真时真亦假，在于虚实之间。弗洛伊德的“白日梦”说，直接把文学创作比作梦。以弗洛伊德的《梦的解析》来看，梦的形成机制与文学有着惊人相似的结构。梦通过凝缩、移置、象征、润饰作用形成自己，这四个作用其实也是文学常用的手段。梦与文学的同构关系可见一斑。弗洛伊德的见解至少在文学领

① 梁钊韬：《中国古代巫术》，中山大学出版社 1989 年版，第 16 页。
② 鲁迅：《呐喊》，人民文学出版社 1973 年版，第 1 页。

域没有过时。

《下野石手记》以梦的恍惚和日记的清晰交织前行，以一种以愧疚为主的对知青生活的怀念，将记忆打捞、推翻又重建，但记忆似乎越来越不确定……海青杀了人，“我”为了招工或上大学，毫不犹豫地揭发了他。但海青却是我最好的朋友，在知青岁月里保护过我，于我有恩。我们都爱女知青小美，小美自杀了……这篇小说与梦形成了同构关系，梦的形成机制如凝缩、移置、象征、润饰等功能在小说中都有精彩表现，将“我”的情绪、心理刻画得真实、准确，而整篇小说的氛围也渲染得淋漓尽致。正是因“我”无法承受揭发了海青这一不可告人的秘密，无法承受海青死了、小美自杀了等现实，“我”便把这些情节移置到梦中。在梦中，一切都失去了重量，“我”的负罪感减轻了，变得可以接受了。又似乎是一个双重的释放，既是叙述者的释放，又是小说中“我”的解脱。《生死课》中，小久的妻子跳江自杀，怎么也找不到尸体。小久按照梦的启示，最终找到了。作家经常利用梦来表现人物的内心世界，梦也经常被用于暗示、预示某事最终结局或某人的最终命运。

正如恩格斯所说，人的心理活动是“地球上最美的花朵”。司汤达曾以“人类心灵的观察者”自诩，并把“观察人心”视作自己毕生的职业①；司汤达和托尔斯泰这两位19世纪文学巨匠，将心理小说写作的辉煌道路向后世铺开。在此之后，心理现实主义就成为西方文学（广义）的重要流派，蔚为大观，并丛生出心理小说的各种分支和形态。当代一些活跃的作家，如伊恩·麦克尤恩、安德鲁·米勒、乔伊斯·卡罗尔·欧茨、詹姆斯·艾尔罗瓦等，无不在心理小说的领域里大展才华，提供令人叹为观止的小说可能性。中

① 张怀久：《论心理小说》，载《上海社会科学院学术季刊》1989年第4期。

国小说从根源上不以心理活动抒写为主要特征，《红楼梦》之所以伟大，夏志清的这段解释切中肯綮："现代中国作家尽管拥有所有新的艺术技巧，但由于缺乏哲学方面的抱负和未能探索到更深的心理真实，依然更多的是传统主义者。《红楼梦》是它之前唯一的一部纯粹具有悲剧精神的作品，也是开掘心理小说的先锋，同时，它在哲学上的探索和深思一反中国文学的传统。"① 可见，《红楼梦》对人性、人心的刻画和表现，探索到更深的心理真实，无疑是这部伟大著作之所以伟大的最重要原因。

胡性能的探索对当今小说仍然具有此意义。他的小说总是凭借人物主观直觉和思绪的流动来组接素材，历史与现状、过去与未来在人物意识的流动中相互交叉、颠倒和重叠，客观的人生、世态和主观的意念、情感相互渗透、彼此融合，从而显示出人物内心世界的全貌。② 他的小说的结构方式，以人物的心理活动为单位，大面积的"感官印象"，或让心灵直接流露，或以描写道出主人公的感受、情绪。它的审美视角是向内的，所谓"灵魂的深度"，"心灵辩证法"的实现，都依赖于这种向内的视角。而他的情节心理化，常常以引发式、插入式和夹叙式来表现，心理描写与事件发展水乳交融，增加了文学感染力，从而揭示出主人公心理的逻辑脉络，描绘出一个人的灵魂图景。

三、"自我的本质就是挫折"

胡性能的小说主人公令人想起拉康的名言"自我的本质就是挫

---

① 夏志清：《中国古典小说》，江苏文艺出版社 2008 年版，第 239 页。

② 张怀久：《论心理小说》，载《上海社会科学院学术季刊》1989 年第 4 期。

折”。有没有人能说自己从没有感受过挫折？恐怕觉得自己饱经挫折才是人间常态。尽管每个人的生活枷锁各不相同，命运仍然以不同的方式威胁着所有人的生存。

《电线上的风筝》叙述了一个隐秘心理的意外结果：因为目睹了一起强奸案，电工承认自己是强奸犯。他的生理缺陷是他不自由的渊薮，是他存在孤独的铁证，他唯有推翻这个铁证，以承认自己是强奸犯的方式获得救赎，颇有伊恩·麦克尤恩式“黑色喜剧”的荒诞。《谁是小杏》中，妻子因为丈夫可能出轨的执念，产生了幻觉，通过自己也出轨来释放痛苦，却没想到，压抑的痛苦仍然以幻觉的方式发作，她无法解决“小杏”可能存在的挫折。《来苏》则由对一种气味的联想，将少女与母爱联系在了一起，成为少女的心理需求和最后的依赖。一种气味如何联结了一种致命的记忆并主导了少女的行为，就是这篇小说的主题。《在温暖中入眠》则叙写了绝境中的人最难以放下的，仍然是自己的挫折。而这种心理空缺一旦得到满足，人便可以安然地死去。从心理学来看，任何人的心里都带有若干所谓“变态”的成分。死亡是焦虑的原始来源，除此之外，自由、存在的孤独和无意义等另外三个“生命的终极关怀”就是文学不竭书写追逐的目标。

拉康是这样来解释“自我的本质就是挫折”的：拉康首先解构了主体，自我的同一和自主是一种想象，自我不可避免地就是分裂的，自我本质上是一个他人。这个他人也许就是语言对人的宰制。自我是对他者的连续认同。拉康三句最著名的话之一是：“人的欲望就是他者的欲望。”从这个意义上来说，自我的本质就是挫折。因为人永远欲望着他者的欲望，从此在语言的能指链上永久地滑落下去。欲望根本上是一种对缺乏的欲望。“欲望形成于一页的空白处”，它不面对真实的对象，而是由能指异化式地表现一种本体论意义上的匮乏和缺失。[①]“欲望在要求的层面上取代了消失的东西”，拉康认为，在主体消失的时刻溢落的，即被阉割、被写入无之后进入能指链而形成的来自虚无之物的召唤就是产生欲望的原因。欲望是与主体的不幸命运“背对背地确立的东西”。欲望的对象作为缺失者不在现实世界中在场，也正因为它不在场，才被主体所渴望。“欲望的溪流是作为能指链的变迁而流动的”。然而，越是言说，能指的滑动就越是偏离原初的意义境，欲望的对象只产生在间接的符码代理世界中。[②]

作为弗洛伊德的翻转，拉康甚至断定：“无意识具有语言的结构。”[③]在拉康那里，精神分析被进一步推进，与语言建立了纠缠关系。因为语言能指的不断延异，人的欲望符号也处在不断变迁中，因此人的欲望永远无法满足。章瑶的故事是“欲望是缺失的转喻”的精彩注脚。欲望本身总不能被完全表征。章瑶从一个又一个男人那里经历失望，他们都不是陈琪，是对陈琪的亵渎。这是因为主体无论欲望什么，他得到的只是满足需要的具象对象，他只能不断地“要”，从一个能指到另一个能指，可是每一个能指却都转喻式地与那个本体论上的失却（应该是大写的无）隐隐地联结。[④]章瑶经过了无数次欲望的追逐和求索，在语言或想象的能指链上一环一环地滑下去，最终由作者为她安排了一个结局。她的欲望在最后似乎得到了满足，她将生下一个陈琪父亲的孩子。然而，可以想见的是，欲望本没有结局。

---

① 张一兵：《伪“我要”：他者欲望的欲望——拉康哲学解读》，载《学习与探索》2005年第3期。

② 同上。

③ 同上。

④ 同上。

《疯狂鹦鹉》中，王东杀了邹学林。可是他的欲望并不是杀人。他的爱欲永远得不到满足了，他还杀了人，这双重的挫折，令他自杀或受死。

《消失的祖父》是一个求得“我是谁”的证明过程。在这个证明的过程中，整个文本从哲学的角度来看，恰如列维纳斯所说，“欲望的欲望就是知的欲望”①。正是作家设置的这个欲望，如一个悬念支撑着小说的谜与解谜之结构。祖父的身份焦虑，直指历史叙述的不可靠和不公平。祖父像一个能指符号，永远地消失了。他的一生所负载的大历史与他个人的微观历史，就这样既清晰又暧昧地搅和在一起，浑然一体。祖父的自我是最终的挫折，除历史叙述对个人的不公之外，祖父的挫折还指向更深的人性。这篇小说有如此精彩的表现，恰在于作家并没有在所谓的大历史上过多纠缠笔墨，反而是对祖父以外的人的侧写，以及想象的心理活动、那些虚构的内心世界，凸显了小说的深度和广度。

四、结　论

胡性能的小说在两个方面显得尤为突出：一是他着力于小说表现手法的拓新，是 20 世纪 90 年代先锋遗绪的正宗传人；二是他令人眼花缭乱的叙述能力将全部的激情灌注于对人性、人心的隐幽探索。他试图打碎中国当代小说的诅咒——平面化，深刻、让人思考、不提供清晰简单的面貌，以及在表现残酷的同时更给人以温情。他的叙述总是能在过去、现在的情境中自由穿梭，巫念、梦、

---

① 张一兵：《伪“我要”：他者欲望的欲望——拉康哲学解读》，载《学习与探索》2005 年第 3 期。

记忆——各种通向文学之灵的手段被他熟练运用。他对人的心理、灵魂的观察与表现，突出地成为他小说的最重要特征。他的现实主义，着力于人的心理活动，热衷于表现人的内宇宙。“往人的内心深处走，在个人的心理体验上着力，同样也可能揭开一个放大以后的‘夸克世界’。”① 他将敏锐的观察与细腻的描写，大量运用在他的主人公那些“最隐秘的动机”和“转瞬即逝的近乎偶然闪现的心灵活动”上。19世纪中期以来，世界范围里延续的心理小说的传统，在胡性能这里开花结果。

但此种创作形态在中国，似乎是一个“窄途”。中国作家即使奉上如伍尔夫、普鲁斯特、乔伊斯等的心理小说的代表作，也难以获得中国读者的认可和追捧。事实上，胡性能的小说已经是一种中国化的心理小说了，他的叙写策略还是顾忌到了“现实”，而不是一味地“意识流”下去。在他这里，并不是一味以西方小说为圭臬，而是提供一种世界眼光，即中国与世界是相互塑造与相互影响的，不能关起门来脱离一方谈论另一方。在当下全球化的语境中，脱离或摒弃世界眼光是不可能也不可为继的。单就小说来说，向内拓展表现空间，确为中国当代小说所欠缺的。翻开各种文学期刊，所见大都是从外部叙写故事的“套路”小说，小说作法同质化是一个不争的事实。凸显深度、打破平面化、创新表现手法等应被有超前意识的作家意识并实践。只有这样，中国小说才能兼收并蓄、博采众长地走出一条自己的路，这条路既与世界汇合，又保持独立。

因此，胡性能的小说在心理现实主义上的执着与探索，值得倡扬与肯定。当然，金无足赤。胡性能的小说有时过分芜杂、冗蔓，

---

① 胡性能、丁东亚：《谈胡性能的中篇〈雨水里的天堂〉》，见 http：//www.sohu.com/a/255187066_202823。

结构有时显得松散。在借鉴外国小说的时候，“化”是一项最重要的功课。毕竟中国人与西方人在文明范型、文化语境、文学传统及心灵结构等方面存在差异，先锋文学以来对西方小说横移的现象还是不能彻底避免。但胡性能小说的追求和探索，无疑让读者期待。

原载《小说评论》2019年第3期

作家六十岁

——以《带灯》《日夜书》《牛鬼蛇神》为例

到2020年，“50后”作家们都将先后步入六十岁，中国俗称“花甲”之年。子曰：“吾十有五而志于学，三十而立，四十而不惑，五十而知天命，六十而耳顺，七十而从心所欲，不逾矩。”六十而耳顺，郑康成注：“耳顺，闻其言，而知其微旨也。”皇《疏》：“但闻其言，即解微旨，是所闻不逆于耳，故曰耳顺也。”由此可知，“耳顺”就是耳的功能已经通顺自己以及他人的心理，故能闻他人之言，即知他人的心意。此是耳闻无碍之境。一方面是耳顺之年意味着再没有听不懂或者逆耳的话，另一方面，六十岁可以退休了，接近颐养天年的年龄了。对早熟的中国人来说，还有“人生三十不学艺，人生四十午过天”的说法。这种心理暗示，不可能不影响到中国作家的写作。

2012、2013年，贾平凹、韩少功、马原先后步入六十岁。贾平凹在《带灯》后记中写道，这是一个人到了既喜欢《离骚》，又必须读《山海经》的年纪了。他焚香默念，向母亲祝祷自己的六十岁，并祈愿新书《带灯》圆满完成。韩少功则半带调侃地对记者说，到了这个年纪，快完蛋了，快退场了，因此更应珍惜时间，善用自己的体力，把该做的事情做完。他把这部《日夜书》当作献给自己这代人的纪念："中国的知青和'老三届'都要六十岁了，很多人都陆续退休了。所以我通过这部小说来做一个回顾，而且也正是合适的时候。"马原更是因为被诊断出罹患绝症，声称在六十岁来临之际，对生命有了完全不同的理解，并以此为契机，重回小说界，有了这部《牛鬼蛇神》……

那么，这三位相继步入六十岁的作家，在献给自己的生日礼物——三部长篇里，是否带有一定的普遍性、规律性地折射出中国作家六十岁所呈现的写作状态？当然，这三位作家无疑位列当代文学最活跃、最具革命性且最有个性特征的成员之中。他们分别从三个面向，向读者展示出过人的才华以及对当代小说的贡献：贾平凹的语言才能、韩少功的思想功力、马原的形式实验（众所周知，莫言、余华、苏童等一批作家都自有贡献，本文专论贾、韩、马三人），对当代中国文学体貌的塑形进程产生了影响。当然，在这里专提贾平凹的语言、韩少功的思想、马原的形式，并不意味着他们在其他方面不强势。比如，贾平凹自《废都》起，就以社会观察家的敏锐和深刻为其小说的思想底蕴做支撑。他的每一部长篇，几乎都是一个时代的关键词或照相式总结。韩少功对语言之关切及理性觉悟，也许是当代作家之最。他自 2004 年起就撰文《用语言挑战语言》《现代汉语再识》《韩少功：语言的表情与命运》来讨论语言的问题，《马桥词典》《暗示》更不用说，是对语言本身的思考与想象。除此之外，韩少功还是一个文体实验高手，他自《爸爸爸》起就开始借鉴现代派表现手法，到《马桥词典》的革命性文体尝试，以及《暗示》的文体探索，韩少功的小说形式也总是力争超前。马原的形式实验，实际上同时依赖于他对语言材料的组合技巧，以及他的语言轻易就能达到而中国作家一般难以达到的轻灵状态。而《牛鬼蛇神》中对于生命与科学的思辨，也将马原式思想的资源及妙趣展露无遗……

但是，贾平凹的思想较之于他对语言的使用与追求，语言显然是他的第一性；韩少功尽管三十年来都在跟现代汉语较劲，且具有超强的形式感，但相较于他对思想的执着和狂热，后者才是他的生命线；马原的叙事圈套，他作为故事达人的形象，则依赖于他对小说结构形式的天赋与精研，形式才是他的小说本质。那么，他们在三十年的时间里充分展示各自小说的魅力，到如今迈过六十岁，三部近作是否体现出一种艺术上的保守甚至一成不变？当年创下品牌的各自优势，是否正在渐渐失去曾经的新鲜和独特？艺术增值的空间随着生命激情和灵感冲动的减弱，是否付之阙如？是整体想象的失却导致世界和生活的支离破碎，使写作几乎成为一件不可能的事——人们不再需要阅读文学或故事，作家也对世界失去了象征建构的雄心（这已经带有堂吉诃德式的乌托邦色彩了）？……本文试图从长篇小说《带灯》《日夜书》《牛鬼蛇神》来解析讨论以上问题。

一、贾平凹：靠语言拉动的小说群

对贾平凹的评价，业内早有公认。他早已凭借其三十多年的高产写作，牢牢地奠定了自己在当代文学领域的地位。已入耳顺之年的贾平凹也许也想听听来自他方的、不同的意见或建议，当然，前提是善意的。一部《废都》，“西部鬼才”震撼出世。那样一种敏锐、深刻，力图把握一个时代一座古都的宏大野心，那样一种古色古香、秦陇沧桑的语言，震惊世人。贾平凹是最从明清世情小说中得益，也研究得最深透的作家，若干方块让无缘看《金瓶梅》的看客趋之若鹜,《废都》的销量逼迫正统的评论界不得不承认这部小说的价值。此后，贾平凹推出了《浮躁》《高兴》《秦腔》《古炉》《带灯》，这些长篇，每一部出来必引发极大关注。自 20 世纪 80 年代以来，中国当代小说历经伤痕、寻根、意识流、拉美魔幻、先锋派、新写实主义、现代派、荒诞派、超现实主义、后现代主义……文艺思潮流行方法，似乎都难以跟贾平凹扯上更多的关系。如果说他的文学手法或内容也包含一些魔幻现实主义，毋宁说更像是中国古代神怪志的表现（《秦腔》《古炉》里均有此类内容）。该作家的艺术个性及其稳定性，在当代作家中堪称独步。如果说贾平凹有什么创作神器，他的语言才能及其独特风格应该当之无愧。某种意义上说，正是凭借着超乎寻常的语言才能及独特风格，贾平凹创造了自己的叙事奇观，并使其语言本身成为奇观现象。语言的超强张力及惯性使贾平凹保持高产，稳居“不落伍”的文学地位，语言拉动起他的长篇小说群。《带灯》细腻的明清世情小说的叙事笔法，更加靠近传统小说：讲一个主导叙事动机的故事，有中心人物带灯，并力图使她鲜活生动、性格鲜明。故事以悲剧收场，令人感动感慨。《带灯》所表现出来的乱象，涵盖了当前农村社会民生的方方面面的问题：基层社会究竟应该怎样管理和服务、非正规就业群体的基本权益谁来保障、贫困群体以及农村养老难题……还有与此相关联的社会伦理、道德价值和社会公正问题。在我们这个时代，在消费、娱乐的文本海洋中，有作家原原本本地还原当下农村的真实生活，本身变得有价值。但一部作品不能因为它内容上的道德优势而免于艺术上的被弹劾。读者要问的是，贾平凹此次艺术上的突破在哪里？也许再没有比作家本人更明了自己局限的了，贾平凹在后记中写到，他要从明清品位向两汉品格努力转身。遗憾的是，转身这个动作，直到《带灯》的最后一个句号，还只是在意识里。

贾平凹这一次似乎解决了他的小说过于散文化、人物脸谱化（与《秦腔》比较）的不足，却解决不了曾经使他一夜爆红的语言问题：他写什么都以明清世情小说的叙事调子，与当下大转型、快节奏的社会现实之间存在矛盾。他的语言神功再也不能助他弥合这分裂的生活和精神。

贾平凹写什么都以明清世情小说的路数来写，这种路径依赖是否正在失去它的土壤？时间过去了百年了呵。这“密实的流年式的叙写”的细碎泼烦，农民式思维控制下的句法结构（句子经常很突兀地没有主语，随意跳散），以及整个长篇中陕南方言的话语结构，更兼作者一贯的古典情调和一派的精致逸韵，致使小说在难读程度上跟《金瓶梅》这样的明代小说有得一拼。当然，小说家使自己的语言与现实、大众保持他认为的艺术之为艺术必须要有的距离，是明智之举。伟大小说从来不是让人毫无障碍地一次读完的，伟大小说甚至是不可以读完的。《芬尼根的守灵夜》是治失眠的神器，中国也应多产生一些这样的治失眠神器。但遗憾的是，《带灯》的语言，在着力营造一种古中国情调方面，与《秦腔》等一脉相承，是贾平凹标志性的语言风格，但此风格耽留在一个段位上的时间太久了。贾平凹是不是应该并可以去大胆地尝试一下艺术上的冒险？明清世情小说那一路的叙事调子能不能从当下、从外国的叙事成就中找到可为己用的部分，化出一种更新鲜、强健、理智、丰沛的表达？

乡野生活俗归俗，也有文人式的雅化文字来描绘，字里行间都透着乡野士大夫清高自许的品位，比如经常游离出叙事的闲笔，此等闲情逸志就是兼攻书画的贾平凹对中国传统艺术的理解。一个无名作者写成这样个性卓然，大概是不会有出书机会的。每个画了黑框的片断，当然把阅读单位分割小了，变得容易且醒目，符合一切都零散化的后现代美学要求，但更实际的作用，是不是相当于电影的分镜头？人们常批评贾平凹的小说节奏太慢，执着于细碎的日常情节，没完没了，显得故事推进无力。他就是要执着于日常生活，细碎地往前移动，只有这样，作家才能找到他写作的自信和基础。但现在的情形是，《带灯》的句子，动词一个追一个，话赶话快捷无比，从细部看，他一点也不慢，动词的推进力度使人以为要发生大事情了，但结果没有。小说的结构方式就是不搭架子地、混沌一块地往前推，看起来就像一个千足虫在行动：无数个小细腿代表那些了不起的动词和动作，它们眼花缭乱地动着，而整个沉重的肉身却并不得益于这些细小的腿。这是贾平凹的文字炫技了，只有那些把文字玩到精熟的作家才有这个本事，但这一本事也许就是熟能生巧的惯性，且此惯性或是于文本并无更大贡献的悲哀？

为什么会这样呢？明清时的中国是小农社会，人们的生活节奏比现在缓慢悠闲，文人的内心节奏在依时气而歌而画时，也是悠闲从容的，文人和艺术有一种内在的精神上的和谐。而现代生活的时间感是破碎零散的，节奏是加速的，人们早已被物化、异化，意识观念也早已不是明清时的意识观念，语境早已不是明清时的语境，而作者还在用明清时的调子讲述现在的故事，工具会不会老化不适用？这就是为什么《带灯》的语言风格表面上古色古香，而作者的内心节奏早已被现代生活控制：一个追一个的动词和动作被写出来，而这些没完没了的小动作却在内部破坏着作者一意要酝酿的古典情调，那种宁静和谐、松弛悠闲的韵味。由此，一种分裂症或不适应症就表现出来。古调难以调和新韵，文字和内心难以达到同一的境地：心里已难再有古风，而文字还在一味地仿古？

二、韩少功：被思想绑架的辩证癖

韩少功是当代中国最重要的作家之一——这是《韩少功研究资料》中单正平作序的第一句，并且一句话自然成段，充分传达出这句话的分量。他接着写道："他是考察中国当代文学的标尺性作家。30年来中国文学发展历程每一重要阶段，韩少功作品均为其中不可或缺之重要组元：《西望茅草地》《飞过蓝天》之于'伤痕文学'，《爸爸爸》之于'寻根文学'，译作《生命中不能承受之轻》之于反思现代主义的'媚俗'风尚，《马桥词典》之于小说叙事艺术，直到近年新作《暗示》《山南水北》之于新世纪小说路向与散文创作，无不具标志性甚至里程碑式的重要意义。或可说：读韩少功，30年中国文学，知过半矣。"这段概括性评价不算过分，韩少功当之无愧已成为有定评的经典作家，尽管这段评价略去了对《暗示》，甚至对韩少功最了不起的作品《马桥词典》的一些批评和争议。诚如他所述，韩少功从20世纪八九十年代跃居中国当代文学最前沿，或引领潮流，或别开生面，千禧年之后的十年里，也以散文《山南水北》的结集，宣告着这位"思想型作家"始终没有停止对当代社会、文学、文化尤其是思想的思考。这也是他得到业内格外看重的重要因素：韩少功是当代中国作家中比较少有的以思想见长的作家。"他的每一个阶段的创作，都与当时的思想主潮紧紧相扣，是中国知识分子30年来不断进行思想探索的一个代表，从'反思文学'到'先锋派'，从《百年孤独》的传入到新世纪知识分子的分化，在他那里都有反映"（清秋子语）；"韩少功的小说诗学，将韩少功的小说中蕴含的东西抽象为一种完整的辩证法，有着独特的思维模式"（石晓岩语）；"韩少功是一位具有高度思想性的作家，一位主要以文学的方式介入当代思想讨论的'公共知识分子'，在韩少功的世界中，文学与思想相互滋养，文学因而深刻，思想为此而丰润，文学的边界被拓宽，思想的形式被超越”（何吉贤语）。这也就是为什么他的每一部新作，几乎都等于“难度”，或令评论家们失语，或令批评家们发怵：韩少功自己的精深透彻、雄辩之风，让试图诠释批评他的人显得多余。厚厚一本《韩少功研究资料》里，很多的分析评论并未超过韩少功本人的阐述，而很多评论者实际上是在亦步亦趋地对韩的自我说法进行跟踪。

说《马桥词典》抄袭模仿，现在看来纯属无聊的低智口舌。个人收藏了《马桥词典》的最早版本，并以为该书是韩少功最了不起的文学创作，也是他对当代文学的贡献，是90年代最有价值的文本之一。但一个作家是有限度的，韩少功自《爸爸爸》一飞冲天，到《马桥词典》，个人在小说艺术上的高音华彩呈示完毕了。“进入新世纪以来，韩少功的思想出现了徘徊，也许是对有些问题没想清楚，因而未能再产生像《马桥词典》那样深刻的作品。对此，相信不少人都抱着热切的期待。”这句在韩少功作品研讨会上的评价，婉转地道出人们对《暗示》的失望。《暗示》，不过是《马桥词典》的遗绪。作为文学作品，而不是政治哲学类思想随笔或者随想录，《暗示》尽管更加令人眼花缭乱、瞠目结舌，但文体实验的革命性冲动、对思想的卖弄，尤其是对辩证法思想的雄辩滔滔，都令这部长篇很难归于小说范畴，也尽失《爸爸爸》《马桥词典》所表现出来的诗意、象征、形象、情感以及内在整体性等文学属性。

到了六十岁而作的《日夜书》，距离《暗示》又过去了十年。在这十年里，长篇笔记《山南水北》的写作，让韩少功写出了笔记惯性。《日夜书》虽被作者强调是小说，但看起来仍然恍若一个大拼盘、一堆思想的碎片。韩少功在接受记者采访时说：对语言的思考，我觉得在前两部长篇中已经告一段落。那么在这本书里，我更注重叙事和内心，愿意让人物本身走向前台。除了有三个章节就人的“身体”展开思辨，这本书里的议论非常节制，作者的主观介入最小化。世上的事都是知易行难。韩少功完全明了《日夜书》可能招致的诟病，或者说它的短处。他先发制人，说出这一套千真万确的说辞。但读者的阅读观感却可以对此提出质疑，让我们来看看《日夜书》是如何叙事的：“想想看，一个家伙有了漫长的哺乳史，还能走出自己的童年？……”“对于他来说，抓贼与做贼都可能 high（兴奋），也都可能不 high。只有 high 才是硬道理。艺术不过是可以偶尔 high 一下的把戏。拜托……”“在我看来不过是他咕嘟咕嘟喝足奶水以后，再次趴在地上，撅起屁股，捣腾一堆河沙，准备做一个魔宫。”“他就是这样的一缕风，一段卡通化的公共传说，一个多动和快速的流浪汉，一个没法问候也没法告别的隐形人。”……这部小说第一节叙事的人物大甲，就这样被他的主观论述代替了客观描述。他所谓的“叙事和内心”，也不过是他自己的叙述和内心。他用自己的判断帮读者做出判断，没有给他的人物留下自己成长的空间，韩少功急不可耐地圆满论述分析了他们。小说开头第一段“多少年后，大甲在我家落下手机，却把我家的遥控器揣走，使我相信人的性格几乎同指纹一样难以改变”，就是一个主题句，接下来他要论证大甲的性格。他通过回忆知青生活、大甲后来的混迹艺术圈、出国等“叙事”，来证明“人的性格几乎同指纹一样难以改变”。由此，一个完整的论证完成了。他的几乎每一个人物，都被他用这些看似顺畅迅捷的判断句给判断了。人物没法自己活起来，他们都只能是韩少功嘴里跑出来的印象式论述。“让人物本身走向前台”“议论非常节制，作者的主观介入最小化”的夫子自道，恰恰就是他根本没有完成的许诺，小说成为思想成癖、聪明反被聪明误的典型案例。“当然，与前两部长篇相似，这本书里也有散文的元素。就像我以前说过的，欧洲传统小说脱胎于戏剧，中国传统小说脱胎于散文。我对散文的体裁遗产一直饶有兴趣，因此有些作品像散文，但散文里面有小说，如《马桥词典》。有些作品更像小说，但小说里也有散文，比如这本《日夜书》。在散文和小说这两极之间，我会有各种配比不同的尝试。”韩少功何许人，马上接着用散文来当救驾的法宝，他在小说完成之后，还宛若上帝一样自信、全能，以为小说完全可以按照他的设计和配比来实现艺术效果？

小安子这个人物，就是他在09节的补记里帮读者论述出来的。小安子何以会成为这样的女人呢？“如果我没理解错的话，这个世界里大凡读过一些洋书的女子，谁没几个关于爱情的梦，关于艺术的梦，关于英雄的梦，关于欧美化都市或田园的梦……”此段延续下去，直到09节要结束的最后一小段，他总结道：显然，当一个人连洋娃娃都不敢面对，如果不投入一种更为迷幻的梦游，又怎能把日子过下去？由此，小安子的论证过程完成了。

这是小说的写法吗？读者看完只能无语：被他圆满合理的论述弄得心服口服，完全没有参与进去的欲望了。话都是你说的，你全都说尽了，还要别人说什么？最严重的是，他自己的主题思想先行之后的“叙事”，因为被格式化在一些零散的“闪回”和“跳接”、大跨度的转换和大反差的拼贴中，既当裁判又当球员，细节、情节都难以给读者留下印象。整部长篇看完，好像告别一大堆海一样的议论文，小说应该保有的体温、活气、眼神、表情几乎丧失殆尽。真正的小说家总懂得将真理隐藏起来，不说出来，而且不可以说出来。它通过揭示世界的暧昧性而使我们失去确信。而《日夜书》几乎没有什么暧昧性，它太清楚了。而那些风格化的做作，想故意使小说变得难懂，是无用的。小说的神奇在于，它既能融合诗歌，也能融合哲学，还能毫不丧失自身。但我们看到，《日夜书》被韩少功式的思想绑架并失去了自身。唯有小说才能发现的东西，没有了。

三、马原：用形式开启的实验技

马原，中国当代作家中的一位奇才。他的《虚构》《冈底斯的诱惑》被称为中国先锋小说的开山之作。何立伟曾说，20 世纪 80 年代中后期，马原小说的巨翅的投影不但覆盖了几乎整个文坛，而且成了包括后来名噪一时的先锋作家在内的一大批青年作家的叙事蓝本。“马原是当代作家中最具有文体革命意义的作家”，吴亮说，马原为 1986 年和 1987 年以后的先锋文学开辟了道路。“中国小说文体之父”“中国当代第一个真正意义上的形式主义者”“作家中的作家”，马原曾经带给文坛的震惊和失措，至今还是传奇。

惜乎长篇小说《上下都很平坦》之后，也就是 1991 年之后，马原就不再写小说了，还发表过“小说已死”的言论。二十年之后，马原以《牛鬼蛇神》重返小说界。《牛鬼蛇神》以怪异的目录昭示出不同凡响的结构；以神神鬼鬼的内容比拼现代科学的宏大叙事；以归零部分的思辨议论挑战中国读者的阅读癖好；以一生的“神迹”再次彰显马原式神秘色彩、哲学意味；用中国作家少能达到的轻灵状态，以巅峰的游戏风采回顾了自己的一生。马原式叙述魅力不减当年，语言材料的组合技巧一向是马原的优长，由此造成句式间的推进力度强悍无比。“形式之王”不会让读者对他的形式失望。全篇分四卷，从卷 0 开始，第一章不叫第一章，叫第三章，依次第二章、第一章、第〇章，接着是卷 2，第三章、第二章、第一章、第〇章……所以从卷 0 开始，是承老子“天下万物生于有，有生于无”，谓万有生于无。既从0有了开始，便“道生一，一生二，二生三，三生万物”，这是他“卷”的来历。到“章”的时候，为什么又倒着从第三章开始呢？每一章倒着从三至〇，就是“归零”的说法了——自此，马原“有生于无，一归于零”的结构出来了。从目录来看，透着怪异，甚至有故弄玄虚之嫌，但却是马原对道家思想底蕴的承续，且于形式上造成陌生化效果。此乃马原式形式实验的故伎——一切都要弄得神神秘秘、虚实难辨。最讲究的小说家，最知道结构对于小说的意义，艺术的形式从来不仅仅是形式这么简单，马原显然深谙此理。北京卷亦即卷0，即无，正是从这个无，生出了有，才有了后来的故事，有了两个少年“牛鬼”和“蛇神”一生的缘分。《牛鬼蛇神》的大结构似乎有着既包容现代世界中存在的复杂性，又不失去结构上的清晰性的野心。四卷的内容囊括了两个少年的一生，动用了复调的形式，卷1海南岛李德胜的故事与大元的故事，在同一时间里各自运行。由于马原对海南的诗性情感，这一卷写来得心应手，神奇美丽，是四卷中唯一毫无瑕疵的一卷。小说也动用了什克洛夫斯基的“嵌套”——在小说套盒中再套入短篇小说，如卷2《拉萨》中色季拉雪顶的故事。当然，还有一定会受到诟病的，将马原过去的小说直接贴进《牛鬼蛇神》的做法。马原的拼贴造成了一种陌生化的阅读效果，至少读者可以在一个文本中看到马原不同时期的作品，比较它们的风格，而显然，早年的马原至少在语言上比现在更激进，更具冲击力。我们不得不承认，作家的写作力度是与年龄成反比的。马原的纯粹拼贴，造成了断裂、炫目的新奇感，是他操弄形式实验的又一重演。

但问题也是明显的，卷3《海南》，首先从卷名上重复了，至少从此卷第二章的2，当真恶鬼上身直至最后，都是多余的。小说家突然卸下戏装，穿着家常衣裳上阵了——他开始背叛自己的虚构，打破小说与读者间的古老契约。尤其是卷3第一章《别一样的日子》，第〇章《琼州海峡日志》，不知作者出于什么心理，完全忘掉了小说先贤早就说过的话：不要让自己出现在小说的前面，当小说家被关注的程度超过小说本身，是小说的悲哀。福楼拜说，艺术家应该让后世以为他没有生活过。莫泊桑说，一个人的私生活与他的脸不属于公众。捷克作家卡雷尔·恰佩克说，我厌恶说自己。一个真正的小说家的特征：不喜欢谈自己。福克纳希望“成为被历史取消、删除的人，在历史上不留任何痕迹，除了印出的书”。而马原到了这一卷，看上去似乎是罢演了，但其实他写下的文字反而是最真实的，他将自己得绝症、结婚、生子的经历，甚至单位领导对他的关心，以及他通过骑单车、晒太阳等自我疗病的过程都事无巨细地写下来。为什么这些对他来说“真”的内容，反而看上去“假”得令人不能忍受？因为毫无小说的美感，跟前卷内容简直难以统一起来。如果说前卷里呈现的是马原小说叙事的神奇、美丽，那么到了此卷，他的不虚构，他所谓的形式实验之一种，就有些破产的迹象了。到底是马原要写一部自己的传记，还是一部小说的矛盾爆发了？读者显然不能接受他将自己似乎悲惨的晚年生活直接端出来当作小说材料的做法——形式之王这回早已顾不得自己的形式追求？北京卷显然兼顾了作者对自己的青春年少的回忆，马原早想写一部成长小说，之前也有《上下都很平坦》垫底，这一次虽则将重点放在了显现神迹的主题上，但由于写得太细，有些地方仍然沉浸于对自己青春年少时的华丽回忆，使人几乎忘了马原的主题乃是神鬼的世界。因为主题的凸显上有所欠缺，这一卷欠简约、浓缩。米兰·昆德拉说，把握现代世界中存在的复杂性意味着一种简约、浓缩的技巧。要直入事物的心脏。这一卷完全可以去掉那些小说技巧带来的啰唆、废话，变得更浓缩、有力，更凸显“万有生于无”。

而卷 2《拉萨》的问题比卷 1 更多一些。对神迹的炫耀成了纯粹的炫耀。好些内容几乎完全与全篇没有关系，比如圣诞夜狂欢，不知作者兴致勃勃地写来何意。是像卷 0《北京》一样，对回忆青春有着不可遏制的冲动和嗜好？杀人老太婆的故事像在搞悬疑剧，是为突出西藏本为神的世界？一些西藏名胜的呈现，像是导游图。总而言之，这一卷故弄玄虚的游戏色彩过头了。

马原在这部归来之作中，还是延续了当年创下品牌的诸般形式实验技巧，比如：对故事结构的极端重视；作家、叙述者、小说人物三位一体，不同叙述视角轮流转换；早年对博尔赫斯“元小说”“迷宫”技巧模仿横移的故伎重演（但程度已弱化）；崇尚自然、东方式玄思冥想、禅机及周易命相说、庄子无为的思想资源等。无奈，年满六十岁又身患绝症的他，更大的动机也许只是回顾自己的一生。由此，小说与传记之间产生了难以平衡之感，在向写实靠拢的时代叙事美学的逼迫下，一方面，读者早已没有了当年看作家玩弄纯形式的耐心，另一方面，作者进入六十岁后的心理暗示也早已钝化了当年的艺术雄心和敏锐。曾经虚实难辨、华丽诡谲的形式实验技巧，终于只能以弱化的面目恍惚出现。

由此，《牛鬼蛇神》的形式实验技，显出了力不从心的分裂感——马原已不能再创辉煌。

原载《南方文坛》2015 年第 5 期

乡土小说的三种面目

——以莫言、贾平凹、阎连科为例

乡土文学，一个世纪以来就是中国文学的书写主流，也是取得最大成就的分支之一，而其中的乡土小说，则贯穿了整个20世纪的中国文学：从乡土文学的奠基者周氏兄弟起，尤以鲁迅的《祝福》《风波》《在酒楼上》《药》等为发端，在鲁迅的影响下，涌现了大批“五四”乡土小说家和作品。与之相映成趣的是所谓“京派小说”的乡土小说，以废名、沈从文、汪曾祺为代表，走向了与鲁迅的启蒙批判相对的另一路向：对传统乡村的审美情结。再之后，是以赵树理为代表的“山药蛋派”和以孙犁为代表的“荷花淀派”这两个跨时代的乡土小说流派。后“文革”时期，乡土小说的代表作则为古华的《芙蓉镇》、高晓声的《陈奂生上城》等。寻根文学的乡土小说，在1985年到1988年间达到高峰，代表作有阿城的《棋王》、韩少功的《爸爸爸》、王安忆的《小鲍庄》等。再以后，是以刘震云、刘恒等为代表的新写实派小说家，以及以马原、残雪、莫言、余华、苏童等为代表的先锋派小说家，大都是通过乡土题材进行创作的。20世纪90年代之后，中国乡土小说的创作进入多元无序的状态中，莫言、贾平凹、阎连科、刘醒龙等乡土作家，把文化观念与乡土情感注入小说中，进行创造性演绎。随着荒诞、平面化的后现代特征甚器尘上，乡土文学将会慢慢式微，似乎是一个难逃的命运。

20 世纪 90 年代以来，乡土小说沿着自身的惯性，还在继续着某种辉煌：以莫言、贾平凹、阎连科为代表，呈现出了乡土小说的三种面目。莫言以其彻底的“民间性”理念，对投射在胶东大地上的历史进行了民间性视角的改写；贾平凹则以“反崇高”的后现代路向，集中表现了乡土基层最为日常化的琐碎生活；阎连科自“瑶沟系列”起，写下了《耙耧天歌》《日光流年》《受活》等纯粹以乡土为对象并受到好评的作品，但不论是对“劳苦人”的苦难描写，还是对乡村权力政治的批判，他的作品都在《日光流年》之后呈现出了抽象寓言的空洞和概念化。

莫言：“民间”的狂欢

莫言是最早有意识地将“民间”理念贯彻到自己小说中且最成功的作家。《红高粱》系列就以“民间性”的价值立场，对 20 世纪八九十年代文学被“文学现代化”思维控制，难以突破某种政治理念和儒学观念的状态进行了革命性的创新发动。之后，作家沿着这条路径，一发不可收地创作了一系列长篇，包括《丰乳肥臀》《檀香刑》《生死疲劳》《四十一炮》《蛙》等。从《丰乳肥臀》到《生死疲劳》，使人看到“民间性”的有效性正在被作者消费殆尽。“民间性”视角，并不是放之四海而皆准的：由于过分强调民间的主体性，历史想象变得单薄而杂乱，陷入一种历史虚无主义的平面化狂欢。一百年的启蒙似乎白“启”了，民间社会的混沌蒙昧、藏污纳垢，似乎百年不变，铁板一块。莫言个人化的历史想象力，他硬性返回历史的民间性视角，成功地令民间从从前的沉默无言的底层变成了沸腾狂欢的生命主体。可这个生命主体大多数时候接近动物本能，接近各种器官。《丰乳肥臀》几乎就是《百年孤独》的中国翻写版，难得的是作者保住了创作的充沛激情，甚至充沛得过了头。这部直奔诺贝尔奖而去的长篇用他一贯的狂欢体来抒写民间苦难，造成一种让人哭笑不得的阅读心理，小说的张力接近撑破的边缘，但也因此模糊了自己的价值召唤。从莫言的小说中看不到更高层面的对人类社会应建立在某种希冀之上的召唤，只是低层次、低循环地返身民间寻求一种价值。而中国文学迫切希求的是一种能把内心的伤害、创伤性的经验变成一种理性反映的能力，一种指向更高层面的诘难的能力。也许莫言也曾想激起读者的道德情感反应，但民间故事本来具有的嬉戏性倾向，总是能毫不费劲地将痛苦变成喜剧，意义不足感当然是最后的结局了。

“无论是对历史的解构还是对现实的审视，莫言的乡土小说都具有极强的后现代主义特质，在乡土客体的呈现上，他痴迷于‘审丑的盛宴’，乡村最为原始、最为野蛮、最为肮脏的一面在其小说中得到了极度的张扬，即使是对人性深度的挖掘也是建立在乡土审丑基点之上的人文阐释。”① 比如随处可见的这类叙写：“水质偏酸，酒生涩难以下咽，撒上一泡健康的童子尿，变成一坛香气馥郁的，饮后有蜂蜜一样的甘饴回味的高级名酒‘十八里红’，没有任何的荒谬，童子尿是地球上最神圣最神秘的液体，里面含有不少宝贝元素，鬼都搞不清楚，日本首相为了身体健康、精神愉快，每天早晨都要喝一杯尿，我们酒国市委蒋书记用童便熬莲子粥吃，治

① 李明燊：《新世纪乡土小说价值形态问题初探》，载《甘肃社会科学》2014 年第 4 期。

愈了多年的失眠症，尿神着哩，尿是人类最美好的象征。”“那个兵嗓子里哼了一声就把头扎到毛驴背上，如果四老妈要撒尿恰好呲着他的脸，温柔的碱性丰富的尿液恰好冲洗掉他满脸的黑血和白脑浆，冲刷净他那颗金牙上的血丝……他就一头栽在驴肚皮下去了。假如这不是匹母驴而是匹公驴，假如公驴正好撒尿，那么黏稠的、泡沫丰富的驴尿恰好冲激着他痉直的脖颈，这种冲激能起到热敷和按摩的作用，你偏偏逢着一匹母驴，你这个倒霉蛋！”《蛙》《檀香刑》《生死疲劳》等莫言新世纪乡土小说在文体形式上都接续了后现代的衣钵，只是在乡土视阈的构架上，更为侧重于贵族化甚至语言革命的小说气质，少了一些乡土真切生活的存在感。”①

莫言对此是这样阐释的：“所谓的民间写作，就要求你丢掉你的知识分子立场，你要用老百姓的思维来思维。否则，你写出来的民间就是粉刷过的民间，就是伪民间。”②将知识分子立场与老百姓的民间立场对立起来，并号称要抛弃自身的知识分子立场，这与“延安传统”有着不言自明的契合。历史跨过了一个新的时间点，而知识分子却没有跨出传统的文学与政治的藩篱，而是逃向了明哲保身的人文价值立场，这是令人遗憾的。③

莫言的小说令人深刻体会了观念创造历史的终结。他的民间性“复魅”终将达到极限，全面工业化时代的到来，将使他笔下野蛮蒙昧、离奇夸饰的民间性经验不再具有现实生命力。自然，民间生活经验的奇观化书写也将成为难以为继的游戏。

---

① 李明燊：《新世纪乡土小说价值形态问题初探》，载《甘肃社会科学》2014 年第 4 期。
② 莫言：《文学创作的民间资源——在苏州大学“小说家讲坛”上的讲演》，载《当代作家评论》2002 年第 1 期。
③ 李明燊：《新世纪乡土小说价值形态问题初探》。

贾平凹：沉重的肉身

贾平凹自《秦腔》或者更早的作品开始，就用他的一系列小说，对中国乡村三十多年来的变化进行思考与质疑，有些思考相当具有前沿性、敏感性。往大里说，有鲁迅启蒙批评中国乡村的那一路思想资源，也有沈从文对传统乡村的审美情结。贾平凹也总是能站在作家立场上提出当前的关键词，比如浮躁、高兴等。对历史的一种日常化解构，这种写作策略到《古炉》，似乎达到了顶峰，历史成为透析乡土的媒介。《秦腔》是贾平凹作的一曲乡村挽歌，土地与农民的关系、乡村道德及精神的末路，这两个主题就是贾平凹要呈现的；《带灯》也依然延续了他对乡村在物质和精神上双重凋敝的叹惋。《带灯》以一个深藏秦岭中的乡镇有如乱麻一般的现代生活，呈现当下乡镇基层的困境和矛盾。这以后的写作也依然延续了贾氏风格：细碎的散板流年、没完没了的泼烦日子，然而，“过度的细碎化叙事使贾平凹乡土小说走向了精神内涵上的庸俗化与停留在显性话语层面的浅表化”[①]。这种消解宏大叙事并走向日常化的审美倾向，其实正是西方后现代叙事的一个表征。所谓后现代是与西方的后工业化时代相对应的，杂乱无章的后现代主义创作，讥刺戏仿现代性，模仿的是已经变得无序、碎片化的世界现实。然而这一表征与我们当下现实的矛盾在于，我们的作家大都只学到了西方后现代的语言策略，而不论这种话语方式与本土文化语境、文化价值诉求是否深刻对应，呈现出一种理论先行、现实滞后的失调。而长篇小说的结构要求一个写作者必有一个历史观的展开，写作者也应该通过一个长篇的架构去体现自己的历史观。但贾平凹的众多长

① 李明燊：《新世纪乡土小说价值形态问题初探》。

篇，都难以称得上有令人满意的长篇结构的架构，也难以有一个清晰的历史观。他是靠细节写作的，连绵不断的文本逐渐淹没在细节里而见不到结构，而反本质主义的虚无态度加剧了规避情感介入的冷漠直视、拒绝做价值判断的犬儒主义。

在《秦腔》里，他人的死亡和灾难都被匆匆记下，作者把自己抽离得太干净。他热闹的叙述更像是在隔岸观火，故乡和乡亲的是是非非在远离他的地方自己排演，他只是冷漠地写下他们，他们的生死衰亡都只是像蝼蚁一样自然。引生闹着玩儿似的就自戕了自己，狗剩出门去不知怎么就喝了农药；武林被庆玉那样夺了妻，还挨打受辱；白雪说被抛弃就被抛弃了；秦安被陷害成了脑瘫也就脑瘫了。作家是真的不愿说“知道”还是没有这个思想能力？“我认为，那种破碎性的叙事，不愿意做出立场和判断的写作是偷懒的和投机的，是‘背着而不是向着火跑’，是作家的逃避，但杰出作品需要作家‘向着而不是背着火跑’（别林斯基语），暧昧的、游移的写作立场产生杰出作品的可能性很小。”[①]此后的作品，也基本延续此一写作策略，贾平凹是一个自我再生能力强大的作家，别的作家在第一手材料用完之后就基本枯竭了，他却仍然可以持续不断地高产下去。但作品若仍然是匍匐在地面上，不下功夫写透几个人物，总是在记录而非创造，那么，作品无感动，也就不足为奇了。

《带灯》如果不是用恶性群架来结尾，作者完全可以根据他手头掌握的上访记录一直写下去。为了防止读者的阅读枯燥，可以穿插一些带灯的小女人情调来调味。王后生这个人物，其实才是肩负着乡村民主、法治启蒙使命的重要角色，历史的发展怎能少了这样

① 张莉：《新世纪长篇小说的现状与问题》，载《中国新世纪长篇小说研讨会纪要》2012年12月11日至12日。

一个“大反派”？但作者的能力在把这乱麻纠缠的现实世界呈示完毕之后停止了，王后生这个本可以挖掘出更深人性内涵的人物，也就在一个乡村无赖的层面上停止了。生活原是怎样，作者就让它是怎样了。仅仅满足于现象学的呈示，是不是也是这一代作家的局限？有没有一双穿透现实乱麻的慧眼？

一批聪明的作家都明白一个道理：哪怕在大方面，比如在结构、逻辑上差强人意，如果细节绝对真实可感，那么作品即使在当世不怎么被认可，后世也可以拿来作为当时人们的生活实录资料，从而具有民俗、社会甚至历史价值。《秦腔》《带灯》《极花》自有它们的价值，它们的价值在于还原了当代中国农村的变化流程，保存了它的“肉体”。

阎连科：概念的寓言

20 世纪 90 年代初的“瑶沟系列”和“和平军人系列”，使阎连科被中国当代文坛认识。可以说，阎连科一上来就是以其对乡村权力政治的批判为辨识风格的。之后的《耙耧天歌》《日光流年》《受活》等，收获了文坛的好评。在当代作家中，阎连科是最像鲁迅的，他继承了批判现实主义的衣钵，对权力政治、国民性等主题进行着难解难分的穷追猛打。他也总是能将自己的叙事推向极端，以一种不可思议的荒诞重击我们这个苦难深重的民族。比如《白猪毛黑猪毛》中，村民居然会费尽心机，争抢替镇长开车撞人顶罪坐牢的名额。但到后来，第一手材料用完之后，他的自我再生能力便只能靠抽象的寓言来实现了。《日光流年》是阎连科最扎实、最有力度也最好的一部长篇，这之后的几部长篇，都逐渐演变成某种观念主导下的道德传单，每一部都占领了道德的制高点。尽管作者为掩盖现实肌理的匮乏，一味地在形式上花样翻新，什么倒卷帘、《诗经》命章名、圣经体、县志体……但小说的模式仍然摆脱不了“概念加形式”。

阎连科成名之后对现实主义大加挞伐，似乎现实主义令他深恶痛绝。这一点他与莫言相映成趣：莫言是责怪评论家不把他当正宗的现实主义作家看，阎连科则发明了自己的“神实主义”，以示与现实主义的区别。但他最终能立得住的长篇《日光流年》，恰恰是以精雕细刻的现实主义再现了劳苦人漆黑一片的深重苦难，获得震撼人心的价值。阎连科反对意识形态化的叙事方式，也许恰是意识形态化的。谁能彻底摆脱现实主义？所有的荒诞叙事都有一个现实主义的基础，神话故事也要在现实中找到某种依托，因为只有在现实的衬托下才能显出虚幻。某种意义上说，任何小说都是现实主义的，不管它是模仿某种神话理念的英雄事迹，还是模仿某种反映进步理念的社会，或是模仿人的内在心理，甚至是像现在那样模仿世界的不可阐释性——这种不可阐释性正是当今人类的现实。即便是看起来实验性的现代主义和杂乱无章的后现代主义创作，也有现实主义的成分：前者模仿的是心理现实，后者模仿的是已经变得无序、碎片化的世界现实。“某种类型的现实主义是小说样式的本质”（布洛克-罗斯）。

阎连科小说的“单”性、封闭，越到后来越达极致：《坚硬如水》表面上戏仿了革命加浪漫的现实主义叙事，人物单线条、单向度，对权力的欲望丑恶无边；现实被简化为一个个概念似的人物，小说的意义空间被压缩了。小说罗列了大量与“文化大革命”相关的集体无意识信息，却并没有展现社会对人的命运及性格动态塑造的有机过程，“文革”到底是怎么在乡村发生发展的？发生学意义没有得到深刻揭示。高爱军一出场就被设定好了是“文革”意识的符号。小说中大量出现的“文革”话语、语录歌、样板戏、快板书、标语口号，已没有任何新意。作者取消了深度模式，流于解构，对荒诞的批判也都在此过程中付之阙如了。而20世纪90年代以来的所谓纯文学话语机制中的“人性生产”被提升到人性本恶、世界唯恶的本质论高度：《受活》中的柳鹰雀非要去顺便强奸茅枝婆的女儿，生了孩子也不认，这样推到极端的写法必然使人物的真实性、丰富性大打折扣。“……最惊险的事件都是空洞的，没有内容的”。

阎连科真实饱满的情绪到《受活》，基本上用完了。《风雅颂》中，杨科动辄见人下跪的毛病是属于耙耧山脉的农民的，一群教授和妓女找到“诗经古城”，在那里过上群居生活的结局，真正成了作者的荒诞。这是一部需要依赖“表扬家”为其显豁用意、正确阐释的作品。但其勇于揭露黑幕的精神还是迎合了大众心理：教育界太腐败了。

到《炸裂志》，阎连科小说中寓言的直白和人物的干瘪也到了令人难以忍受的地步。他忘掉了小说应保持一定的神秘性，艺术终归是“诡计的游戏”，要激起人们讨论的兴趣。而讽刺对小说而言是危险的，通常用于寓言和其他不像小说的故事叙述。小说的对象是鲜活、完整的人，不是说教的圣典。

自《受活》以来的极致化奇观写作，一直延续在阎连科的写作中，而对形式的探讨不应成为小说的最终目的，不应喧宾夺主地掩盖对生活本质的探求。阎连科的作品永远都只有“重”，没有“轻”，而举重若轻是一种能力。英国作家菲尔丁说，小说是散文体喜剧史诗。默多克说，没有任何喜剧成分的小说从审美的意义上说是危险的，没有喜剧成分，小说家很难保证不丢失一些非常重要的东西。小说通过其喜剧因素达到抚慰的目的，对世界保持“永远不息的希望”。而阎连科的小说，越到后来越单向与封闭，逃离现实的荒诞与抽象，像虚假对抗的表演，失去生活质感的反抗也只能停留在形式上。

这三种面目的后面，有着一种更大的文化价值取向，即以西方后现代的话语方式及美学策略为其思想资源，表现为对正统话语的反拨、对旧式乡土的怀恋、对暴力叙事的痴迷、对现代性尖锐的苛责与戏谑式的反讽、审丑的“审美”态度、荒诞与魔幻的现实主义表述，以及规避情感介入的冷漠，等等。究其实质，这仍然是一种对西方“后现代”文学语言的戏仿，理论先行与本土现实语境的迟滞造成整体文化价值体系的失调。乡土小说在后现代话语实验场中扮演着媒介的角色，在反本质主义思潮的驱使下，乡土小说的“乡土”味渐趋淡化，“浅层概观”代替了“深度窥探”，乡土小说成为一种停留在“特殊小众”范围内“精致的消费品”。①有些主流作家对事物的判断力下降，这不仅是思想能力的退化，也是审美能力的衰退。旧的书写经验和审美经验已然失效了，作家面对千变万化的生活万花筒，都显现出一种乏力和疲惫感，似乎永远也抵达不了人的灵魂彼岸。②当下乡土小说对人本质灵魂层面的剖析显然是缺失的，而能够与世界文学抗礼的当代经典作品更是寥若晨星，缺少具有示范性意义的小说话语形式。历史的更迭会淘洗出精华传世，更会抛弃掉无数的糟粕。③以上三个对乡土小说的判断，可谓是符合实际的。

原载《长江文艺评论》2016 年第 2 期

① 李明燊：《新世纪乡土小说价值形态问题初探》。

② 丁帆：《新世纪文学中价值立场的退却与乱象的形成》，载《当代作家评论》2010 年第 5 期。

③ 李明燊：《新世纪乡土小说价值形态问题初探》。

王者归来?

——从《牛鬼蛇神》看小说何为

正如多年前抛向中国小说一个圈套，多年后的马原带着更多的圈套回来了。这部《牛鬼蛇神》，以怪异的目录昭示出不同凡响的结构，以神神鬼鬼的内容比拼现代科学的宏大叙事，以归零部分的思辨议论挑战中国读者的阅读癖好，以一生的“神迹”再次彰显马原式神秘色彩、哲学意味，用中国作家少能达到的轻灵状态，以巅峰的游戏风采回顾了自己的一生。而马原的叙述魅力不减当年，语言材料的组合技巧一向是马原的优长，由此造成句式间的推进力度强悍无比。小说作为语言的艺术似乎在《牛鬼蛇神》身上回光返照。但瑕疵也是明显的：卷 3 的《海南》，从卷名上重复了，此外，至少从此卷第二章的 2 开始，当真恶鬼上身直至最后，都是多余的。小说家突然卸下戏装，穿着家常衣裳上阵了——他开始背叛自己的虚构，打破小说与读者间的古老契约，罢演了。尽管有这最后一卷令人牙酸的自恋书写，总归瑕难掩瑜，《牛鬼蛇神》堪称马原的“王者归来”之作。它让人看到当下小说的可能性，以及小说何为。

结 构

“形式之王”当然不会让读者对他的形式失望。全篇分四卷，从卷0开始，卷0的第一章不叫第一章，叫第三章，依次为第二章、第一章、第〇章，接着是卷2，又是第三章、第二章、第一章、第〇章……所以从卷0开始，是承老子“天下万物生于有，有生于无”的理念，谓万有生于无。既从0有了开始，便“道生一,一生二,二生三,三生万物”，这是小说中“卷”的来历。至于“章”，为什么又倒着从第三章开始呢？每一章倒着从三开始至〇，这是“归零”的说法——自此，马原“有生于无，一归于零”的结构就算成体系了。从目录来看，透着怪异，甚至有故弄玄虚之嫌，但分析起来，不但不怪，还有根有据，结构严谨，于形式上造成陌生化效果，而其中深藏的道、佛智慧也将马原的哲学意味发散于无形。最讲究的小说家，最知道结构对于小说的意义，艺术的形式从来不仅仅是形式这么简单，马原显然深谙此理。他的四卷以地名为结构，分别是北京、海南岛、拉萨和卷3的海南。北京是“神迹”开始的地方，历史的神话在两个少年的人生中投射下最初的神迹影子。作者选择了“大串连”的历史背景，作为社会政治生活中的“神迹”——亲眼见到心目中的神，接受神的检阅，使来自东北的少年大元和来自海南吊罗山的少年李德胜结缘。他们一个暗喻了牛鬼，一个暗喻了蛇神。从此，一个神神鬼鬼的世界在人们眼前展开。北京卷亦即卷0，即无，正是从这个无，生出了有，才有了后来的故事。作者并未对这一历史政治事件作任何的意识形态批判，这非他用意，他的用意在于：在权力被神圣化的地方，权力自然而然就生出它自身的神学，在这种情况下，世界就可以用一种神学语言来描绘。其实，对于神话的原始冲动一直深潜于人性深处。得到伟大领袖的接见像一个绝对理念，它代表的是真正的现实，而大元和李德胜们的存在反而像影子一般虚幻，真正的生活在超人、非人那一边，这是两个少年最早对这个世界的切身领会。在等待领袖接见的日日夜夜里，两个少年神情恍惚，在对将要到来的“神迹”——领袖接见的期盼中，分不清白昼还是黑夜，这是出神的状态了。两个少年的世界有神了。

《牛鬼蛇神》的大结构似乎有着既包容现代世界中存在的复杂性，又不失去结构上的清晰性的野心。四卷的内容囊括了两个少年的一生，动用了复调的形式，卷 1《海南岛》中李德胜的故事与大元的故事，在同一时间里各自运行，小说复调的出现，更多是诗性使然，而非出于技巧。小说还动用了什克洛夫斯基的“嵌套”——在小说套盒中再套入短篇小说，如卷 2《拉萨》中色季拉雪顶的故事，甚至还有将马原过去的小说直接贴进《牛鬼蛇神》的做法。小说发展到今天，拼贴早已不奇怪，后现代的实验小说做得更离谱，甚至将文字剪碎再拼贴起来。马原的拼贴成功地造成了一种陌生化的阅读效果，至少可以让读者在一个文本中看到不同时期马原的作品，比较它们的风格。小说的神奇还在于，它既能融合诗歌，也能融合哲学，还能毫不丧失自身。运用所有的智力手段和所有的形式去发现唯有小说才能发现的东西，就是成功的小说。从这个意义上来说，拼贴造成了断裂、炫目的新奇感，是有益的尝试。

马原并不想跟读者签下真实性之约，《牛鬼蛇神》并不意在亦步亦趋地模仿现实，那种现实主义的小说显然跟马原的旨趣背道而驰。更多时候，马原只是想让人惊奇、让人着迷，而他语言的幽默追求，也在消解死板和正经，发现生活中好玩的事物。它们是游戏性的，它们娱乐，但并不排除严肃，将严肃的问题跟好玩的形式结合起来。

马原试图用他三十万字的小说，呈现自我之谜、存在之谜以及在当下，小说如何保持跟生活整体的关系：看到生活的背面，去探询那些人们不愿思考的生存，使小说的目光终于摆脱庸俗的地面，投向浩渺的宇宙，投向不可知的世界，投向人的对立面——自然。“当明天大自然从地球上消失，又有谁会觉察到？”曾经罹患绝症的马原，显然获得一种徘徊于生活甚至生命外部的眼光，这使他前所未有地思考起“自然”这个命题。这些内容，他在那些 0 节中都有细致的叙述，体现出一个人在思想时的美丽和高贵。那些轻松的神迹故事引导读者思索形而上的问题，思索人是从哪里来的，要到哪里去。小说家布洛赫说过，知识是小说唯一的道德。马原这个曾经的先锋派，依然秉持着这一精英知识分子的立场，将他认为的知识——神迹的也好，心灵的也好，思辨的也好，哲学的也好——统统融合起来，使小说在知识的道德方面，高妙灿烂地绽放。

议　论

马原显然对米兰·昆德拉深有研究，他曾把昆德拉的《告别圆舞曲》改编成话剧，也写过一个结构取自昆德拉小说《搭车游戏》的剧本。《牛鬼蛇神》的结构自然也有昆德拉小说的影子，文中所有 0 的部分都如昆德拉的辩论、思考一样，直接在小说中发起了议论。马原面对记者，不免有些底气不足，自认那些 0 的部分都可以不要。我却认为，正是这些 0 的章节，才真正补实拔高了马原的小说，令他不是一味地“轻”下去。马原的叙述功力当然无可挑剔，他自二十年前练就的组合语言材料的技巧，使他的句子从不会难以读下去，他总会在句子之间制造出强大的牵引力，一句一句推动下去，吸引人看完。但看完了再回头审视，小说实质上并没有说出深刻的东西，并没有发现只有小说才能发现的那个世界。幸好，作者有这些“归零”的思辨内容，能使读者猝然踏实下来、停顿下来。

北京卷里，0节首先提出三问：我们从哪里来，我们是谁，我们往哪里去。马原在后来每一章的0节都涉及了这些内容，唯独对“我们往哪里去”没有回答。其中关于“我们从哪里来”，关于外星人、上帝造人、进化论，以及关于创造与破坏的思辨，都较为精彩。此种议论癖来自米兰·昆德拉，《生命中不能承受之轻》便是代表。中国的小说家向来囿于国情，对小说中的议论不敢轻易尝试。因为中国读者熟悉并能接受的小说模式是类似《三国演义》《水浒传》《红楼梦》《金瓶梅》那样的，对作家的思想并不感兴趣，作家即使有思想，也不能在小说中直接宣讲议论，只能通过人物来曲折表现。米兰·昆德拉被奉为西方小说界的灵魂人物，他在小说中直接按主题进行思辨、议论的形式与叙事紧密结合，成为标志性的昆德拉体。但昆德拉的思辨显然并不这么简单，作者的思想传达与小说的艺术表现是不可分的。昆德拉出生于音乐之家，对音乐有着精深的研究，在他的《小说的艺术》中，他甚至将自己的小说结构跟乐曲的结构进行对比，小说中的思辨恰如音乐的理性之于音乐的感性一样。为了强化小说的形式感，使小说更加浓缩、有力，昆德拉喜欢将他要议论的内容分为若干主题。对昆德拉深有研究的马原显然借鉴了这种形式，但无疑赋予了议论更宏大、更宽泛也更直接的内容。

自胡塞尔起，一派哲学家已经看到一种危机，“科学将世界缩减成科技与数学探索的一个简单对象，具有单边性，将具体的生活世界，排除在视线之外。科学的飞速发展很快将人类推入专业领域的条条隧道之中。人们掌握的知识越深，就变得越盲目，变得既无法看清世界的整体，又无法看清自身”。胡塞尔的弟子海德格尔称其为“对存在的遗忘”状态。那时候的人文学家就意识到人的存在与科学技术的紧张关系。时至今日，此种紧张不适依然没有消除，科学技术以其不断的伟大胜利昌明地改变着世界，但并不意味着对科学技术的反思、探询和质疑就不存在。马原后来身患绝症，有过跟死神的正面对峙，但他选择了放弃医院的治疗，举家迁往空气干净、阳光炽热的海南岛，通过无师自通的治疗方案痊愈了。正是有了这些经历，马原有资格在科学与非科学之间，在那些无人注意的暧昧地带，提出自己的思想。那些探询和质疑包括人的起源，他由此否定了进化论一说；他讨论了到底有没有外星人，最后得出结论——没有。其实得出什么结论并不重要，将时间放置到宇宙范畴里，还有什么答案是永恒唯一的呢？可贵的是思想本身，是思想的过程。在马原的思辨文字中，你同样能体会到文字的美妙、叙述的智慧、思想的辉煌和庄严。尽管人类一思考，上帝就要发笑，但对人类而言，在上帝统辖一切的目光下思索，本身就有着崇高的意义。马原小说中“归零”的思辨议论，就像是文学这个堂吉诃德，终于向不可一世的科学风车发起了挑战。面对科学终于要把世界的愚昧全部清零的时代，总要有人代表那些被认为是愚昧、落后、不开化、不文明的存在说几句话，面对科学技术的称雄统治，人文学术难道就真的既不敢怒也不敢言？马原不信这个邪，他偏要在小说里，跟科学巨人玩起了对话游戏。他从科学无法解决、无法证实、无能为力处着手，揭示了科学力不能及的局限，而灌注其中的思想魅力，时时焕发出人文光芒，令人目眩。

正如米兰·昆德拉在《小说的艺术》中所说，小说的诗性在行动停止处，在因与果之间的桥梁被打断处，在思想于一种温柔、闲适的自由中漫游之处。诗性也许还在离题中。思考的美体现在思考的诗性形式上。将一部小说建立在不间断的沉思之上，这是跟这个不喜欢思考的时代精神相违背的。笛卡尔认为我思故我在，前现代式的人文精英面对世界的方式是，一个人通过思考单独地面对宇宙。这份遗产被马原继承下来，用在他的小说中。《牛鬼蛇神》的那些0节也许部分地实现了以上种种意义。

多 余

卷3《海南》，仿佛是全篇的赘生物。尤其是此卷第一章《别一样的日子》、第〇章《琼州海峡日志》，不知作者出于什么心理，完全忘掉了小说先贤早就说过的话：不要让自己出现在小说的前面。当小说家被关注的程度超过小说本身的时候，是小说的悲哀。福楼拜说，艺术家应该让后世以为他没有生活过。莫泊桑说，一个人的私生活与他的脸不属于公众。捷克作家卡雷尔·恰佩克说，我厌恶说自己。一个真正的小说家的特征是不喜欢谈自己。福克纳希望“成为被历史取消、删除的人，在历史上不留任何痕迹，除了印出的书”。而马原到了这一卷，突然卸下戏装，穿着家常衣裳上阵了——他开始背叛自己的虚构，罢演了。

卷0《北京》显然兼顾了作者对自己的青春年少的回忆，马原早想写一部成长小说，之前也有《上下都很平坦》垫底，这一次虽则将重点放在成长之外，放在显现神迹的主题上，但由于写得太细，有些地方仍然沉浸于对自己青春年少时的华丽回忆，使人几乎忘了马原的主题乃是神鬼的世界。因为主题的凸显上有所欠缺，这一卷欠简约、浓缩。米兰·昆德拉说，把握现代世界中存在的复杂性意味着一种简约、浓缩的技巧。要直入事物的心脏。这一卷完全可以去掉那些小说技巧带来的啰唆、废话，变得更浓缩、有力，更凸显“万有生于无”。正是有了北京“神迹”的显现，才有了之后两个少年一生的神鬼相伴。这样一个结构，才是《牛鬼蛇神》的诡妙之处，也是马原的幽默之处。

而卷2《拉萨》的问题比卷1更多一些。对神迹的炫耀成了纯粹的炫耀。好些内容几乎完全与全篇没有关系，比如圣诞夜狂欢，不知作者兴致勃勃地写来何意。是像卷0《北京》一样，对回忆青春有着不可遏制的冲动和嗜好？杀人老太婆的故事像在搞悬疑剧，是为突出西藏本为神的世界？一些西藏名胜的呈现，像是导游图。总而言之，这一卷故弄玄虚的游戏色彩过于明显了。而马原写拉萨，显然没有写海南那么深入魂魄，只能算是《冈底斯的诱惑》的余韵罢了。尽管如此，西藏本身蕴藏的小说能量、传奇色彩，仍然使读者惊奇、震撼。相较于作者后来在上海某所大学的乏味生活（作者偏也要不厌其烦地记录下来），西藏简直就是奇迹诞生的地方。在当代，越是无神论统辖世界，压抑在人们内心深处的对神话的渴望就越是强烈，这就是西藏蕴藏着巨大的小说能量的原因。不论谁来写西藏，都一定能吸引读者的眼睛，但把西藏写得最奇幻神秘而令人难忘的，无疑是马原。

原载《文学报》2012年5月25日

第二辑　宗璞研究

历史逻辑中的审美生产

——论《红豆》

写于1956年12月的《红豆》，是宗璞真正意义上的处女作（早先也有过一些作品），在1957年7月号《人民文学》上甫一面世，即受到极大的关注，亦被诬为“毒草”，使作者遭到严厉的质疑和批判，并对作者后续的创作产生重要影响。

那么，什么是《红豆》产生的历史逻辑？1956年5月底，中共中央提出“百花齐放，百家争鸣”的文艺方针[①]，为1956—1957年的文艺创作带来了新气象。一批在题材、主题、风格和艺术方法上打破公式化、概念化的作品出现。这些作品呈现出两种趋向，

---

① 1956年5月26日，中共中央在中南海的怀仁堂召开了一次由北京的知名科学家、文学家、艺术家参加的会议，中宣部部长陆定一作了题为《百花齐放，百家争鸣》的报告。陆在报告的开头说：今天所讲的，“是个人对这个政策的认识”。不过，报告的基本观点，显然是代表中共中央的一种权威阐述。他重申这一方针对发展和繁荣我国的科学文化的重要性，指出“百花齐放，百家争鸣”的方针“是提倡在文学艺术工作和科学研究工作中有独立思考的自由，有辩论的自由，有创作和批评的自由，有发表自己的意见、坚持自己的意见和保留自己意见的自由”。报告全文载《人民日报》1956年6月13日。以上引自洪子诚著：《1956：百花时代》，山东教育出版社1998年版，第4页。

“一是加强创作的社会政治干预性，要求作品更多承担揭发时弊、关切现实缺陷的责任……另一种趋向，则表现了要求文学向‘艺术’回归……后一种趋向，在内容上多向着被忽视的个人生活和感情空间开掘，对个体的生活和情感的价值和独立性的维护……这批在特定的历史条件下而言带有‘异质’特征的作品，在1957年下半年被指斥为‘逆流’‘毒草’，二十多年后，它们又得到一种截然相反的评价，而被称为‘重放的鲜花’”①。从时间上来看，《红豆》的写作、发表，契合了1956—1957年的历史形势。它的产生是对“文学要向艺术回归”的召唤的回应，也是向着新中国成立后被忽视的个人生活和情感空间的掘进。对青年知识分子爱情题材的书写，则是对工农兵、重大政治运动及革命战争等题材一统文学的局面的突围。

学界一般认为1957年春夏开始的“大鸣大放”，是知识分子形象开始较大规模地在文学作品中出现的原因。程光炜认为：“还包含着知识分子意识在同样背景中的‘觉醒’这一有意味的精神现象。”“知识分子意识在新中国成立五六年后的‘复活’现象，是对丁玲延安时期《在医院中》等作品主题资源的重新发掘和继续，但人们显然已隐隐感觉到这些精神‘英雄’的孤立无援和‘悲剧’结局。”②《红豆》创作于1956年12月，显然在1957年5月1日《人民日报》刊载中共中央在4月27日发出的《关于整风运动的指示》之前。那么，宗璞笔下的知识分子形象，便应在“知识分子意识觉醒、复活”这个动因之内。一方面是“双百方针”提出之后，文学向“艺术”回归的趋向，另一方面是知识分子意识的“复活”现

---

① 洪子诚：《1956：百花时代》，第92页。

② 程光炜：《关于五十至七十年代文学中的知识分子形象》，载《文学评论》2001年第6期。

象，这两种历史脉动或潜流的结合，就是《红豆》得以诞生、发表的历史逻辑。

程光炜分析了 20 世纪 50 年代至 70 年代文学中知识分子形象产生的时代语境："1949 到 1957 年上半年间，虽然政治上确定了不再把知识分子，而把工农兵当作文学描写主角的文艺方针政策，但在具体创作实践中还会有反复，处在无规则的变动之中……这些复杂状态实际昭示了：一、'社会主义现实主义文学'还未确立其权威，并对文学艺术发挥指导、限制的功能……二、知识分子阶层在当时还未被正式划为社会'异类'，所以从事文学创作的知识分子作家仍然把自己的精神状态、心理情绪和审美意识视为合理性的要求，容易在自己熟悉的艺术领域和知识分子形象上找到创作的兴奋点。三、文学创作的'社会主义'语境，促使作家们重新思考知识分子与革命的关系。这种'思考'不单包含有批评、反思和使社会体制更为完善的内容，也包含了怎样去'适应'和调整的创作动机。"① 于是，在 1956 年末的社会语境中，宗璞创作了一个知识分子在 1948 年对爱情作出选择的故事。而表现在其中的精神状态、心理情绪和审美意识，无疑带有浓厚的知识分子色彩。宗璞将这个多少带有自我文化投射意味的爱情故事，置于"革命"的首要能指之中，在调整了自己的创作方向之后，以审美生产的方式呈现出来。

达维德·方丹在阐述诗学问题时，将文本视为"作为生产力的文本"。"梅舍尼克争着要重申诗学与政治、理论与实践不可分，而符号学研究者、精神分析学家克里斯蒂瓦（Julia Kristev）则果断地把文章的'有意义的实践'确定为是众多改造性实践中的一种，

---

① 程光炜：《关于五十至七十年代文学中的知识分子形象》。

也即是一种劳动的社会形式。”[①] 刘方喜从马克思政治经济学中概括出“审美生产主义”理论。“在与物质生产、意识形态生产、‘生产性的’商业化精神生产这三种生产的联系和区别中，把艺术创造活动界定为‘自由的精神生产’‘非生产性的’‘人和自然之间的物质变换的自由活动’。把‘自由的精神生产’具体界定为一种‘生产’活动、在‘自由时间’中展开的活动、满足人的‘生产性需求’并产生‘生产的欢乐’的活动、存在于‘人与自然关系’中的活动。”[②] 本文中的“审美生产”，就是根据克里斯蒂瓦“有意义的实践”及刘方喜的“审美生产主义”概念，引申出了这样一个基本认知和判断：在具体的历史逻辑中，宗璞所进行的精神生产活动，尽管在主体置入方式方面，并不能称为是“自由的”，也不能称为完全满足了自己的“生产性需求”并产生“生产的欢乐”的活动，但《红豆》仍是历史逻辑中有意义的实践，也即审美生产。

在《野葫芦引》“四记”之前，《红豆》是被研究最多的宗璞作品。时至今日，重读《红豆》，读者依然会为江玫与齐虹的爱情故事所吸引，会认可小说细腻、精致的文体表现。尽管现在看起来，这是一个被时代规约所编码的写作，一个强大的不可逾越的历史逻辑矗立在历史中的作家宗璞身后。集体意识形态对写作主体的结构性改造在所难免。但其间作者所投入的真诚情感，以及小说的艺术情思和艺术表现，并不能被抹去。宗璞曾谈道：“我写的其实是为了革命而舍弃爱情，通过女主人公江玫的经历，表现了一个小资产阶级的知识分子怎样在革命中成长。那个时代确实有很多这样的爱

---

① [法] 达维德·方丹：《诗学：文学形式通论》，陈静译，天津人民出版社2003年版，第100页。

② 刘方喜：《审美生产主义——消费时代马克思美学的经济哲学重构》，社会科学文献出版社2013年版，中文摘要。

情，我写得比较真实。”[①] 正因为真实，所以才感动人和吸引人。真实永远是艺术的生命力所在。

然而，“真实性”话语在20世纪50年代中期，是一个具有高度政治敏感性的话题。当时关于现实主义的辩论转移到社会主义现实主义上面来。胡风、秦兆阳等对社会主义现实主义提出质疑，其实质是文学的政治性与艺术性的对立。在胡风等人看来，现实主义的核心是“真实性”，是“追求生活的真实和艺术的真实”。这些“真实论者”所呼唤的，是来自“五四”以鲁迅为代表的启蒙主义的批判风格，以及俄国批判现实主义作家的传统。“写真实”和“干预生活”一起，是胡风、冯雪峰、秦兆阳等提出的“无冲突论”“粉饰生活”的解决方案。所谓“干预生活”，就是要勇于揭露生活的阴暗面。此一论调与周扬等对“真实”的定义构成冲突。周扬等认为的“真实”，则是要大力表现社会主义社会的“光明面”，讴歌工农兵的英雄人物，对生活充满革命乐观主义精神，要坚定无产阶级革命事业在全世界取得胜利的光辉前景。在反右派运动开始之后，对胡风等“真实论者”的批判，便转移到诘责作家的世界观与立场上来。“毫无疑问，文艺必须真实，不真实的文学艺术是没有价值的。问题是，什么是真实？作家、艺术家是站在什么立场和抱着什么目的来描写真实？”[②] 茅盾批评说“写真实”是一个“修正主义口号”。他说：“如果站在人民的立场上来看我们的社会现实，他就能在作品中反映出客观真实，否则，他就歪曲了我们社会的客观真实。”[③] 左翼文学内部关于“真实”的争论，在当代文学中

---

① 施叔青：《又古典又现代——与大陆女作家宗璞对话》，见《宗璞文集》(第4卷)，华艺出版社1996年版，第456页。

② 周扬：《文艺战线上的一场大辩论》，作家出版社1958年版，第32—33页。

③ 茅盾：《关于所谓写真实》，载《人民文学》1958年第2期。

往往由于宗派主义、教条主义等因素而演变成因人而异、因时而异的非学术、非理论的批判，其结果必然是仍须由“政治权威”来作出裁决。而“真实论”“写真实”这些50年代的论题，以及卷入其中的胡风等人的命运，必定会对宗璞的小说写作构成一种潜在的影响。以至于多年之后，在思想解放的80年代，宗璞仍下意识地重提“真实”的概念，来说明《红豆》在文学手法上的意义。胡风等提倡现实主义的核心是“真实性”，是“追求生活的真实和艺术的真实”等观点，其实是深入一批作家之心的。宗璞后来写的几篇作家评论，包括对陀思妥耶夫斯基、哈代、曼斯斐尔德、波温等的评论，无不是把“真实”“真”作为褒扬的基点。[①] 历史在此刻，仿佛在美学上为胡风等人平了反。

《红豆》在读者层面受到了欢迎，产生了广泛的影响。何西来曾说：“《红豆》不仅使我得到了审美的满足，而且大大提升了我欣赏短篇小说的能力和境界。许多年龄相仿的同学，都有和我相似的体验。”[②] 历来对《红豆》的研究，主要胶着在时代话语、主流意识形态分裂了作者的写作，使它既呈现出与时代共名的表象，又留下了包含无尽的小资产阶级情调与余韵的潜文本方面。但这一切究竟是如何发生的？历史逻辑究竟是如何作用于写作主体，而知识分子自我的幽灵又是如何透过表层意识形态的铜墙铁壁，隐晦却顽强地折射出来？

---

① 在《他的心在高原》中，宗璞引述哈代的话：“很明显，有一个更高级的哲学特点，比悲观主义，比社会向善论，甚至比批评家们所持的乐观主义更高，那就是真实。”“如果为了真理而开罪于人，那么宁可开罪于人，也强似埋没真理。”哈代关于真实、真理的观点，宗璞是深为赞同的。参见宗璞：《他的心在荒原》，《宗璞文集》（第4卷），第257页。

② 何西来：《宗璞优雅风格论》，见人民文学出版社编：《宗璞文学创作评论集》，人民文学出版社2003年版，第331页。

像宗璞的大多数作品一样，《红豆》亦可被看作是某种心理传记。宗璞的小说自《红豆》始，直到《弦上的梦》，都是有关“成长”的叙事。而成长，其实质就是知识分子的思想改造，以符合历史逻辑的规定性。《红豆》将男女主人公置于革命与爱情的矛盾中。这个范式即透露出一个带有哲学色彩的普遍对立：“在萨特和埃里克森那里，私人的与公众的、无意识的与有意识的、熟悉的或未知的、普遍的与可理解之间的习惯性的对立被移置并安放在一个历史和心理的环境或语境的新概念之中。”① 这一段话几乎囊括了江玫与齐虹的所有困境。感情当然是有意识的，历史逻辑却以强大的无意识统摄了一切。对江玫来说，齐虹是熟悉的，更是未知的，革命真理是普遍的，但爱情却是个性化的。这些便是《红豆》的叙事矛盾，人物与情节，也便在这种种的矛盾交织中呈现出复杂而分裂的面貌。

先来分析《红豆》的写作主体是如何逐渐与时代同频共振的。小说中，为了最终完成主人公革命干部江玫的成长，必然要牺牲江玫的小资产阶级爱情。既然这个牺牲是必然的，作为矛盾的另一方的齐虹，便不可避免地堕入道德、人格的缺陷中去，直至齐虹去国，彻底分手的结局。小说中对齐虹的塑造显出更多硬性、主观的笔触。“丑化”、贬低的句子时有出现。于是，齐虹的阶级原罪更多地转化为道德、人格缺陷，并终于走向革命正义的反面。小说的主线有两条：一条是萧素作为革命的领路人，对江玫的成长之路的影响；另一条是江玫和银行家少爷齐虹的爱情故事。这个叙述框架已经有了“两条路线的斗争”的影子。为了贬低齐虹以及他所代表

① [美] 詹明信：《拉康的想象界与符号界》，见张旭东编：《晚期资本主义的文化逻辑》，陈清侨等译，生活·读书·新知三联书店 1997 年版，第 199 页。

的价值观，小说是这样描述他的："自由就是什么都由自己，自己爱做什么就做什么。""齐虹脸上温柔的笑意不见了，好像江玫是他的一本书，或者一件仪器。"在小说中，作为革命正义代表的萧素，则对齐虹有着天然的抵触，"齐虹憎恨人，他认为无论什么人彼此都是互相利用。他有的是疯狂的占有的爱，事实上他爱的还是自己"。甚至用"自私残暴和野蛮"来形容齐虹。[①]

萧素是一个革命导师式的人物。这类人物的功能在以后，直到《我是谁?》之前，都在作者的小说中发挥着精神引领者的作用。《后门》中的母亲、《知音》中的石青、《不沉的湖》中的老徐，都是帮助主人公完成成长使命的心灵导师。在《红豆》中，萧素既是导师，也是上级。当萧素看到江玫也来参加反美扶日游行时，萧素的"脸上闪过一个嘉许的微笑"。萧素被捕之后，江玫在心里说："逮走一个萧素会让更多的人都长成萧素。"经由萧素，江玫完成了成长。

然而，有意味的却是，这个导师在作者笔下，被命名为萧素（萧肃），隐秘地透射出作者潜意识里对这一类人物的畏惧心理。这个人物或原型代码背后的势力，是足以使江玫、齐虹"萧肃"的力量；而玫与虹的色彩无疑是鲜艳的、生动的，也是匹配的。使江玫的天平开始向萧素所代表的革命倾斜的事件是，萧素为了救江玫的母亲而去卖血，借此确证革命的情谊血浓于水。"人也常常会在一刹那，也许就因为手臂上的一点针孔，建立了死生不渝的感情。"[②]但当萧素被捕的时候，江玫手里拿着的仍然是表现资产阶级爱情的《呼啸山庄》，而不是萧素送给她的那本《方生未死之间》。当爱

① 宗璞：《红豆》，见《宗璞文集》（第2卷），第11页。

② 同上书，第16页。

情与革命几乎势均力敌的时候，作者抛出了一个阶级恨的故事——江玫父亲的屈死。这个绝对的砝码，终于把江玫推向了革命正义的一边。

即使江玫与齐虹从恋爱开始便争执不断，两人选择的道路也不相同，但当齐虹要出国的时候，江玫仍然希望齐虹能留下来。在最后的告别时刻，江玫几乎是完全靠着意志，努力“撑过这一分钟”。即使是“现在”（小说采取的是回忆、倒叙的手法）的江玫，也并未能彻底忘怀这份感情，这正是《红豆》在1957年受到批判的原因之一。齐虹走了，江玫的小资产阶级爱情也结束了：“她觉得自己的心一面在开着花，同时又在萎缩。”[①] 一个凄美的爱情故事以生离为结束，把主体置入符号秩序的问题最为尖锐地提出。这个故事原型也许仍然在个体经验的范畴里，是内驱力、焦虑促使这种伤痛、遗憾的情感经验化为了一篇小说文本。

从故事结构即可看出，作者一开始就铺设了两条线，革命与爱情同时开始叙事进程，但爱情的语义效果显然占了上风。比如江玫和齐虹的相遇，作者就以唯美的情调抒写了雪天的景色：“那也是这样一个下雪天，浓密的雪花安安静静地下着。江玫从练琴室里走出来，哼着刚弹过的调子。那雪花使她感到非常新鲜，她那年轻的心充满了欢快。她走在两排粉妆玉琢的短松墙之间，简直想去弹动那雪白的树枝，让整个世界都跳起舞来。”[②] 这里的景语就是情语，雪天的浪漫邂逅、一见倾心，奠定了整篇小说的情感基调，洁白晶莹的雪花象征着圣洁的爱情，而这一段爱情正是江玫无意识中真正的爱情。

---

① 宗璞：《红豆》，见《宗璞文集》（第2卷），第16页。
② 同上书，第4页。

然而，如果我们参考陈企霞在1950年对小说《腹地》的批评，或可一窥《红豆》中对主人公恋爱描写的危险性："不管是什么情况，在哪种场合，反正英雄不能'怅惘'；英雄和蜕化分子在一起，前者对后者只展开批评还不行，一定要占压倒优势……英雄恋爱不能和普通人有共同之处，不许写一见倾心而要有'庄严的内容'……"① 尽管陈文当时即受到侯金镜的反驳，但是公式化概念化的教条主义已经在泛滥。在1956年提出"双百方针"之后，教条主义暂时受到冲击与挑战，但当1957年下半年的"反右斗争"开始后，历史的钟摆似乎又回到了陈企霞这一方的指针上。

在小说中，不但江齐恋的篇幅多于江萧的革命活动，作者对于二人恋情的描绘所投入的艺术情思、语义重量，也是不言而喻的。萧素的革命情节在一派花娇月媚的爱情文字中，多少有些像主观植入的外物，成为一种显在的、绝对的力量，使叙述的面貌发生着分裂。正如与《红豆》同时期的长篇小说《青春之歌》，也写到革命女青年林道静的爱情选择，只不过林道静奔向革命的姿态更加决绝和义无反顾。而江玫的选择在宗璞的笔下，却蕴含着"此恨绵绵无绝期"的悲剧性内涵。读者更容易在这个现象文本之下，读出另一个生成文本。② 这也就是克里斯蒂瓦所谓涵义的活跃的生产活动。这个生产活动等待着被囚禁的意义的解放，等待着以后的人们把意义从隐迹纸本之中揭示出来。

事实证明，不用等多久，宗璞因为"没有比江玫站得更高""没有看到过去江玫的爱情是毫不值得留恋和惋惜的"③ 等"错误思想"而受到批判，事后一再检讨，《红豆》也成为"毒草"。将

---

① 陈企霞：《评王林的长篇小说〈腹地〉》，载《文艺报》1950年第3卷第3、4期。
② [法] 达维德·方丹：《诗学：文学形式通论》，第101页。
③ 姚文元：《文学上的修正主义思潮和创作倾向》，载《人民文学》1957年第11期。

《红豆》放置于20世纪50至70年代的文学生产环境中，会发现《红豆》对“当代文学”的偏离。当时的主流文学在题材上，以塑造工农兵英雄人物、表现重大政治运动为首选，而革命的乐观主义和明朗清楚的表达方式，则是标准的文学风格。用以上的标准与要求来看《红豆》，会发现它在总方向、世界观以及表达方式方面，都呈现出与集体系统的要求与趣味相异的质地。它既不能确切地证明自己是为工农兵服务的，也没有表现工农兵的斗争生活，世界观则更带有小资产阶级世界观的嫌疑。事实上，宗璞被批判的理由之一，就是“作者并未站在工人阶级立场上来描写小资产阶级知识分子的心理状态”①。而《红豆》的表达方式，跟“当代文学”所要求的乐观、明朗的风格也尚有距离。

尽管《红豆》是1956年“双百方针”感召之下的产物，但知识分子于具体的历史情境中，仍感受到身份的焦虑和自卑，《红豆》背负着知识分子自我认同危机的压力，脱颖而出。从主体性构成机制来说，主体由语言所决定，而“无意识是他者的话语”②。他者的话语就是《红豆》的无意识。而创作激情的想象来源总是某种伦理学。1956年的想象是国家想象，集体主义的伦理是唯一合法的伦理。宗璞出身于知识分子家庭，父亲冯友兰成为“反动学术权威”的遭遇，不能不使她的内心产生身份认同的焦虑。③“缺乏的对象”遂取代欲望成为主体。为了获得身份认同而产生的压力，与创作的内驱力一起，把个人经验从幻想性的意识转化为符合集体意识形态

① 姚文元：《文学上的修正主义思潮和创作倾向》，载《人民文学》1957年第11期。

② [英] 肖恩·霍默：《导读拉康》，李新雨译，重庆大学出版社2014年版，第88页。

③ 这种焦虑甚至到20世纪80年代初仍然存在着。1982年，冯友兰获邀访美，被美国哥伦比亚大学赠予名誉博士学位。除了学术成就再获国际认可，宗璞一家人更感振奋的是，“据我们的小见识，以为父亲必须出一次国，不然不算解决了政治问题”。参见宗璞：《一九八二年九月十日》，《宗璞自述》，大象出版社2005年版，第12页。

的写作，即主体试图重新与他的异化了的形象结合。① 也就是说，宗璞的旧我蜕变为新我，宗璞试图通过写作把经过初步改造的自我的新形象展示出来。《红豆》由此诞生了。

《红豆》实现了从“幻想之物”到“象征之物”的转换，却不可避免地呈现出象征符号下面那起伏变幻的意识海洋。恰恰是象征符号下面的爱情故事，经住了历史的淘洗。宗璞的艺术表现重建了生活经验的本真性和感性的圆满性。② 而真正的历史，是绝对抵制符号化的，因为历史是一个不断被重新构造出来的故事或文本。1979 年，上海文艺出版社编辑出版了《重放的鲜花》，其中收入了《红豆》。对此，宗璞曾撰文感叹：“《红豆》受到了批评，每个花朵本身，完全可以宽宏地忘记一切不愉快，只记得重放的幸运。而从历史的角度看，难道不该把悲剧的原因仔细探讨，总结清楚，铭记心头，引为教训，以避免历史重演么？……我希望以后的鲜花都能及时盛开，不需重放。”③ 在《野葫芦引》的创作中，这一爱情与信仰的抉择难题，作为一个新的历史文本的主题，仍会被重新构造出来。

《红豆》是宗璞奉上的一则关于知识分子主体置入时代意识形态的寓言。在集体无意识的统摄之下，于知识分子的爱情故事所可能呈现的叙事面貌及效果，宗璞提供了《红豆》这个典型文本。宗

---

① [美] 詹明信：《拉康的想象界与符号界》，见张旭东编：《晚期资本主义的文化逻辑》，第 212 页。

② 同上书，第 240 页。关于这一点，当时的批判现在看来，反而是对《红豆》在小说的艺术品质上的确证。如，“然而，事实上作者并未站在工人阶级立场上来描写小资产阶级知识分子的心理状态。一当进入具体的艺术描写，作者的感情就完全被小资产阶级那种哀怨的、狭窄的诉不尽的个人主义感伤支配了”（姚文元：《文学上的修正主义思潮和创作倾向》，载《人民文学》1957 年第 11 期）。正是这些“小资产阶级”的真实情感与挣扎，建立了生活经验的本真性和感性的圆满性。

③ 宗璞：《〈红豆〉忆谈》，见《宗璞文集》（第 4 卷），第 283 页。

璞的创作在主体、自我和他者之间，并没有完全舍弃个人情感语义的表达，她丰赡华美的审美生产，在后续的写作中更加深隐地延续了下去，从而形成自己独特的主体置入方式。

原载《中国当代文学研究》2022 年第 3 期

宗璞中期小说的主体性回归

纵观宗璞的小说创作史，大致可分为三个阶段：从《红豆》开始，到20世纪60年代初《知音》之后作者停笔，是前期阶段；70年代末80年代初是中期阶段，宗璞迎来了自己的小说创作的又一个高峰；后期阶段，也就是宗璞1985年开始写作多卷本长篇小说《野葫芦引》的阶段。本文着重论述宗璞小说创作的中期阶段。在这个阶段，宗璞的小说显示出一种冷静、沉郁、反思甚至反讽的主体置入方式，具体表现如小说《我是谁?》《泥沼中的头颅》《蜗居》等；在80年代初的创作脉络中，《三生石》《米家山水》等则表现出宗璞小说叙事中知识分子主体回归的主题与意蕴。

在宗璞80年代初的写作中，《三生石》和《米家山水》显出另一路的脉络与走向。如果说《红豆》是初恋的爱情故事，《三生石》就是中年人的沧桑情事，《米家山水》则奉上了一幅知识分子夫妇举案齐眉、温馨和睦的家居图。尽管《三生石》仍然在80年代初的“控诉”主色调里，《米家山水》也忘不了黑暗年代的残酷斗争，但它们都在一定程度上摆脱了彼时的大型话语。写作主体从过去的宏观而抽象的“国家意识”“阶级意识”“革命意识”，回到了具体和个体的知识分子的自我意识。而此时距离她创作获奖小说《弦上的梦》的 1978 年，仅仅过去了两年。

《弦上的梦》所讲述的青年学生梁遐在 1976 年清明节走向人民广场的故事，仍然是一个关于“成长”的叙事。小说写作时（初稿完成于 1978 年 6 月，改稿于是年秋），“天安门事件”尚未平反，1978 年 11 月，“中共北京市委郑重宣布：天安门事件完全是革命行动”[①]。《弦上的梦》于 1978 年 12 月在《人民文学》上发表，同年获得全国优秀短篇小说奖。但宗璞的“超前”所获得的，并不都是赞美之声，背后也经历着人们想象不到的中伤。据刘心武回忆：“万没想到的，像我、卢新华等的作品，还只不过是被指斥为‘缺德’而已，她的《弦上的梦》，竟被一位很有地位和影响的人物，用现在我都不便写出的，不仅是政治上彻底否定，而且还带有明显污侮性的词语，加以了恶谥。”[②] 由此可见，文学创作环境和历史情境，远比人们想象的要复杂。

然而，这些“恶谥”并没有影响宗璞。在《弦上的梦》之后，作者还有《我是谁?》《蜗居》和《泥沼中的头颅》等作品。

20 世纪 80 年代初，历时十年的“动乱”刚刚过去，中国的思想界正酝酿着一场思想解放运动，为随之而来的政治经济上的改革开放做着准备。这是来自国家层面的、具有召唤性力量的宏大话语。这一召唤结构必将在中国文坛起到社会意识形态对个体作家自我想象的引领作用。作家们纷纷在此话语的感召下，对个人创作进行了调整和重构。在著名的论文《意识形态与意识形态国家机器（一项研究的笔记）》中，阿尔都塞对马克思的意识形态理论进行

① 朱寨：《中国当代文学思潮史》，人民文学出版社 1987 年版，第 517 页。
② 刘心武：《阿姨，还是大姐》，载《时代文学》1989 年第 6 期。

了新的发展研究。他认为："劳动力的生产需要的不仅是其技术的再生产，同时，还有劳动力对既有秩序准则的顺从的再生产，即工人对主导意识形态的顺从的再生产。"[①] 意味着意识形态国家机器，包括宗教、家庭、法律、政治、工会、通讯、文化等领域，都将最终促成每一个个体劳动力的劳动技能的获得，而获得的前提条件是服从国家主流意识形态的结构性生产，也即社会现有的生产关系的再生产。可以引申得出，"主体"的诞生，实际上是通过激发自我想象的过程实现的，这就是阿尔都塞著名的主体复制理论，即每一个"上帝的子民"借助于想象性的言说而成为"上帝的复制"。社会意识形态的整体话语作为国家意识形态机器的体现，是以宏大话语的魅力与规范同时显现其自身的，使个人主体在规范之下"驯服"地生产文化产品。在自我与集体的古老对立中，激发出新的自我想象，找到新的自我言说的位置。这是自我融入集体的关键时刻，也是主体基于宏大话语感召力的重构。因此，整个 20 世纪 80 年代，依然是主导意识形态生产其新的生产关系的生产，但这新一轮的生产，毕竟为作家们打开了一个全新的历史时空。

如果说宗璞前期的创作序列直到《弦上的梦》，其主体置入方式仍然内在地符合阿尔都塞所谓生产关系的再生产理论，讲述一个被"文革"重创的玩世不恭的孩子最终走上"四五"运动的广场，完成了个人的"成长"，也仍是将革命、人民等意识嵌入主体的体现，那么，《三生石》和《米家山水》则确定了对宗璞而言更为本质的精神脉络，这一精神脉络也成为后续的《野葫芦引》的资源所在。从 80 年代初期开始，宗璞的小说是围绕着知识分子和他们的

---

① [法] 阿尔杜塞：《意识形态与意识形态国家机器（一项研究的笔记）》，见斯拉沃热·齐泽克等著：《图绘意识形态》，方杰译，南京大学出版社 2002 年第 1 版，第 137 页。

心灵故事展开的更本质的书写。

一方面，这两个文本比较于《弦上的梦》，是某种从主流政治话语中心的疏离；另一方面，“许多许多人去世了，我还活着。记下了1966年夏秋之交的这一天。”[①]作为一个劫后余生的知识分子，倾诉和反思那一段沉重的历史，仍然被宗璞视作自己的责任。只是，这倾诉和反思，以更加知识分子化的方式，用充满人间亲情、爱情、友情的温情方式来实现罢了。当然，这个话语方式也汇入了伤痕文学和反思文学的叙事潮流。

中篇小说《三生石》讲述了父亲梅理庵、我（梅菩提）和陶慧韵三个人的故事。以“我”的故事为中心，以倒叙的手法回顾了父亲的患病、被批斗而亡的过程，这是父女之情；“我”在治疗癌症期间遇到了二十年前为“我”送来三生石的少年——如今的方知医生，这是中年之爱；“我”和邻居陶慧韵同为“牛鬼蛇神”，同病相怜，相互支撑，成为家人，这是朋友之义。

事实上，在《弦上的梦》中，人在患难中的相互扶持、相互关爱，就已经是宗璞的一个主题。梁遐在乐珺那里找到一个温暖的家，融化了她对世界的坚冰；乐珺在收留这个孩子的过程中，又何尝不是再度坚定了对生命的信念。这个温暖的书写方式，在《三生石》中达到顶峰。它折射出作者在面对历史、人生时的情感态度：在灾变和苦难面前，使人们最终得到救赎的不是神，也不是什么真理，而是人与人之间的这份朴素的亲情、爱和扶持。对比于《红豆》，这可被视为一个巨大的转变。人性、爱的主题在《红豆》时期，是被视如洪水猛兽、毒草毒蛇的资产阶级人性论话语。此时，

---

① 宗璞：《一九六六年夏秋之交的某一天》，见《宗璞文集》(第1卷)，华艺出版社1996年版，第41页。

对人性、爱的肯定，便具有了话语反拨的意义。《三生石》并不只是一个爱情故事，或是对亲情友情的书写。实际上，它以一个中篇的篇幅，力图呈现 1966 年前后的历史图景。

因此，我们便在其中看到了众多的人物和较为复杂、细碎的情节，以及那个疯狂年代里人们的心理图景。尽管暴力的斗争和血腥的大场面向来不是宗璞所热衷的，她在意并着力描绘的个人遭遇，因其关乎知识分子的生命尊严、人格权利，而显示出震撼人心的力量。

小说开始即回响着悲凉而愁惨的调子。“每个人都会死的，但这普遍的经验却从没有人能向后来者描述。只有少数人有过被判处死刑的经验，若不是立即执行的话，那倒是可以讲一讲的。”① 接着叙述梅菩提有可能得了乳癌，要去开会的医生草草地缝合了她的伤口，在肿瘤破裂的情况下让她等了一个星期，幸好她遇到了方知，一个负责任、有良知的医生。方知对着她同情地微笑了一下。“菩提的心颤抖了。七个多月来，在她的系里从没有一个人向她露过一点笑容。她熟悉的，只是她的邻居兼难友陶慧韵那类似笑容的表情，那其实是一种想要安慰菩提而做出来的、极其疲惫的神色。她好像已经忘记真正的笑容是什么样的了。在那疯狂的日子里，绝大部分的熟人都互相咬噬，互相提防，互相害怕；倒是在陌生人中，还可以感到一点人与人之间的温暖。回家去时，菩提觉得简直骑不动自行车了。但不骑又怎么办呢？她只好慢慢用力蹬。”②

情节发展到这里，读者本来已为主人公梅菩提的癌症而揪心，但这还不是最凄惨的。这一主人公得癌症的铺垫，无疑也奠定了整篇小说“伤痕”的韵调。接着作者开始回忆父亲的死。这一部分内容由于情感的真挚、细节的逼真，在叙事效果上甚至超过了对梅菩

① 宗璞：《三生石》，见《宗璞文集》（第 2 卷），第 306 页。
② 同上书，第 309 页。

提与方知的爱情叙述。这一效果的达成，在于父亲从生病，到因为“反动学术权威”的身份而被医院拒收，再到被批斗而死，这一整个的叙事进程没有被中断，读者的情绪随着父亲的遭遇而起伏。作者很好地控制了叙事结构和节奏，氛围、细节、情绪都铺排、营造得无懈可击。而在其中，最为关键的恰是情感的深挚真实，把动荡年月中女儿与父亲相依为命的人伦亲情书写到了极致。

接下来，我们通过对一个较长段落的文本的解读和阐释，来分析作者的叙事是如何达到自己的修辞目的的：

> 菩提休息了一下，觉得有力气睁开眼睛了。她最先看到的，便是她父亲的骨灰盒，其实应该说是骨灰罐，因为那是一个极简陋的陶罐。这七角钱一个的陶罐，是火葬场对“坏”人的最高规格了。便是骨灰，也多亏了那里某一个造反派头目莫名其妙的善心才得到的。
>
> 骨灰罐摆在靠墙钉着的木板上，罐前常摆着一杯清水。菩提记得父亲是最爱喝茶的，被“揪出”后，有时无法得到茶叶，便只好喝清水。遗像当然不能挂，何况也没有照片，全部没收了。这点菩提倒不觉遗憾，因为父亲整个的人，在她心中是这样清晰，过去的记忆是这样丰富，使她觉得没有任何眼前的实际形象能超过她心中亲爱的父亲。……
>
> 不过是两个多月以前，一月份，正是北京严寒的时候。一冬天都没有好好下场雪，那几天天气阴沉沉的，不时落大大小小的雪珠儿，破烂的小院地下又硬又滑。那时菩提住在慧韵这一间。那天清晨，她看见雪珠儿还在洒，便拣了几块砖头垫在路上，预备父亲行走。等她推开父亲的房门，却见老人还躺在床上，而且在呻吟。

“爹爹病了！”菩提马上想道。她一步迈到床前，见爹爹双目紧闭，面色潮红，布满老年斑的脸上泛出极细的汗珠，已经处于半昏迷状态。他呼吸急促，说着谵语：“慈——！慈——！”那是菩提亡母的名字。

“爹爹！爹爹！”菩提大声叫道，伸手去摸爹爹的头，额头是冰凉的，这并不排除高烧，可是连温度表也没有！她又扯过一块毛巾在理庵脸上擦拭，擦了两下便扔下毛巾跑出房来。

天空十分阴暗，简直分不清是清晨还是黄昏。刺骨的寒风夹着雪珠劈面打来，使得菩提屏住了呼吸。她却并不停步，拼命地向校医院跑去。雪珠飘落在她头发上，脸上。她的眼镜湿了，眼前一片模糊。她取下眼镜，本来又湿又滑的路更觉凹凸不平，好像还在上下颠动。她只好用衣襟擦擦镜片，一面跑一面再戴上。这路好长，好难走呵。她就一路擦干眼镜，再戴，再擦，再戴，跑到了校医院。

校医院的人听说是梅理庵病了，有的漠不关心，有的幸灾乐祸，有一个秃顶的什么人冷冷地说：“装病逃避劳改吧！”

菩提正用衣襟擦拭脸上的雪水，眼泪一下子涌了出来。她不知道人和人之间怎么会变得这样狠毒无情，而且以为这是最高的革命道德！终于有一个三十上下年纪的人走过来，答应派救护车去。菩提跟着他去打电话，这人低声说：“我听过你的课，唐诗选读，你讲得不错。”菩提看看他，仿佛记得这原是药房里的人，这几个月到耳鼻喉科当大夫了。他见菩提在擦眼泪，便又说道：“不要来这儿了，没有大夫。进城去吧。”①

① 宗璞：《三生石》，见《宗璞文集》（第2卷），第311—312页。

以上段落以文运事，缘情而发，从骨灰罐的视点自如延伸转换到父亲生病的过程。雪天、破烂的小院、又硬又滑的地面、拣了几块砖头垫在路上，预备父亲行走……宗璞写景擅长情景交融，这是她的叙事的一大特色和优长，每每景语与情语交织。如果说，莫泊桑透过一种感受力来描述景色，而巴尔扎克则是植起一道背景来放置自己的人物，[①] 那么宗璞的景色描写总是这两者的融合，既浸透了作者本人的感受力，也常常将自己的人物放置于各种精心描绘的背景中。如果把这几个段落中有关天气、景物的文字去掉，小说的叙事魅力将大为减色。正是严冬的雪天（象征着现实环境的严酷）、父亲的谵语、冰凉的额头、阴暗的天空、凹凸不平的地面（象征着坎坷的人生）、雪水与眼泪……这些融情于景的文字，将女儿焦急、恐惧的心情和周围人心的险恶烘托出来。

宗璞接下来写道：

于是三天后，梅理庵膀胱里插着橡皮管，腰间带着玻璃瓶，就这样回家了。他经过疾病的折磨，精神倒还好。走进院门时，他停住脚步，把脸凑近门边的墙，像在寻找什么。

“找什么呵，爹爹！”扶他的菩提只好也停住脚步，往墙上看。原来那墙上有一块较光滑的砖，砖上刻着两个小小的篆字“勺院”。这是梅理庵发现的。他们父女被赶到这小破屋以后理庵在劳改、写交代材料之余，总爱把脸凑近墙壁，仔细观察每一块砖。凭他那高度近视、目力极弱的眼睛，居然把三面院墙仔细看过一遍。发现这两个字时，老人真高兴极了，对菩提讲

① [法] 贝尔纳·瓦莱特：《小说：文学分析的现代方法与技巧》，陈艳译，天津人民出版社 2003 年版，第 39 页。

了半天。这匙园之名现在还用着，园中原有景致的题名却很少人知道了。譬如那长条土山原名匙山，芦苇塘原名勺池。这小院当初大概是为供奉茶水用的，居然也题了名，也算得园中一景。贬谪至此，似还差可。①

这一段发现篆字的叙述，把一个痴心学术的知识分子写得淋漓尽致。这个细节的安排既是作家的匠心，也是来自生活中作者对这一类人物思维习惯、兴味情趣的了解与熟稔，可谓神来之笔。头上顶着“反动学术权威”的帽子，身上得了医院拒绝彻底治疗的病痛，却有“闲”心考据园子的由来，当得出“也算得园中一景”的结论，便对“贬谪至此”，认为“似还差可”。尽管这一段大部分是叙述者的转述，都不能算作白描，却在不经意间达到了追魂摄影的效果，是为画出了知识分子的灵魂之笔。

在另外一个段落，宗璞这样写道：

菩提打算劳动休息时，请假回去招呼他吃饭。她吃力地凿着冻土，冻土似乎比人们的脸色还亲得多。一面想着炉子上坐着的粥锅，大概等她回去时，就会好了。不过它会不会溢出来？也许根本不开？尿瓶子真可能会溢出来的，那就马上要换被单，不然爹爹会受凉……

……

他神智昏迷，说着谵语：“慈——慈——！小提——小提！”这是他反复叫着的两个名字。他还不时喃喃地说着什么，菩提听出两句像是《尚书》上的句子：“我有好爵，吾与尔靡

① 宗璞：《三生石》，见《宗璞文集》（第2卷），第315页。

之。”意思是我有好酒，和你一起干了它吧。“就快完了——就快完了——”菩提用湿毛巾拭着他那渗出冷汗的脸，安慰地呜咽道。

因为菩提的精心照顾，他的生命延续了几天。1 月 25 日深夜北风狂啸，窗格轧轧作响，他开始了痛苦的潮式呼吸，那是人临终前想抓住生命的一点悲惨的努力。菩提泪流满面地开门出去找人，迎面看见一只大黑猫坐在走廊里，黄绿的眼睛闪着光。等她和一个极不情愿的医生回到病房时，爹爹已经断了气。①

“菩提听出两句像是《尚书》上的句子：‘我有好爵，吾与尔靡之。’”这又是一个对知识分子形象追魂摄影之笔。若非本人即有此生涯，断乎难以凭空编造如此传神的细节。所谓光景在眼，声音在耳，即是形容此等能将人物的“声口”作如此典型化的描绘的说法。“安慰地呜咽道”，这里作者并没有立即让梅理庵死去，而是又有了下面一段，梅理庵才逝去。这一着大有“寒冰破热，凉风扫尘”“笙箫夹鼓，琴瑟间钟”之妙，目的在于调节气氛和节奏，令读者的情绪不至于直接随着人物突然死亡而跌落谷底，刚柔动静的结合转折处，就是美感诞生的地方。

好人的死，必定要延长过程，才有悲剧感，等到象征着死亡的大黑猫出现时，“爹爹已经断了气”。叙述在这里戛然而止，又有如金戈之声斩断一切，令读者真正体味到死亡的意义。诚如萨特所言：小说的技巧反映的总是小说家的形而上学。② 宗璞的形而上学，

① 宗璞：《三生石》，见《宗璞文集》(第 2 卷)，第 310—318 页。
② [法] 贝尔纳·瓦莱特：《小说：文学分析的现代方法与技巧》，第 26 页。

就是以文运事，缘情而发，情景交融，深挚传神。

《三生石》历来被誉为宗璞继《红豆》之后的又一部爱情绝唱，但它不只是一篇书写爱情、亲情和友情的作品，它实际上力图呈现1966年前后历史生活的图景。“尽管是《弦上的梦》《我是谁？》使宗璞获得时代的命名，是《鲁鲁》为宗璞赢得荣耀，但是《三生石》这部纯而又甚为繁复的文本，更为委婉地记述着一个时代、一代人的信念与梦想。在回瞻的视域中，《三生石》并非一部完美的作品，匀院之外，它有着太多的情节剧的痕迹，太多的巧合，脸谱式的败类与丑角，相对简单外化的善恶的对立，不无公式与浪漫化之嫌的人民、大众形象。”①

所谓“太多的巧合”，其一大概就是菩提与方知的前缘——少年送石头的情节。其实这种“隔年下种，先时伏着之妙”的手法，可谓是宗璞常用的传统小说的笔法。在《野葫芦引》“四记”里，这一手法使用得更加突出。比如玹子与卫葑的婚恋，早在卫葑与凌雪妍的婚礼上就暗示了；雪妍的青春早夭，也早在《南渡记》中“四女占蜡”一节中就预示了，等等。至于“太多情节剧的痕迹”，倒未见得十分突出。因为作者是循着梅菩提治病的线索一路写来，尽管安排了一定的巧合，比如齐永寿正是病友的儿子、崔珍这个“文革”产物也相聚于同一病室、秦革与崔力的关系、韩仪原来是韩医生的儿子等，确实有着扭结叙事的痕迹。但说到情节的经营，这恰恰不是宗璞看重的小说手段。1984年宗璞发表了论文《试论曼斯斐尔德的小说艺术》，她发现曼氏的短篇小说基本上是没什么情节的，可以说宗璞在曼氏这儿找到了知音。创作理念的接近、

① 戴锦华：《涉渡之舟：新时期中国女性写作与女性文化》，陕西人民教育出版社2002年版，第146页。

艺术品味上的惺惺相惜，使宗璞尤为欣赏曼氏的小说，并且花费精力来研究她，先后两次撰写有关曼氏的评论。她所最为欣赏的曼氏的特点，唯在一个“真”字。所以，戴锦华所说的“情节剧”的效果，其实表现得并不十分突出。

至于“脸谱式的败类与丑角，相对简单外化的善恶的对立”，这难道不是20世纪80年代作家所能倚靠的思想资源、人们的情感反映的自然表现吗？毕竟人们刚从一个可怕的梦魇中醒来，强烈的控诉欲望、二项对立式思维、非对即错的观念，很容易使作家如此结构她的人物和情节。再者，造反派的行动逻辑和心理，他们各自的欲望和动机，确实不是作者所能了解的，所以读者便看到了一些缺乏深度的“坏人”。但只要这些情节尚在真实、可信的范畴里，便无伤大雅。还有“不无公式与浪漫化之嫌的人民、大众形象”，则更应看作是宗璞的“人民”情结。作者确实颇费了些笔墨在这些“人民大众”、病友身上，这些人物也似乎看起来与主干情节关系不大，但考虑到作者的一个反思主题——这场灾难其实与搅入其间的工农阶级并无多大干系，在这群人当中同样有着朴素、正常的善良和理性，便能理解宗璞的“浪漫化”了。事实上，善良的病友们，包括老齐夫妇，都寓示着作者对人性的希望、对积极建构爱的话语的乐观和信心。

这篇小说打动人心的地方，正是前文所说的作者所看重的曼氏小说的特点，那就是“真”。情感的真、情绪的真、细节的真，这些真的品质，使宗璞意欲呈现一幅1966年前后的历史图景成为可能。而在作者叙述的三个故事单元中，以梅菩提与父亲的父女之情最为真挚传神。在这个故事单元中，作者完全挣脱了要“做小说”所需额外经营的矛盾和关系，不过是直接还原了作者心中对父亲的情感和想象。尤其是叙事中两个纯粹属于知识分子人性的细节描写，堪称小说中的桂冠明珠。“肖物”“逼真”的美学，使这个叙事单元成为卓越的艺术表现。

另两个故事单元所要结构进来的关系、巧合，显出了较多人为的戏剧性因素。毕竟，作者写作的年代距离那一场噩梦太近。于读者来说，菩提奔走在冬雪中为老父求医的相依为命，陶慧韵顶着因被剃发而戴的破棉帽，日夜看顾菩提的朋友之义，菩提不忍已经面临精神失常的慧韵触目血腥而抵死紧关的门，方知与菩提的心灵相知与相爱，医院病友彼此正常而温暖的问候和关心……正是这些内容和细节，一次次令他们感到人类情感的高贵与美好。

“他们两个都意识到，痛苦的暂时，看不见尽头，而幸福的时刻，只是瞬间。他们都不知道下一分钟会有什么厄运。”正是这种能担负的力量，挽救人们于绝望、黑暗之中。小说最后，“他们一同默默地凝视窗外燃烧着的三生石。活泼的火光在秋日的晴空下显得很微弱，但在死亡的阴影里，那微弱的、然而活泼的火光，足够照亮生的道路”。读到这里，读者已深味，《三生石》是一阕关乎爱情、亲情、友情的情词，更是对于生活永不放弃的坚定信念。

小说中的梅菩提说：“我的心早变得太世故，发不出光彩了。有肝硬化，也有心硬化、灵魂硬化，我便是患者。”[①] 这种反思无疑是沉痛而深刻的。与那些一味倾诉的“伤痕文学”不同，宗璞将《三生石》提高到了一个更高的精神境界，泥里开出了莲花。最终是人的真爱与温情撑住了狂风巨浪中的小船；待得雨过天晴之后，正是纯净、超脱的艺术天地，使人物释怀于曾经的残酷争斗，回归到知识分子的自我本质。正是因为这一点，它比宗璞的《我是谁？》《蜗居》《泥沼中的头颅》等直接呼喊和抗议的作品，反而更见其人

① 宗璞：《三生石》，见《宗璞文集》（第2卷），第327页。

道主义的深刻。

如果说，写于1979年的《三生石》仍然有着政治化的背景与思维定式，那么写于1980年的《米家山水》，则是比较彻底的向知识分子主体身份的回归了。莲予与萌曾分属不同的革命阵营，在夺权的政治神话破灭之后结为了夫妇，曾经的质问“你为什么拥护蒋沈韩”已成为笑谈。老对手刘咸，从中学时代起就是艺术上的竞争对手，在“文革”中与莲予分属两个派系，打伤了莲予的手腕。如今面临出国交流的机会，莲予在自己去还是让刘咸去之间犹豫。最后的结果，却是外行莫副院长去了：

> 他们感到那样宁静，那样喜悦，那样满足。画上清风习习，心头火光熠熠。他们正为创作准备献上自己的灵魂。这小房间，此时是极乐世界。
>
> ……莲予提起笔来，凝神半晌，先在空白处画上一片松林。她的笔墨，远山缥缈，近水遴巡。还有那柳丝松针的绿，都融在一起，满纸泛起又幽静又活泼的生意。简直静到骨子里，如同入定的老僧；又活泼得如那不可捉摸的思想，使人想起仙去嫦娥的衣袂。莲予在想，要不要添上一双上天的人形？那是他们要攀上天门庄。——不必了。她和萌宁愿化作山水中的泥土，静悄悄地为人铺平上天的道路。[①]

到《米家山水》，宗璞已经在中国传统文化的“宁静自得”中寻得了心灵的寄托。莲予夫妇沉浸在艺术的境界之中，践履着“夫子之道，忠恕而已矣”的知识分子的传统美德。此时，不管是道家

---

① 宗璞：《米家山水》，见《宗璞文集》(第2卷)，第147页。

的逍遥还是禅宗的入静，都已成为可以实现的理想。放弃世间凡俗的恩怨与争斗，回到“米家山水”中的莲予，才是宗璞心中真正的文化理想与文化人格。

知识分子是宗璞最熟悉的群体，六十多年的燕园、清华园的生活，早就铸就了宗璞的知识分子人格。宗璞的先夫蔡仲德曾这样评价她：“宗璞的作品往往局限于一定的人物、一定的语言、一定的生活，无非是高校和各个领域的有造诣的知识分子。这是宗璞的短处，也是宗璞的长处。”① 可谓是诚恳而中肯的评论。

“莲予在想，要不要添上一双上天的人形？……不必了。她和萌宁愿化作山水中的泥土，静悄悄地为人铺平上天的道路”，既意味着某种从政治话语中心的撤离，也意味着新一组的矛盾和选择。这个经典的矛盾就是于中国知识分子来说尤为恒在的“仕与隐”。这个选择的命题在《米家山水》中已初露端倪，在之后的《野葫芦引》“四记”中，是一个困扰三代知识分子的大命题。《西征记》中，孟弗之与江昉分属不同政治阵营，当关于“主义”的争论威胁到二人的友谊之时，正是“自蘸清溪绿”的传统人格理想，将二人同一到理学大师邵康节（因弗之墙上挂的是题邵之诗，里面有“自蘸清溪绿”的诗句）的精神境界之中。不论是激进的左派革命者江昉，还是位居大学管理层的开明人士孟樾，“自蘸清溪绿”所透散出的隐逸与清流意味，是两类知识分子内心深处都向往的境界。

原载《南方文坛》2021 年第 2 期

① 蔡仲德：《我和宗璞》，见人民文学出版社编：《宗璞文学创作评论集》，人民文学出版社 2003 年版，第 396 页。

《野葫芦引》的“时空体”结构

《野葫芦引》某种意义上可以说，是宗璞献给父亲冯友兰的作品。长篇四卷中处处可见冯友兰的影响，读者在小说中也常常与冯友兰的言论、思想相遇。《野葫芦引》“四记”亦与《三松堂自序》《中国哲学史新编》等冯友兰的著作形成某种互文性关系。

在如何做一个作家方面，父亲冯友兰给出了具体的建议，那就是：“世界上有两种书，一种是无字天书，一种是‘有字人书’。”① 提示宗璞要从自然、社会、人生这三部无字天书中汲取营养，要用至精至诚的心劲把无字天书酿造成文字。他也曾书写龚自珍的诗句赠予女儿：“虽然大器晚年成，卓荦全凭弱冠争。多识前言畜其德，莫抛心力贸才名。”勉励宗璞淡泊名利，一心向学。② 冯友兰在《〈宗璞小说散文选〉佚序》中，用佛经中“纳须弥于芥子”这一句禅语来谈小说的创作。他说：“好大的一座须弥山，要把它纳入一颗芥子，这是对于一篇短篇小说的要求。至于怎样纳法，那就要看

① 冯友兰：《〈宗璞小说散文选〉佚序》，见《宗璞文集》（第4卷），华艺出版社1996年版，第450页。

② 宗璞：《蜡炬成灰泪始干》，见《宗璞自述》，大象出版社2005年第1版，第45页。

小说家的能耐，但是无论怎样，作者心中必先得有一座须弥山。”①这一观点，对《野葫芦引》的叙事起到了决定性影响。

“须弥藏芥子，芥子纳须弥”，是佛经的典故，意指佛门和世俗社会是相通的，芥子和须弥山也可以互相包容。芥为蔬菜，子如粟粒，佛家以“芥子”比喻极为微小。须弥山原为印度神话中的山名，佛家以“须弥山”比喻极为巨大。须弥藏芥子是事实，芥子纳须弥是禅理。历史上关于须弥、芥子的讨论，以南朝齐代傅翕的《还源诗》最为深透。他认为“诸相皆非真实，巨细可以相容”，以此劝世人不要执着于眼前的名利、地位、荣誉等，事物是会转化的，荣华富贵不过是过眼烟云。

冯友兰在《〈宗璞小说散文选〉佚序》中，用“纳须弥于芥子”来勉励宗璞的小说创作。时已86岁的冯友兰，显然将自己的诸般心绪寄托在了这一句禅语里。也已渐入晚年的宗璞，欣然接受了这句佛经上的话，对宗璞而言，它包含着对生命的领悟，也包含着创作方法上的启示。它是小说在宏观意义上对于内容安排的想象，对应着小说的空间布局与素材选择。将自己的“野葫芦”自谦为“芥子”，里面的内容则为“须弥”。从佛经的角度来说，只有高僧才能在一粒小豆中看到大千世界。所以，纳须弥于芥子，也便有了某种意义上的自我期许。芥子、野葫芦的意象，都暗含着这样的哲理意味——此“器”虽小，但里面所包容的，却是芸芸大千世界、渺渺宇宙之道。

事实上，“四记”的内容确实有如须弥山一般庞大，可谓巨细不遗，深藏玄机。叙事既有《南渡记》的细腻精致，也有《东藏记》的老到机锋，更有《西征记》的大气磅礴，以及《北归记》的

① 冯友兰：《〈宗璞小说散文选〉佚序》，见《宗璞文集》(第4卷)，第450页。

冷峻犹疑。

《野葫芦引》的小说形式，体现了巴赫金有关小说“时空体”的理论，这个小说形式，不是传奇小说的形式，也并没有按亚里士多德为悲剧所排四要素[①]来安排小说形式。也就是说，除了用“时间”作为统一的线索，整部长篇“四记”，并没有一个统一的整一性叙事悬念，小说毋宁说是开放的，是树状的结构，它大体按时间的顺序，把作者认为值得一记，或必须纳入情节的事件组织起来。这并不是说它没有情节，而是情节被切分得过于细碎，且过多的内容安排分散了叙事的主干。在此过程中，作家追求一种“百科全书”式写作。正如巴赫金所言，“希腊小说力求达到一定百科性，而后者是这一体裁所固有的特点”[②]。而在阿恩海姆看来，这其实也是某种晚期风格的表现：“在这里，一位年老艺术家的智慧正在诉说，对他而言，对象世界已经在他面前脱去了伪装。洞察这个世界以外的东西，既内在于这个世界又超越这个世界，正是一种涅槃的整体性，而艺术家本人所托付的就是一种无在（nowhere）的创造性。”[③]写作“四记”时的宗璞，追求思想的高远，对悲剧性有着一种自然而然的偏好，关注作品“整体的生命”，与中年成熟期相比，对文学的理想化程度甚至提出了更高的要求。整部长篇使读者见识了作者在认识能力、审美能力方面所表现出的年龄优势。但作者几乎终生生活在校园里，其经历、体验的狭窄也会反映在小说中。这

---

① 亚里士多德认为悲剧应包括六个成分，对应于小说，有四个成分是共通的，即：情节、性格、言语、思想。见［古希腊］亚里士多德：《诗学》，陈中梅译注，商务印书馆 2005 年版，第 64 页。

② ［俄］巴赫金：《小说的时间形式与时空体形式》，见《巴赫金全集》（第三卷），白春仁、晓河译，河北教育出版社 1998 年版，第 281 页。

③ ［美］鲁道夫·阿恩海姆：《对美术教学的意见》，郭小平、翟灿、熊蕾译，湖南美术出版社 1993 年版，第 380 页。

就不难理解为什么除了《西征记》，其他“三记”的叙事内容总在家庭、校园内盘桓。读者看到的历史内容可能失之于细碎、驳杂，而有的人物的性格及命运又未能得到深入的、更充分的显示。但不可否认的是，经由叙述者的叙述，在不动声色的文字里，一个斑斓而深邃的叙事世界得以呈现。作者最终还是达到了自己“纳须弥于芥子”的修辞效果。

一方面，作者要达到将“须弥山”纳入“芥子”的修辞效果，另一方面，不得不承认，作者年老体衰、力有不逮。《南渡记》于1987年年底完成，冯友兰于1990年逝世，这对作者来说是一个巨大的打击。她自己也开始生病，致使《东藏记》写了七年之久；《西征记》于2008年完成时，作者已80岁；《北归记》创作将半的时候，作者由于脑出血住进了重症监护室。

由于上述原因，读者便看到了整体叙事的某种碎片性或者说“无机性”。除了健康状况之外，显然，这还跟作者的“须弥与芥子齐”“生死涅槃齐”的思想有关，跟“和光与物同”的平等心、解脱心有关。我们不由得想到傅翕所作《还源诗》：“还源去，生死涅槃齐。由心不平等，法性有高低。……般若无形相，教作若为观。……但息是非心，自然成大智。……志小无为大，芥子纳须弥。还源去，解脱无边际。和光与物同……”① 傅翕此诗，历来被赞为妙理深远，至诚恳切。他从佛法的角度，劝人回复到自然本原的境地，从而得到真正的解脱。生死涅槃齐、心平等、但息是非心、芥子纳须弥、和光与物同，等等，都不同程度地以某种宇宙观或方法论的背景，体现在《野葫芦引》“四记”的叙事中，与上述阿恩海姆所论晚期风格的一些美学特征重合。

---

① 张勇：《傅大士研究》，巴蜀书社2000年版，第233页。

小说中的这个“须弥山”，真如一个大千世界，形形色色，林林总总，都被作者观察、记录。细小的物什，也被给予了平均的笔墨。比如，《南渡记》一开始，是卫葑与雪妍的婚礼。庄卣辰作为证婚人讲话，他的讲话充满抗日激情，语言修辞准确而精炼，很好地做到了为叙事的主题服务。如：“‘今天最大的事是卢沟桥的炮声。’卣辰说，‘这是中国人的骄傲。只要我们打就能打赢，怕的是不打。’”[①] 可是在这慷慨激昂的讲话前后，却出现了各种细碎的场景描写，玮玮、碧初、嵋、无因、小娃、庄太太等一干人全都被提点到。对庄太太的衣饰进行了重点描绘：“庄太太是英国人，是卣辰的继室，不是无因的母亲。她身材修长窈窕，自认为很有资格穿旗袍。这时穿一件银灰色织锦缎镶本色边旗袍，高领上三副小蟠桃盘花扣子，没有戴首饰，只在腕上戴一只手镯型小表。”[②] 这一段对庄太太穿旗袍的描写，本身是富有审美价值的，但在此处，如此精致细腻的描写却明显有喧宾夺主之嫌，读者不知道叙事的焦点到底在哪儿。

作为一种语境考察，有必要看看 20 世纪三四十年代的文学作品。那时候的作家绝大部分注重写外部的活动，“比如开会、争论、游行、罢课、下乡，而忽略了日常经验世界”[③]。有意思的是，作为回看的历史写作，《野葫芦引》“四记”则又太盘桓于日常经验世界，而日常经验的琐碎、非连贯性（无机性）及意义的缺乏等，都导致了叙事中结构的散化，叙事中也充满了相互异质的美学元素及风格。对进步学生、大学教授们的现实处境，大多是侧写或“点到”。尽管是皇皇四卷的体量，但叙事线索繁多，人物众多，作者

---

① 宗璞：《南渡记》，见《宗璞文集》（第 3 卷），第 25 页。
② 同上。
③ 赵园：《艰难的选择》，上海文艺出版社 1986 年版，第 198 页。

的笔墨分配难免陷于平均，于是，就多少呈现出以上问题。“侧写”与“点到”，也许是作者有意为之。作者曾对曼斯斐尔德深有研究，她发现曼氏发展了侧面叙述的自由形式，允许作者在叙述中随时出现或消失。[①]《野葫芦引》的叙述和聚焦，仿佛是对这句话的佐证。

作者采用如此的叙事策略，还有一个原因。毕竟所记绝大部分人物是有原型的，作者向来又是以“诚”为自己的创作圭臬，即使是一些故事性、戏剧性很强的情节，也不愿意做过多停留与渲染，对已进入老年的宗璞而言，她早已无哗众取宠之心，而一心向往返璞归真之境界。宗璞对这一问题曾作阐述：“前几天遇到一位研究中国文学的美国朋友，她说一般认为中国作品不重视技巧，只有生活，美国作品技巧甚高，没有生活。我想如果二者相较，也许还是前者为好。”[②]这段话可以视为宗璞晚年关于小说理念的剖白。

小说通常被认为是由“整体性”和“统一性”来统摄整个叙事的。为突出小说所谓的主干，作家们必得削减掉大部分多余的枝杈。而主干上的叙事则被严格地执行着因果律等叙事逻辑。现实主义的叙事成规，已将读者培养成视事件时间与小说时间同步的审美习惯。读者不习惯在他们和事件之间出现多余的讲述者或引导者。他们更喜欢通过自己的眼睛直接看到事件的进程，而不是通过叙述者，甚至最好也不要是某个小说中的人物，来使他们觉得自己被叙述者主宰。读者喜欢纯粹的“显示”，而不是“讲述”。叙述者隐形或退出，才能体现出戏剧性。这也便是为什么，我们在绝大多数的当代小说中看到主要人物加单一行动，来“显示”故事的叙事。这些小说，深谙戏剧或电影蒙太奇手法对读者的魅惑，擅长以场景的

① 宗璞：《试论曼斯斐尔德的小说艺术》，见《宗璞文集》(第 4 卷)，第 249 页。
② 宗璞：《广收博采，推陈出新》，见《宗璞文集》(第 4 卷)，第 220 页。

组接来再现生活，将中间的概述缩小到极限。这是因为，情节使读者产生真实的、与时间同步的感觉。行动的直接性能带给读者悬念以及生动的阅读效果。当然，现代主义以来的小说，已经大大突破了这些森规戒律。

那么，早年写过《红豆》《三生石》的作者，不懂得这些现实主义的叙事成规吗？显然不是。她说："这两年我常想到中国画，我们的画是不大讲究现实比例的，但它能创造一种意境，传达一种精神，这就是艺术的使命了。这方面的想法我以后在作品中还会表现出来。"① 她甚至知道自己的这种写作方式会有什么样的效果："我的有些作品不注重情节，也不用白描叙述的手法，有些费解，遂贻'曲高和寡'之讥。"② 显然，宗璞很明白自己有些作品的写法可能会引来不一样的评价。而进入老年写作阶段的《野葫芦引》最终所呈现的叙事面貌，便是作家有意为之了。因为风格要求有取舍，取舍则决定于选择者的个性（他的世界观，他的理想、评价、情感等）。对宗璞而言，写出知识分子作为"内在的人"，"自由又自足的主观精神"，是她最大的理想和情感，而"写人的精神世界的小说，很难靠情节来结构作品"③。作者所描写的群体，具有沉思性而非行动性的特征，清醒又软弱，致力于追求个人道德的圆满。但当他们面临民族大义的选择时，则又体现出中国古代士人"临难毋苟免"的正义精神。这些特性，使他们的生活方式总体上倾向于静态而非动态。以孟樾的形象而论，虽不至于完全成为思想的代言人，但不可否认的是，这个人物因承担表现知识分子主题使命而成为最重要的角色，凸显出更多的思想、文化等抽象色彩，而缺乏生

---

① 宗璞：《给克强、振刚同志的信》，见《宗璞文集》（第 4 卷），第 310 页。

② 宗璞：《小说和我》，见《宗璞文集》（第 4 卷），第 313 页。

③ 高行健：《现代小说技巧初探》，花城出版社 1981 年版，第 76 页。

活化的、性格上的行动情节。小说关于性格的刻绘与“写历史”之间，便产生了某种叙事裂隙。性格本应在行动中实现，但因为叙事缺乏行动，便也失去了性格在行动中所能暴发出的能量。这当然与知识分子的特定身份、特定本质有关。知识分子的一些基本心理素质，比如“沉思”“内省”，自然会通过作者的叙事反映出来。

小说的这种“时空体”形式，某种意义上也决定了人物形象的塑造方式。这些人物必定是时空化的，也就是说，他们按照作者的时空结构进入或退出叙事，除了几个作者非常在意的人物，其他人物的设计大多如此。他们本在历史中随机地进来，自由地退出，为了作者的风格取舍而存在，而叙事也必定是以注入作者的世界观、理想、评价和情感为目的的。例如，钱明经、白礼文、江昉、李涟、刘仰泽、尤甲仁等人，虽然较少有对他们的大段的情节叙述，而都以日光流年式的细碎白描来表现，却依然令读者感到了这些高级知识分子的熟悉和亲切。他们有其声口，有其性情，生动可感，充满情趣。作者的白描手法已臻化境。①

这些高级知识分子的共性与个性、雅癖与嗜好，甚至缺陷与短处，都写得如此真实传神。然而，这种真实传神也许仍然拘囿于明清笔记小说的方法范畴里。对大多数读者来说，他们的阅读习惯、审美趣味早已被西方 19 世纪小说或这种小说的变体培养成了固定的模式。当然，现代小说的结构模式已日趋开放，日本作家川端康成的小说就显示出一种开放的散文化的风格：“川端康成的小说中，往往是一点一滴、一层又一层的印象和感受，并无情节可循。作家东一笔，西一笔，像点画派的笔触，读者在读小说的过程中，不知不觉受到感染，等小说读完了，便发现人物的形象也就活在眼前

---

① 关于人物的白描手法，在第二章有较多实例。

了。”[1]读完“四记”，读者也许会收获相似的阅读感受。

有趣的是，同样是叙写那段历史的作品，如巴金的《火》、李广田的《引力》、老舍的《四世同堂》，也表现出结构的散化，这成为一个较为普遍的问题。宗璞虽然获得了从容回望历史的叙事时空，但结构的散化与碎片化仍然如影随形。也许，我们可以找到一个更为根本的原因来解释这个问题。海登·怀特在他的《后现代历史叙事学》中阐述了历史编撰因何与文学叙事有相类的叙事学方法：“编年史是一个纯粹罗列的事件的名单，它是开放的，因而无始无终，没有高潮和低谷，但它并不是混乱无序的，而是按事件发生的年代顺序排列的，是经过编年史家的精心选择的。这样，经过这个选择和编序的过程，事件就变成了‘景观’或‘发生过程’，就有了可辨认的开头、中间和结尾，然后通过具有‘初始动机’‘终极动机’或‘过渡性动机’的描写，编年史中的事件就具有了意义，这就是‘把编年史变成故事’的过程。”[2]参照这一过程，便能理解《野葫芦引》的内容安排了。除了《南渡记》更注重小说的戏剧性，可见出作者有意制造的一些戏剧性情节与对比结构，其他“三记”在纪实的框架中，以追忆与叙史为主，体现了以上编年史安排内容的方法。

关于如何解释历史事件，通过细读《野葫芦引》，会发现宗璞大多数时候采用了“语境论模式”来为小说情节或人物编织解释。所谓“语境论模式”，就是把事件置于发生的具体“环境”当中去解释：“这涉及事件与周围历史空间的关系，与这个空间内其他事件的关系，以及在这个时间和空间的特定环境里，历史动作者与

---

① 高行健：《现代小说技巧初探》，第 76 页。

② [美] 海登·怀特：《后现代历史叙事学》，陈永国、张万娟译，中国社会科学出版社 2003 年版，第 2 页。

动因之间的互动关系，这就是采用这种方法的历史学家 W.H. 沃尔什和艾赛亚·柏林所说的‘类连结’。所谓类连结，是要找出所要解释的客体与同一语境中的不同领域相联结的线索，追溯事件发生的外部自然或社会空间，确定事件发生的根源或判断事件可能带来的后果，从而把历史中的全部事件和线索编织成一个意义链。”[①] 例如，在《东藏记》中，孟弗之因写文章被国民党抓捕，这个情节令人联想到冯友兰 1943 年被捕的事件。小说可以说是复原了当时的情景。[②] 孟弗之被捕前后的心理活动，真正做到了“修辞立其诚”。对这一事件的解释，在小说中表现为情节编排，作者通过孟弗之与校长秦巽衡的对话，与萧子蔚、江昉等的对话，把事件放入当时的语境，塑造了正直、正派，坚持学术独立、自由精神的知识分子孟弗之的形象。在被捕的时候，他也不免恐惧忧虑，被放回来之后，夜晚难以成寐，感叹“勿使蛟龙得”。作者对此一情节，一直有衬写和呼应。《北归记》中刘仰泽跪在头人的屠刀下，就是对这一情节的衬写与循环。这一记中，还将弗之讲乌台诗案的历史课不厌其烦地详述下来，也是大有深意的，是将弗之的遭遇比类于苏轼，并在小说中直斥了掌权者对知识分子的迫害。

从以上例子，我们可知作者既要记史实，又要为自己的叙事提供布局和意图。史实，以及围绕史实的解释，还有作者对这些解释的布局与意图，势必在结构上造成一定的“无机性”，这里所谓的“无机性”是相对于小说所要求的情节、结构的整一性而言。因此，采用史书写法的《野葫芦引》，便会最终呈现“纳须弥于芥子”的形态了。

---

① [美] 海登·怀特：《后现代历史叙事学》，第 2 页。

② 对此一情节，第二章有大段引文与分析，在此略过，仅阐述《野葫芦引》的史书撰写方法。

《野葫芦引》“四记”，《南渡记》“起”，《东藏记》“承”，《西征记》“转”，《北归记》“合”。由此可见，“四记”在大结构上即有中国传统文章作法的色彩。中国的小说尤其是文人小说，由一个主导动机构成的叙事结构的统一连贯性，似乎历来不发达。所以，在讨论中国的小说时，我们也不应再以西方的“叙事统一性”作为绝对的准绳。诚如浦安迪所说，中国最伟大的叙事文作者并不曾企图以整体的架构来创造“统一连贯性”，他们是以“反复循环”的模子来表现人间经验的细致的关系的。

以《南渡记》为例，它的结构方式，便倚重于中国古典小说常用的形式：循环往复。如吕清非的大部分情节，直到他死之前，是回忆或诗词的循环往复；吕清非的情节又与嵋们的情节相互穿插着一起循环。浦安迪认为，中国叙事文学的连贯性来自“结构”与“纹理”并重的模式，这种模式营造出独特的艺术成就。他辨析了不同文化之中，人们对“事”的定义的不同：“中国叙事文学和中国哲学一样，是用‘绵延交替’及‘反复循环’（即我所用的‘ceaseless alternation’和‘cyclical recurrence’）的概念来观察宇宙的存在，来界定‘事’的含义的。”① 这就解决了中国古典小说与西方小说对于情节的理解的差异性。即便在西方，也大有一些作家，对读者一味要求情节、故事的趣味深为烦恼：“弗吉尼亚·伍尔夫把使小说家‘被迫提供情节、提供喜剧、悲剧和爱情趣味’的普通读者看作是暴君。”② 事实上，西方小说自伍尔夫、普鲁斯特、福克纳等的意识流小说之后，就打破了传统小说按故事情节来组织叙事的模式，小说的结构方式开始了多元化、开放性的多种路径实验。

---

① ［美］浦安迪著：《中国叙事学》，北京大学出版社 2018 年版，第 61 页。

② ［美］韦恩·布斯著：《小说修辞学》，华明、胡晓苏、周宪译，北京联合出版公司 2017 年版，第 85 页。

例如，《北归记》中讨论严亮祖之死的意义的座谈会，承担了塑造孟樾、刘仰泽、晏不来等人物的使命，为传达这些人物在政治见解上的分歧而存在；紧接着，又有一个“五四精神研讨会”，这便是中国叙事文学中所谓的“绵延交替”及“反复循环”了。叙述者要传达自己关于政治史或文化史的意见。“五四精神研讨会”后，叙述者借钱明经之口，贬抑了刘仰泽：“又有人说刘仰泽是江昉第二，钱明经听了，和晏不来议论道：‘刘仰泽说得都对，江先生也是这么说，可是他们两个人不在一个层次。’”[①]这些叙述，都是极富内涵的，隐喻与暗示性深藏在叙述者的字里行间。刘仰泽大概是一个投机革命、偏激傲慢的人，原型是真实历史中的某一个人物。联系李之薇和刘仰泽去云南最偏远地考察少数民族，刘仰泽在头人的砍刀前下跪的情节，会发现叙述者对刘仰泽的贬抑是前后一致的。

宗璞一生追求“真”，经历了十年动乱之后，更是将“真”“诚”奉为宗旨。最吸引她的外国作家，都是因为“真”和“真实”，才走进她的心扉。[②]于是，我们看到了太多过于实录的、自然主义的呈现。作者认为这是真实的生活，只要是真实的，就是有价值的，就应该得到表现。

《野葫芦引》“四记”不同程度地存在着有见必录、巨细不遗的特点。作者对庞大、芜杂的叙事对象的兴趣，致使叙事常常面临失去控制的危险。更兼“但息是非心”“芥子纳须弥”“和光与物同”的境界追求，不可避免地出现相互矛盾的片断与思想。这个琳琅满目的“大千世界”，正在考验读者的耐心与修养。日常生活是琐碎

---

① 宗璞：《北归记》，人民文学出版社2019年版，第96页。

② 见《宗璞文集》（第4卷），宗璞写过评论的几位外国作家，包括陀思妥耶夫斯基、哈代、曼斯斐尔德、波温等，宗璞对他们全都有“真”“真实”的评价。

的、局部的，充满了片断与瞬间。“动作”也总是随着作者的笔端变成突发且不连贯的。视点跳跃过多、过频繁，好像大千世界都要令作者记上一笔、呈现一下。世间的形、色、人、物都被平均地分配了笔墨。

一般的作家总被指摘没有细节，或者细节不真实；对宗璞来说，细节太多，充满了细节，甚至细节过分精美，显出精神贵族式的奢华。不论是风俗描绘、器物描绘，还是别的描绘，都是工笔细描且充溢着雅致情趣。这是因为作者认为“每一个细节除了叙述作用之外，几乎都有象征意义。细节或比喻的目的是创造气氛，引出主题——永不直接说出的主题”①。这句话本是宗璞用来评价曼斯斐尔德的，我们却在其中看到这评语与作者的互文性，以及作者写作的秘密。宗璞正是善于营造知识分子的某种情调与氛围，使人物镶嵌在其中。作者的笔触盘桓于校园与家庭，在细小的过程和琐事上运用各种意象，生出无穷的象征。这种叙事选择也是出于宗璞自己的方法论：“她宁愿从一个小范围的环境出发，安排各种象征，给予内涵，造成气氛，从内到外去探讨人的活动。”② 这句话本是宗璞评析曼斯斐尔德的小说的，但这种手法或方式，我们在宗璞的小说中同样看到了。可以说，在《世界文学》编辑部从事外国文学的翻译和研究，对宗璞的创作有着巨大的影响。如果说宗璞自童年至青少年时段，接受的多是来自父母家族的传统文化的影响，那么她工作之后主要接触的则是外国文学，宗璞的写作体现出这两方面影响的合成。

在创作《南渡记》之前，宗璞对两位外国女作家深有研究，分

① 宗璞：《试论曼斯斐尔德的小说艺术》，见《宗璞文集》（第4卷），第243页。
② 同上书，第245页。

别写了评论。一位是曼斯斐尔德，一位是波温。她评价波温的小说："一本包含了如此重大政治内容的小说，仍然以气氛取胜，是很难做到的，而波温做到了。"[①] 她认为波温的小说宽广丰富，博大深宏，琐细而深刻。联系对照《野葫芦引》的叙事形态，可知宗璞翻译、研究波温，一定是在另一位作家身上看到了自己。这两段对波温作品的评价，完全适用于《野葫芦引》"四记"。

正是这种大量负载着中国传统文化精华以及西方小说技巧的文本，某种意义上说，不是给一般读者阅读的，它有自己的期待读者。它也是文学研究很好的读本。对于真正懂得这个群体、懂得那段历史的人来说，《野葫芦引》也许恰是集大成者。它集纳了太多历史的、文学的、政治的、文化的、哲学的、人性的信息和资料。

原载《新疆艺术》2022年第1期

① 宗璞：《打开常春藤下的百叶窗》，见《宗璞文集》（第4卷），第272页。

《野葫芦引》的修辞分析

自从 1987 年韦恩·布斯的《小说修辞学》被译介到中国，中国的小说修辞学研究已经有了三十多年的历史。由早期比较微观的“小说中的修辞研究”，到宏观的“作为修辞的叙事”，小说、修辞与叙事，三个概念被越来越紧密地联系在一起。尽管叙事学和修辞学在关注的对象和具体的研究方法上存在差异，如“叙事学以文本为中心，旨在研究叙事作品中普遍存在的结构、规律、手法及其功能，而修辞学则旨在探讨作品的修辞目的和修辞效果，因此注重作者、叙述者、人物与读者之间的修辞交流关系，也较为关注具体作品在修辞方面的特殊需要，关注修辞手段在特定语境中发挥的作用”[①]，但在分析一部具体的小说时，我们发现，并不能将叙事学与修辞学研究的内容截然分开。事实上，两者研究的范围在绝大多数时候是交叠甚至重合的，只不过叙事学更突出“故事”研究，而修辞学更注重“话语”研究。以詹姆斯·费伦等为代表的后经典修辞

---

① 申丹：《修辞学还是叙事学，经典还是后经典？——评西摩·查特曼的叙事修辞学》，载《外国文学》2002 年第 2 期。

叙事理论家们，致力于两者的合一，坚持“一部叙事作品应被视为一个修辞行动”[①]的观点，反映了西方小说修辞理论的最新发展。

对修辞的重视，早在亚里士多德那里就有所体现。他认为，诗人要做的事就是对观众产生效果，在激发诸如怜悯、恐惧、愤怒以及类似的感情时，使人联想到重要性或它的反面。事实上诗与修辞密切相关，萨特也认为：“只有把人们在爱、恨、发怒、恐惧、欢乐、愤慨、赞扬、希望、绝望中显示出来的时候，他们才以自己的真实揭示自己。”[②]因此，通过对文本的修辞分析，再高深莫测的叙事，也会最终显露出读者想要了解的一切。本文倾向于认同小说的研究既包括从作者、叙述者到读者的横向关系，也包括从故事到叙述的纵向关系。作者拟采取这种修辞性叙事理论的视角与观点，来综合考察《野葫芦引》的修辞及效果。

一、修辞的动机

对小说修辞而言，重要的是为什么讲。宗璞在《宗璞文集》（第3卷）的封面上，写下了自己的创作意图：写小说，不然对不起沸腾过随即凝聚在身边的历史。这种对历史的使命感，也许是很多作家创作的动力。再扩而广之，可以联系到知识分子自古以来就有的使命意识。中国的知识者，总是自觉地将自己与历史使命、社会责任、家国天下等概念联系在一起。仿佛成了一种精神遗传，我们在一代代知识者身上看到这种可贵的品质。历史也总会选择一些

---

① ［美］戴维·赫尔曼、詹姆斯·费伦等：《叙事理论：核心概念与批评性辨析》，谭君强译，北京师范大学出版社2016年版，第3页。

② ［美］韦恩·布斯：《小说修辞学》，华明、胡晓苏、周宪译，北京联合出版公司2017年版，第88页。

知识分子或作家，或两个身份兼而有之的人物，通过叙事来达成自己的修辞目的。

创作《野葫芦引》“四记”，当然是作家的主动行为。宗璞与父兄、家族亲历的这一段民族历史，于她而言，是一段刻骨铭心的记忆。稽之以史，是她发自内心的责任；而由宗璞来写这一段历史，则又有了历史选择了她的意味。让我们来看看作者的身份：生于1928年，作为一个九十多岁高龄的老人，差不多见证了中国近百年的近现代历史。出生于鸿儒硕学之家，父亲是学贯中西的哲学家冯友兰。自小生活在水清木华的清华园，来往的都是中国最高层的知识分子，家族里更不乏当代史中的传奇人物。在当代，不能说没有比宗璞更有资格写“历史”的作家，但无疑，宗璞的确是一位当之无愧的书写者。由此，在作者与历史之间，在选择与被选择之间，建立起一种紧密的关系。

作者历时三十三年，中途经历了亲人逝去、几近失明、差点中风等事件，健康状况几乎已令她“禁笔”。是什么执念，令她坚持完成了“四记”，甚至完成了《接引葫芦》？对历史的使命感、责任心，也许就是最重要的创作动力了。“八年抗日战争的苦和恨是渗透在我们全民族的血液中的。我没有直接参加过战争，但战争的阴影覆盖了我的少年时代。我想一个人经历过战争和没有经历过，是很不一样的。在成长时期经历和已是成人的经历，也很不一样。”[①] “一九八〇年我到昆明，曾往联大旧址，为闻一多先生衣冠冢和纪念碑各写一首小诗。纪念碑这首是这样的：那阳光下极清晰的文字 / 留住提炼了的过去 / 虽然你能够证明历史 / 谁又来证明你

---

① 宗璞：《祈祷和平》，见 http://zj.people.com.cn/n/2015/0818/c186936-26024105.html。

自己。”①

“谁又来证明你自己”，这便是宗璞创作《野葫芦引》“四记”的情感动机。与此动机相联系的是联大纪念碑的碑文。众所周知，联大纪念碑的碑文是冯友兰先生所撰。其识断、气魄、情感、文采，历来被高度赞誉。“唯我国家，亘古亘今，亦新亦旧，斯所谓周虽旧邦，其命维新者也。”周虽旧邦，其命维新，充满了对民族复兴、国家繁荣昌盛的期盼。“这篇文章是父亲平生得意之作……抒国家盛衰之情，发民族兴亡之感，是中国现代史上一篇大文。”②西南联大的历史伴随着宗璞从童年到青年，冯友兰先生彼时亦是联大校务委员会的重要人物，名重而流芳的联大碑文亦为冯先生所撰。于作者而言，不论是从经历体验还是情感记忆来说，这一段生活都蕴藏着极大的历史价值及情感意义。

“而且我要表现的不只是我自己，是一个群体，一个时代。我不一定成功，但不试一试我是不甘心的。”③作家为复原这一段历史，曾亲赴云南，故地重游。1988年站在国殇公园，作家看到一个残破的小碑，站在秋风中，不禁泪流满面。这正是亲历者才有的情感，这种情感也一定会找到突破口。事实上，读者在《西征记》中，将陪同小说主人公们，经历那一场于中华民族来说异常艰难又分外壮烈的滇西抗战。

除了情感上的表达需要，更为理性的动机在于：“要想留住一点痕迹，不只是感情的寻找，也是历史的需要。我近来深为历史抱不平。掺进来的假冒伪劣的文字太多了，以致我几乎不想读

---

① 宗璞：《宗璞自述》，大象出版社2005年版，第26页。
② 宗璞：《我生命中的那些人物》，东方出版中心2017年版，第106页。
③ 宗璞：《宗璞自述》，第244页。

书。”[①]“回来后，我写了一篇文章，题目是《不要忘记》。中国人已经忘记得太多了。”[②]另一方面，更为直接的动力，正是作者父亲冯友兰的言传身教。宗璞告诉记者说，这几年她身体不好，也不知道该写什么，要不要写。在这个问题上，她的亲友们也分成了两派。但她认为必须写，因为她觉得不写就对不起这段历史。

正是在父亲这个榜样的激励和示范下，宗璞历经三十三年，在堪忧的健康状况下，完成了《野葫芦引》“四记”。父女俩晚年写作的经历，有着惊人的相似性。同一间书房、同样的几近失明，父亲在 95 岁高龄完成了《中国哲学史新编》，女儿完成了《野葫芦引》前二记。宗璞正是在师法父亲的过程中，实现了自己的夙愿。

父亲对女儿的心愿是了解的。“近几年，每逢我的生日，父亲总要为我撰写寿联。九〇年夏，他写了最后一联：‘鲁殿灵光，赖家有守护神，岂独文采传三世；文坛秀气，知手持生花笔，莫让新编代双城’。”就在这一年的 11 月，冯友兰先生去世。这一联，有老父亲临终嘱托的意味。作为数十年陪伴在父亲身边的女儿，宗璞受冯友兰的影响是全面的。在宗璞众多的身份中，“父亲的女儿”，也许是她晚年最为看重的身份。自 20 世纪 70 年代，宗璞迁回北大，陪伴、照顾父母。尤其在母亲过世之后，父亲几近失明，又要写作《中国哲学史新编》，她成了父亲的“秘书、管家兼门房，医生、护士带跑堂”；父亲过世之后，她又撰写了大量回忆父亲生平、学术生涯的文章。

宗璞的晚年生活中，有两件最为重要的事。其一，是《野葫芦引》的创作；其二，便是撰文纪念父亲。这从作者近三十年来的著

---

① 宗璞：《宗璞自述》，第 86 页。

② 同上书，第 249 页。

作年表中即可见出。当记者问她“为何花费如此多的精力写与父亲相关的文章，以至让一些人有她过于维护父亲之感”，宗璞回答：“因为我更了解父亲，我知道他不是像那些谣言所说的那样的人。我为父亲说话，有打抱不平的因素。”“我要把我亲身经历的历史写下来，起一点正视听的作用。”某种意义上说，宗璞晚年的这两件大事，是联系在一起的。说到作者创作《野葫芦引》“四记”的动机，“为父亲说话”，“以正视听”，也是不容忽视的一方面。这个目的将在对孟樾这个人物的塑造上有所反映。

在《野葫芦引》之前，宗璞并未创作过长篇小说。而她的人生阅历、写作经验、集作者与学者于一身的身份及思考，都将是写作长篇的优势条件。因为“叙事的目的是传达知识、情感、价值和信仰”①，“说到底，我们读者看小说不仅仅是为了看个故事，而是要扩大知识面，增加对世界的理解”②。事实上，《野葫芦引》“四记”的叙事，也为我们传达了足够的知识、情感、价值和信仰。读者通过阅读“四记”，对自 1937 年 7 月至 1949 年春的当代历史，尤其是高层知识分子们的生活与历程，有了不同于过去的新认识，极大地增加了读者对世界的理解。

宗璞如果不写，于作者于读者，都将会是一个巨大的遗憾。父亲冯友兰对她的这个心愿是明了的。在作者 60 岁生日时，父亲送她诗句：莫为新编误双城。这些都是支持作者创作《野葫芦引》“四记”的动力，使宗璞能够实现这个当代写作史中的壮举。当然，促使作者创作“四记”的目的是复杂多元的。除了上述记史的冲动以及向父亲致敬、为父亲正名的心结，另一个重要的创作心理机

---

① [美] 詹姆斯·费伦：《作为修辞的叙事：技巧、读者、伦理、意识形态》，陈永国译，北京大学出版社 2002 年版，第 23 页。

② [英] 戴维·洛奇：《小说的艺术》，卢丽安译，上海译文出版社 2010 年版，第 9 页。

制，也许是对老年的回答，或者是对生老病死的哲学体悟。整个文本中经常出现的一系列意象及晚期风格，可证作者在写作《野葫芦引》“四记”时，对生命、生死问题的叩问也是重要的心理动机。正如杰拉德·普林斯关于“动机”（motivation）的解释：“环境、原因、目的和冲动的复合体，它控制人物的行动（并使其显得貌似真实）。”[①] 我们因此可以说，宗璞的创作动机，正是环境、原因、目的和冲动的复合体。

二、修辞的目的

“向历史诉说”，最早出自宗璞题为《向历史诉说》的文章。这篇文章写于 1995 年，是为纪念父亲冯友兰诞辰一百周年而作。后来又用作 2010 年出版的一本书《向历史诉说：我的父亲冯友兰》的书名，该书是宗璞怀念父亲的散文汇编。2019 年，宗璞在为《野葫芦引》的创作接受记者采访时，又一次提到“向历史诉说”。这个“向历史诉说”，其实有着“传史”的意味，与“记史”的动机相区别。

“小说修辞的最终问题，决定作者应该为谁写作。”[②] 从宗璞的一系列访谈、自诉来看，作者的修辞目的，也许并不是为了某个特定的读者群体，而是为了“向历史诉说”。这种对历史、对诉说的渴望，对叙事起到了重要的影响。它向我们解释了叙事的修辞目的。这个目的，更多时候与修辞方法互为表里，决定了叙事的面貌。

---

① ［美］杰拉德·普林斯：《叙述学词典》，乔国强、李孝弟译，上海译文出版社 2011 年版，第 130 页。

② ［美］韦恩·布斯：《小说修辞学》，第 440 页。

“向历史诉说”的目的，表现出《野葫芦引》“四记”的“传史情结”。整个文本严格地以时间为经线，可见出从1937年7月7日到1949年春季清晰的历史时段，以及在这一历史时段中所发生的事件。这些事件或作为叙事背景存在，或因人记事地予以侧写。作者所描述的群体，是以孟家为主体的，包括外围的亲友们，以及大学校园内的师生。一群高层知识分子在历史的关头所做的选择和他们的命运，尤为引人注目。对宗璞来说，抗日战争时期在北平的童年，以及9岁随父辈南迁的那段历史，就是写作的“宏大主题”和“历史题材”。从个人记忆上来说，联系到作者创作的起始时间——1985年，这位跨世纪的老人，见证了“卢沟桥事变”之后中国现当代历史的发展与变迁。

从“卢沟桥事变”写起，于小说的结构来说，从一个突变的节点上开始故事，较有戏剧性。而对宗璞来说，美好、平静的童年生活，因这个历史节点而发生了“双城故事”（从北平到昆明）。大时代的背景是家国靖难、民族存亡，父辈们为保存民族文化薪火，在云南边陲历尽艰险，矢志不渝地工作与著述，更有西南联大的学子们走向滇西战场的历史事迹，还有回到北平后迎来历史拐点的实录。这段历史于作者来说，无论如何都是永生难忘、意义非凡的。

作者的“向历史诉说”，便因此体现为一种“史书”（常苦于拘泥于史）风格。于是，我们便在“四记”中看到叙述倾向于秉笔直书、遵照客观现实的特点。这一特点是与自叙传、回忆录的叙事风格结合在一起的，叙述者提供了一部基于个人视角的历史，也是一部特殊群体的历史，其中有着对于过去的大量洞见。而彼时作者的智性无疑升华到人生的高点，早已形成一种成熟的世界观，更获得了某种言说的自由度，不再想要讨好读者或其他什么人。

在《野葫芦引》“四记”中，大量的近乎实录的生活场景、情节，尤其是时间的线索，严格遵照作者的类似于日志的资料。[①]比如《南渡记》第二章开篇“日子掀过一页，七月九日”，“弗之永不会忘七月二十九日清晨北平城内的凄凉”，《东藏记》中“孟弗之一家终于在一九三九年夏天迁到龙尾村”，《北归记》中“一九四七年一月，正是三九天气，北风扑面风头如刀”，等等，标示出清晰的真实的时间线索。叙述不但遵从这些时间线索，还沿着这条线索向前推进叙事，处处显示出编年史的意味。

史书风格，意味着照事实直录，不虚饰、不夸张。比如《南渡记》中，叙述如实记载着大学教授们的日常生活：家有仆妇，有专人送冰送奶送菜到户。对沦陷区北平的日常描写，也想不到要逢迎读者的阅读期待，并没有诸如壮怀激烈地与鬼子正面厮杀这类场景。宗璞的笔下出现的“斗争”场景是：玹子与峨在街上被日本人羞辱，使玹子这个只知贪玩享受的娇小姐到《东藏记》中“要为抗日做点事”；小娃住院，碧初与日本人冲突，被好心的美国医生解围，等等。这些情节看起来似乎并不符合一般意义上的“小说美学”，跟读者在当代看到的“抗日神剧”更是完全没有可比性。这些与其说是“情节”，倒不如说是对事实的记录。这些事实没有传奇需要的极端与戏剧性，而更接近于真实，也因而是平淡的。同样有着抗日背景的《四世同堂》，小说中与日寇正面冲突的戏剧性描写也并不是主要部分。但我们同样也应看到，在这里，发生了小说与历史叙述的裂缝，即过于照实直录的史书风格与小说的传奇性美学期待之间，产生了不平衡感。

历史毕竟是一种普遍性叙事。陈平原认为宗璞是写这段历史的

① 由于没有亲见这些日志，只能推断作者有这些原始的文字资料。因为文本中经常清楚地记载着在某一天、某段时间里发生的事情。

最好人选，但他也承认，“真实地还原那时的氛围是困难的”[①]。叙述者过多的并不正面介入战争大历史的内容（《西征记》除外），和基本自我封闭的校园环境、意识，某种意义上说，构成了一种与主题的矛盾。正如论者吴方所说：关于这样一场战争，可能没有一部作品比它写得更有限、更不够劲儿。[②]当然，论者评语只是针对《南渡记》。到《西征记》，叙述者写到了滇西正面战场的冲突和刀光剑影。也正是在这一卷，《南渡记》的“起”、《东藏记》的“承”，一变而为《西征记》的“转”。整个格调高昂起来，爱国主义情怀在这里得到充分抒发，只等《北归记》“合”拢全卷。“四记”的整体布局，验证了布斯所言：小说本身同时也可理解成是诗歌形式的修辞反应。[③]

因为此种史书风格，《东藏记》中的很多人物，如昆菁校长章咏秋、赵玉屏等，应该都实有原型。她们因为作者的编年体叙事的需要而存在，后来不需要了就随写随丢。这些都证明着作者的实录风格、自传色彩。作者是要回忆、记录自己在云南的中学生活。《北归记》中，人物多了徐还、燕殊等，基本也是走过场。这些人物被写进来，只是因为生活中有原型，而作者要“向历史诉说”。这也就是为什么金克木说“我觉得仿佛是看了用纤丽羊毫作蝇头小楷写铁马金戈，听了用少年儿女心眼说大时代中最高层知识分子”[④]。金先生所言，主要是针对《南渡记》，因当时后三记还未出。后三记中，小儿女们逐渐成长为青年，他们的爱情、婚姻、事业、道路等

① 陈平原：《小说家眼中的西南联大》，载《群言》2007年第12期。

② 见人民文学出版社编：《宗璞文学创作评论集》，人民文学出版社2003年版，第168页。

③［美］劳埃德·比彻尔：《修辞情景》，见［美］肯尼斯·博克等著：《当代西方修辞学：演讲与话语批评》，常昌富、顾宝桐译，中国社会科学出版社1998年版，第129页。

④ 见人民文学出版社编：《宗璞文学创作评论集》，第162页。

人生内容，也是主要的叙事内容。

从《西征记》开始，时间的向前推进不再是回忆式的，而体现出同时同步的叙事特点。虽然不免直接把战地日记搬上去之嫌，但由于这一部主要得益于作者的实地采访，内容十分丰富，信息量巨大，跟其他三部主要盘桓于校园、家庭的叙事显出明显的区别。也由于采访的扎实有效，更兼作者驾驭材料以及语言的超高能力，《西征记》真正实现了爱国主义抗日精神的高扬，多处令读者泪染双眸，情难自已。尤其是对苦留、福留、青环、民间抗日飞军等的叙述，令读者看到广阔的社会各层面，尤其是底层人民的困苦生活和他们不屈的反抗。道德或伦理的爱国主义教育融进小说艺术的表现，达到了自己的修辞效果。

《北归记》虽又回到回忆模式，但胜在作者深知到了结尾，作品的深层内涵到了该表达的时候了。各种线索开始收束。创作《北归记》时，作者又一次经历了生死的考验。也许，世上已经没有什么令作者感到惶惑不安，《北归记》叙事内涵的强悍和分明变得十分显豁，读来令人有豁然开朗之感。正如刘心武转述的宗璞自评：《北归记》是大彻大悟之作。由此可见，作者是用作文章的笔法来写小说的，作文章讲究“豹尾”。这种文章作法，时时贯彻在整个文本中。

“向历史诉说”的修辞目的，其实也还是作者一贯追求的“诚”的延续。整个《野葫芦引》的叙事，都更多地体现出它尊重自己的“情境逻辑”。比如，20 世纪三四十年代知识分子的心理图景，必须符合历史情境，不能根据现在的意识形态随意更改。在这一点上，应该说作者很好地遵循了客观、真实的准则。《野葫芦引》的历史叙事，无疑包括对知识分子的心灵史、精神史的形象描述。作者试图复原那个历史时代，复原知识分子的感性面貌。抗战时期，在大后方的投机狂潮和黄金梦的腐蚀中，一群大学里的知识分子坚守着自己的职业道德、人格操守。在更高的精神层面，不管是新人还是旧人，在民族大义的关口，这群知识分子彰显出中国士人、君子的传统道德：临财毋苟得，临难毋苟免；富贵不能淫，贫贱不能移，威武不能屈；君子忧道不忧贫……

除了道德上的坚守，伴随这一代知识分子心灵历程的，更有作为民族、国家“寻路者”的痛苦追寻。作为“寻路者”的直系后裔，作者对这一历史过程的聚焦和复原，同样也是出于知识分子自我认识的需求。“寻路者”的命题曾深深地困扰着20世纪30年代的中国知识分子。鲁迅曾说过“我自己也正站在歧路上——或者，说得较有希望些：站在十字路口”；周作人自称“寻路的人”；茅盾更是“寻路者”的代表，“他也在重重叠叠的兽迹和冒充人类的什么妖怪的足印下，发见了被埋藏的真的人的足迹。而这些脚迹向着同一的方向，愈去愈密”①。作者通过回忆书写这段历史，总结了知识分子的道路与命运，乃至我们民族的道路与命运。

早在《红豆》时期，宗璞便显示出自己是这一路知识分子的精神后裔。我们在《红豆》中清晰地看到江玫与现代文学史上“寻路者”的互文性，看到这一路知识分子的精神遗产。可以说，宗璞的自我形象，从那一时期就确立了。对于几代中国现代知识分子来说，最大的精神焦虑大概便是“认识中国”了。自“五四”鲁迅的“国民性批判”开始，知识分子便做着“认识中国”的课题。几乎任何一种文学现象都不是偶然发生的。某种意义上说，宗璞本人便是历史的延续。而知识分子终其一生追求的“道”或真理，也必是历史的、具体的。

---

① 茅盾：《沙滩上的脚迹》，见《茅盾文集》(第9卷)，人民文学出版社1963年版。

当然，作者在呈现知识分子在抗战时期的美德时，也毫不留情地将他们懦弱、缺乏行动能力的缺陷展示出来。一方面，这些人物在民族大节、职业道德上严正自守；另一方面，他们中的大多数仍然只是一群在滔滔浊流中珍惜羽毛的清醒者。知识分子的这一天然缺陷，可以从宗法制乡村所培育的道德意识及人格中找到根源，作者也多将他们的道路与命运归因于性格悲剧。但以卫葑为代表的青年知识分子作为“寻路者”中的积极行动者，昭示出这一群体的历史主动性。尽管他似乎在重蹈着“五四”青年们由兴奋、狂热到平淡的过程，但至少作为一个谱系式人物，卫葑体现了这一群体的希望。

作者的修辞意图并不仅限于呈现知识群体的一段历史，时代生活的完整性、历史的纵深感，无疑也是她所追求的。

三、修辞的效果

自布斯以来，重视小说修辞的效果，尤其注重作者与读者之间的交流与沟通，就一直是修辞叙事理论家们研究的重点。创作《野葫芦引》无疑是宗璞个人经验的一次最大规模的集中。冯友兰曾为宗璞的书作序，对女儿的创作，寄予了“纳须弥于芥子”的希望。这个佛经中的典故，想来也是深合宗璞的本意的。在佛经中，“须弥藏芥子，芥子纳须弥”，意指佛门和世俗社会是相通的，芥子和须弥山也可以互相包容。芥为蔬菜，子如粟粒，佛家以“芥子”比喻极为微小。须弥山原为印度神话中的山名，佛家以“须弥山”比喻极为巨大。须弥藏芥子是事实，芥子纳须弥是禅理。南朝齐代的傅翕认为“诸相皆非真实，巨细可以相容”，以此劝世人不要执着于眼前的名利、地位、荣誉等，事物是会转化的，荣华富贵不过是过眼烟云。

冯友兰显然将自己的诸般心绪寄托在了这一句禅语里。也已渐入晚年的作者，欣然接受了这句佛经上的话，其中既有着创作宗旨、方法的意义，更有对生命的领悟。将自己的“野葫芦”自谦为“芥子”，里面的内容则为“须弥”。从佛经的角度来说，只有高僧才能在一粒小豆中看到大千世界。所以，纳须弥于芥子，便有了某种意义上的自我期许。芥子、野葫芦的意象，都暗喻着“器”虽小，但里面包容的内容丰富复杂。芸芸大千世界、渺渺宇宙之道，都需要读者仔细去辨认、去揣摩。

作家追求一种“百科全书”式的写作。在阿恩海姆看来，这其实也是某种晚期风格的表现：“在这里，一位年老艺术家的智慧正在诉说，对他而言，对象世界已经在他面前脱去了伪装。洞察这个世界以外的东西，既内在于这个世界又超越这个世界，正是一种涅槃的整体性，而艺术家本人所托付的就是一种无在（nowhere）的创造性。”①她追求思想的高远，对悲剧性有着一种自然而然的偏好；关注作品“整体的生命”；与中年成熟期相比，对文学的理想化程度甚至提出了更高的要求。我们在“四记”中，便看到作者在认识能力、审美能力方面所表现出的年龄优势。但作者经历、体验的广狭，也会直接反映在小说中。这就不难理解为什么除了《西征记》，其他“三记”的叙事内容总在家庭、校园内盘桓。读者看到的历史内容可能失之于细碎、驳杂，而有的人物的性格及命运也并未能得到更好更充分的展示。但不可否认的是，经由叙述者的叙述和编码，在不动声色的文字里，一个斑斓而深邃的叙事世界得以呈

① [美] 鲁道夫·阿恩海姆：《对美术教学的意见》，郭小平、翟灿、熊蕾译，湖南美术出版社 1993 年版，第 380 页。

现。作者最终还是达到了自己“纳须弥于芥子”的修辞效果。

一方面，作者要达到将“须弥山”纳入“芥子”的修辞效果，另一方面，不得不承认，作者年老体衰、力有不逮。《南渡记》于1987年年底完成，冯友兰于1990年逝世，这对作者来说是一个巨大的打击。她自己也开始生病，致使《东藏记》写了七年之久；《西征记》于2008年完成时，作者已80岁；《北归记》创作将半的时候，作者由于脑出血住进了重症监护室。

由于上述原因，我们看到了整体叙事的某种碎片性或者说“无机性”。这跟作者“须弥与芥子齐”“生死涅槃齐”的思想有关，跟“和光与物同”的平等心、解脱心有关。我们不由得想到傅翕所作的《还源诗》。傅翕此诗，历来被赞为妙理深远，至诚恳切。他从佛法的角度，劝人回复到自然本原的境地，从而得到真正的解脱。“生死涅槃齐”“心平等”“但息是非心”“芥子纳须弥”“和光与物同”等，都不同程度地以某种方法论或宇宙观的背景，体现在“四记”的叙事中，与上述阿恩海姆所论晚期风格的一些美学特征重合。

有意思的是，当我翻开抗战时期的文学作品，会发现它们绝大部分都注重写外部的活动，“比如开会、争论、游行、罢课、下乡，而忽略了日常经验世界”①。与之相反，《野葫芦引》“四记”，则又太盘桓于日常经验世界，而日常经验的琐碎、非连贯性（无机性）及意义的缺乏等，都导致了叙事中结构的散化，叙事中也充满了相互异质的美学元素及风格。对进步学生、大学教授们的现实处境，大多是“侧写”或“点到”。尽管是皇皇四卷的体量，但叙事线索太多、人物太多，作者的笔墨分配又太平均，最后就出现了“侧写”

① 赵园：《艰难的选择》，上海文艺出版社1986年版，第198页。

与“点到”。这与作者的某种叙事策略有关，毕竟所记绝大部分人物是有原型的，作者向来又以“诚”为自己的创作主旨，即使是一些故事性、戏剧性很强的情节，也不愿意做过多停留与渲染，更何况是小说常会追求的夸张、变形等叙事手法。

几个世纪以来，小说已被默认为是由一种所谓的“整体性”“统一性”来统摄整个叙事的。为突出小说所谓的主干，作家们必得削减掉大部分多余的枝杈，而主干上的叙事则被严格地执行着因果律等叙事逻辑。当然，现代主义以来的小说，已经大大突破了这些森规戒律，但现实主义小说仍然基本视此为叙事成规。

如果我们用这些标准来考察“四记”，会发现，在作者所记的这个庞大的人物群中，除了嵋、孟樾、碧初等几个主要人物之外，大部分的人物并没有作为一个有机生命体“生长”在小说中，而是随着作者的笔触，在作者需要的地方出现。不能说他们轮廓不清晰、情态不生动，相反，钱明经、白礼文、江昉、李涟、刘仰泽、尤甲仁等，都令人觉得熟悉而亲切。这些高级知识分子的共性与个性、雅癖与嗜好，甚至缺陷与短处，都写得如此真实传神。然而，这种真实传神还停留在明清笔记小说的方法范畴里。因为一个形象要变成有生命感的、活的形象，是需要连绵的生长期的，而作者显然无心分力于这么多人物的生长，只能将自己最熟悉热爱或最痛恨鄙视的人物写好。

也许可为之一辩的是，同样是叙写那段历史生活的作品，如巴金的《火》、李广田的《引力》、老舍的《四世同堂》，也表现出结构的散化、碎片化，这是一个较为普遍的问题。宗璞虽然获得了从容回望历史的叙事时间，但结构的散化与碎片化的问题仍然如影随形。当然，上述即时性、与时代同步的作品呈现碎片化的原因，与《野葫芦引》在这方面的原因是不同的。《野葫芦引》的叙事基本是沿着时间的线索，通过日志类的记载材料信笔写下去，于小说的章法顾忌较少。除了《南渡记》可见出作者有意制造的一些戏剧性情节与对比结构，其他“三记”则基本上采用了追忆与叙史的主体写法。即使是叙事最向小说靠拢的《南渡记》，也可见出于作者来说，可供剪裁的经验材料实在是有限的，有些内容几呈散文片断的连缀。在《西征记》中，尽管作者努力避免写成报告文学，但直接将女兵日记、长官日记等搬上去的写法，也令人感觉到小说的新闻性、报告性。好在拯救《西征记》的是“言之有物”。该卷容纳了西南战场的重大历史事件，采访的扎实、材料的充分、事件本身的壮伟感人，都令这一卷真正成为高扬爱国主义的正气歌。

不可否认的是，“四记”都不同程度地存在着有见必录、巨细不遗的特点。作者对庞大、芜杂的叙事对象的兴趣，致使叙事常常面临失去控制的危险。更兼“但息是非心”“芥子纳须弥”“和光与物同”的境界追求，不可避免地出现相互矛盾的片断与思想，琳琅满目的“大千世界”差点淹没了叙事的主要意图。而日常生活是琐碎的、局部的，充满了片断与瞬间。“动作”也总是随着作者的笔端变成突发且不连贯的。视点跳跃过多、过频繁，好像大千世界都要令作者记上一笔、呈现一把。世间的形、色、人、物都被平均地分配了笔墨。一般的作家总被指摘没有细节，或者细节不真实；对宗璞来说，则是细节太多，几乎全都是细节。作者善于营造知识分子的某种情调与氛围，使人物镶在其中，但由于缺乏叙事的“统一性”“整体感”，这些奢华的细节竟像某种负累。契诃夫所谓“情节越单纯，就越诚恳，因而也就越好”，这句话愈发显出其意义。

或许，这个大量负载着中国传统文化精华以及西方小说技巧的文本，某种意义上，不是给一般读者阅读的，它有自己的期待读者。它是研究当代思想史、知识分子精神史的好读本。对于真正懂得这个群体、懂得那段历史的人来说，这部小说也许恰是集大成者。它蕴藏了太多历史的、政治的、文化的、文学的、哲学的、人性的信息和资料。

原载《中国当代文学研究》2021 年第 1 期

《野葫芦引》的人物及孟樾的“天地境界”

一、人物重要还是情节重要

在关于小说的诸多争论中有一项：是情节重要还是人物重要。亚里士多德在《诗学》中将“情节”界定为悲剧的灵魂（亚里士多德认为诗学的最高级表现形式是悲剧）①，他对古希腊悲剧的推崇使他自然得出人物从属于情节的结论。似乎俄狄浦斯是谁不重要，“杀父娶母”的情节是重要的。亨利·詹姆斯则认为事件和人物密不可分。他说：人物不是事件的决定因素是什么呢，事件不是人物的解释又是什么呢？从而翻转了情节重于人物的观点，认为人物重于情节。其后，M. 福斯特等都主张，人物从根本上比情节更重要。西方现代派以后的小说，人物、情节似乎都不重要，作家的观念、理念或小说的形式翻新更重要。但只要我们还视现实主义小说的成规为小说的普遍性规约，即使到了今天，我们仍然要承认，某种意

① [古希腊] 亚里士多德：《诗学》，陈中梅译注，商务印书馆 1996 年版，第 65 页。

义上，人物才是小说的原动力。“不朽的文学作品的条件之一，就是要创造出令人难忘的新的人物形象，创造出新的堂吉诃德，新的哈姆雷特，新的巴扎罗夫，新的K甚至新的巴比特。”①

基于对《野葫芦引》的叙事特点的考察，可以说，人物显然比情节重要。这部长篇基本是自传色彩的回忆录，当然，是较为客观的、在特定领域接近于“历史”的回忆录。由于作者的知识分子身份，在校园内及家眷们的日常生活这一领域，作者的叙事是较为客观的。整部小说的结构方式，既不是以情节为结构单元推动因果链的叙事，也不是以人物性格为冲突单元的命运叙事，毋宁说，它是以时间为经线的类编年体的自然叙事。

即便如此，小说还是塑造了众多的人物形象，其中不乏非常有个性、具有高度美学色彩的人物。人物塑造的第一步是给人物起名字。在小说中，名字这个符号一般都承担着重要的喻示意义。《野葫芦引》中一些人物的名字，就在彰显着这是一群非同一般的人物。孟樾、萧澂、庄卣辰、江昉、秦巽衡等，这些一般读者需要查字典才能读对音、搞清意思的名字，在人物塑造方面发挥了可以想象的作用。刘心武曾撰文说：“宗璞给书里人物取这类名字，一是想表达出这些人都是书香门第的后裔，二是想传达出一种古色古香的传统文化的气息。”“这些莘莘学子不仅个人符码古雅脱俗，他们还都掌握着中国古典与外国古典的符码系统，这样的人士在全中国人口里不消说只是一个边缘部族。这个族群顽固地坚持一种雅致生活。他们不仅有着独特的语言文字习惯，而且还有套社交礼仪规则，有只有他们那个圈子才理解的含蓄与幽默，甚至有不同凡俗的

① [美] 利昂·塞米利安:《现代小说美学》，宋协立译，陕西人民出版社1987年版，第141页。

肢体语言。”[①] 某种意义上，这些表意策略意味着这部长篇小说对小说的娱乐功能的拒绝。

宗璞的人物谱系，主要还是一种“范型人”，比如孟樾、萧澂、庄卣辰、江昉、秦巽衡、李涟、梁明时、刘仰泽、钱明经、晏不来等，都是知识分子的形象。卫葑、李宇明等更属于一种现代文学史以来的形象类型：青年知识分子革命者，他们与老革命家吕非清构成一种革命的接续与比照关系。除了“范型人”，还有处在“何事”中的人，严格说来，书中所有的人物都处在抗日战争这件大事中。直接参战的人物有国民党军长严亮祖，作为大学生走向滇西战场的詹台玮、冷若安、孟嵋、李子薇等，更有民间抗日英雄、传奇人物彭田立和苦留、福留等；与之相对的有汉奸缪东惠、凌京尧（对这个人物，作者倾注了同情）；还有几位师母、太太，作为传统“女主内”型的形象，最典型的如碧初，贤惠、识大体，国难当头之际贡献了自己柔韧的力量，维持家庭的存续。另一些人物在爱情中，如嵋、庄无因、雪妍、玹子、殷大士等（峨则很快因单恋受伤变成一个执着于事业的女强人），他们的爱情故事都体现出宗璞创作史中的互文性。卫葑与雪妍、嵋与无因的爱情，似乎都是对《红豆》的续写与重写。

由于作者对抗战时期西南联大知识分子保全知识火种、为国培育人才的精神的正面讴歌态度，知识分子的整体形象得以正气地呈现。作者一方面试图塑造出明仑大学知识分子的整体崇高感，另一方面，又将他们还原为在日常生活中有着衣食住行需求的凡人。某种意义上说，这也是一部对中国最高层知识精英的祛魅之书。矛盾与张力即在于此。作者除了遵循历史时间的连续性，还主要遵循了

① 刘心武：《野葫芦的梦》，载《粤海风》2002 年第 5 期。

人物塑造的模仿原则（现实主义的）。而小说时时笼罩的纪实风格，作者照实写来的笔意，也与一般小说塑造人物的方法不同。由于作者对孟弗之这个人物的爱敬，使得他某种程度上变成了先知、完人（孟夫子）。对这个人物的塑造采用了所谓的典型形象的手法，把最高的智慧、德行都用在了他身上。其他人物则难见到“典型”，倒都是一些各具个性的人。作者拥有得天独厚的优越条件，来塑造这些她所熟悉的人物。对一般读者来说，这些人物本来是高深神秘、不可臆测的，借助宗璞近乎实录的人物造像，人们了解并读懂了那个时代知识分子的心灵与日常。

宗璞的本意恐怕并不是要为这许多人物都造像立传，她只是想借嵋的一双眼睛，回忆追索从 1937 年到 1949 年的历史。这段历史既有大时代的背景轮廓，即全面抗战及解放战争时期，也有其还原的价值和意义。作品中既有以知识分子为中心的各色人等的心理现实与图景，也有作者在文化学、哲学、伦理学意义上的反思与考量。比如，作者在几个主要人物身上寄托的主题：孟樾的“天地境界”；玮玮是“忠”的化身；嵋在亲情和爱情之间（因要照顾得肺炎的父亲，放弃了出国与无因团聚的机会）选择了亲情，成全了“孝”；吕非清宁死不事日寇，谓之“节”；严亮祖“中国人不打中国人”，是谓“义”。可以说，整部小说从头到尾呈现了作者本人的思想规范、道德伦理。这些道德伦理的主题往往成为塑造人物的主旨，影响了人物的命运。

通过作者近乎纪实的按图索骥的写作方式，通过作者事无巨细的记录，我们可以一窥知识分子在险恶政治环境中的自处，以及作者是如何用他们的政治意识来塑造人物形象的，包括：小说中人物对于时代义务、社会责任的自觉与利己主义、个人本位主义如何形成冲突或对照；在这个总体的时空世界里，每个人物如何保有自己的个性世界；在作者的道德意识与审美意识的交错中，又有哪些人物形象方面的得失；作者与她所写对象之间的距离如何影响了人物。

作者精深的古典文学修养以及对西方经典文学的熟稔，都使人物形象体现出这两方面的影响。如小说中随处可见的古文诗句、文学典故，或作为某种思维方式，直接影响到作者的行文，不自觉地体现在对人物形象的塑造中，或作为一种隐喻手段来刻画人物。至于哈代的叙述视角、伍尔夫等的意识流与内心独白等，都成为作者叙事风格、人物塑造的丰富底蕴。还有一些传统小说常用的手法，比如形象迭用，最为人所熟知的如“晴为黛影，袭为钗副”的描写法。我们在这部小说中还发现，作者的主要人物大多形成平行或相反的结构。这种模式显然是为了突出人物的个性以及创造一种结构上对称的形式美，使小说的多层次质感得以展现。这种模式在中西方小说中都可找到经典案例。如莎士比亚在《亨利四世》中，就设置了亨利·珀西与哈尔王子这一对相反的人物。而在实际历史中，这两个人物之间并不存在这种对照关系。莎士比亚为了使后面一系列的比照形成系统，以完成人物功能设置的形式感，不惜篡改了历史。在《野葫芦引》中，也处处可见这种相对与平行结构，如孟弗之与钱明经、吕碧初与金士珍、雪妍与玹子、吕非清与凌京尧、詹台玮与庄无因等。我们将通过具体的形象来解析作者表现人物的种种手法。总的说来，作者塑造了孟樾一家人以及他们周围各各不同的人物群像，将魅力与趣味赋予了他们。

二、孟樾的“天地境界”

作者塑造孟樾这个人物，用了多种方法。从人物的名字、住所到书房的摆设与对联等，都用以描写人物。最重要的当然是人物的思想，在小说中表现为孟樾的言论和选择。“倘若我们取一个较为特殊的角度，把中国现代文学的‘大部分’，如实地看作中国现代知识分子的‘思想体系’”（赵园的立论根据是，高尔基在《俄国文学史》中谈到，俄国文学大部分是俄国知识分子的思想体系）[①]，那么，我们仍然可以沿用这个概括。事实上，“四记”就是对中国现当代知识分子思想体系的形象表现。作为“五四”那一代“先觉的知识者”，孟樾对于历史、对于中国问题的思考，以及他对个人道路的选择等，都是这个思想体系的一部分。思想之于孟樾这个形象的重要性还在于——如爱默生所说——思想是打开每一个人心灵的钥匙。思想使我们看到性格内在的面貌，思想是小说中的一个重要方面。在“四记”中，孟樾这个人物，大多数时候被塑造成一个先知，一个忧国忧民的智者、仁者形象。

在整部小说中，孟樾的言论是最多的，最能体现人物的思想与性格。作者甚至还叙述了人物著作的历史观点，用以表明人物的政治态度。当然，孟樾也有一些“行动”，比如：帮李涟挡住伤兵的一击；既保护过国民党逃跑人员，也保护过共产党学生；因为写文章、发表言论被国民党当局抓捕。总体说来，作者塑造这个人物主要运用了“思想化样式”与“理想化样式”。[②]这两种样式都与生活化样式或行动化样式形成区别，从而使人物基本呈静态化的形象。但孟樾这个人物无疑寄寓了作者关于知识分子最高的道德理想。

他姓孟，字弗之，暗喻孟夫子。这个命名有深意。孟子提出“民为贵，社稷次之，君为轻”，主张施仁政，“亲亲而仁民”，“老

---

① 赵园：《艰难的选择》，上海文艺出版社 1986 年版，第 142 页。
② 同上书，第 121 页。

吾老以及人之老，幼吾幼以及人之幼”；把道德规范概括为四种：仁、义、礼、智，强调舍生取义；又提出君子要“富贵不能淫，贫贱不能移，威武不能屈”；主张性善论。这位儒家“亚圣”的思想、主张，在作者的设计里，对应着孟樾的思想规范。“樾”，意思是树荫，有“樾荫”一词（意为荫蔽，比喻尊长照顾着晚辈或祖宗保佑着子孙），不能不使人联想到作者与冯友兰的亲情关系——书中的孟嵋（作者的自我形象）也一直在这棵大树的荫庇之下。

孟樾住的寓所叫“方壶”，且看这个空间的寓意：方壶，相传是东海三仙山之一。历代帝王为了接近神仙，在园林里挖池筑岛，模拟海上仙山的形象，这个传统一直沿袭到清代。乾隆将传说中东海的龙宫移植到圆明园，取名“方壶胜境”，是圆明园十景之一，被誉为圆明园最美的景观。“方壶胜境”景群于 1860 年 10 月被英法联军劫掠后焚毁。方壶，也是紫砂壶的一种器型。在《野葫芦引》中，校长秦巽衡住的是“圆甑”。甑，是中国古代的蒸食用具，民间有俗语“锅圆甑不圆”，比喻事情不圆满。方壶与圆甑，平行出现，足见作者笔下的孟弗之在明仑大学的地位和影响。“方壶”也是历代文人隐居时爱用的居室名，如宋代诗人汪莘自号“方壶居士”。以上种种透露出来的微妙象征，都意味着这个人物的重要性。在《北归记》中，秦巽衡校长最终离开明仑之前，与孟樾还就方壶、圆甑有过几句对话。巽衡说：“这四个字究竟是什么意思，你想过没有？”弗之道：“大概是说住在里面的不过是——”巽衡抬手插话道：“不过是酒囊饭袋之人。”两人大笑。这彼此会意的大笑，既有无用书生面对历史风云的无奈，也有对此身份的自矜与自怜。

作品中描写寓所的手法，使人联想到《红楼梦》。贾母带刘姥姥参观大观园一节，金陵诸钗们的住所被曹雪芹一一写来，历来被认为是借寓所曲写主人性格命运的经典笔法。事实上，住所在揭示主人的性格、爱好及性情方面，确实有着不可忽视的作用。比如，对秦可卿卧房的描写，就将人物性格及最后的命运揭示得淋漓尽致。黛玉、宝钗等的居所无不浸透主人的性格。宗璞是熟读《红楼梦》的，小学时就和兄弟们在上学的路上对回目。若说《红楼梦》等中国传统名著对《野葫芦引》的创作完全没有影响，那是不可信的。当然，影响的程度与方面，也要具体而论。

《南渡记》中，孟弗之是和庄卣辰一起最先出场的。作者接着就写到方壶，进入弗之的书房。“书房在孟家是禁地，孩子们是不准进的。”书桌更是连碧初也不能动。书房中有一副对联，是从泰山石峪拓下来的，这几个字是“无人我相，见天地心”。台灯的灯身镌满五千字的道德经。“接着他开始写他的著作《中国史探》。”这副对联，又是一个大关节，是作者理想化地塑造人物的又一典型手段。“无人我相”，出自《金刚经》，原句为“无人相，无我相，无众生相，无寿者相”。对联的重点在这一句：见天地心。天地心——天地间至精至纯至简至明的道理，或者说，就是天道。这副对联连在一起，意即看破表象，感受到天地至理的意思。这大概就是冯友兰所谓人生四重境界中的最后一重，也就是最高境界：天地境界。试问，什么人配得上这副对联？其中的寓意既是人物的自我期许，也是作者对这个人物的境界写照。通过书房的摆设尤其是对联的寓意，叙述者的目的无非是使人物显得更加真实可触。背景本身可以展现故事，是刻画人物的重要手段。几件道具往往可以省去作家几页篇幅的人物描写，可使人物行动更加令人信服，使虚构故事增添真实的色彩。

尽管作者声明，反对对小说中的人物做索隐钩沉、对号入座，但小说一旦面世，它就进入了作者与读者的交流模式。读者具有参与功能，并且正是由于这一功能，读者才会将小说中的事件看作历史，将人物看作真实的人。

按照詹姆斯·费伦等的叙事学理论，人物既具有模仿和综合成分，也具有主题成分。孟樾这个人物，就承担了小说中的大部分“知识分子主题”。在20世纪三四十年代，一个中国知识分子，尤其是像孟樾这个阶层的知识分子，关心政治是应有之义。鸦片战争以后，中国一再被列强打败，辛亥革命推翻了君主帝制，中国的现代化在政治、经济、文化、社会方面都获得了较大的发展，但中国社会积贫积弱、落后愚昧的状况没有得到根本改变。随着俄国十月革命成功，社会主义文明兴起。此时，走西方的道路已不是中国现代化的唯一选择。新文化运动和五四运动以后，马克思主义和各种社会主义思潮开始在中国广泛传播。关于中国富强和现代化发展道路的思考和争论，在中国思想界、知识界滥觞。这个时代背景正是人物展开行为的环境。

知识者与政治的关系表现在文学中，政治并非仅仅外在于文学，它不是外部对于文学的强加，而是渗透在从作者到人物以及读者的整个过程中。《南渡记》中，叙述者借萧澂说出“你这个Sincere Leftist”，第一次表明了孟樾的政治态度。弗之一笑：“正因为我sincere，我是比较客观的。现政府如同家庭之长子，负担着实际责任，考虑问题要全面，且有多方掣肘。在我们这多年积贫积弱的情况下，制定决策是不容易的。共产党如同家庭之幼子，包袱少，常常是目光敏锐的。他们应该这样做。”[①] 这段话说得合情合理，符合人物在当时的历史情境下所可能达到的认识程度。此时的孟弗之，在与政府有隶属关系的大学里担任着重要职务，他并不能真如江昉那样，成为一个名副其实的“左派”。但这段话表明了

① 宗璞：《南渡记》，见《宗璞文集》（第3卷），华艺出版社1996年版，第47页。

他忧国忧民，凡事站在国家大局立场，并不偏倚某一党派的中立态度，有着一个知识分子“自由之思想，独立之精神”。

关于“左”还是“右”，还有一次明确的谈话，还是与萧澂：

> 子蔚站住了，踌躇道：“关于你有一种说法。说你和那边有联系，至少是思想左倾吧。这些议论你早知道了。还有亲属问题，说是老太爷已往那边去了。真是无稽之谈！”
>
> “株连攀附是中国人的老习惯了，我们不必计较。”弗之笑道，“我的思想则在著作中，光天化日之下。说左倾也未尝不可。无论左右，我是以国家民族为重的。我希望国家独立富强，社会平等合理。社会主义若能做到，有何不可。只怕我们还少有这方面的专家。当然，学校是传授知识发扬学术的地方，我从无意在学校搞政治。学校应包容各种主义，又独立于主义之外，这是我们多年来共同的看法。”①

在《东藏记》中，由于孟弗之左倾的政治态度，上峰不同意他继续担任主任之职。接着我将录几段有关孟弗之的文字，以便集中分析。这么做是因为叙述者实在太聪明了。她一直在跟读者玩着耐心和理解力的游戏，她甚至不希望读者从这部小说中真看出什么来。即使是一些主要人物，“战线”也拖得太长。她的方法是把情节切割成更小的单元，细碎地撒在四部曲中。一些论者从这部小说中看出《红楼梦》的意思，也许《红楼梦》的语言是一种潜在的影响，但其实，两者在长篇的结构方式上大相径庭。《红楼梦》里，秦可卿、尤三姐等人的命运，都是在二三回里就被揭开了底牌，而

---

① 宗璞：《东藏记》，人民文学出版社2001年版，第238页。

《野葫芦引》的很多关键信息隐藏在冗杂缓慢的叙述里，如果是浏览式阅读，很容易漏掉那些也许是最重要的情节。因为情节并不是叙述者要着力经营的，情节隐藏在细节之中就是必然的了。

有一段是这样的：

> 秦校长道："各方面的事很复杂，你那篇讲宋朝冗员的文章，重庆那边注意了。有个要员说孟弗之越来越左倾了，这是抨击国民政府。"弗之道："谈不上，谈不上——我认为研究历史一方面要弄清历史真相，另一方面也要以史为鉴。免蹈覆辙，这不是好事吗？最近我又写了关于掠取花石纲和卖官的文章，还是要发表的。""道理很明显，但是有时简单的事也会变得复杂。"巽衡顿了一顿，又关心地说，"还有人说你鼓励学生去延安，以后可能会招来麻烦。"弗之只微笑道："我也鼓励人留下来，只要抗日就好。老实说延安那边的人也对我不满，说我右倾。"两人相视默然。

这一段，重申了孟弗之的政治态度或立场。

孟弗之与江昉的一段对话更加耐人寻味。一个被认为是"左倾"，但实际上的立场应属当时的主流，另一个则是真正的左派。他们分属两个阵营，按理，持不同政见的知识分子会彼此水火不容。我们从鲁迅与他的论敌之间的文章中即可看出火药味的浓烈程度。但弗之与江昉之间，不但完全没有辩论起来，最后反而在精神境界上同一了。两人都先抨击了国民党当局的腐败堕落：

> 江昉突然转身道："听说延安那边政治清明，军队里官兵平等，他们是有理想的。"弗之道："整个历史像是快到头了，

需要新的制度——不过那边也有很大问题，就是不尊重知识，那会是很大祸害。”江昉不以为然，说：“知识固然重要，但对我们来说，和人民大众站在一起最重要。”

江昉拿下烟斗：“我看你关于宋朝冗员的文章口气太温和，根本原因在于长期的封建制度，你刚才也说我们的制度走到头了，怎么不写进去？”弗之苦笑道：“已经受到盯梢了。你知道我这个人素来是不尖锐的，可是总遇到这样那样的麻烦。进步的人说我落后，保守的人说我激进，好像前后都有人挡着。”江昉磕磕烟斗，说：“我只有来自一方面的批评，自由多了。我要做到想说什么就说什么，这叫不自由毋宁死啊！”说着哈哈大笑，抬头看见墙上挂着那幅弗之写的邵康节的诗，不觉道：“这意境很好，可是这样的乱世谁做得到？”

弗之沉思道：“若能在心里保存一点自蘸清溪绿的境界，就不容易了。”江昉说：“想法会影响行动，要是真做起来，岂不是自私自利？”弗之微笑道：“我想你也盼着有一天能够得到纯粹的清静，好遨游九歌仙境之中。”江昉磕磕烟斗，说：“你看透我了。”仍把烟斗放在口中。弗之忽然想起，从柜角找出一包烟丝，递给江昉，“这是舍亲送的，我又不抽烟。”江昉接过，笑说：“他多送些才好！”①

这一场对话，描画出两个持不同政见的知识分子的风采，既是主义的不同，也是性格的不同。于是，一场文明的、和平的交锋，到此为止了。江昉说出了“自私自利”的话，弗之却将锋矛转向了邵雍的诗，用知识分子都向往的理学大师的境界化解

---

① 宗璞：《东藏记》，第209页。

了江昉的锋芒。智慧、大气、温厚却不失正义的弗之形象更加鲜明了。

因学生都反对国民党，国民党当局想让学校将修身课上成三民主义思想课，以此统一学生的思想。别的老师不愿接，弗之因为校长亲嘱，只能接下，也因此被学生误解为他压制思想自由。可见，那时要做一个正直而又“政治正确”的知识分子是很难的。作为学校的管理者之一，孟弗之深知人才难得。他爱才，不怀成见地帮助提拔人才，包括白礼文、尤甲仁等。在代管学校期间，他既保护过国民党的人，也放走过共产党学生。他有着一颗仁爱温厚的心。

弗之被捕又被放回之后的心理活动，历来被研究者所关注。一大段内心活动的描写，带领我们深入这个人物的灵魂深处：

> 这一晚弗之想了很多，他被带走时，心里是一片空白。当时各种思想很活跃，骂政府的也很多，他是再温和不过了，怎么会摊上了被捕？莫非是绑票？可是也还没有当“票”的资格，看这两个人似乎也不是土匪。……天渐渐黑得沉重，压得人透不过气来，不时需要大口喘气。他努力调整呼吸，想无论如何要应付这局面，不能晕倒。
>
> 当时真不知道自己身在何处，简直像一场梦，没想到这么快就能回来，时间虽不长，可足够长记不忘。若只是对他一个人，还简单些，不过既然有这样的行动，以后很难说。学界安危实堪忧虑，因为他教修身课，有些学生认为他帮助政府压制思想自由，因为他以史借鉴，当局又认为他帮助另一方面，要想独立地走自己的路，是多么艰难。他觉得自己好像走在独木桥上，下临波涛，水深难测。他头晕，伸手去拉了一下碧

初。“勿使蛟龙得”，他想起这诗句，深深叹息。碧初轻轻拍拍他，柔声道：“睡吧，睡吧。”“只要自己问心无愧，哪管得了许多。”弗之这样一想，渐渐迷糊睡去。[①]

这一段非常真实。想来对作者来说，这段记忆也是刻骨铭心的。在修辞上，作者是照实写来，弗之的恐惧不安、胡思乱想，都很逼真，表现出了作者高超的现实主义手法。一句“勿使蛟龙得”，终将解释这个人物的一生。这便是他与江昉的根本区别，命运的走向因此变得可测了。

与之有联系的是，冯友兰先生亲历过被捕事件，在他的《三松堂自序》等书中都有记载。1934 年，冯友兰先生访问苏联之后，对苏联大加赞赏，因此被莫名其妙地关进保定公安局，几天后才得以释放。应该说，这一事件对冯友兰先生此后政治、哲学的立场意义重大，是一个分水岭。他由此开始认同辩证唯物主义，有名的“正反合说”即是之后的哲学观点。

因叙述者对这个人物的情感以及人物所承担的“知识分子主题”，有一些描写显得用力过猛，过于生硬地拔高。比如弗之一家去素初家拜寿，亲人团聚，忽然说到鸦片烟，弗之将话题接过，发挥道：

“若说鸦片是一种武器也可以，”停了一会儿，弗之笑道，“只是这枪口是向内的，我们真的秘密武器是中华民族不屈不挠的精神。只管向前，永不停止；御外侮，克强敌，不断奋斗，是我们的历史。《易经》上乾、坤两卦的象传，有两句话：

① 宗璞：《东藏记》，第 282 页。

天行健，君子以自强不息；地势坤，君子以厚德载物。这是对乾、坤两卦的一种解说词，也是古人的人格理想。君子要像天一样永远向前行走，像地一样承载一切，包容一切。”①

因这一大段并没有上下语境，显得非常突兀生硬，情绪也不在恰当时候。如果作者此时借机幽默一把，轻微地反讽一下人物的不知场合，反而更真实了。然而，下文却是大家都受到感动，这一段就硬生生成了带有说教意味的演讲。只可惜演讲的场合是亲人团聚的家宴。也许对叙述者来说，这些涉及形而上的庄严话题是不能拿来说笑的，但有时一味庄严崇高，不分场合，也会显得不真实。“普鲁斯特对发散性和部分自我否定的人物形象的描绘，被经常称赞为逼真地呈现人类自身的不一致性和矛盾性。”②人物形象应该是多维的，不能简化为单维的、单一的功能。这也就是为什么弗之看起来远不如钱明经、白礼文等更像小说人物。与前者比起来，钱、白都有着显著的个人性格特征。钱明经好色轻浮，白礼文则浇漓尢行，但有缺点的人几乎能立刻让读者认同他的真实性，一个古怪的人则常常是有趣的。如狄更斯笔下的人物，几乎都是性格怪僻偏执的人物。当然，坏人历来更好写，好人难写也是千古难题，连《白痴》中的梅什金伯爵也向来被认为不如他的邪恶的对手刻画得好。

叙述者关于孟弗之的真实“心曲”，在《南渡记》第一章末尾插入的《野葫芦的心》中有集中倾诉。文章以孟的口吻讲了一个野葫芦的故事，似乎在揭示整部小说的题旨。虽然小说中是孟弗之向

---

① 宗璞：《东藏记》，第 25 页。

②［法］热拉尔·热奈特：《叙事话语·新叙事话语》，王文融译，中国社会科学出版社 1990 年版，第 182 页。

孩子们说的，但读者都会认为这是在向读者倾诉。

“许多事情让人糊涂，但祖国这至高无上的词，是明白贴在人心上的。很难形容它究竟包含什么。它不是政府，不是制度，那都是可以更换的。它包括亲人、故乡，包括你们所依恋的方壶，我倾注了半生心血的学校，包括民族拼搏繁衍的历史，美丽丰饶的土地，古老辉煌的文化和沸腾着的现在。它不可更换，不可替代。它令人哽咽，令人觉得流在自己心中的血是滚烫的。”①这一段文字历来被研究者引用，被认为是整部小说抗日爱国情怀的集中体现。接着又有一段，从祖国倾诉到自己，孟弗之自我剖析道：“我其实是个懦弱的人，从不敢任性，总希望自己有益于家国、社会，有益于他人，虽然我不一定能做到。我永远不能洒脱，所以十分钦佩那坚贞执着的秉性，如那些野葫芦。”最终回归题旨——野葫芦。

“野葫芦”到底喻指了什么？刘心武在《野葫芦的梦》中说：“葫芦在野，本非中心人物，又怎能要求它们过高？葫芦其实常与糊涂通解，从野处望中心，许多事让人糊涂（难得糊涂！），但在维护一种自源头而来的文化这样的关键问题、大是大非上，野葫芦又的确是极坚韧坚贞坚强坚毅的。”野葫芦象征着那些不在权力中心的知识分子，他们宁愿在边缘生机勃勃地守护着自己的文化价值。这就是孟樾的心曲，也是整部小说的知识分子主题所要表达的题旨。当然，孟弗之也向萧澂表达过：我的抱负是学问与事功并进。这就是绝大部分知识分子的矛盾，简而言之就是入世与出世的矛盾，是千百年来困扰着知识分子的永恒难题。

在《北归记》接近尾声时，叙述者还是忍不住让孟弗之亲上讲

---

① 宗璞：《南渡记》，第 39 页。

台讲了乌台诗案。结合小说内外来看，这个细节似乎在辩解着什么。“大才如苏轼，也不得不这样说，而且是这样想的，这是最最让人痛心的。千百年来，皇帝掌握亿万人的命运。国家兴亡全凭一个人的喜怒。一个人的神经能担负起整个国家的重任吗？神经压断了倒无妨，那是个人的事，整个国家的大船就会驶歪沉没。”[①]冯友兰先生在 64 岁时写了《四十年的回顾》一书，时在 1959 年，对自己早期学术生涯进行了自我否定式的检讨。另有一些关涉“文革”的公案，是近年来冯友兰先生遭到批评的原因。结合这些文本外的事件，我们才能真正理解，作者为何要这么写。

把人物线索拣出来，会发现一些形象是围绕着孟樾而设置的。钱明经的浮浪衬托出孟樾的端方；萧澂、李涟的右倾跟孟樾的左倾形成对比；在更加激进的江昉那里，孟樾又代表学校的官方正统立场。《北归记》中出现的社会学家刘仰泽，是继江昉之后新的政治激进派。他在云南考察时跪在了原始部落头人恫吓的刀前，在屠刀面前，谁的表现都好不了——这是对孟樾被抓的衬写。白礼文浇漓无行，却一再受到孟樾的提携赏识，孟樾对尤甲仁也同样爱才，这写出了这个人物的爱才与宽厚。对这一对夫妻过于直白的挖苦揭露，一反作者含蓄温和的文风，实在像是对这一对夫妻有极深的心结。塞米利安曾说，一个作家最喜欢的和最恨的人往往写得最好。从这个角度来说，这一对人物的有些细节显得较为生动。跟庄卣辰、李涟等在 1949 年的“走”对比，孟樾是“留”的一方。这大关节的选择，昭示出他的爱国情怀，从而完成了从《南渡记·野葫芦的心》开始的人物形象塑造。

到《北归记》为止，孟弗之的形象就这样完整地呈现了。作者

---

① 宗璞：《北归记》，人民文学出版社 2019 年版，第 221 页。

记史实录的写法致使作品中的虚构成分较少，也因太重“史”录，形象缺乏集中性以及戏剧性。大喜大悲、跌宕起伏之类的美学风格并不是“四记”的特点，但读者却收获了当代知识分子文化史的深刻内涵。

原载《南方文坛》2021年第2期

《野葫芦引》的话语时间及与《火》的比较

一、《野葫芦引》的话语时间

对《野葫芦引》来说，事件时间与话语时间之间的关系，也许是一个有意义的观察点。小说的事件时间是1937年至1949年。小说的话语时间，基本可以指作家完成这四部小说所用的三十三年（1985—2018）。这个话语时间，既包括“四记”写作的物理时间，也包括这段时期内宗璞所处的时代背景，其间的文化氛围、思潮事件、哲学理念等，都可能对她的写作构成影响。

宗璞在多个访谈中谈到，《野葫芦引》的写作念头是20世纪50年代便开始有的。六七十年代，宗璞基本停止了小说写作（只有《后门》《弦上的梦》《我是谁》等几个短篇）。在1984年的长篇小说座谈会上，时任人民文学出版社社长的韦君宜对她说：“你已写了很多短篇和中篇，写作上已做好准备，可以开始写了。”[1] 于

---

① 北京晚报：《不可能完成的小说》，见 http://bjwb.bjd.com.cn/html/2019-11/29/content_12432467.html。

是，有了《野葫芦引》四卷。

《野葫芦引》第一卷《南渡记》动笔时，宗璞已年近六旬，其之前的成名作、代表作如《红豆》《紫藤萝瀑布》《三生石》《弦上的梦》《我是谁》《泥沼中的头颅》等，在业界及读者层面都颇有影响力。

一方面是因为韦君宜对宗璞发出了长篇约请，另一方面，必定是出于作家写作这部长篇的动机和愿望，《南渡记》第一、二章以《方壶流萤》《泪洒方壶》为题，在《人民文学》1987 年 5、6 月号连续发表，当时总名为《双城鸿雪记》。后来因为朋友们不喜欢这个名字，便改为《野葫芦引》。宗璞对此名的解释是：葫芦里不知装的什么药，何况是野葫芦，更何况不过是“引”。值得注意的是，尽管书名由《双城鸿雪记》改为《野葫芦引》，四卷的分卷名仍都有一个“记”字。从文体学的意义上来说，这昭示着这部长篇小说的自传体、编年史或回忆录等非虚构元素所占的比例，尽管作者说：“我写的是小说，不是历史，很多东西是虚构的，对号入座、穿凿附会，是会自寻烦恼的。要照我的想法呢，我觉得这个小说还是能表现那个时代的精神的。”①

那么，宗璞开始《南渡记》创作的 1985 年是个什么年份呢？在当代文学史上，1985 年无疑是一个特别的年份。人们将此年誉为“方法年”。② 钱理群在论及“二十世纪中国文学”时也多次提到 1985 年。陈平原说过：“回头看八十年代学术，一九八五年以前和以后，是两回事。……我的感觉是，一九八五年，整个京城文化

① 吴舒洁：《宗璞：野葫芦引》，见 http://www.why.com.cn/epaper/webpc/qnb/html/2018-06/17/content_62438.html。

② 见洪子诚：《中国当代文学史》，北京大学出版社 2007 年版，第 202 页。

界，全都‘蠢蠢欲动’，不，是‘跃跃欲试’。”①

根据现当代文学大事年表，1985年，在当代文学史上具有标志性意义的作品呈集中式爆发，包括（以时间先后为序）：阿城的《孩子王》、马原的《冈底斯的诱惑》、刘索拉的《你别无选择》、王安忆的《小鲍庄》、莫言《透明的红萝卜》、韩少功的《爸爸爸》、残雪的《山上的小屋》、韩少功的《归去来》、徐星的《无主题变奏》、刘心武的《5·19长镜头》、张贤亮的《男人的一半是女人》等。

这一年，不但出现了“寻根文学”的代表性小说，作家们还提出了鲜明的关于文学寻根的主张。韩少功《文学的根》、李杭育《理一理我们的根》、郑万隆《我的根》等文章，将文学寻根的创作推进为文学思潮，标志着作为文学流派的“寻根文学”的产生。

这一年，还可以说是先锋文学年。马原、刘索拉、徐星、莫言、残雪等带有强烈先锋文学色彩的作家纷纷亮相登场。这一波浪潮汹涌漫延至90年代，余波甚至维持到新世纪，产生了当代文学最前沿的一批作家及作品。

这一年，第二届茅盾文学奖颁奖大会在京举行。李凖的《黄河东流去》、张洁的《沉重的翅膀》、刘心武的《钟鼓楼》获奖。仅仅几个月之后，1986年3月，王蒙的长篇小说《活动变人形》发表。

“到80年代，确实写作比较自由了。很早以前就想要写昆明那段生活，写抗战时期我的经历、所见所闻。我九岁的时候抗战开始，跑到昆明去，这对一个人的影响确实很大，我的记忆非常清晰。50年代我就想写，可是那个时候，就算我很坚持按照自己的‘本色’来写，也肯定会受到社会思想的制约，不可避免地会写得

---

① 查建英：《八十年代访谈录》，生活·读书·新知三联书店2005年版，第126页。

很概念化。所以，有时候事情拖一拖，倒也不一定完全是坏事。”①

这部50年代就想创作的长篇，终于等到了1985年。宗璞所说的“80年代，确实写作比较自由了”的“自由”体现在哪里呢？80年代是一个启蒙话语的时代。思想解放大潮、“新启蒙主义”思潮的推动，知识分子启蒙主体地位的确立，使得不论是伤痕文学、反思文学、改革文学、寻根文学、先锋文学，还是所谓新历史主义小说等，无不体现出文学创作中的“启蒙”色彩。新时期之初的80年代，人道主义无疑是文学创作及批评话语中关于启蒙主题的聚焦点，也是启蒙话语的理论资源。而这一切思潮的背后，仍然是困扰了中国百年的“现代化”核心命题。新时期的启蒙话语使人自然联想到“五四”的启蒙资源，从而使被中断了的启蒙主题以及现代化历史使命，在理论及文学创作的实践中延伸。

再来看1985年前后当代文学创作的总体描述。在经历了伤痕、反思、改革文学等创作潮流之后，有的作家沿着徐迟等倡导的“文学的现代化即等于文学的现代派化”的路，有的则像韩少功等人那样，转而从本土文化资源中寻找文学的根，无形中强调了文学的民族化。以刘索拉、徐星、残雪、余华、马原、莫言、苏童、格非等为代表的一批作家，则借鉴西方现代派或拉美魔幻现实主义的表现手法，对文学的形式进行了革命性的探索和实验，形成影响深远的先锋文学。

作为“归来”的作家，宗璞似乎与1985年的各种文学流派、思潮没有发生直接的关联。这一年，宗璞只发表了两篇小说。一篇是《青琐窗下》(《人民文学》8月号)，一篇是《泥沼中的头颅》

① 吴舒洁：《宗璞：写作对我来说像春蚕到死蜡炬成灰那样自然》，见 http://www.chinawriter.com.cn/n1/2018/0620/c405057-30067372.html。

（发表于一个不怎么知名的刊物《小说导报》第10期）。后者先后被上海文艺出版社1986年9月出版的《探索小说集》、上海社会科学院出版社1988年10月出版的《中国意识流小说选（1980—1987）》、北京师范大学出版社1989年2月出版的《荒诞小说选萃——褐色鸟群》选入。

在宗璞80年代发表的作品中，比较重要的分别是：1980年的《三生石》《米家山水》《心祭》《鲁鲁》，1981年的《蜗居》《团聚》，1982年的《核桃树的悲剧》，1983年的《谁是我》。1984年则除了一些散文、童话及研究论文，没有小说问世。

从这五年的创作来看，可以大致分析出宗璞的思想历程。

1980年，是宗璞创作非常活跃的一年。作为一个停笔多年的作家，宗璞似乎有太多的话要说。因1957年的《红豆》被收入《重放的鲜花》一书，她也被归为“归来”的一代。这些“归来”的情绪和思想凝结在《三生石》《米家山水》《心祭》《鲁鲁》里。《三生石》与当时的伤痕、反思文学相比，在人道主义话语建构上的思考与渲染显然更加深刻，艺术表现也更臻精湛。宗璞借梅菩提之口说：“我的心早变得太世故，发不出光彩了。有肝硬化，也有心硬化、灵魂硬化，我便是患者。”[①] 这种反思和控诉是沉重而深刻的。在这种反思之上，《三生石》着重表现了人与人之间的温情与爱，对在最严酷的环境下仍有无私的友情的感戴。《鲁鲁》则描写了战争岁月中，父亲、母亲、小姐弟与失去亲人的小狗鲁鲁组成亲情家园的故事。这篇无法确定是小说还是散文的作品，被认为是宗璞作品中最感人泪下的精品。为什么一篇写动物的文字获得了读者的广泛认同和喜爱？宗璞的《鲁鲁》受到了屠格涅夫《木木》的启发。

---

① 宗璞：《宗璞文集》（第2卷），华艺出版社1996年版，第430页。

都是写动物，两者也都很成功，但所倚靠的文化资源却是不同的。宗璞在创作《鲁鲁》时，她所一直浸淫的中国传统文化给了她天然的营养。儒家的“忠”和“天人合一”的思想，早已贯穿于创作主体的情感世界。读者会为鲁鲁对小姐姐的忠而感动。所谓“天人合一”的其中一义，就是重和谐，人与自然、与自我、与天地万物要取得和谐关系。当鲁鲁最终失去了姐姐这个主人，多次挣脱绳索追寻千里，最后只能坐在瀑布前久久哀号。这是一个悲剧。鲁鲁之所以是一个悲剧角色，是因为它失去了好不容易才拥有的和谐世界。对姐姐来说，同样如此。这是中国人内心深处看重的一种价值。所以，读者的情绪在此时也达到了最高潮。这篇作品体现出中国传统文化对作家主体的塑造。

《米家山水》则讲述了沉浸在艺术境界，救赎自己与他人，忘记人与人之间的仇恨争斗，回归宁静的人性的故事，是“夫子之道，忠恕而已矣”的具体写照。

《蜗居》《谁是我》《泥沼中的头颅》延续着1979年《我是谁》的主题，继续着宗璞自谓“内观”式写法的突破。看上去是荒诞、夸张等变形手法的应用，其实却与卡夫卡式荒诞有着本质的区别。即使是意识流动的手法，也与伍尔夫、乔伊斯、普鲁斯特等的不同。宗璞的意识流有着强烈的、明确的理性旨归，表现的是人在极端环境下疯狂、恍惚的意识和行为，其实质是焦虑与伤痛。依然是对刚刚过去的那个人妖颠倒的时代的控诉与反思。倾注的是当时思想界、知识界都高举的人道主义启蒙思想。宗璞带有强烈感情色彩的召唤，突出了“人”的主题，“只有‘人’回到了自己的土地，才会有真正的春天”①。

---

① 宗璞：《宗璞文集》(第2卷)，第125页。

1982年对宗璞来说是一个难忘之年。这一年发生了两件大事，一喜一悲。喜的是冯友兰获邀访美，被美国哥伦比亚大学赠予名誉博士学位。除了学术成就再获国际认可，宗璞一家人更感振奋的是，“据我们的小见识，以为父亲必须出一次国，不然不算解决了政治问题”。这对三十多年来都在检讨和被批判的冯友兰来说，意义重大。尽管冯先生当时的身体已经很虚弱，“总算活着出去，也活着回来。所获自不只政治上争了一口气和一个名誉博士”①。对父亲名誉的关切，成为宗璞创作心态之一种，在“四记”中有着明显的心理痕迹。

悲的是，宗璞的小弟去世，仅在陪父亲访美归来后一个月内。宗璞与小弟自小一起长大，感情深厚，这件事对宗璞的打击很大。她写了《哭小弟》的纪念文章。在之后的《野葫芦引》长篇中，宗璞也通过“小娃”——“孟合己”这个形象纪念着自己的亲人。1983年至1984年里，因小弟的过世及自己身体多病，宗璞的作品数量很少，除了小说《谁是我》，没有发表重要作品。1985年的《青琐窗下》似乎是《南渡记》的某种前奏。这篇表现80年代知识分子生活的小说，提出了一个在大学校园里的永恒悖论：知识分子是搞专业还是做官？就连“青琐窗”，都是一个具有双重意味的意象：“这窗不挡风，却很好看……这种雕窗雅号青琐，《世说新语》中有‘于青琐中窥之’的句子。”②知识分子从事的是形而上的工作，在实际生活中，可能也像这种不挡风的青琐窗一样。小说还透露出类似于“旧家子弟”的生活细节。比如：“她曾是李先生的受业弟子，结婚已四十余年，还是不改尊师的旧称呼。而且对有些

---

① 宗璞：《宗璞自述》，大象出版社2005年版，第12页。

② 宗璞：《宗璞文集》（第2卷），第229页。

‘出身’学生的夫人直呼师长大名，一直采取腹诽的态度”。[①] 这篇小说透露出的信息，都与即将开始的，或已经开始的《南渡记》的写作，有着某种情绪和氛围的联系。这篇小说也是宗璞的伦理道德观的体现。

宗璞是归来的一代，但她的阅读、创作谱系却与张承志、张炜等“归来”作家不同，后者主要受到俄苏文学和批判现实主义文学的影响。纵观宗璞的文学创作活动，以及她的一些文学研究类文章，会发现她更多地受到欧美作家的影响，比如曼斯斐尔德、波温、哈代、卡夫卡、伍尔夫（她曾经准备写一部伍尔夫评传，因创作《南渡记》而放弃了）等。当然，作为“归来”一代，她有着那一代作家普遍的文化情结，即对理想、信念、崇高的追求，对重大题材、形而上的天然关注，对文学载道的厚望。

那一代“归来”作家，动辄是用“我们”来说话的，经常可以看到“归来”作家们用“我们的国家”“我们的民族”等关键表述；到了先锋文学时期，先锋作家们好像一夜之间就切断了自己同社会政治、民族国家、文化传统间的联系。在这一点上，宗璞保持了“归来”作家的特点。在《野葫芦引》的创作中，可以明显看到作家所要彰扬的爱祖国、爱思想等情怀。但宗璞所承“五四”一脉的文学传统，在个人、个性主义上，与 90 年代先锋文学的潮流合流了。

20 世纪 80 年代中后期，先锋文学达到了巅峰状态。进入 90 年代之后，先锋文学在市场经济大潮的冲击下，逐渐难以为继。即使不谈影视文化和通俗文学的冲击，传统现实主义文学审美形态的顽强反扑，适应读者的新写实小说以及新生代的快速崛起，都

① 宗璞：《宗璞文集》（第 2 卷），第 227 页。

使先锋文学寿终正寝。然而，不可否认的是，先锋文学留下了丰厚的遗产。先锋小说之后的当代小说明显烙上了它的印记，比如注重形式、语言为本体、追奇猎新等。宗璞自1957年初登文坛的《红豆》起，就是一个个人话语风格突出的作家，尽管她主观上愿意融入大众话语，但实际操作中总是难以“改造”彻底，小布尔乔亚情调、知识分子话语似乎始终伴随她的写作。宗璞开始创作《野葫芦引》的时间，正是先锋文学的鼎盛时期。没有证据表明宗璞跟先锋文学有什么直接关系，但不可否认的是，在当时的时代语境中，在1985年的“方法年”里，宗璞通过《野葫芦引》返归了自己的“根”——多年来创作的主题：知识分子题材和校园生活。由此，在时代思潮与文学氛围里，她不可避免地与当时红极一时的寻根文学产生了联系，又因一以贯之（不同时期有程度强弱之分）的个人话语，与先锋文学的个人主义汇合。

概言之，20世纪80年代以来，宗璞的话语背景的大致轮廓为：作为“归来”一代的作家，怀抱强烈的家国情怀和对形而上的天然关注，从改革开放初期百废待兴时呼唤“改变这凝固的历史”[①]开始，到《三生石》等超越伤痕文学的控诉，用温情、友情和爱，对人与人之间的心硬化、灵魂硬化提出疗救。其间也因国内现代派方法的勃兴而创作了《我是谁》等意识流作品，参与了当代文学人道主义话语的建构，是较早尝试现代派手法的作家。1985年，宗璞开始回归“旧家子弟”、知识分子本位的历史记忆，与当时占主流思潮的寻根文学、先锋文学产生时代氛围的联系，并由此开始了长篇小说《野葫芦引》第一记《南渡记》的创作。

---

① 宗璞：《我生命中的那些人物》，东方出版中心2017年版，第35页。

二、事件时间及与《火》的比较

《野葫芦引》是时隔几十年，对抗日历史事件的回忆之作。正如作者所言，她获得了一个比较好的距离。如果找一部抗战时期创作的长篇小说，巴金的《火》会是较为合适的比较对象。热奈特区分叙述为同步的、回顾的、预期的以及插入的四种方式。①《野葫芦引》属于“事后讲述”，即回顾的；而《火》则属于“事中讲述”，即同步的。《野葫芦引》的作者、读者都知道抗战的结果是中国终于战胜了日本侵略者，而巴金创作《火》的年代（1940—1943），正是抗战最艰苦卓绝的时段。那时，抗战能否最终胜利还是未知的。钱穆于1940年出版了《国史大纲》，“治国史之第一任务，在于国家民族之内部自身求得其独特精神之所在”，在当时的情势下，他希望中国的民族抗战能从这样一部张扬中国传统文化精神的著作中汲取力量。余英时誉其“一生为故国招魂”。出于相似的目的，冯友兰建构了其哲学体系的“贞元六书”：《新理学》《新事论》《新世训》《新原人》《新原道》《新知言》。在《三松堂自序》中，冯友兰如此总结自己在抗战中的著述：“颠沛流离并没有妨碍我写作。民族的兴亡与历史的变化，倒是给我许多启示和激发。没有这些启示和激发，书是写出不来的。即使写出来，也并不是这个样子。这六部，实际上只是一部书，分为六个章节。这一部书的主要内容，是对于中华民族的传统精神生活的反思。”②

巴金在炮火中辗转大半个中国逃难，心中的愤怒与屈辱、恐惧与忧虑，使他不可能与作品保持足够的距离，绝对谈不上创作的冷

① ［法］热拉尔·热奈特：《叙事话语·新叙事话语》，王文融译，中国社会科学出版社1990年版，第12—70页。

② 冯友兰：《三松堂自序》，江苏文艺出版社2011年版，第228页。

静，形势也没有给他更多的时间来进行反复仔细的艺术构思。作家创作这样一部现实主义长篇的目的，正是要鼓动起全国抗日的情绪。在《火》第一部的后记中，巴金写道：“我写小说，不仅想发散我的热情，宣泄我的悲愤，并且想鼓舞别人的勇气，巩固别人的信仰。我还想使人从一些简单的年轻人的活动里看出未来中国的希望。”[①] 在《火》三部曲中，巴金借人物之口反复强调说：“这次是全国抗战，全民抗战”，“在这个大时代中每个中国人都应该贡献自己的全部力量”。抗战时期的巴金，与那时的知识分子所焦虑的问题相同，那就是“在探索，我们民族力量的源泉”[②]。

如果我们翻开抗战时期的作品，会发现它们在艺术表现上普遍存在较为粗糙的问题。巴金写于1980年的《创作回忆七》，开篇第一句话就是：“《火》一共三部，全是失败之作。”[③] 巴金在《火》的每一部后记中都有对于作品不成功的告解。“我承认这本小书不是成功的作品。它的罪名应该是‘草率’二字。但是我想，倘使我再有两倍的时间，我或许会把它写成一部比较站得稳的东西。书下的注又补充说明，其实这种说法也不对。主要问题还是我的生活面太窄，我对自己想写的东西知道得太少。”“我开始写这本小说的时候，我那位年长的朋友逝世不过两个多月。我们曾在一起共过患难（见《旅途通讯》）的，我们之间有深厚的感情。这感情损害了我的写作计划。说实话，我设身处地替他想得太多了。”这个朋友，指的是林语堂的哥哥林憾庐。巴金眼看着这个年长的朋友在自己眼前死去，令他忍不住将这个人物写进小说，成为第三部的另一个主人

① 巴金：《火》，福建人民出版社1985年版，第171页。

② 巴金：《关于〈还魂草〉》，收入巴金《创作回忆录》，人民文学出版社1982年版，第116页。

③ 巴金：《火》，第1页。

公。巴金到1980年写《创作回忆》时仍写道："我至今怀念他。"[①]

正是这种"替他想得太多"的构思上的偏离，以及抗战文学所特有的"不稳定性"，导致长篇小说叙事上的散碎。抗战时期的作家，由于自身尚在颠沛流离之中，艺术构思随着生活环境、处境和遭遇的变化而变化，最终使作品呈现出不稳定性。与《野葫芦引》相似的是，《火》三部曲也不是在同一时期内写成的。"在不同时期，我的思想也在变化"，况且，"几十年来，我不断地修改自己的作品"，这也使得这种不稳定性因素加强了。比如1960年，巴金修改了《火》第三部的结尾。原来的结尾是他以郑苹如刺杀丁默邨事件为原型，传出朱素贞为报爱人刘波之仇，谋刺丁默村的消息。他当时的想法是，那个年轻女人（指郑苹如）都能英勇牺牲，说明中国人抗战到底的决心。他将郑苹如的一些影子安在了朱素贞身上。但后来改的结局是，"刘波与朱素贞都活起来，让人们想到这几个朋友将来还有机会在前方见面"[②]。这样的结局，显然是受到当时意识形态的影响。好在，作家只是改了这个结尾，整体氛围、其他主要人物的故事都未大动。

由于巴金创作《火》时，正身陷战时，在对战时气氛、心理、背景的真实还原上，有着天然的优势。"四年前上海沦陷的那一天，我曾经隔着河望过对岸的火景，我像在看燃烧的罗马城。房屋成了灰烬，生命遭受摧残，土地遭着蹂躏。在我的眼前沸腾着一片火海，我从没有见过这样大的火，火烧毁了一切：生命，心血，财富和希望。但这和我并不是漠不相关的。燃烧着的土地是我居住的地方；受难的人们是我的同胞，我的弟兄；被摧毁的是我的希望，我

① 巴金：《火》，第12页。
② 同上书，第11页。

的理想。这一个民族的理想正受着熬煎。我望着漫天的红光，我觉得有一把刀割着我的心，我想起一位西方哲人的名言：‘这样的几分钟会激起十年的憎恨，一生的复仇’。我咬紧牙齿在心里发誓：我们有一天一定要昂着头回到这个地方来。我们要在火场上辟出美丽的花园。我离开河岸时，一面在吞眼泪，我仿佛看见了火中新生的凤凰。”“祖国永不会灭亡……贯穿全书的思想就是海涅的这个名句。”①

这是与小说三部曲《火》基本同时的散文《火》中的片断，从中我们看到情感的浓度和饱和度。这种情感，正是《火》的情感底色。这种痛切的爱与恨，是当时每一个中国人的心理底色。因此，我们在《火》中不难看到抗战时中国人总体精神面貌的真实反映。《火》中的知识分子如冯文淑以及她的战地活动团成员，对走到人民中间去满怀新奇和兴奋，觉得人的力量扩大了，不再是一个人单打独斗。到了《火》的第二部，冯文淑和她的战友们活跃在战地乡野，他们热情，相互之间充满友爱。尽管作家也写到几个充满“个性”的人物，比如，相比较冯文淑、周欣的识大体、顾大局，王东的小知识分子缺点突出。团队之中也经常发生一些争辩。但青年们投身抗战的情绪是饱满的，真实的。作家用一种对青年的赞许目光来描绘他们。通过对这些形象的塑造，来表现在那个特定历史条件下，青年与国家、社会、时代、历史，建立起主动的联系，将自己与集体、时代的命运紧密地联结在一起。这种情感是庄严的、神圣的，甚至从某种意义上说，时过境迁之后，这种情感是很难复制的。那时候的青年，怀着改造中国命运的使命感，是勇于牺牲、自我奉献的一群人。

---

① 巴金：《巴金散文》，人民文学出版社2007年版，第117页。

主人公冯文淑的故事，主要来源于巴金的爱人萧珊的经历。“冯文淑也就是萧珊。”[①]在《火》第一部中，巴金讲述了这个家境优渥的上海姑娘冲出家庭、走向抗日的过程。她感受到自己家庭之外“大的世界”的吸引，“只想做点事情”，而“不愿意闲着”。所以，她先是参加青年救亡团，到伤兵医院当护士，后来参加战地活动团。这个来自大上海的小姐，第一次被乡野的农民所感动，对他们产生了朴素的感情。她对自己的人生价值有了重新的认识，人生的意义得到升华：“即使这样死去，我也不算白活了。”那是一个壮怀激烈的年代。在这一群年轻人身上，读者确凿无疑地看到朝气和希望。尽管他们每个人都有自己的烦恼，也有性格上的弱点，然而，乐观、坚强是他们的共性，在他们身上，有着新世界的光明。

因此，《野葫芦引》与《火》有着同样的题材（抗日）、同样的事件时间（抗日战争时期）、同样的主题（爱祖国），两者有很多共通之处可以比较，但由于两者的创作时间相距近半个世纪，作品面貌及美学特征便呈现出很大的不同。

当然，两者的笔触也有不同侧重。《野葫芦引》中，除了《西征记》，其他三部主要在家庭、校园中盘桓；而《火》的活动场所则更为多变，所涉场景地点随叙事而变化。《野葫芦引》体量庞大，线索繁多，人物众多；《火》的线索相对集中，主要人物就是冯文淑、刘波、朱素贞、周欣等几个。《野葫芦引》的叙事分为两层，一层是父辈，包括吕非清等祖辈的事功，一层是子辈的学业与爱情；《火》的叙事主题，就是青年如冯文淑等在抗战期间的奋斗故事。《野葫芦引》因记史的叙事风格，人物是“群像型”的，举凡作家记忆中的人物，或是给她留下深刻印象的，或是当时确实存

① 巴金：《火》，第 3 页。

在的，或是为了衬托、围绕孟樾的，作家都给他们留下了笔墨；而《火》则是较为纯粹的小说叙事，尽管也存在散碎的问题，但叙事线索、主干情节却是清晰可辨的。《野葫芦引》的整体结构严格秉持起、承、转、合的四部曲结构，但每一部的叙事结构却是破碎的，情节是非连贯的，缺乏故事的内在统一性，呈现出晚期风格所谓的分裂与疏离。从文体风格来说，巴金的文字是写给青年的，充满激情与光明的色调；而《野葫芦引》的文体，则是追忆式的，遍布隐喻与暗示。《野葫芦引》的思想，以儒家的道德伦理为主，加入了西方的人道主义；《火》的思想主题，则是爱国主义与人道主义。巴金曾说："我的旧作中人道主义与爱国主义差不多占同样的地位。"①

《火》因为创作时间与事件时间同步，难以保持小说创作的审美距离，被认为并不是巴金成功的作品。但正如亚里士多德说，没有一个伟大天才的身上是不充满激情的。从巴金的作品序列看来，他正是一个充满激情的作家。而创作《火》二部曲时的巴金，最不缺的就是激情。激情是动力。如果说巴金的激情有时失之过多，情绪控制得不是那么准确，那么宗璞的《野葫芦引》则恰是其反面的极端：被晚期风格笼罩的《野葫芦引》明显缺乏激情，缺乏事件的叙述动力——抗战早已取得了胜利，叙事的悬念在作家、读者这里都已不存在。忧惧、愤怒、仇恨、热爱等，这些抗战期间人们的情感心理，此时都被别的心理面貌所取代。

《野葫芦引》因其记史、述史、传史的叙事动机，更兼作家"纳须弥于芥子"的美学主张，整体叙事并没有具有深层因果关系的主干情节。巨细无遗、逢事欲记的笔触，使得大事小事所占用

---

① 巴金：《火》，第 12 页。

的笔墨相当。还因宗璞一贯的白描手法，重点情节不事渲染，反而“节制”起来，致使作品风格有时更近于记录，而非小说。这种“百科全书”式的写法，也正是晚期风格的体现之一。作家的回忆性笔触，使她缺少文体应有的激情与紧张度。整体太平，没有矛盾冲突，情绪也是事后的，经过作者过滤，而缺乏“当时性”的真切与饱满。在爱情故事的叙述上，透散出垂暮之人的心态而非年轻人的状态，也即叙述者的状态与人物的状态无法保持同步。相反，巴金的《火》则将年轻人的冲动、激动、欢乐、痛苦写得如此逼真。因为那正是作者自己通过叙述者体现出的状态。

陈丹晨在其《巴金全传》中这样写道：“大家终于可以公开地自由地在报纸上，在街头大声喊出打倒日本帝国主义的口号……《火》正是这种时代精神的宣泄。”[①]巴金在《火》的第一部后记中写道：“老实说，我想写一本宣传的东西。”一方面，《火》具有这种鼓舞起全国人民共同抗敌情绪的宣传特点；另一方面，我们仍然要承认，《火》从多个侧面真实地反映了当时的社会现实，例如战时上海民众的生活，上海四行仓库保卫战以及上海最终沦陷的悲壮场面，国统区大发国难财的黑暗，等等。小说的有些内容，现在看来也是独立不羁的。比如第一部，主要是朝鲜志士刺杀朝奸的线索与冯文淑冲出家庭的线索的交织。朝鲜革命者的情节之所以占了主要部分，是因为安重根刺杀伊藤博文的事迹给作家留下很深的印象。但从三部曲的整体结构来说，这一线索是离心的，故事像一块飞地。中国人抗日与朝鲜人革命，毕竟联系不大。

由此，对两位作家来说，相同的抗日题材，题旨却是不同的。《火》重在宣传的修辞效果，以文字激发起国人抗日的热情与信心；

---

① 陈丹晨：《巴金全传》，中国青年出版社 2003 年版，第 217 页。

《野葫芦引》则从文化意义、文人小说的价值上，表现出自己的魅力。《火》胜在真实地还原了当时的战争氛围，从外在的场景、环境，到人物的思想、性格，《火》将当时的中国人尤其是年轻人的心理、情感呈现得较为真实；宗璞则获得了一种后视的从容视角，使她有“余裕”经营自己的语言和叙述。

原载《小说评论》2020 年第 2 期

论宗璞小说中知识女性的道德守望

冯至曾评论说，宗璞笔下的女性和孩子，都写得“性格多样，生动自然”。[①] 即使不是作者着力塑造的女性，相比较男性而言，也都显得更有生气、更有个性。多年创作童话的宗璞，写起孩子们，自然更是“本行本色”了。

时隔近三十年，《野葫芦引》中的女主人公嵋，正如《红豆》中的江玫，又一次站到了十字路口：“嵋觉得自己正站在一个十字路口，一方面是无因在召唤她，一方面是她实在舍不得爹爹和这个家，也不愿错过新时代的变化。”[②] 从江玫到嵋，是真实时间流逝的近三十年（1957—1985），从嵋到江玫，是叙述时间回溯的近三十年，历史仿佛又回到了起点。旧家淑女嵋或江玫们，仍然站在爱情的十字路口艰难地选择。

近三十年之后，宗璞对这个爱情故事进行了重写。嵋仍然没有选择无因，如同江玫斩断了与齐虹的情丝。没有选择的原因，不再

① 冯至：《〈南渡记〉读后》，见人民文学出版社编：《宗璞文学创作评论集》，人民文学出版社2003年版，第157页。

② 宗璞：《北归记》，人民文学出版社2019年版，第201页。

是代表革命、人民的“我”与资产阶级少爷的阶级矛盾、道路矛盾，而是要成全一个旧家淑女内心深处的孝道，以及向往新中国的理想主义。

《北归记》中，由于父亲得肺炎，嵋一再拖延与无因的团聚，直至最后放弃出国。早在《南渡记》中，叙述者就暗示了嵋和无因爱情的无果。嵋丢掉了无因赠送的萤火虫手镯，这个细节预示着两人最终离散的结局。当嵋在亲情与爱情之间必须做出选择的时候，她选择了亲情。很难想象，一个正值青春期的女孩，会做出这个痛苦的选择，与爱人天各一方，了断情缘。她不必非如此不可，父亲还有小娃照料，肺炎也不是绝症。使她留下来的是“不忍”，情感上不忍心抛下老父。在中国人的人伦观念中，“孝”比爱情重得多。还有一种“爱”，是叙述者寄寓在这个人物身上的，那就是爱祖国。这成为一种隐在的思想背景——她不能去国离乡。这些综合因素，使嵋选择了与亲情和祖国在一起。

由此，嵋与雪妍形成比照，形成善与善的冲突（潜在的）。雪妍纯情浪漫，一心扑向爱情的怀抱，这并没有什么可指摘的。但雪妍与父亲断绝关系，是在奔向卫葑之时，不排除是为了与卫葑的进步相匹配。凌京尧不得已成了汉奸，但父亲总归是父亲，父亲是爱她的。雪妍如此柔弱，却经受着最残酷的人性考验。她辜负了亲情，早夭是一种平衡，也是一种解脱——作者不愿她钟爱的这个人物永远生活在背弃亲情的道德缺陷中。通过这两个人物对待爱情的态度，两种价值观的冲突凸显出来。在叙述者这里，嵋代表着压倒性的伦理价值观。

傅斯年曾经对胡适说：“我们的思想新，信仰新，我们在思想方面完全是西洋化了；但在安身立命之处，我们仍旧是传统的中国人。”胡适认为“此论甚中肯”。如果说傅斯年此论主要针对男性知识精英而言，那么，对于宗璞小说中的知识女性来说，这段话也是成立的。

早年曾在北平女师大当体育老师的新知识女性唐筼，在成为陈寅恪先生的妻子以后，就在家相夫教子，成为一个传统的贤妻良母。“陈美延（陈寅恪之女）记得，1947 年 4 月 27 日，清华 36 周年校庆，也是抗战后返回清华园的第一个校庆，清华进步女生以妇女如何为社会贡献力量，采访一些师母。唐筼实话实说：‘妇女为家庭做出贡献也很重要……’立刻被伶牙俐齿的采访女生当场批驳。可是唐筼女士并不为之所动，这位大家闺秀的人生展示了新潮流下旧价值并非全无意义。”[①] 其实当时像唐筼这样选择在家相夫教子的知识女性，并不在少数。这个问题放在今天，也许都不成其为问题。但在“五四”之后的中国，似乎新女性必定不能如此秉承传统，必须与传统决裂，才能证明女性的独立价值。

宗璞的母亲，冯友兰的夫人任载坤，毕业于当时女子教育的最高学府——北京女子师范大学。她亦是一位传统意义上的女性，宗璞对这一类女性给予了很高评价。《野葫芦引》“四记”中，描写了几位这样的师母、太太，作为传统“女主内”型的形象，最典型的如碧初，贤惠、识大体，国难当头之际，贡献自己柔韧的力量，维持家庭的存续。在《西征记》中，宗璞借玮玮的日记表达了这样的意思：“中国妇女虽然在封建压迫下，却具有真正的伟大。她们貌似柔弱，却极有韧性，这也是水的特点……”[②] 从《野葫芦引》看来，宗璞对女性坚守传统道德中正面、积极的方面是充分肯定的。

如果说，嵋或江玫带有作者自我投射的色彩，作者会不自觉地

---

① 唐小兵：《动荡时代的书香门第》，见《书架上的近代中国》，东方出版社 2020 年版，第 180 页。

② 宗璞：《西征记》，人民文学出版社 2009 年版，第 46 页。

对这些人物形象进行道德方面的修饰，那么，凌雪妍同样作为旧家淑女，显得更像小说人物。凌雪妍是益仁大学法文教授凌京尧的爱女，是出身书香门第的大家闺秀，也是叙述者偏爱的人物。雪妍和卫葑的爱情，在《南渡记》中是一个重头戏。叙述者花了大量笔墨，铺垫细描了两人爱情的发生和发展，以及中间的曲折和矛盾。但雪妍的结局却是青春夭亡，地点在落盐坡（落雪坡）。这个地名影射了雪妍的名字，在他们安家落盐坡时，命运就已被安排了。

雪妍温柔聪慧，纯情善良。作者是这样描写她的："我在看一本英文小说，《小妇人》。我喜欢那三姑娘，娴静的，充满爱心的佩司。"[①] 人物喜欢什么人，寓意着她就是那种人。事实上，雪妍确实被塑造成与佩斯一样的充满爱心的人。叙述者在这里提到雪妍喜欢佩司，有深意存焉。佩司最终坦然面对死亡，与雪妍滑落落盐坡何其相似。"四女占蜡"一节，亦是雪妍的那支白蜡最先被吹灭，暗示着她的早夭。

雪妍与父亲断绝关系，便在伦理上失了"孝"一节。对严格秉持传统伦理道德观的作者而言，这个结局是一种隐晦的惩罚。作者不欲这个她喜爱的人物背着不孝的名义活在世上，因此安排了她的早逝。另一层更深的寓意是，雪妍是旧历史的象征，也是旧时代旧秩序的遗产。她象征着旧时代里最精致也最脆弱的价值理想。她的高贵与吕香阁的低贱相对，高贵者的生命力远不如低贱者顽强。一白一黑的对峙，也以白的早夭告终。

为了加剧雪妍的悲剧性，作者安排她在临死前，尚被姚秋尔谣言中伤："雪妍从刻薄巷出来，绕进蹉跎巷，又气又伤心，脑子里像是塞满了杂草，又胀又痛。这些人太卑鄙了，居然把李宇明说成

---

① 宗璞：《南渡记》，见《宗璞文集》（第 3 卷），华艺出版社 1996 年版，第 99 页。

轻薄子弟，好像和她有什么私情似的。看来学识丰富的人不一定心地高贵。人还是太笨，竟没有一条法律能有效地惩治造谣诽谤者，一任谣言的毒汁伤害别人。”[①] 这一段描写，自然也是春秋笔法，倾注了作者对喜欢谣言中伤之人的不忿与怒气。

雪妍和卫葑的婚姻在外人看来是不相配的。世间就是这样矛盾，旧的偏要与新的扭结，新的也割舍不下与旧的之间的纽带。卫葑对他的女战友何曼，始终没有爱情，而对雪妍以及玹子，却有着天然的亲近感。雪妍为了早日为卫家诞下子嗣，只好中断自己的教学，而那正是证明一个知识女性的社会价值的事业。她做这一切都是自然的，旧家淑女的伦理观在雪妍身上，从来没有受到破坏。除了迫不得已断绝父女关系这一节，于旧道德看来有不孝之嫌，雪妍的身上凝聚着旧道德对于女性的完美要求：贞静贤淑，行己有耻，不道恶语，不厌于人。她是旧时代精美文化的化身。作者借李宇明的注视赞美雪妍：“眼前的雪妍显出女子的真正德性：似乎软弱，却有承受力。……这才是女子，这才是人类美好的那一半。”[②]

整个《野葫芦引》是一部矛盾之书。新的旧的有割不断的联系。按照作者的伦理观，雪妍断绝与父亲的亲情关系，离家出走，便是不孝，哪怕是因为父亲堕落成汉奸。尽管文本中并无一字对雪妍的这一行为作出评价。

“她不是凌京尧的女儿，她是卫葑的妻子。那就意味着对农村粗糙的生活有一种强烈的同情。”当她在心里对自己的这一新身份一再认同时，也是对旧我的切割。任何切割都不会是轻而易举的，可以说，时代给了这朵旧家花朵太过沉重的担负。作者对雪妍结局

① 宗璞：《东藏记》，人民文学出版社 2005 年版，第 269 页。
② 宗璞：《南渡记》，第 272 页。

的设计，隐晦地体现出她所遵循的儒家文化的伦理观。雪妍必不能善终。

无论是嵋还是雪妍，她们身上的道德背负都过于沉重了。于是，作者又设计了一个完全的新女性——玹子。“玹子是益仁大学外文系学生，暑假后二年级，她是那种一眼看去就是美人的人，眉目极端正，皮肤极白细，到哪儿都引人注意。”[①]作者要写一个与雪妍平行相对的另类人物，玹子便成为全书中最真实、迷人的女性形象。玹子一上来就是有缺点的，有着大家小姐的高傲任性，国难日还要去六国饭店跳舞，对峨去劳军以至于中暑嗤之以鼻。比之于孟嵋、雪妍的完美道德，玹子的缺点倒显得更真实可信。孟嵋、雪妍的形象，仿佛是比照着理想描画出来的，避开了任何人性或行为上的瑕疵。而玹子恰恰由于作者的设计，不用背负沉重的道德寓意，反而体现出人物更高的审美价值。“一个成功和真实可信的人物既是个别的，又是具有类型特点的，甚至是典型的。”[②]玹子正是这样个形象。

“四记”中的人物形象，实际上都受到了作者本人的道德价值观的统筹，是作者思想规范的体现。玹子的爱情归宿，就体现出叙述者最终的价值观。另一些在爱情中的人物，如峨、殷大士、赵莲秀等，也无不如此。玹子一开始和美国外交官保罗相恋，由于吕香阁的蓄意破坏，两人分手。其实，分手也是因为两人之间存在着文化差异，更深层的微妙的道德观的不同，也会在爱情冷却后成为显在的矛盾。

“有时他们在一起很快乐，彼此看着对方是个玻璃人儿。有时

① 宗璞：《南渡记》，第 25 页。

② [美] 利昂·塞米利安：《现代小说美学》，宋协立译，陕西人民出版社 1987 年版，第 143 页。

又很不了解。一次，保罗说他的两个朋友喜欢在街头看漂亮女孩子，并且打赌以五分钟内见到或见不到论输赢，保罗觉得很有趣，玹子觉得太无聊。”这是民族文化心理的不同，也是性别不同所产生的隔阂。对中国人来说，在自己爱的女人面前轻浮不是稳重君子所为，所以玹子会觉得保罗的行为无聊。

“保罗听懂了，一方面同情他们居然也受这些小虫骚扰，一方面怀疑有人带了虱子来，散会后，命人把那间客厅彻底清扫，使得玹子很反感，说你们美国人就不生虱子！保罗一摊手，说在战壕里是另一回事，不过这里不是战壕。玹子使气道：‘这也是战争使然啊，你就不懂。’”[①] 除了文化差异、道德观的不同，另一个时时隐在的矛盾，正是各自所属的民族国家的身份。近代以来，西方既是中国思想启蒙的资源，是师法的对象，也是帝国主义对中国实施侵略的地缘象征。当玹子与保罗分手后，连她的房东都对她友好起来，认为之前是外国人拐带了玹子，玹子本是好人。20 世纪 40 年代初，普通的中国大众对外国人是非常不了解的。中国自鸦片战争之后的百年里，受尽了西方列强的欺侮，之后又是东洋日寇的侵略。在云南边陲，人们对外国人有敌意或隔阂，是可以理解的。不仅是房东，玹子的表哥颖书也对玹子和外国人谈恋爱表现出很生气的样子。连钱明经这样的高级知识分子，也对此颇不以为然。房东、颖书、钱明经等的态度，这些背景性的衬托细节，都暗示着两人爱情的艰难。

玹子深知吕香阁不是好人，但她却有口难言。香阁是外祖父家的亲戚，中国人的宗族观念、玹子的教养，令她不会在外人面前讲香阁的不是。更何况以玹子高傲公主般的性格，她更不能、也不屑

---

① 宗璞：《东藏记》，第 258 页。

在保罗面前提到吕香阁。保罗则本着美国人的观念，认为底层人奋斗拼搏赚钱，哪怕手段有些过分，也是值得尊敬和同情的。他不避讳吕香阁的拉拢亲近，当然最终他也并没有为吕香阁所俘获。

玹子与保罗两人显在的道德观的不同，潜在的文化、宗教、伦理价值观上的差异，会导致无穷的烦恼和矛盾。所以，当保罗求婚时，玹子去向父母征求意见，“澹台勉有一个论点，不同文化背景的人结合，必须有一个前提：一方无条件崇拜另一方，玳拉对庄卣辰便是如此。玹子自问，她还到不了那样的地步，所以一直没有回答”。等她准备要答应的时候，吕香阁插了进来。之后玹子与保罗的争执多了起来，争执的最后往往上升到各自的国家，其实根子在于玹子对保罗与香阁的暧昧的不满。当她最后一次看到保罗与香阁亲密地凑在一起时，就彻底地与保罗分手了。分手是痛苦的，但玹子并没有像一个真正的新女性那样，去追问保罗到底爱不爱她。她甚至对保罗的解释不置一词，这时的玹子，依然体现出中国女性自尊自爱的传统性格。

玹子最后与卫葑走到一起，是小说情节设置上传奇的一笔。对于整体上不怎么经营情节的《野葫芦引》来说，玹子与卫葑的爱情是浪漫的、传奇的、戏剧性的。细品之下，仍然会发现这个最终的爱情结局，还是在作者某种道德观主导之下的结果。

这个铺垫的线索是这样的：玹子少女时代，屋子里摆满了作各国装扮的洋娃娃；卫葑的婚礼上，玹子临时顶替做了伴娘；玹子和保罗护送卫葑离开北平；雪妍滑落落盐坡之后，阿难成为没妈的孩子，出于亲戚的情分和自小对孩子的喜爱，玹子自觉地担负起照料的责任；卫葑也在何曼与玹子之间，差不多就是两条道路、两种生活方式之间挣扎。阿难太小，卫葑需要为孩子找一个妈妈。但到底选谁，历史又在重演。当年，在革命伴侣与雪妍之间，卫葑选择了雪妍。现在，卫葑已经经历了革命的最初洗礼，也经历了李宇明的死，他仍然选择了跟雪妍一样出身的玹子。这是他在情感上的自然选择，理性也阻挡不了。他一直犹豫，还有一个原因在于，他觉得玹子应该找到更好的人。

从玹子这方来论，她看起来是一个娇小姐，高傲任性，贪玩会享受。七七事变当天，玹子只想着去六国饭店的舞会；峨因劳军而腹泻生病，玹子认为太不值得。后来有了一系列转变，如毕业到云南政府当翻译，为抗日做贡献，对云南大商人朱延清的求爱断然拒绝，对阿难细心照料，开始与进步青年接触，阅读进步书刊——玹子的转变，可以归结为现实教育了她。在或将亡国的历史关口，每一个中国人都迸发出爱国热情。玮玮的殉国更应该对姐姐产生了影响。但对于玹子的转变，铺垫得还是不够充分。情节太碎，描写不集中，线索拖得太长，打乱了叙事节奏。这导致玹子的爱情像是“偶然”事故，而非情节必然。从《南渡记》开篇便开始伏线，最终到《北归记》，玹葑恋才修成正果。

但玹葑恋的情节，还是体现出决定性的时刻、命运的陡转等小说行动的小高峰。之前叙述者看似漫无目的铺设的偶然性细节，最终引出这样一个意料之外却又情理之中的结果。这一浪漫的爱情书写，仍不失为叙述者的技巧加分处。玹子在大关节上又一次表现出旧家淑女的道德的美好。她的家庭教养、孟家的影响，都意味着玹子与一般所谓的“名媛”的区别。尽管她也曾对自我的定位有过惶惑，“她觉得自己不是读书人，也不是做官人，不是古怪人，也不是平常人，她是个外人”[①]。

正因为不愿意再做一个“外人”，玹子勇敢地投入代表着时代

---

① 宗璞：《北归记》，第 15 页。

主流的卫葑的怀抱。这是旧时代知识女性确认自我的另一种方式，这一方式，甚至可能是那个时代的主流方式。玹子的父亲看到玹子在读进步书籍，说玹子是“喜读书不求甚解”，却在卫葑求婚时，当即同意了这门亲事，给出了一个父亲的祝福。这是对一代开明绅士的写照。尽管他们夫妇深深担忧着卫葑与政治纠缠得太紧，绛初甚至问玹子：“你怎么能搞政治?”却因为爱女儿，最终无条件地爱女儿的一切，说出：“我们来抚养（阿难），你去革命吧。”[①]澹台勉夫妇对待玹子婚姻的态度，写得非常美好，对这一对开明的父母的刻画，仿佛可见天下父母心。尤其是绛初去送女儿追随女婿一节，一个中国传统中的慈母形象跃然纸上，令人动容。围绕玹子的形象塑造，是作者善写亲情、爱情的又一力证。

玹子爱情的翻转，令读者体会到阅读的惊喜。只不过这惊喜来得迟了一些。玹葑之恋之所以令读者感动，觉得格外美好，是因为它是中国传统文化的魅力体现。中国人都懂得这种情感的诗意与珍贵：亲上作亲，知根知底，宗族之间互帮互助，团结拉扯，血浓于水，世代绵延。当然，玹子是真的属意于卫葑，这样才符合人物的性格。这也是叙述者的神来之笔。玹子对卫葑的爱情，都是发生在内心最深处的，甚至玹子自己也没有意识到，她早已爱上了卫葑。这种心灵相通、心有灵犀的感觉，便是爱情了。爱情生发的各种样式里，电光石火般瞬间明了的爱情，是最浪漫深刻的。玹葑恋自然而然，水到渠成，是意料之外、情理之中了。说到底，中国是一个“宗族社会”，卫葑能被澹台家接受，这是原因之一。这也是玹子在确认自己与卫葑的恋爱关系之后，拒绝了保罗的再次求婚的原因。这段姻缘因为附着的传统文化色彩，而别具魅力与深意。

---

① 宗璞：《北归记》，第 35 页。

最令读者见识命运叵测的一面的，是峨这个形象。她是嵋的亲姐姐，却性格古怪疏离，从小怀疑自己不是父母亲生的孩子。在初恋受挫之后，一变而为专心事业的女强人。一个人远离父母家人，躲在云南的大山中研究植物。小说中只要叙述到峨，必定会出现耶稣受难像。峨单恋萧子蔚，告白不成，正在情伤不知所以之时，恰遇仉心雷求婚。她昏懵绝望之际，答应了仉心雷。却不料二人在山路上被兵车所挤，仉心雷为保护她而落下山崖。峨践行对仉心雷的婚约，登报表明未婚妻身份，从此潜心植物研究。而这条植物研究的学术道路，正是萧子蔚给她指出的。

这个人物尽管不符合一般淑女的形象，意义却在于：她有一个温暖的家，有一群爱她、包容她的家人。任何时候，家都是她坚强的后盾。《北归记》中，当碧初弥留之际，峨深知母亲最放心不下的是她的婚事，因此她与吴家榖紧急订婚。碧初看到峨拍来的电报，欣慰地合上了双眼。

总之，“四记”中的女性形象折射出作者本人关于女性的人生想象，表现出对传统女性道德中积极面的肯定与揄扬。

在这些女性中，吕香阁是一个被彻底否定的人物，但这个人物却引起了评论的兴趣，也为作者招致了“贵士贱商”的批评。叙述者在小说中对吕香阁的否定是非常直露的。香阁第一次出场，是从碧初的眼光看去。碧初在《野葫芦引》的女性中，是一个贤明温婉的完美形象，她对吕香阁却有这样的感觉：“碧初每次见她，都觉得她又长大了，更惹眼了；每次都更感到她伶俐有余浑厚不足，却不知为什么。”一上来就是被嫌弃的眼光和语调，透露出作者有意要将人物写成反面的意图。紧接着又有跟嵋练功的描写，对香阁的否定更加直白了：“这笑容好像有两层，上面一层是经常的讨好的赔笑，下面却露出从未见过的一种凶狠，几乎是残忍，一种想撕碎一切的残忍。”[①]

这些描写一反宗璞写人写事的含蓄，连汉奸缪东惠也没有如此表面的“恶”。不动声色、温厚含蓄的叙述者不见了。连凌京尧的事敌都写得让人同情，吕香阁的小奸小恶却不容原谅？吕香阁越到后来，越成为玩弄感情的坏女人的代表，最后嫁给丑陋无比的土司。作者绝不会让她跟保罗修成正果，甚至跟严亮祖都不行，可见作者对她的彻底否定。

但如果结合当时的历史情境来分析，吕香阁这一类人，确实堪称最可恶的人了。吕的表现从头至尾都是令人不齿的。抗战时期，一部分人大发国难财，倒卖所谓的“一黑一白”：黑的是鸦片，白的是大米。吕香阁正是这一类人。“若说唯利是图，吕香阁可以算得上一个。她除了开咖啡馆，还利用各种关系，帮助转卖滇缅路上走私来的物品，那在人们眼中已经是很自然的事了。也曾几次帮着转手鸦片烟，但她遮蔽得很巧妙。”[②]吕香阁大大地讽刺了知识分子的“义利之辨”，打击了他们“临财毋苟得”“君子固穷”的价值观。

在那个知识分子严格审视自己人格道德的时代，义利之辨不但是判断一个人是君子还是小人的标准，甚至是区分好人和坏人的标准。联系到孟家，以及整个民族饥贫交迫的情境，吕香阁这一类人便显出了十足的自私和卑劣。《野葫芦引》的叙事经过时间的过滤，对当时的时代气息其实是弱化了的。如果我们打开 20 世纪 40 年代的文学作品，便会发现，当时的小说中随处充斥的穷、饿到了何等可怕的地步。

---

① 宗璞：《南渡记》，第 36 页。
② 宗璞：《东藏记》，第 258 页。

郭沫若的《月光下》《地下的笑声》，巴金的《寒夜》，靳以的《生存》，王西彦的《假希腊人》，在这些作品里所描写的穷、饿场景，要惨烈得多。战争和大后方的腐败，将知识分子的生活洗劫一空。《东藏记》中也写到孟家住在猪圈上面，碧初要当卖首饰，一家人才能生活下去。包括校长夫人在内的教授夫人们需要做点心贴补家用。在这种情形下可想而知，吕香阁的所作所为是多么可憎了。

吕香阁后来发展到破坏玹子与保罗的爱情，就变得更为可恶了。这个人物从头到尾人格卑下，成为彻底的反面人物，但这个过程却令人“不信”，毋宁说是作者将“性本恶”观念直接投射在人物身上。究其根底，还是跟作者的道德主题有关。吕香阁是一个在国难期间大发国难财，完全罔顾个人私德的无良之人，与作者本人的道德观构成严重冲突，与整个叙事对知识分子美德的褒扬构成对比。

出现如此修辞效果的另一个原因，则要推论到作者写作的时代语境。吕香阁是20世纪90年代市场经济原始积累阶段粗鄙、野蛮的象征，这个阶段，唯利是图的现实对传统道德构成冲击。吕香阁工于心计，利用一切可以利用的手段。一开始为了改变寄人篱下的处境，以谈恋爱的名义搭上黄瑞学习日文，甚至不介意为日本人做事；利用凌雪妍离开北平后，又跟着王一离开王村去闯荡，中间还做过商人的外室；到昆明后，利用吕家的亲戚关系到严亮祖家借钱开了咖啡厅。作者所叙一干人等所信奉的理想主义、崇高道德，在吕香阁所代表的市侩势力面前，受到了严重的挑战。这在《南渡记》“四女占蜡”一节中即已预言：吕香阁认领的黑色蜡烛是最后一个被吹灭的，可见她的生命力之顽强。与之相比，雪妍青春早夭，峨过着与世隔绝的清苦生活，玹子扑向了完全未知的新领域，嵋也为了成全“孝”而舍弃了与无因的爱情。吕香阁却凭着她的无道德、无信仰，获得了她想要的生活。吕香阁衬托出理想主义的陨落以及作者对于传统道德的悲悼。

这也是作者对自己这个群体的边缘身份的另一种体认。理想主义被功利主义取代，旧道德已成一阕挽歌。

原载《西部文艺研究》2022 年第 1 期

宗璞小说的风格和晚期风格

综观《野葫芦引》“四记”，我们发现，除了宗璞的一些基本风格特征，这是一部被晚期风格所笼罩的作品。在人类艺术史上，“老年创作”是一个很早就被探讨的话题。古希腊哲学家西塞罗有《论老年》，文艺复兴时期的瓦萨里有《名人传》，很多内容涉及著名画家的晚年风格。19世纪的斯达尔夫人对老年创作保持乐观：“老年人不再能受到内心情绪的感奋，却充满着各种各样忧郁的思想。这是一个追忆往事的时期，怀念昔日的时期，眷恋曾经爱过的一切的时期。那从青年时代起就同炽热的激情结合在一起的伦理情操却可以一直保持到生命的终结，使人们仍然看到那掩盖在时光的阴暗绉纱后面的生活图景。”① 阿恩海姆则主张打破进化论模式中晚期衰退的印象，强调应从风格层面全面阐释分析艺术家世界观的变化。

“晚期风格”的概念，经由爱德华·W. 萨义德的《论晚期风

① [法] 斯达尔夫人：《斯达尔夫人论文学》，徐继曾译，人民文学出版社1986年版，第122页。

格：反本质的音乐与文学》一书，引起西方文论界关注。萨义德自称是“阿多诺唯一的传人”，他接过大约五十年前阿多诺有关晚期风格的论题，用清澈、精湛的英语令阿多诺晦涩深奥的关于晚期风格的思想，在英语世界再次绽放光彩（阿多诺用德语写作）。《晚期风格》一书在萨义德去世前并没有完成，是在后人整理的基础上出版的。尽管如此，萨义德对晚期风格的深度开掘，仍然在学术界各个领域激起广泛的回应。这些回应不仅是因为萨义德在晚期风格论述上的学术表现，一个更显在的原因是，作者写作此书时正身临其境地遭遇“晚期”。正如贝克特所说：“死亡不曾要求我们空出一天来给它。”①

萨义德通过写作，身体力行地与晚期风格进行着互鉴，用积极的思辨抵御正在到来的最后时期。诚如他在书中所坦陈的：“由于显而易见的个人原因，它在这里成了我的主题——生命中最后的时期或晚期，身体的衰退，不健康的状况或其他因素的肇始……我将把焦点集中在一些伟大的艺术家身上，集中在他们的生命临近终结之时，他们的作品和思想怎样获得了一种新的风格，即我将要称为的一种晚期风格。”②

人们一般会将晚期风格与“迟暮”“保守”“颓败”联系在一起。仿佛一个作家总是以处女作一鸣惊人，到了中年变得风格成熟，到达顶峰，晚年则一般被认为在退步、不足取。在西方音乐史上，作曲家的中期成就往往被作为批评重点，晚期创作则多被忽略或曲解。除了贝多芬，绝大多数作曲家的晚期作品极少获得演出机会。但在中国的传统文学观念里，晚期风格获得的评价反而偏高。古代

① ［美］爱德华·萨义德：《论晚期风格：反本质的音乐与文学》，阎嘉译，上海三联书店2009年版，第1页。

② 同上书，第4页。

文人在青壮年时期大都在为官为仕，老了赋闲之后，诗文反臻化境，所谓“野凫眠岸有闲意，老树着花无丑枝”。更有一些诗人，在经历了个人的宦海沉浮或国家的亡破灾变之后，在晚年达到自己艺术的最高峰，如杜甫、李商隐、李煜、苏轼、黄庭坚、李清照、陆游等。“早岁那知世事艰，中原北望气如山”（陆游），生命的阅历、非凡的体验、丰富的经验，这个经验既包括生活经验，也包括艺术经验，此时都达到了顶峰。最著名的例子便是杜甫，“少而锐，壮而肆，老而严”，“晚节渐于诗律细”。杜甫写庾信，认为后者“暮年诗赋动江关”。中国传统诗论向来“贵圆”，谢朓语“好诗圆美流转如弹丸”，历世奉为圭臬，这便渐成中国的“尊晚”传统。

宗璞在《野葫芦引》之前，从未创作过长篇，这是她的长篇处女作。她曾表达过类似的意思：“我们这一代人是迟开早谢的花。”[①] 细品之下，能体会到作家对错过最好创作年华的无奈和不甘。作者于近六旬的年龄，开始长篇四记的创作，厚积的经验和学养、等待抒发的情感和才思，应该说经由《野葫芦引》找到了出口。因此，一般意义上晚期风格的“灾难性”印象并不适用于宗璞，经验、技巧、胸襟、格局等长篇小说的考验已经不是问题。对作者来说，《野葫芦引》也许恰是一个不遑多让的、有话要说的新领地。唯一的问题就是，健康情况能否不干扰到她的创作。

这个问题已经由作者的四卷本给出答案。很难想象，作者是在那样的情形下完成创作的。在写《东藏记》的时候，作者的视力已经基本不行了。她通过助手，采取口授的方式完成了后三记。创作《北归记》时，她甚至差点中风。可以说，宗璞在创作这四卷长篇时是有着充分的晚期意识的，这意味着她在写作和生命之间建立起

① 宗璞：《宗璞自述》，大象出版社2005年版，第62页。

了某种直接而神圣的生命联系。作者如今已是 92 岁高龄，据说已完成了《野葫芦引》的后续《接引葫芦》(未见出版)，要给人物最后的结局和答案。

一、修辞立诚　典雅方正

从“四记”的叙事，我们看到作者总是尽可能地在客观真实的社会情境中塑造人物。在当代文学中，读者常见到的是以宏大的时代精神对人物、情节进行总体设计的长篇叙事。《野葫芦引》虽也有“传史”的创作动机，主要目的是“记史”，却与上述写作风格形成区别。宗璞多次表达了《野葫芦引》的创作宗旨，即“向历史述说”。于是，在自传、回忆录的叙事元素之外，是叙述者对史书风格的追求，甚至这一风格才是最主要的风格。叙述者这种对“史书”风格的刻意维持，使读者有理由相信叙述者修辞立其诚的风格追求。

作者曾将“诚”与“雅”奉为自己的创作原则。纵观作者的整个作品序列，不难看出她对这一原则的持守。无论是她所谓的“外观手法”还是“内观手法”，也无论是现实主义的还是超现实、意识流的作品，宗璞都是紧紧依托于“现实”进行创作的作家。现实主义的风格于作家是绝对主流，而现实主义对“真实”“逼真”等的要求，在一定程度上就对应着“诚”的效果意图。不管是创作者一方还是接受者一方，受“史传”传统影响而形成的根深蒂固的对真实性的执着追求，都是一种超级稳定的美学趣味。对宗璞来说，家学渊源、个人素养早已使她确立了提笔为文时的态度，即正心诚意、修辞立诚。文化影响与心理现实是相互导向转化的，况且已经到了没有必要向谁献媚邀宠的年龄、境界了。

晚期风格有时就意味着“既雕既琢，复归于朴”的境界。《野葫芦引》的“诚”，更多地体现为它尊重自己的“情境逻辑”。例如，20世纪三四十年代知识分子的心理图景必须符合历史情境。又如在“四记”中，道德的展示与风俗的交流就非常吻合当时的社会情境，对家庭生活、抽鸦片等都不隐讳，是对现实的尊重。诚实的作家只是表达她自己对客观世界的看法和评价。从美学上来说，这一诚实的写作策略既有助于呈现历史与人物的真相，也有助于作者多层次传达丰富、复杂的小说内蕴，传达作者自己的内心生活、创作宗旨与外部世界的互动关系。

叙述者着力叙述的主要人物孟弗之，抛开整体形象上太过“圣化”的嫌疑，读者仍然会对他的一些对话产生如临其境、亲闻其声之感。作者毕竟还是坚持了自己对真实的一贯原则。在弗之被当局莫名抓捕之后，有一段心灵独白，其中一句“勿使蛟龙得”将这个人物的局限性写出。[①] 叙述者并不隐讳弗之的恐惧。他不能像江昉那样走向街头去革命，最终的想法不过是“勿使蛟龙得”，并“深深叹息走自己的路是多么艰难”，照应小说开头方壶、圆甑的命名，以及《北归记》中巽衡与弗之关于此事的对话。所谓方壶、圆甑，都不过是文人于残酷世间的逃避之所。《道德经》曰：“弱之胜强，柔之胜刚，天下莫不知，莫能行。”对中国文人来说，积极进取与退隐山林从来是相伴相生的，并不以退隐为耻，况且中国人历来有着崇柔敬弱、贬刚抑强的文化心理。这些点滴、细腻的修辞方式，既是宗璞文本中传统文化所经常蕴藏的地方，也是文本风格上的“名士气”，有时则体现为“道学气”。

站在这个“抓捕”的临界点上，弗之的行为便是可解的了。他

① 宗璞：《东藏记》，人民文学出版社2001年版，第282页。

的矛盾与挣扎，他的沉思性而非行动性，就与现代文学史上的知识分子形象序列连在了一起，如倪焕之、祈瑞宣等。当然，后者都是一些小知识分子、市民知识分子的代表，而弗之所代表的高层知识分子，由于身上负载的历史、现实的包袱更重，“行动力”往往更为不足。饱读诗书、精研历史，并不能在行动力上给他们以更多助力，知识所赋予的道德勇气往往被历史的另一面所教训。他们深知历史的、革命的诡谲与无情，在面对历史的选择时，精英总会更多犹疑和悲观。这也是弗之与江昉分属两个政治阵营却从未为“主义”打过笔墨官司（如我们所熟知的鲁迅与“资本家的乏走狗”的斗争）的原因，更不用说弗之会动用学校的行政力量迫害江昉了。这就是弗之的政治态度与立身特点，当然也可能因此失之于摇摆不定或左右逢源。弗之的观点是主义不同，可以分辩争论，“民主就是多数包容少数”①，至于更激进的革命也要在“费厄泼赖”（Fair Play）的范畴里。一切都止于沉思与偶尔的辩论，也由是少了所谓的戏剧性，少了行动和情节，这也是晚期风格的一种表现吧。

当历史要改天换地时，个人是微不足道的。弗之更是在《南渡记》第一章就承认自己的懦弱。②从小说中对他文化身份的描述来看，他是儒家无疑了。《说文解字》对“儒”的解释是：“儒，柔也，术士之称。”儒家本来就有柔弱的一面。《野葫芦的心》已将弗之这个人物的上限划定：“总希望自己有益于家庭、社会，有益于他人，虽然我不一定做到，我永远不能洒脱，所以十分敬佩那坚贞执着的秉性，如那些野葫芦。”③弗之被抓事件则是人物的下限——勿使蛟龙得。这个临界点也令人联想到宗璞偏爱的英国女作家曼斯斐尔

---

① 宗璞：《北归记》，人民文学出版社 2019 年版，第 250 页。

② 宗璞：《宗璞文集》（第 1 卷），华艺出版社 1996 年版，第 39 页。

③ 同上。

德，她的墓碑上刻着莎士比亚《亨利四世》中的一句诗："我们摘得平安的花朵。"宗璞在《试论曼斯斐尔德的小说艺术》一文的开篇就引用了这首诗，并在文末写道："现在我们所处的时代已经不同了。荆棘虽未消尽，却不再是危机四伏，摘取到平安花朵的可能性，总大得多了罢！"[①]可见，对作者来说，"平安的花朵"暗含着对于生命的压倒性重量。其中道明与未道明的都是那么蕴含丰富，却又依循着作者奉如圭臬的写作宗旨——真实。

而一些与弗之相对、相衬的人物，如白礼文、钱明经等，则写得神采自然，生机勃勃。按叙事学中人物的功能，这两个人物及萧子蔚等都是弗之这个主角的"帮助者"。事实上，他们也在各方面或衬托着弗之的人品端方、宽厚仁德，或解释着弗之的情境逻辑。比如子蔚和弗之的政治态度和行事风格很相像，澂为槭影。他所说的"现在的社会还没有独立的文化力量，我们其实都很可怜，不过我总相信民主是必然的前途，只是需要时间"[②]，简直就是弗之的注脚。

至于尤甲仁、姚秋尔的"声口"更是跃然纸上。这两个人物大概可以用一个关于作家的通论来解释——凡是作家特别爱或特别恨的，都能刻画成功。还有一些人物，如反战的老艾、反动的教育部王某人等，这些或有性格缺陷、或道德卑下的人物的存在，除了因叙事的客观需要以及作者一些不被人所知的主观动机，另外的原因就在于他们都是弗之人品的衬托性人物。

宗璞将"雅"定义为艺术性。其实，古汉语中"雅"常指纯正的、合乎规范的，在现代汉语中引申为文雅、雅致。《论语·述而》

① 宗璞:《宗璞文集》(第4卷)，华艺出版社1996年版，第251页。
② 宗璞:《东藏记》，第283页。

曰："子所雅言，《诗》《书》，执礼，皆雅言也。"训诂书有《尔雅》《广雅》《大雅》《小雅》，是"言王政之所废兴"的。"言王政之事谓之雅"，"案诗《大雅》《小雅》及《尔雅》，古注疏皆训为正"。可见，"雅"的主要意义是"正"。这种正更包含着善，有着政治伦理学的意义。南宋理学便"崇正"。我们在宗璞的作品里，应该说很容易就能领略到这种雅正的品质。

在当代作家中，似宗璞这般具有典雅风格的作家并不多。例如对人物的取名，除了要符合时代、身份、文化教养之外，一些人物的名字还显出古雅的风格特征。当然，名字更寄寓着作者对人物的设想。单凭书中高级知识分子们的名字，其书香门第及传统文化气息就扑面扑来，仿佛使人亲见了 20 世纪三四十年代知识分子的音容笑貌。

宗璞的小说《红豆》20 世纪 50 年代末甫一问世，业界对其文风便有共识。后续的写作虽然中断了一些年，到《野葫芦引》时，文辞雅正而深粹的风格达到了顶峰。小说中随处溢出的古今中外的文学典故或诗词，都是对读者的选择和考验。而精心所作的序曲、间曲更是气势磅礴，文采飞扬，充分展现了作者学问通博、才情逼人的风神，也是作者精神气度、心理结构的集中体现。

可以说，传统文学及西方文学的功底已经成为一种修养、一种趣味、一种眼光，化在作家的整个创作活动中。有时文学承受着过多的文化学上的内容和意旨，又应用不当，就显得过甚其词，为文造情。过多的诗词征引，如非必要，也不免有卖弄炫耀之嫌。鲁迅就曾批评过："诗词简启，充塞书中，文饰既繁，情致转晦。"① 当然，《红楼梦》中穿插了 12 首诗、35 首曲和 8 阕词，但这些诗词

---

① 鲁迅：《中国小说史略》，上海古籍出版社 1998 年版，第 186 页。

曲都是作者原创，且都与人物命运有关。诗词征引要根据情节、故事的需要，根据上下文的情境逻辑来运作，而且绝不宜多。小说毕竟是以叙事为本体，而非以语言表现为本体。小说语言应该是一种巴赫金所谓的“杂语”，也应该是一种生动的口语，书面语只在概述部分使用。在“四记”中，我们发现太多的诗词征引，几乎完全成为一种个人风格的标志，而不顾这些诗词是不是真的适合用作小说语言。例如，嵋从滇西战场回来，完全可以扑到母亲怀里痛哭一回，感叹自己死里逃生。读者看到的却是这样的描绘：“‘脱我战时袍，着我旧时裳’，碧初微吟道。这旧时裳也嫌稍短，倒是颇为时髦。‘当窗理云鬓，对镜贴花黄’，嵋接道……”① 在碧初吟诗之前，是玹子送来一大包衣服给嵋，嵋在挑衣服，突然就为吟诗而吟诗了，人为地中断了叙事，也失去了生活细节的质朴。这些文绉绉、掉书袋的细节，影响了与读者的交流，成为一种显在的人为的自我修辞陷阱。这一点在《南渡记》对吕非清的形象塑造中非常突出，致使读者产生错觉，吕非清老人的抗日，只是诗词抗日。

二、主题上的追忆

《野葫芦引》一个突出的风格，就是主题上的追忆。叙事在表面上与时间同步向前推进，但其实叙述者与读者都知道，真正的叙事方式是回忆。例如“那时女孩们都和大人一样穿旗袍，穿起来晃里晃当……”这样一些句子，已经透露出回忆的口吻。叙事中，以某一天或某一个时间点展开叙事的线索非常明显。比如《南渡记》第二章：“日子掀过一页，七月九日。”“怎奈从二十日起战

① 宗璞：《西征记》，人民文学出版社2009年版，第259页。

事又紧，城门几天不开。二十六日日军侵占廊坊。次日大举进攻南苑，枪炮声飞机声终日不绝，到晚时才稍安静。”“孟弗之一家终于在一九三九年夏初迁到龙尾村。”“孟家人逃出北平已经四年了，又出昆明城，躲藏在乡下也已三载。”可证作者是根据日志类的时间线索来叙事的，由此，叙事便时时闪现出回忆的影子。整个叙事中晚期风格所谓的回忆与沉思的特质是强烈的。① 记忆的过滤超过了对真实事件直接的、现实主义的记录，叙述时不时自觉地开始了重新创造失去的时间的任务，这种文体风格凸显了与回忆有关的艺术才能。这也导致叙述的间接的书面风格，因而大部分时候是反戏剧的。在古希腊，人们认为“沉思”是一种美德，但在现代社会，“沉思”却是欠缺行动力的表现，具有某种讽刺意味。毕竟连哲学都追求要解决问题的实践和行动。吕非清老人年轻时劫狱的情形，本来是可以大书特书的惊险情节，最后也只好通过回忆、梦来叙述。亡故的妻子，也是通过回忆加意识流的手法来塑造。叙述总是停留在吕非清的意识里，除了最后仰药以死抗伪职，这个人物的塑造基本是无行动、无情节的。当然，由于吕非清这个人物本来已是老年，赋闲家中，含饴弄孙，这种静态表现倒不十分扎眼，但若说整个《南渡记》基本没什么主干情节，恐怕也不是十分不妥。

由于情绪模式是回忆，对人物事件是经过深思熟虑的，便不自觉地透露出一再强化的文本的沉思性。例如六七岁的小娃，说话的表情也是“沉思的”。这不符合一个孩子说话的表情神态。因为主题上的回忆，叙事变得自由，有时不免琐屑、散漫。比如，“很久很久以后，嵋还记得在一片昏黄的光笼罩下那本不属于她的一课”。在这之前，叙述者记账似的将夏正思的一堂英语课一丝不错地记录

① [美] 爱德华·萨义德：《论晚期风格：反本质的音乐与文学》，第 9 页。

下来，不知何意。这种不是情节的情节在“四记”中还有多处，这些情节是与主干没有关系的人和事。作者录下这一堂课，无非因这是她本人的一段难忘的记忆，或是为了纪念实有其人的夏正思教授。于是便添了这三页的叙事，回忆、闪回成了主要的叙事模式，明显的如：“这一笑停留在嵋的记忆中，似是一个特写镜头，和那下马的身影一起，永不磨灭。”叙述者经常要露出自己的真身，透出回忆的腔调，泄露出小说世界之外作者本人的信息。

童年生活的追忆对叙述者来说，像是对自己创作的奖励一样。孩子们的世界总是描述得生动而传神，嵋姊弟俩和玹子、纬纬以及无因的情谊贯穿始终；《东藏记》中嵋和大士吵吵闹闹的友谊，写尽少女间两小无猜、真挚纯净的心灵世界，读来令人会心。如果对有关嵋的内容做一个统计，会发现书写孩童时代和青年时代的笔触，实在占了最主要的部分。

“启蒙与救亡的变奏”、现代化的渴望与转型，是“五四”一代知识分子面临的命运，也是20世纪三四十年代知识分子仍然没有摆脱的宿命。一切的选择，包括道路的、人生的、爱情的、政治的等，都在这个框架下艰难前行，孟樾等无不如此。知识分子居于其中浮沉，或如孟樾主张尽伦尽职，或如江昉走上街头革命，理想主义战士卫葑奔赴延安，还有钱明经、白礼文等各不相同、形态各异的知识分子，既写出了他们的典型，也写出了他们的非典型，既写出了高层知识分子所共有的灵魂因子，又充分尊重他们作为每一个独立个体所具有的个性，有时甚至是病态的个性。如今，为小说提供主题的那个阶层结构已被后工业的“大众社会”所取代。对叙述者来说，整个《野葫芦引》何尝不是对逝去的时代、一个独特阶层的挽歌。其中的悲剧情调，亦大有某种文化溃解的寓言成分。其准确的转录——无论是对心灵的还是社会的转录，都是作者祭献给一个时代、一个群体的怀旧之物。

宗璞的风格与“五四”作家有着一脉相承的地方。尤其到了其晚期，要回顾三四十年代的生活，营造当时的情调是必需项。当我们翻开那个时代作家的作品时会发现，那时的作家不但写作缺乏戏剧性冲突，往往“只是诉说一段思绪，一个印象，一串画面或几缕情丝”，而且特别喜好抒情，如郁达夫强调“情调”两字：“历来我持以批评作品的好坏的标准，是‘情调’两字。”① 很多“五四”作家都创作抒情小说，如鲁迅的《社戏》、郁达夫的《离散之前》、废名的《菱荡》、王统照的《春雨之夜》、叶圣陶的《寒晓琴歌》等。当时，这些小说并没有因情节性很弱而被指责为缺乏文类特征，反而受到批评家的一致赞扬。② 宗璞的童年、青年时期，生活在“五四”遗韵浓厚的清华园及西南联大。姑母冯沅君“五四”时便文名鹊起，宗璞受“五四”文风的影响应该是没有疑问的。“五四”作家注重“诗骚”，故对引日记、书信入小说更感兴趣。“四记”尤其是《南渡记》《东藏记》《西征记》中，插入了很多日记、书信。小说中的抒情色彩经常不受控制地浓厚起来，仿佛回到“五四”时代茅盾倡导的“把作诗的方法去做小说”③ 的方法论中。

小说的抒情化是现代小说的一个特色。抒情的审美范畴，如气韵、境界等，也成了风格特征。这一风格特征作为当代文学的遗产，被宗璞完整地继承下来。“五四”时小说偏爱抒情，便时时充满了回忆的语气、怀旧的情调。对照看来，这一特征也是“四记”的主要特征，又与晚期风格之“追忆的主题”相合，其表现为小说情节往往很简单，细节却充塞流淌过多，但这些细节可不是读者通

① 郁达夫：《我承认是“失败”了》，载《晨报副镌》1924 年 12 月 26 日。
② 陈平原：《中国小说叙事模式的转变》，北京大学出版社 2010 年版，第 214 页。
③ 茅盾：《一般倾向——创作坛杂评》，载《文学旬刊》1919 年第 17 期。

常读到的那种无关紧要的细节。这些细节往往承担着情节的功能，推动着故事的关键演进，不可遗漏，否则后续的故事便完全没有了线索。这些细节更融进了作家的情感与审美体验。叙述者似乎就是要扭转读者爱读“情节”的阅读习惯，转为读“细节”。这种对细节、文字的精妙鉴赏，来自传统诗文的审美趣味。宗璞的语言表现历来被人称道，诗意、诗味、诗趣的艺术造诣保证了其语言风格的实现。从某种意义上说，“四记”是读语言、读句子、读细节的文本，而非读长篇小说的文本。

《野葫芦引》“四记”的回忆、怀旧特点，使读者时时意识到作者以老年之心绪，反顾童年的生活，小说中的人物由儿童成长为青年。时光流转，命运变迁，所有这些所尽和未尽之意，都在这四卷里深深沉潜，等待懂的读者去挖掘和领悟。总而言之，晚期风格中常有的一种强有力的自传性冲动，使作者的历史叙事难免滑出20世纪连续性历史的主流。但《野葫芦引》也因自己的文化学意义上的诉求，成为一部罕见的高雅的作品。它抵抗各种历史叙事的普遍化，尤其抵抗通俗社会学的一些观点和看法，提供了基于个人回忆的另一种历史。

三、分裂与疏离

“晚期风格的本质要素乃是分裂与疏离”①，这种“非同一性”品质，使风格的分类必然遭遇个体性与规范性的悖立。所谓“非同一性”观念，简单地说，就是不借助体系来整合思想。综观“四记”，这种分裂与疏离，既体现在总体的主题与结构上，也体现在

---

①［美］爱德华·萨义德：《论晚期风格：反本质的音乐与文学》，第32页。

具体的人物和细节中。在整个主题的大历史叙写与小儿女的家长里短之间，长篇小说的故事性与记叙文、散文式文体之间，主干情节与结构的碎片化之间，孟樾等知识分子在“我辈先觉者”与方壶、圆甑的隐士之间，等等，都存在着某种程度的分裂与疏离。

整个《野葫芦引》的叙事，碎片性是无处不在的。这种碎裂、脱离主干的特征，被阿多诺归结为最主要的晚期风格：当贝多芬还是一位年轻作曲家时，他的作品是生气勃勃的和有机的整体，尽管它们现在变得更加难以捉摸和有点怪异，存在着过多的“控制不住的素材”，它们“碎裂了”，脱离了作品的主干，“背离了，没有受到约束”。在阿多诺犀利、毫不留情的批评观看来，“在艺术史上，晚期作品都是灾难性的”[①]。萨义德通过引述阿多诺关于贝多芬晚期音乐作品的风格，最终阐释了晚期风格复杂而深刻的悖论。事实也证明，后来终于认识到，贝多芬的晚期风格恰恰是他音乐生涯的另一高点。只不过正如阿多诺所批评的，贝多芬晚期作品是不被理解、不讨喜的，在他看来是“灾难性”的。而阿恩海姆则通过论述晚期风格往往被延迟接受的心理情结，指出晚期风格一直以来并没有得到细致认真的分析对待。碎片性与即兴性，也就是闲笔或旁逸斜出的部分结合在一起，致使目标太分散，往往某个叙事段的主力不够集中，使读者以为的主干情节反而显得简约起来。读者想要读到所谓的主干情节，基本是不可能的。因为不但情节与细节已不可分，四处漫漶的细节也已组成庞大混沌却不可分解的整体。天空、植物、动物和人物都在这个叙事里。小说的聚焦也常常使读者困惑，人们不知道叙述是以孟弗之为主的中年知识分子为焦点，还是以嵋这班孩子的童年、青年成长为焦点，线索纷繁，头绪众多。

① [美] 爱德华·萨义德：《论晚期风格：反本质的音乐与文学》，第 42 页。

相比较而言，“四记”中的《南渡记》是最注重叙事结构的，后三部的编年体史书风格进一步强化，叙事也进一步不以情节、人物为中心，完全以时间线索为中心了。叙事因之体现出不可拆解的阅读难度。

“四记”也不同程度地表现出对形式经营的淡漠，结构松散，断断续续，几乎成为碎片式的连缀。打破这种叙事结构的另一种方式是书信或日记，这在前三部中运用的频率是较高的。但书信或日记，只不过稍微使叙事视角做了临时的调整，从第三人称的有限全知变为第一人称叙述，拉近了叙事与读者的距离，并不能改变整体叙事节奏的拖沓冗慢。阿多诺认为贝多芬的晚期风格中最突出的特征是暂停、突然中断[①]，这导致风格形式层面的非同一性方面——完整中的碎片、连续中的断裂、和谐中的嘈杂。所谓“非同一性”观念，简单地说，就是不借助体系来整合思想。《野葫芦引》的叙事与此具有极高的相似性，问题出在结构方式上。记叙文、散文的行文文体，中短篇尚能应付，写长篇则短板尽显。写长篇应有起码的戏剧性结构，即开端、发展、高潮及结局。这个结构意味着故事的整一性、统一性。叙述者要讲一个大体具有统一性的故事，即整部长篇的表层结构可以是分散的，具有偶然性，为作家活动留有充分的余地，但深层结构应是有因果关系的，是由情节构成的。如果这种表层与深层关系处理不好，就会显著地影响叙事。

史书、编年体风格与具有“统一性”的故事之间，产生了难以弥合的矛盾。各个线索匀速、均等前进，在一些很不重要的人物身上，笔墨也予以了平均分配。文本内的聚焦则是模糊的、随意变换的，读者找不到阅读的归属感，不知道要追踪哪条线索、哪个人

---

① [美] 爱德华·萨义德:《论晚期风格：反本质的音乐与文学》，第 9 页。

物。有时叙事显得杂乱无章，读者的内在感受是散乱的，整个文本使人迷惑，并最终丧失了主体与客体之间的终极和谐——成了一部排斥性作品。但又如阿多诺指出的，这恰恰是艺术家需要的，“最为内在的形式法则就是离经叛道”，“文章在当代的实用性，就是那种不合时宜的实用性”。[①] 晚期风格的艺术家用自己的作品抵抗流行的时代精神与趣味。

比如《东藏记》中，孟家去祭奠完吕老人回来，发现蜡梅林中的家已被炸毁。前面经历了嵋和小娃被炸弹掀起的土埋住、震晕，本来应该紧接着写毁家，却拖拖拉拉地闲写一路的景象，到蜡梅林最惨处，本应掀起悲愤情绪的最高潮时，笔端却开始无力、简约起来，“他们站在家门前时，觉得神经已经无法承受苦难的砝码了”。之后家人将弗之的书稿从瓦砾堆里拖出来，饮水器皿都已粉碎，连喝水都没法了，却突然笔锋一转写到萧子蔚的来访：“这时蜡梅林中走出一个人来，这人风度翩翩，神采俊逸，穿着……正是萧澂萧子蔚。”[②] 这里插入了一段细描子蔚穿着服饰的文字。在如此绝望的心情之下，还有兴趣观察来访者的衣饰，这种游离出情绪的叙述表现出与整体的疏离。这类情形在后三部中是较多的，致使情节无法扣人心弦，叙述的密度是均匀的，节奏是涣散的。加之小说时间上的处理，使叙述没有了现场感、即时感，自然也难以引起读者的共情。

晚期贝多芬对于调性中心的突围策略是“量”而非“质”的变化，过多的素材被容纳进来，造成整体性的碎片化。这一策略同样适用于宗璞。《野葫芦引》的整体叙事也是建立在“非同一性”观

---

① [美] 爱德华·萨义德：《论晚期风格：反本质的音乐与文学》，第 92 页。
② 宗璞：《东藏记》，第 37 页。

念上的，叙述者有意打破读者对于小说的阅读习惯和期待。阿恩海姆引导我们去关注晚期风格中微妙而又深刻的变化，即对精神性的追求。作家在意的是关乎她的感悟、记忆和某种意义超越的精神性，所以，文本中四处漫溢着对植物、动物、陈设、天空、云朵、水流、色彩等的描摹。这些描摹不断夹杂在主要人物或事件的流程里，不可拆解，不可粗略浏览，因为稍有不慎就可能在其中漏掉了关键信息。

阿多诺认为，“晚期作品的成熟，并不像人们在果实中发现的那种成熟……它们没有任何甜味、苦味和棘刺，不让自身屈从于单纯的享乐”。宗璞在叙事的修辞策略上显现出对阅读享乐的拒绝，处处充斥的古典诗词、文史典故、外国文学作品，都令整个文本变得难懂，充满学究气。文学史的互文性，与自己从前作品的互文性，使“四记”像穿行在文学互文性的斑驳长廊里。读者禁不住要怀疑，就是让叙述者完全用古诗词或中外文学典故来写作，也完全没问题吧。尽管叙述者大量引用古诗词典故，但叙事却体现出对古典审美追求和谐圆融的违和感。整个叙事显露更多的是历史的而不是生长的足迹。某种程度上，文本也是自我交流的、逃逸的。正如贝多芬本人也意识到了自己的作品“没有任何综合是可能的，（但在实际上）却是综合的残余……整体性已经永远躲避了它”。

与之类似，《野葫芦引》的叙事也缺乏整一性、综合性。某种程度上时间是静止的，节奏是凝固的，但是结构上的晚期风格却创生出另类的叙事成就，即文本所贯穿的思想史、文化史的意味和内涵是深刻而丰富的。它们远远地超出了叙事。晚期风格中“不合群、反潮流、滑入边缘”的美学风格，其实是对某种时代流行的抵抗。作家在乎的是要提供对于过去的深刻洞见，尽管它们可能留下了某种难以名状的或最终无法理解的印象。对作者来说，她已经到了自由言说的年纪，不想讨好读者。阿多诺甚至认为，晚期风格的作家有可能努力去获得这样一种明显没有吸引力的风格，目的就是离经叛道。这种人为地对小说阅读的冲击，打破期待，创造各种新思想来吸引读者，正是小说的创新之处。正如施特劳斯的晚期作品，当时被认为是退回到 18 世纪落后的风格上，甚至激起了他同代人中的先锋派以及一般听众的愤怒。然而，时间却证明，施特劳斯以及批评者阿多诺都是在一块高雅文化的飞地，不受好莱坞电影与大众市场小说的影响，抵抗着时代的流俗，像一位真正的“古代贵族血统的最终后裔”。

具有晚期风格意识的作品，有时并非作家期愿或控制的结果。作家的主观努力与作品的实际状况时常会有出入。宗璞自《东藏记》起，健康状况每况愈下，视力极度下降，只能依靠助手通过口授的方式完成小说写作。到《北归记》时，甚至住进了重症监护室，“四记”能完成并呈现出如此的精神气象，实在是文学史上的奇迹。读者期待着《野葫芦引》并不是宗璞的“天鹅之歌”（“天鹅之歌”一语出自民间传说，是天鹅临终时的美妙歌声，喻指艺术家生平完成的最后一件作品）。

四、隐喻及暗示性

叙事学的文本分析，历来重视语言的有机构成。索绪尔认为，语言是选择和组合的结果。选择的过程产生隐喻，隐喻是人类的类比思维活动，它的基础在于相似性的替换。隐喻属于语言的选择轴，转喻则属于语言的连接轴。隐喻从本质上来说是“联想式”的，它探讨语言的垂直关系；而转喻从本质上来说是横向组合的，它探讨句子的各个因素在水平方向上的展开。语言信息就是由这种垂直和水平的运动构成的。转喻与隐喻，也构成叙事文本的两种类型，分别基本对应着以浪漫主义或象征主义手法为主的现代主义和现实主义创作。①

在《野葫芦引》中，读者发现，所有的人名、地名或具有隐喻意义，或具有暗示性。野葫芦便是一个隐喻，北平的方壶、圆甑，云南的蜡梅林，都是一种象征；又比如，雪妍与卫葑住蹉跎巷，玹子住宝珠巷，尤甲仁夫妇及刘婉芬住刻薄巷，等等。一般而言，现实主义作品大多根据转喻的原则来组织文本，而浪漫主义、象征主义作品则大多根据隐喻的原则来构造文本。“四记”无疑是现实主义作品，但读者在文本中看到如此之多的隐喻、象征的运用，是作者浸润于经典、高雅文学的体现，更是某种现代主义风格的表现。

根据雅各布森的理论，隐喻处在选择轴的位置上，它在垂直轴的空间上移动便是选择的结果，也因此，在空间上造成了无穷多的类比联想。在语言的选择上，那些喜欢通过一些机警形象的意象，努力扩展选择的幅度，沿着选择轴在空间上移动，以尽可能地调动读者的想象和参与的手法，便是浪漫主义和象征主义的创作手法了。而现实主义创作一般被认为是转喻的，因为现实主义重模仿，重因果关系，重上下文的有机联结，以便构成一个与客观世界相一致的艺术客体。所以，叙述倾向于在转喻的水平轴上发展。宗璞的创作向来以现实主义为主，但其中杂糅了大量的隐喻、象征手法，目的是突出叙事文本的诗意内涵。

整个文本充满了暗示的和内在化的特征。《流不尽的芒河水》是雪妍的倾诉，也是对她将殒命落盐坡的预叙。文中已经点明：其实说它像一小堆雪也可以，一小堆跌落的雪。落雪坡？落雪坡！玹

---

① 罗刚：《叙事学导论》，云南人民出版社1994年版，第3页。

子最后和卫葑走到一起，既在意料之外，也在情理之中。意料之外，是因为以玹子的外貌和家世，她本可以找到在外人看来更好的“良配”。作者给这个人物起名叫“玹”，也是深藏寓意的。“玹”的本意是次于玉的美石。女孩起这个名字，意味着丰盛感、满足感。玹子自小过着锦衣玉食的生活，属于京城里的“名媛”一流，居然会嫁给卫葑做续弦，实属意外。此“弦”与彼“玹”，就这样被暗示性的隐喻连在了一起。情理之中又在于，早在《南渡记》开篇中，卫葑与雪妍的婚礼上，原定的伴娘因故没到，玹子临时顶替做了卫葑的伴娘。卫葑不看新娘却笑望玹子的细节就是一个预叙，预示着两人的姻缘。隐喻分喻体与喻指，隐喻就其本质而言是诗性的，因此一部叙事作品可以通过隐喻来丰富、扩大、深化文本的诗意内涵，从某种意义上说，作品是作者从时间中赢取的空间，隐喻是在垂直轴，也就是选择轴和联想轴上发生，选择轴实际上也就是空间轴，被选择出来的字词占据了某一特定空间。而它的存在又暗指着那些与其相似但未被选择的不存在，这种暗指引发读者的联想，引导他去搜寻、捕捉隐藏在意象里的种种言外之意、韵外之致，于是在无形中大大丰富了作品的意蕴。

王某人、哈察明、陈大富这些带反面色彩的人物的设置，一方面是遵循现实的原则，生活中总存在这些千奇百怪却又非典型的人，另一方面却是叙述者深藏暗示性的叙事目的的体现。王某人对蒋介石露骨的谄媚，与明仑大学一班正直的师生形成对比。这种人格没有下限的官僚，实际上变相暴露出当时国民党吏治的黑暗与腐败。哈察明这个人物，被叙述者在战地医院这个环境里叙述出来，其实也是对作者某种齐物论哲学命意的折射。在全民抗日的高昂情绪中，总有一些性格古怪、行止乖张的人物，称不上坏人，却总是不合主流。神经质、搬弄是非的哈察明在人群中是边缘化的，这种人物的存在就像整个生态系统中必然会存在一些看似反面的事物，主流应包容这些非主流甚至是反面的事物。这个主题思想其实是贯穿在整个“四记”中的，《北归记》中以参加游行或不参加游行的矛盾来表现。整个《野葫芦引》的主题之一是思想自由、兼容并包，即要容忍异见，包容非主流的、边缘的存在。只不过，这一主题有时是通过隐喻与暗示向读者传达出来的。

十字架、小红灯的物象也多次出现，其隐喻与暗示的意义贯穿整个文本主题。十字架喻指着西方文明，而小红灯则暗示着中国传统文明。两种文明的对照，两种思想资源的叠印，是一个大的哲学意义上的叙事背景。东方与西方，传统与现代，这些主题、思想上的对照与矛盾，或隐或显，贯穿了整个文本的历史时空。十字架在《南渡记》第一章中开场就出现了。小娃拿着大姐孟峨房中的十字架，向孟樾问起耶稣，“他爱人，愿意为别人牺牲”。这个受难的形象，后来也一直跟着峨，与“拉帕其尼的女儿”一起构成塑造峨这个形象的物象组。“我们注定了要背十字架！”“背起十字架来！”在《锻炼》中，知识分子陈克明对比他年轻的严洁修说：“不但是我们这一代，恐怕甚至于连你们这一代，都是命定了要背十字架的！”此时的十字架，是暗指因庄严的使命感而甘愿牺牲自己圣洁的感情。宗璞将这个物象与峨联系在一起，更多地采用了为爱情牺牲的寓意。再联系《红豆》中，玫为了正义的革命事业牺牲了自己的爱情，这个十字架更多地承载了错过爱情的伤痕。但由孟樾来点明耶稣“他爱人，愿意为别人牺牲”，也便具有了一种更广泛意义上的关于“爱人”的宣谕。

原载《中外艺术研究》2020 年第 4 期

宗璞的创作与父亲冯友兰

自20世纪70年代起，宗璞迁回北大，陪伴、照顾父母。母亲过世之后，父亲冯友兰几近失明，以85岁的高龄发愿重新编写《中国哲学史新编》。宗璞成了父亲的“秘书、管家兼门房，医生、护士带跑堂”。冯友兰过世之后，宗璞撰写、编著了大量回忆父亲生平、诠释其学术生涯的文章及书籍。[①] 宗璞的晚年生活中，有两件最主要的事。其一，是《野葫芦引》的创作。某种意义上，《野葫芦引》是宗璞献给父亲冯友兰的著作。其二，便是撰文纪念冯友兰，亲自为维护父亲的名誉作论辩或写说明文字。作为数十年陪伴在父亲身边的女儿，宗璞的写作与冯友兰有着类似诗史互证的互文性关系。

宗璞谈到自己的文学启蒙，曾说：“我很崇敬我的姑母。但因为一直没有住在一起，她对我影响不大。倒是父亲虽然是哲学家，他在文学力面很有天赋，能写旧诗，并且常谈一些文学见解，对我

① 出版的著作包括《父与女：从宇宙星河到点滴温暖》《向历史诉说：我的父亲冯友兰》《旧事与新说：我的父亲冯友兰》等，纪念文章包括《漫记西南联大和冯友兰先生》《三松堂断忆》《蜡炬成灰泪始干》《心的嘱托》《他的“迹”与“所以迹”》等。

起了启蒙作用。”[①] 冯友兰的哲学观点，他对历史、人生的看法，极大地影响、塑造了宗璞的写作。通过爬梳这种影响在文本中的痕迹，从宗璞创作的各个阶段索引与现实中的冯友兰呼应的关系，是宗璞研究的一个重要方面。宗璞的整个创作史甚至可以用与父亲冯友兰的联系来理清一条线索。

综观宗璞的整个创作，两条清晰的历史线索呈现出来：一条是小说中知识分子自20世纪50年代到70年代末的成长线索，另一条是父辈知识分子自20世纪30年代到60年代的命运轨迹。第一条线索的主人公原型大多是宗璞自己或同代人，另一条线索的原型则往往是冯友兰及其同代人。

一、一脉文心传三世

冯友兰在《三松堂自序》中写道：“父亲也能做诗，有《复斋诗集》。我的一个姑母也能做诗，可惜十几岁就去世了，留下的诗，家里的人编为《梅花窗诗草》。”他认为，做诗必须有一点天赋才行。[②] 宗璞自小听着父亲此种说法，自然也认同：“南阳冯氏家族大部分人都有艺术气质，女性尤甚，父亲说是有出女作家的传统。……我的姑姑冯沅君，五四运动时的女作家，勇敢歌颂人性的解放、爱情的自由，鲁迅对她有所评价。我那美国生长的侄女冯崃，用英文写作也很有文采。父亲说‘吾家代代生才女，又出梅花四世新’。”[③] 宗璞正是在这种有着文心传统的家庭环境中长大的，

① 施叔青：《又古典又现代》，见《宗璞文集》（第4卷），华艺出版社1996年版，第455页。

② 冯友兰：《三松堂自序》，生活·读书·新知三联书店2009年版，第4页。

③ 施叔青：《又古典又现代》，见《宗璞文集》（第4卷），第456页。

家族出女作家的说法给予她强烈的心理暗示。“一脉文心传三世”的自我期许，也给了宗璞以文学自信。在父亲的书香熏染之下，她15岁发表作品，1957年更以《红豆》震惊文坛，家学与文心的传统是她的文学根基。

冯友兰1991年去世，宗璞写了多篇纪念父亲的文章，有一篇是回忆在清华园的幸福童年：“暖意，是从父母的根上来的，是从弥漫在水木清华间的一种文化精神的滋养和荫庇来的”；“父亲对我们很少训诲，而多在潜移默化。他虽然担负着许多工作，和孩子们的接触不很多，但我们却感到他总在看着我们，关心我们”。①

宗璞人生中背诵的第一首诗，是冯友兰让她背诵的白居易的《百炼镜》。这是教导她要“以人为镜”。呼之欲出的是与之相联的“己所不欲，勿施于人”的儒家思想。自第一次背《百炼镜》后，幼年的宗璞每天早晨在母亲房中背过父亲拣选出来的诗词，才能去上学。这正是冯友兰“家学”对宗璞的影响和塑造。宗璞晚年仍清晰地记得第一次背诗的情形，甚至想写一篇名为《铸镜人之死》的故事。

少年时段在云南，“住处和北大文科研究所很近，十一二岁便到那里看书，浏览了很多书，除文学外，哲学、自然科学的书无所不看，父亲从不加限制。”② 冯家的家学，正是以儒家思想与美学传统为主，又融合了开明、自由的西方精神。其中，儒家传统思想的浇灌与熏染、古诗词等的文学启蒙，合力塑形了宗璞的人格与风格。1958年7月，北大海燕文学社召开了“《红豆》问题在哪里?”座谈会，宗璞也自我批评说：“我的思想并没有站得比江玫、

---

① 宗璞：《那青草覆盖的地方》，见《宗璞自述》，大象出版社2005年版，第72页。
② 施叔青：《又古典又现代》，见《宗璞文集》(第4卷)，第456页。

齐虹高，尽管理智上是想去批评的，但在感情上，还是欣赏那些东西——风花雪月、旧诗词……有时这种欣赏是下意识的，在作品中自然得流露出来。”对旧诗词的欣赏，在80年代中期开始创作的《野葫芦引》中，得到了再无顾忌的、充分的展示与表现。读者在“四记”中能看到随处出现的古典诗词，更可妙赏宗璞所作的八支序曲与间曲。卞之琳曾撰文称赞《南渡记》中的序曲和间曲：“你看《南渡记》的序曲多首和间曲一首，哪一句不是平仄合律，谐韵合辙，功力之深，令我从小也偷偷小戏学写过旧诗词的大为吃惊，而且使我猛然憬悟了旧曲牌抑扬顿挫的节奏以至旋律的非凡功能。”① 这种古典文学的修养奠定了宗璞文学的端雅风格。

宗璞自小体弱多病，正是母亲无微不至的照料，使她挺过了一次次疾厄。而父亲的爱则更多体现为精神上的引导。晚年的宗璞回忆起20世纪60年代初的每天傍晚，随父母到颐和园包坐大船，一元钱一小时，那种在旁人看来船在彩霞中飘动，恍如神仙中人的时刻，是宗璞认为最幸福的时刻了。她由此觉得“父亲是有些仙气的，这仙气在于他一切看得很开”。② 这一句又泄露出宗璞的心结：在宗璞看来，父亲晚年尽管顶着被批评嘲讽的诬名，可是父亲的“仙气”护佑他走过了多灾多难的20世纪，完成了他自己的学术人生。甚至在受父亲之累，戴上高帽子挨批的岁月里，宗璞也从未对父亲生出过怨言。而对冯友兰来说，儿女甚至孙子因自己“反动学术权威”的身份被累及，这个沉重的人伦亲情的压力，可能也是他极力想从被批斗的处境中解脱出来的原因之一。他有了积极进步甚至写诗表现的动力。

---

① 见卞之琳：《读宗璞〈野葫芦引〉第一卷〈南渡记〉》，见人民文学出版社编：《宗璞文学创作评论集》，人民文学出版社2003年版，第160页。

② 宗璞：《三松堂断忆》，见《宗璞自述》，第31页。

家学传统的儒家教育使宗璞一生看重伦常亲情，她一生的写作中都贯穿着儒家的美学精神。宗璞 60 岁之后，冯友兰每年为女儿撰写寿联。去世前撰写的最后一联是：鲁殿神光，赖家有守护神，岂独文采传三世；文坛秀气，知手持生花笔，莫让新编代双城。上联咏的是南阳冯家的家世，下联则指父女二人当时分别在写作的两部著作。1991 年 11 月，冯友兰弥留之际，反复询问床边的人是不是宗璞。父女之间的深厚感情，令宗璞在父亲过世之后，将维护父亲声誉作为了某种志业。

在如何做一个作家方面，父亲冯友兰给出了具体的建议，那就是："世界上有两种书，一种是无字天书，一种是有字人书。"① 提示宗璞除了要读有字人书，更要从自然、社会、人生这三部无字天书中汲取营养。他也曾书写龚自珍的诗句赠予女儿："虽然大器晚年成，卓荦全凭弱冠争。多识前言畜其德，莫抛心力贸才名。"勉励宗璞淡泊名利，将心力用在蓄德修身、砥砺作品上。冯友兰在《〈宗璞小说散文选〉佚序》中，用佛经中"纳须弥于芥子"这一句禅语来谈小说的创作。他说："好大的一座须弥山，要把它纳入一颗芥子，这是对于一篇短篇小说的要求。至于怎样纳法，那就要看小说家的能耐，但是无论怎样，作者心中必先得有一座须弥山。"这一观点，对《野葫芦引》的叙事起到了决定性影响。② 除此之外，《野葫芦引》几乎可以看作是《三松堂自序》的文学对照版，两者

---

① 冯友兰：《〈宗璞小说散文选〉佚序》，见《宗璞文集》（第 4 卷），第 450 页。

② 参见拙作《要在葫芦里装宇宙》。"纳须弥于芥子"，既是宗璞的创作宗旨，是一种关于小说的宏观意义上的内容安排的想象，也是某种对小说境界的哲学追求。所谓"芥子纳须弥""和光与物同"的境界，正是一位惯看历史风云、曾经沧海的老作家的自我期许。"纳须弥于芥子"还对应着小说的空间布局与素材选择，对读者而言，这也正是"四记"所达到的修辞效果。宗璞将"野葫芦"自谦为"芥子"，里面的内容则为"须弥"，暗喻"器"虽小，包容的却是芸芸大千世界、渺渺宇宙之道。

的互文性是极其鲜明的。体现为《野葫芦引》在叙事宗旨、思想资源上与《三松堂自序》的一脉相承，更体现在小说所折射的对历史的认识、对人物故事细节的还原等方面。

二、亲情伦理高于一切

在宗璞一生的写作中，亲情伦理是高于一切的。即使在 20 世纪五六十年代，革命意识形态统摄之下的作品，依然折射出宗璞始终以儒家的伦理关系来理解、评价世界的尺度。像宗璞的大多数作品一样，《红豆》亦可看作是某种心理传记。以往人们的注意力都在革命女青年与银行家少爷的爱情决裂上，但将江玫推向革命的断舍离的决定性力量，其实是父亲被“冤死”的情节，这是促使江玫最终与资产阶级爱情斩断情缘的绝对力量。之后，“父亲屈死”这个意象还在《弦上的梦》中以另一种面目出现。《红豆》中所指的“冤死”，其原型应该是 1934 年冯友兰被国民党抓捕的往事；而《弦上的梦》中“父亲冤死”，则暗指刚刚过去的十年中梁遐的父亲被迫害而死。总之，都是亲情关系中的“父亲”，作为叙事中或显或隐地决定叙事走向的关键力量。

《知音》中石青与韩文施的改造者与被改造者的关系，被赋予了师生、父女、救命恩人的亲情色彩，在革命叙事逻辑之上被赋予了儒家的伦理秩序。正是石青的临别赠言，使物理学家韩文施 1948 年留在了祖国；又正是作为领导的石青的“家常话”，使韩文施决心下乡去参加“土改”；而“我”与石青也正是幼时的故人……仿佛只有这种熟人、伦理关系中的革命叙事，才是作者能理解并接受的世界法则。小说中亲情、友情的伦理似乎高于革命的伦理，成为主宰性的力量。而串连起韩石的纽带，则是格里格一首不著名的钢琴曲。最后，互为知音的三人团聚在钢琴曲之中。小资产阶级情调、知识精英色彩，自《红豆》被批判之后仍于不自觉中遗留下来。小说的题名，透露出宗璞自己以及为父亲冯友兰所感到的内心深处的焦虑。知识分子，尤其是冯友兰这种曾与国民党合作过的顶尖知识分子尴尬的社会、政治身份，既被主流质询、召唤，又在现实中被贬抑、改造，个中的复杂心绪，都隐匿在小说的潜文本中。韩文施以冯友兰为原型，宗璞用这个被时代编码的故事，在潜意识中与新政权对话。因冯友兰在 20 世纪五六十年代被批判的经历和“反动学术权威”的身份，使他及家人渴望被主流认同。小说通过韩文施、任东蓓（“我”）与石青的前缘、互救等转喻，在想象中实现了被改造者与改造者的身份同一。这个建立关系的叙事，正是在现实处境的压力之下的改写结果。作者通过移置（现实中冯友兰曾两次营救学生，这一情节被宗璞在《野葫芦引》中再次征用）与改写，补偿了在现实处境中知识分子的尴尬与自卑。主体与规则之间的内在鸿沟，先被自己理解，又试图让他者理解。正是在移置与改写中，写作的主体零散化了。作家的意识，某种意义上也许已经不是“它自己房屋的主人”。这是 1962 年宗璞的修辞法。

宗璞此时的创作，基本都是通过对本事的移置与改写而成，并不是完全凭空构造。而宗璞的语言和文体，受到时代塑造的成分相对而言会更少一些，能够在同时代的写作中凸显出知识分子的趣味和情调，冯友兰的家学教养是重要的因素。

《后门》中“父亲”成了革命烈士，是母亲教育“我”的最重的砝码。《后门》发表时，编辑改为《林回翠和她母亲》。这个小说也是有本事的。小说中林回翠最终战胜自己想走后门的思想，因为不能用这种行为侮辱“为革命牺牲的爸爸”。这一时期宗璞的小说中，父亲的形象是“屈死”、革命烈士，虽未有更多笔触，仍可见出冯友兰在宗璞心中正面、完美的形象。

《弦上的梦》是最早写1976年“天安门事件”的小说。1978年6月完成初稿，与父亲从关押审查中解放同步。小说中梁遐的父亲被批斗而死，幼小的梁遐要和父母划清界限，造成了她心灵的伤害，走上了“四五运动”的广场而牺牲。小说中梁遐想到爸爸的冤死，已经流不出眼泪，她“冲进她的床，只在书橱上留下两个指甲印”[①]。这种描写是过来人的心曲。“文革”之后，冯友兰因参加过“梁效”工作组被关押审查，1977年至1979年被列为反革命集团成员。宗璞写下梁遐这个形象，有自况的意味。宗璞也和梁遐一样，一直没和父亲划清界限。“梁锋单位的高音喇叭在很长一段时间里每批‘大特务梁锋’时，必提到‘狗崽子梁遐’”，联系宗璞在科学院被戴高帽子批斗时的罪名（冯友兰的女儿），这一情节的本事意味就很分明了。冯友兰在北大被批判、抄家的日子里，宗璞必定也饱受冷眼，忍辱含垢。这一类逼着子女与父母划清界限的情节，反证着在宗璞心中亲情伦常的重要性。

抛开宗璞自身的文学才华，直到1966年之前，宗璞的文学道路从某种意义上说，是受惠于父亲冯友兰的身份与家世的。虽然1963年之后宗璞不再创作小说，但从《红豆》到《知音》，宗璞有作必发，即使《红豆》被批判为“毒草”，人民文学出版社仍给她安排了写作任务，认为她是可以改造好的作家。1978年收入《重放的鲜花》中的作家，唯有宗璞不是“右派”。1948年负责接管清华的文管会的张宗麟对冯友兰说“党中央很重视你”。南京解放之后，叶企荪取代冯友兰担任校务委员会的主任委员，大概是冯友兰不明

① 宗璞：《弦上的梦》，见《宗璞文集》（第2卷），华艺出版社1996年版，第109页。

就里与吴晗产生误会的缘故。① 冯想辞去委员和文学院院长一职，李广田让他写“政治上的理由”。冯友兰一度觉得自己在清华的处境很困难，想离开清华。1952 年，因过去的政治关系，冯友兰被评为四级教授……困境之下，一直有仕进之心的冯友兰只能更加紧跟形势。当然，他更有发自内心为新中国建设贡献才力的一面。1956 年，冯友兰代表中国参加了三次国际会议与考察，1957 年又参加了华沙的国际哲学大会，1957 年，最高领袖让他“好好地鸣”。在 1962 年全国政协会议上，最高领袖拉着他的手说：“你的身体比我的身体好。”会后冯友兰写了“浩荡春风感众芳”的诗句。1963 年在学部委员的会议上，中南海派人送来一张与最高领袖合影的照片，冯友兰又写下“执手感关怀，集会明任务”的诗句。1968 年，最高领袖的几句话将冯友兰从被批斗、抄家的惨境中解脱出来。② 宗璞曾撰文说：“先生思想中无疑是有封建意识的。（最高领袖）‘解放’他于水深火热之中。他对领袖有一种知己之感。”③

宗璞第一阶段的小说创作活跃期在 1957 年至 1963 年，这几年也正是冯友兰一边被批判，一边代表中国频繁参加国际学术会议，多次与最高领袖互动的时段。父亲的政治地位与声名及其间的波折，必定会对宗璞的写作产生影响，甚至有着某种同构的关系。

《三生石》中的父女情其实比爱情更令人动容。在这个包括父亲梅理庵、“我”（梅菩提）和陶慧韵三个故事单元的小说中，患难中的父女情在叙事效果上甚至超过了梅菩提与方知的爱情。作者以倒叙的手法回顾了父亲的患病、被医院拒收，再到被批斗而死的过程。小说情节与冯友兰的真实经历高度重合，情感深挚，结

① 参见冯友兰：《三松堂自序》，第 124 页。
② 此一段内容皆见于冯友兰《三松堂自序》第三章，第 145—189 页。
③ 宗璞：《向历史诉说》，见《宗璞自述》，第 50 页。

构自然，把动荡年月女儿与父亲相依为命的亲情书写到了极致。“因为父亲整个的人，在她心中是这样清晰，过去的记忆是这样丰富，使她觉得没有任何眼前的实际形象能超过她心中亲爱的父亲。”① 在这个故事单元中，作者完全挣脱了“做小说”需要额外经营的矛盾和关系，不过是直接还原了作者心中对父亲的情感和想象。尤其是叙事中两个纯粹属于知识分子人性的细节描写，堪称小说中的桂冠明珠。“肖物”“逼真”的美学，使这个叙事单元成为卓越的艺术表现，也又一次显示出儒家的伦常亲情重于一切的美学观。

三、节制于“礼”的爱情叙事

宗璞在《悼念陈岱孙先生》一文中写道：“陈先生身上体现了人格的中西合璧，既有中国的发自内心的礼，又有西方的平等精神，这样的人愈来愈少了。”② “发自内心的礼”，也是宗璞一生践行的儒家美学。宗璞的爱情叙事，从《红豆》到《野葫芦引》，都是一种合乎于“礼”的“雅正之声”。爱情描写中从来没有低俗的趣味，更不依靠能激起读者感官兴奋的手段。小说中的男女主人公们，往往都是高雅、浪漫的文艺青（中）年。当然，作者的语言选择也直接促成了这种高雅的格调。

《心祭》是20世纪80年代较早写到婚外恋的小说，但小说中男女主人公的情感，都只不过在心底翻腾，“爱”字甚至从未说出口。程抗因妻子被打成“右派”而中止了离婚，对此黎倩兮理解并

---

① 宗璞：《三生石》，见《宗璞文集》(第2卷)，第310页。
② 宗璞：《悼念陈岱孙先生》，见《宗璞自述》，第106页。

接受了这个爱情的结局。对宗璞来说，恪守“礼”的道德规范是高于爱情的，正如她直陈的爱情观所说：“我觉得《西厢记》《牡丹亭》写得很美，但是主人公的大胆举止我是不赞成的，发乎情止乎礼是我们的传统。我喜欢这样的爱情。”①《野葫芦引》中孟樾和碧初这一对恩爱夫妇之间，最亲密的举动也只是“抚抚肩、拍拍手”。即便是年轻一代的爱情，也莫名地带有晚期风格，不但恪守“礼”的界限，甚至大多带着悲剧色彩。如嵋选择了侍奉父亲而与无因天涯相隔；雪妍与父亲断绝关系，作者不能接受她钟爱的人物有道德瑕疵，雪妍便有了早夭的命运；峨的爱情之路更加崎岖，先是单恋萧子蔚，后经历爱人为己而死，最终在母亲临终的床前定下亲事；玹子是作者笔下最浪漫美丽的女性，与美国青年保罗的爱情被吕香阁插足，最后嫁给了姻缘前定的卫葑，扑向了未知、陌生的前途；殷大士的爱人玮玮在西南战场上为国捐躯……唯一未被爱情所伤的女性是吕香阁，是小说中被极尽贬低的坏女人。这些女性的爱情故事，都不过在诠释宗璞节制于“礼”的爱情观。

宗璞90年代初的三个爱情短篇《朱颜长好》《勿念我》《长相思》，则让人看到了宗璞笔下爱情的多样性。三部短篇代表着三种不同价值观的爱情。其中，写于1990年的《朱颜长好》仍然表现出对爱情不能背叛的信念，而写于1993年的《勿念我》《长相思》则像是脱去了某种束缚的放飞之作。《勿念我》中的爱情毫不犹豫地叛出家庭，获得了伦理上的独立性；而《长相思》干脆嘲讽了为爱情魔怔的人。

宗璞为自己这一时期“变异的”爱情书写找到了理论根据，她

---

① 费祎：《宗璞：什么是小说家的责任》，新华社客户端2019年10月23日，https://baijiahao.baidu.com/s?id=1648167879827096196&wfr=spider&for=pc。

引用简·奥斯汀的一段话作为注释："小说家在作品里展现了智慧。他用恰当的语言，向世人表达他对人类最彻底的了解；把人性各式各样不同的方面，巧妙地加以描绘，笔下闪耀着机智与幽默。"但也许更深层的变异原因还在于，1991年冯友兰去世，宗璞自己又大病一场，病愈之后准备接着写作《东藏记》，可以理解为停笔五年之后的练笔。失去了父亲注视的目光，这也许可以用来解释为什么1990年的《朱颜长好》延续了宗璞一直以来的儒家美学的爱情书写，而1993年的《勿念我》《长相思》则完全抛却了曾经的庄严与沉重，当然，也有可能是她受到了90年代女性私小说风潮的影响。总而言之，宗璞笔下曾经不容轻亵、神圣深刻的高雅爱情被解构了。《A·K·C》中爱情的创伤性记忆，到《红豆》中得到了最重要的爆发。而到了90年代，一生的心结也该解开了。爱情是伤人的。爱情那种蛮暴的力量，脱去了主体情感，变成了某种技术性的训练。

四、《野葫芦引》与冯友兰

《野葫芦引》从某种意义上说，是宗璞献给父亲冯友兰的著作。长篇四卷中处处可见冯友兰的影响，读者在小说中也常常与冯友兰的言论、思想相遇。《野葫芦引》亦与《三松堂自序》《中国哲学史新编》等冯友兰的著作形成某种互文性关系。如试图客观、理性地看待20世纪的革命，是《野葫芦引》的内在题旨之一。冯友兰在《三松堂自序》中也通过中印各自的道路探讨了这个问题。《野葫芦引》尊重历史叙事的"情境逻辑"。比如"四记"都如实叙写大学教授们的日常生活，20世纪三四十年代知识分子的心理图景，真切地符合当时的情境。这也与冯友兰写作《中国哲学史新编》的宗旨相似，要“不依傍别人”[1]，即去掉思想上存在的种种枷锁，只依据事实及自己的真实理解来写作。

《野葫芦引》从创作动机、思想资源、人物情节等方面，似乎都在以孟樾这个形象诠释冯友兰的学术人生。而为其80年代之后所遭遇的批评进行潜在辩护的意味，亦在情理之中。宗璞为创作《野葫芦引》，曾于1980年到西南联大旧址，在闻一多的纪念碑前写下一首小诗，最末两句是“虽然你能证明历史，谁又来证明你自己”。“谁又来证明你自己”正是宗璞创作《野葫芦引》的情感动机。

冯友兰在《三松堂自序》中对西南联大时期有详细记载。宗璞小说对那一段历史的描述与父亲的记载如出一辙。甚至《南渡记》名字的灵感，就来源于冯友兰的诗赋《南渡》。小说中有七七事变当天卫葑与雪妍举行婚礼的情节，冯友兰就曾讲述过自己的学生在那天举行婚礼的故事。而小说中孟樾形象的原型正是冯友兰。孟樾的“樾”字寓意在宗璞的心中，父亲如大树般荫庇着子女和家庭。字弗之，即孟夫子，应该是取孟子“民为贵，社稷次之，君为轻”的思想内涵。联系冯友兰1934年被国民党抓捕的经历以及“文革”期间的起伏际遇，用孟子来表达对君权、极权的否定与嘲讽，应该就是宗璞的意图了。另外，孟子的仕隐观，对后世文人的心态起到了决定性的塑造作用。孟子极力主张出仕，后世发展出“国士遇我，我故国士报之”的中国文人的典型心态。儒家人格理想对文人功业情结的支配，在孟弗之的形象中亦有体现。他对萧子蔚说“我是学问与事功并重”，明确表达了对担任学校管理层领导的追求。对照现实中冯友兰在新中国成立后的表现，也许正是国士的“遇”，促成了冯友兰的“报之”。

---

① 冯友兰：《自序》，见《中国哲学史新编》（第1册），人民出版社2001年版，第2页。

在作者的设计里，这位儒教“亚圣”正对应着孟樾的思想规范、道德人格。跟庄卣辰、李涟等在1949年的“走”对比，孟樾是“留”的一方，这大关节的选择昭示出他的爱国情怀。宗璞曾多次撰文申明、诠释父亲的爱国精神。“他的改造除了客观形势使然，也有自觉成分。这个自觉成分最主要的原因是爱国。”①而在《南渡记》中，则借《野葫芦的心》表达了孟樾的爱国情怀：“许多事情让人糊涂，但祖国这至高无上的词，是明白贴在人心上的。”冯友兰1948年果断回国，放弃美国绿卡，拒绝登上国民党的飞机，坚定地留在祖国。他以“阐旧邦以辅新命”为自己的使命，老一代学者的爱国情怀是不容置疑的。但小说中孟弗之形象的完美与圣化，使他看起来不如钱明经、白礼文等有缺点的形象更像小说人物。

1934年冯友兰被抓捕事件，对其政治、哲学立场而言是一个分水岭。他开始认定社会主义“尚贤”(《野葫芦引》中孟樾的言论、《三松堂自序》中都提到这一点)，著名的“正反合说”显然是受到辩证唯物主义影响之后的哲学观点。“抓捕”这一情节，在《东藏记》中有写实而细致的描写，除了惊叹于作家驾驭语言和白描功力的了得，更应引起注意的是这一情节与本事之间的关系。对作者来说，这段记忆也是刻骨铭心的。而一句“勿使蛟龙得”，终将解释这个人物的一生。这便是他与江昉的区别，命运的走向因此变得可测了。与“勿使蛟龙得”(孟樾自语)意义相近的是宗璞偏爱的一句诗：“我们摘得平安的花朵”(莎士比亚《亨利四世》中的诗句)。在《试论曼斯斐尔德的小说艺术》一文中，宗璞开篇就引用了这首诗。“勿使蛟龙得”与“摘得平安的花朵”，是理解孟樾乃至冯友兰一生的文眼。

---

① 宗璞：《向历史诉说》，见《宗璞自述》，第48页。

《北归记》中刘仰泽跪在头人的屠刀下，是对孟樾被抓捕情节的衬写。而这一衬写，毋宁说是在辩解着什么。至于弗之讲乌台诗案的历史课被不厌其烦地详述下来，也是大有深意的，仍然是将弗之的遭遇比类于苏轼。1959 年，冯友兰在 64 岁时写了《四十年的回顾》一书，对自己早期学术生涯进行了自我否定式的检讨。另有一些关涉“文革”的公案，尤其是“梁效”小组顾问的经历，是冯友兰后期遭到批评的原因。结合这些文本外的事件，我们才能真正理解作者何以要详述这些情节。

当记者问她，为何花费如此多的精力写与父亲相关的文章，以至让一些人有她过于维护父亲之感，宗璞答：“因为我更了解父亲，我知道他不是像那些谣言所说的那样的人。我为父亲说话，有打抱不平的因素。”“我要把我亲身经历的历史写下来，起一点正视听的作用。”这个动因在对孟樾这个人物的塑造上反映出来。

《三松堂自序》中，第一部分“社会”的第三章可以看作是冯友兰对 20 世纪 80 年代之后所遭受到的批评的潜在对话和解释。依据其叙事线索，会发现几乎每一次领袖接见之后，冯友兰都有诗志记，而且有些诗被立即发表出来，甚至转载。如“为有东风勤着力，朽株也要绿成荫”，是写在被领袖从批斗中解救出来之后。在抄家、批斗、被医院拒收的惨痛经历后，突然的赦免，令冯友兰在进步的道路上大踏步前进了。

汪东林著《梁漱溟问答录》中提及梁漱溟“责叱”冯友兰“批孔而谄媚江青”①，宗璞特意写了《对〈梁漱溟问答录〉中一段记述的订正》一文予以反驳。双方的焦点似不在一处。宗璞着重回顾了

① 汪东林：《冯友兰与梁漱溟》，见《梁漱溟问答录》，湖北人民出版社 2004 年版，第 281 页。

陪父亲去梁家的过程，亲证冯友兰与梁漱溟的会面自始至终未提及批林批孔；而汪著则强调直到 1986 年 6 月，梁仍在与友人的通信中责冯“批孔而谄媚江青”。

记者舒晋瑜采访宗璞时，曾问及《北归记》中借李涟之口直接引用冯友兰《新事论》的观点，是不是有什么深意。对于宗璞的这一写法，已多有读者觉得“过”了。这完全打破了小说和读者之间的虚构性契约，将真人冯友兰的名号直接引入。亦可见此时作家的心目中，父亲甚至能够令她打破写作的规则，成为最重要的元素。另外，《东藏记》中尤甲仁夫妇的形象，难免令读者想到钱锺书夫妇。而有此描写的原因，正是冯钱的一桩公案。此后宗璞与杨绛在《文学自由谈》笔谈，杨绛并不承认钱锺书在斯坦福大学的会议上说了冯友兰揭发同僚、致人妻小俱死的话。宗璞夫妇展开调查，证明当事者本人和妻子分别在 1981 年、1990 年去世，并不存在迫害致死的情形。最后以出版社向宗璞道歉并承诺收回引用此说法的图书而收场。到《北归记》时，尤甲仁夫妇却成为孟家关系亲近的几家人之一。钱锺书、杨绛已分别于 1998 年、2016 年去世，两家的恩怨在《北归记》的最后，应该是被宗璞本着忠恕的儒家观念，一笑泯恩仇了。

第三辑　当代文学观察

理论的过剩与叙事的消融

“理论的过剩”辨析

就连这个命题也不是中国理论家首创。“过剩”这个词我们是不陌生的，马克思政治经济学早就发现了资本社会生产力过剩的奥秘，这个理论借助2009年全球金融风暴次贷危机，重新被理论家们翻出来，“经济领域的商品过剩与思想领域的理论过剩几乎是20世纪以来人类所面临的最严重的灾难与危机”，“在20世纪80年代，一些西方学者开始问及这一现象，并在90年代将有关思考推向了高潮。1985年，W.J.T. 米歇尔编了《反抗理论》一书，该文集对60年代以来的理论热进行了初步检讨，并显示了反抗理论的姿态。其后有保罗·德曼的《抵制理论》(1986)和T.M. 卡维纳编的《理论的限度》(1989)问世。而在90年代，有关理论的反思开始蔚为大观。据笔者所知，有伊格尔顿的《理论的意义》(1990)、J. 阿拉克等编的《理论的后果》(1991)、R. 布拉德夫编的《理论状况》(1993)、W. 瑞特的《理论的神话》(1994)、C. 玻格斯的《挑战理论》(1999)、M.马奎兰等编的《后理论：批评新方向》(1999)、H.拉珀博特的《理论大杂烩：黯然失色的解构》(2001)、伊格尔顿的《理论之后》(2003)等。这些著述从不同角度反思批判了20世纪的理论现象，呈现出一种后理论(post-theory)景观。所谓后理论之后指的是对理论本身的反思意向或反思性距离。"①

当我们兴高采烈欢迎"方法年"到来的那一年，西方学者已经开始提出"反抗理论"的主张。自国门大开、中体西用的清末民初开始，"保种图存"的民族情结一百多年来左右了中国人的思维，一方面是积贫积弱的国家必须启动现代化进程，要师夷长技，另一方面又从来没有放松对西方文化的警惕。在两者的斗争消长关系中，奠定了五四精神之下的新文学传统，其影响直至当代文学。我们总是急功近利地引进、运用西方的理论，近三十年来对西方理论的照搬、堆砌显示出一派理论过剩的繁荣景象，然而理论脱离使之产生的文化语境问题、与本土的不适应问题、理论的更深入辨析及误读问题却少有人探究。从概念到概念、从理论到理论的话语公转已经成为正常现象，甚至成为学院派以及理论家们的看家本领和形象标签。理论还总是能穿过被言说的对象，自我演绎出惊人的结论，也总是能成功地使作品成为理论的形象注释，还能心照不宣地导引作家们按照理论给出的思想、图式写出理论想要的东西来。先锋文学刚出来那一阵，理论是失语的，因为理论翻译没有在这一环上紧跟，而抢先登陆的一批世界文学作品却打开了作家们的视野，以拉美魔幻最具冲击力。随着一系列的西方文论翻译介绍过来，理论变得强大起来，理论家们为自己甚至没看出来马原那小小的叙事

① 余虹：《理论过剩与现代思想的命运》，见《文学知识学》，北京大学出版社2009年版。

圈套而懊恼。接下来的时间里，理论家们迅速学习实践西方文论并迅速垄断文学批评话语，他们凭借知识、理论也许还有智力的优势，在中国当代文学的发展历程中确立了自己的首席地位——文学的阐释权与立法权从此归理论所有。

从2002年南帆的《理论的紧张》为理论所作的乐观辩护，到今年的对日常生活哲学的阐发①，理论似乎正在解构自身的宏大叙事，日益消磨掉不可一世的斗志，从过去的理论野心上撤退下来，转而从日常生活中寻找真正影响文学的那一脉原力。赵毅衡在其《重访新批评》一书中写道：最近美国有几本文集，新一代的批评家感叹，讨论具体作品时，我们仍然像个新批评派，“新批评派仍然像哈姆雷特父亲的鬼魂，依然在指挥我们”。西方文论在经历了精神分析、符号学、结构主义、解构主义、后结构主义、后现代性、后殖民主义、女性主义等理论操演之后，发现具体面对一部文学作品时，最有效、与作品结合最紧的还是类似新批评这样的以作品为主体、以细读分析为方法的文学内部研究。如今写文学评论，无法不使用新批评留下的一些基本的分析路线，例如张力、复义、反讽、悖论等。②

最近，王彬彬指称汪晖二十年前的博士论文涉嫌抄袭一事，引发学者热议。“自20世纪90年代以来，学术规范已日益得到强化，但其暴露的弊端也正在受到越来越多的质疑。今天细化得近乎僵化的学术规范是否合理？规范本身是否也代表了某种学术界的利益划分？过于强调形式上的学术规范，是否也在一定程度上，窒息了学术的原创精神？学者谢泳更是指出：这种学术规范化的背后，显然

---

① 南帆：《文学性、文化先锋与日常生活》，载《当代作家评论》2010年第2期。
② 赵毅衡：《新批评与当代批判理论》，见《重访新批评》，百花文艺出版社2009年版。

有着权力的意图，其意在通过某种技术化倾向消解知识分子阶层的思想敏锐和立足实地的冲动。”①

对文学而言，越来越僵化的所谓学术规范是否有必要？在实际操作中，又有多少学术流于形式，而规范本身是不是正在削足适履？随便翻出一部新近博士们的论文，就可以看出作者被自己的概念、范畴、条块划分、各单元交叉关系弄得精疲力竭，每个出现的概念都要解释、厘清内涵和外延，每个阐述都要廓清领域范围，把不必要的也许其实非常相关的部分毫不留情地削去，不断地画地为牢，以符合学术规范和体例。在这样的主导精神之下，一部“学术”论文除了形式上的学术规范之外，还剩下多少原创思想、创新发现呢？科学要求学者们对待文学要斩钉截铁，而实际的情况却是，文学这种古老的艺术，从一体化哲学时代起就在使万物粘连起来，中国的文学尤其如此。钱锺书一生著述累累，却始终不愿给文学下一定义，在钱氏目中，“文学乃天童舍利，五色无定，随人见性”，他的基本理由是：“《易·系辞》：物相杂，故曰文。古希腊人谈艺，举‘一贯寓于万殊’为义谛。据此中西二说，文学无所不涉，无所不包。我们打开文学经典，犹如‘入百花之谷，游五都之市，应接不暇，钻研不尽’。”②文学作品如果是一个有机的活体，它在状貌现实人生社会图景时就是一棵枝蔓丛生的树，自身的相互影响相互关联，语言的多歧义、模糊和交叉使分析它的理论也似乎难以做到斩钉截铁，很多问题其实都是多方因素合力的综合结果。理论的要求（如科学与清晰）似乎在使文学不断简化。很多真正有价值有意义的文学议题，也许就在这个过程中被作为废料丢弃了。

① 傅小平：《创新才是学术规范的灵魂》，载《文学报》2010年4月8日。
② 赵一凡：《从卢卡奇到萨义德：西方文论讲稿续编》，生活·读书·新知三联书店2009年版。

"思想被主义奸污得苦"，这句话可看作是徐志摩这一代作家发出的抱怨。批评不是一门自然科学，甚至连心理科学也算不上，这是我们在今天仍然必须正视的结论。[①] 而现实却是，理论家们和准理论家们都在科学、精确的学术规范（这个规范是从西方文论里移植来的）里炮制面目模糊、概念堆砌、拖沓啰唆的"理论"。

文论最大的麻烦，来自一种危机求变逻辑。过去一百年，资本主义迅猛发展，高科技日新月异。文论夺路而出，前仆后继。其根本目的，无非是要揭示危机，张扬批判。然而，它们的精神抗议屡屡受挫，学术革命频生流变。如此反复，就导致一些后遗症，例如游戏癖好、意义虚无、理论商品化。[②] 当代中国的理论命运也正在走向游戏癖好、意义虚无、理论商品化。陈晓明为红柯的长篇《大河》写过一篇书评，题目叫作《童话里的后现代与现代》。了解新疆的历史、现状、地理、风物的人都难以将小说与西方的后现代理论联系起来，文化、时空、民族，与产生后现代理论的西方存在着不可通约性。小说尽管营造出神奇、神性的原始情境，也与评论家所沿用的概念、知识及评论体系相去甚远，评论家用一套远离作家作品实情的理论武装起来，达到话语的陌生化效果，而被论述的作品和作家则被理论抛弃和误读，呈现出理论游戏化的特点。当理论与作品不能融会贯通、相互激发的时候，理论往往也同时呈现出意义虚无，话语踏空。至于理论的商品化，则不需要举例说明了。在这样一个商品社会，理论，尤其是西方的、前卫的、学院的理论，怎能不懂得布迪厄所谓的象征资本？理论本身成为理论家的象征资本。这些资本如期货一样在市场里流通，某种程度上说，现今最活

---

① M.H. 艾布拉姆斯：《镜与灯》，郦稚牛等译，北京大学出版社 2004 年版。
② 赵一凡：《从卢卡奇到萨义德：西方文论讲稿续编》。

跃的某些理论家，正在充分利用自己的象征资本，貌似科学严谨地制造出一批批理论商品，而这些商品也正显出过剩、浮躁甚至狂躁的状态。中国的理论过剩的背后，其实是理论的贫乏与饥渴。

也有与之相反的另一脉传统。钱穆是学贯中西的大学者，看他的理论文集，从来没有那些生搬硬套、文不对题的概念术语，有的只是一个理论家放下姿态、平心静气地深入事理的耐心与研究，不以说别人的话为荣，提出自己的发现，有独到的价值和意义。除此之外，一个真正的理论家还应该是有胆识的，批判精神应该是他的第一性。这是一个理论家本应持的最基本的专业道德。对照看看现今的某些理论家，除了照搬移植、生吞活剥西方的最新文论之外，并没有做出多少具有独立价值、具有本土意义的理论创新与理论实践。

然而，我们的理论果真到了过剩的境地了吗？事实也许是，现代中国还没有产生真正意义上的理论，过剩只不过是引进、运用西方理论的过剩。众所周知，20 世纪 80 年代以来，引进、运用西方理论的速度和数量都是惊人的，几乎所有的理论都被引入中国，跟进学习亦步亦趋。“中国式的理论过剩背后潜藏的是理论的饥渴与贫乏……严格地说中国还没有现代形态的理论生产与运用，也就是说还没有对构成我们现代生存之思想基础（我们自己的现在）的反思与批判。……而当我们反省西方理论过剩的弊端与现代思想的命运之时，也别忘了启蒙留给人类的珍贵遗产：理论非他，胆识而已。”①

叙事的消融

当代文学的叙事某种意义上正在被消融。有论者说是由于古典

① 余虹：《理论过剩与现代思想的命运》。

情境的消失，或是由于文学本身的不断祛魅过程，米兰·昆德拉则说小说已经精疲力竭，并且已经不处在它的时代中。无论如何，小说自启蒙时代就被赋予的神性光环，19世纪辉煌时期所表现出的近于巫的预言力量，都在消融甚至瓦解。一方面，叙事在当代不得不与更快捷、更新鲜、更刺激的多媒体传播竞争，后者在技术合成、集团作战、资源掌握途径等方面都绝对优于作为单个作家的个人。“很多时候，作家比读者知道得还少。他没时间看电视，看新闻，他的很多故事是从别人那里知道的，对他来说，那些故事都是第二手甚至第三手的。也就是说，他甚至不能够把远方的故事作为一种知识告诉读者，连知识的权威性他都丧失了。读者也不信任他。你讲的已经落伍了，萨达姆昨天已经绞死了，你今天才通过故事的形式传达出来……小说家的权力被一点点蚕食了。”① 李洱的这段话提示出当代小说家正在遭遇叙事消融的尴尬。

与之相关的另一个信息是，作家的职业化反而让现代作家变得缺乏小说的专业精神，从前那些精通各行各业的作家变得遍地难寻。像《白鹿原》那样扎实又宏伟的叙事，在当代文学经过先锋文学的语言实验扫荡之后，似乎再难以出现，出现的多是对历史的不确定和虚无感。《生死疲劳》是一部要写尽五十年来农村变革史的宏大叙事，但最后给人的观感还是，莫言写了一部人所共知的历史。他的概念预设从来是那么清楚，写作意图也是那么清楚，写出来的东西还是那么清楚，然而却找不到与其意图对应的准确表达感。一部五十年的农村史被他概念性地简化了。另外，他太过花哨的语言破坏了他的叙事。他自己相不相信西门闹变成院子里的驴，不得而知，这种转世轮回说确实有硬性返回历史的嫌疑，中年以下

---

① 李洱、梁鸿：《虚无与怀疑语境下的小说之变》，载《当代作家评论》2008年第3期。

的读者恐怕都难以接受他的六道轮回演绎，如同游戏一样。先锋文学以来的叙述的畸形膨大、躲进历史虚构里的不确定与虚无感，蔓延在当代文学中。奇怪的是，莫言所有的作品都可以借助理论家，焕发出前卫的光芒。

莫言的新长篇《蛙》写的是一部计划生育史，时间跨度虽然长达三十多年，却紧紧围绕一个主题、一个主要人物，相比于《生死疲劳》的宏大，显得单一紧凑得多。叙事也收敛自律，因为套了一个书信体的模子，语言也显得颇为本真朴素。因为主题集中，人物事件真实可信，我个人认为，它比《生死疲劳》更具叙事的“信”度。

或许我们由此可以引出一个命题：如何确立小说叙事的“信”。你写出来的东西，老让人觉得不是那么回事，对你的叙事压根不信任，小说的接受根基就被抽掉了。从这个意义上说，当代作家的处境是值得同情的，正如李洱所说，小说家的权力被一点点蚕食了。提供公共经验本身已成不合法，不断被多媒体复制的当代经验生活，再也不具备传奇性质。央视十套的讲述，各地方台的节目，网络上千奇百怪的信息，都远比小说来得传奇。作家似乎再也不可能凭靠大量的内容、信息和知识含量使自己宏大起来，曾经“代神立言”的言说者，如今的地位似乎已“低于读者”了。尽管本雅明警告说，写作本身意味着作家对读者有所指教，但这个警示在当下已经显出前现代的迂腐，作家本人都似乎难有指教别人的自信了。同时，一切可资利用的都在被转化为商品，作为商品的文学不再能摆出高高在上的贵族派头，大家最终的去向都是市场，或是获奖。而日益边缘化的文学在这个浮躁的时代也早已失去耐心，短、频、快的出书策略，既是作家的主观选择，也是读者喜新厌旧的接受条件使然。作家要写最能让自己出彩的，而不是想充当另一个巴尔扎克、雨果、托尔斯泰。读者的口味将会越来越趋向于大分散、小集中。这是一个读者主导口味的时代，读者有时候会被出版商的炒作忽悠，被众多的冒牌排行榜欺骗，但出版商将会越来越多地揣摩读者的口味却是不争的事实。多方合力，于是，小叙事将会成为小说在当代不得已的选择。叙事将会越来越类型化、片断化，甚至虚无起来。

以麦家的《风声》为例，首先是小说的类型化。特情小说也好，悬疑小说也好，《风声》将自己明确定位。另外，它截取了某个很小的时间片断，在这个时间片断里，作者可以按小说的传奇性质营造故事，一切演绎都成为可能。把本应有的时间长度浓缩在针尖似的一小段里，小说积蓄的能量爆破而出，用这种方式，小说具备了讲述传奇的功能。一些目前走俏的职场小说，例如《杜拉拉升职记》，也是以自己通俗的小叙事获得大范围的知名度。

苏童的《河岸》虽然兼顾了历史的写实，但就其精神向度而言，依然是先锋文学的解构精神，具体操作上也依然有着躲进历史的虚构里进行不确定的语言游戏的影子。格非的小说自先锋文学时期起就是犹疑的、不确定的，惯于设置悬疑当然是他早年的先锋标志，近期的《人面桃花》《山河入梦》仍然显示出作家想要悬置自己的判断，怀疑、不确定甚至虚无仍然是格非的叙事风格。先锋文学解构历史的叙事风格一方面反映出作家对历史的怀疑，另一方面则又体现出一代作家对历史的不确定和难以把握，从而使宏大历史叙事本身成为不可能。

相比于当下动辄跨越半个世纪的农村史小说，李洱的《石榴树上结樱桃》围绕着村官选举这一件事，写出了一部属于小叙事的当代农村小说精品。说它是小叙事，仅仅是指它的时间长度，它的叙事角度、叙事结构中所反映出的信息密度，比那些失败的宏大农村叙事要大得多。当下农村的民主选举带出了当代农村生活的真实图景。看这样一部小说，读者丝毫不会怀疑它的“信”度，每一个活生生的人物通过自己的言行，也通过作者扎实的小说功底，更通过作者化于无形的小说技巧，融成一股故事的日常之流，最后达到高潮。小说写得轻盈却耐读，紧凑而意味深长，中国传统文论所说的“气”盈贯全篇。作品深得《红楼梦》写人物的精髓，好人也不是完人，坏人也不是十恶不赦，中原文化的厚重积淀可见一斑。河南作家似乎天生擅长写政治小说、官场小说、世情小说的优势也可见一斑。在这类小叙事结构里，作者没有欺骗读者的阅读时间，提供了真正有价值的文学本应该提供的内容。

同样写农村，曹乃谦的《到黑夜里想你没办法》也以自己的小叙事写出了当代农村题材作品的另一种价值。瑞典汉学家给予了高度评价。不管国内文学界能不能接受，马悦然是一个具备世界文学比较视野的评论家，尽管人们质疑他的汉学家身份并不名副其实，对他的信口褒贬愤愤不平。抛开文学之外的是非之争，曹乃谦的写作的确承袭了中国文学中源远流长的那一脉传统，那一篇篇惜字如金的小篇什，让人回到一个更古老，没有被冲击、断裂过的古中国文学情境中。但他写的却是1973、1974年的山西农村生活。人们会为马悦然的高度评价套上意识形态的帽子，套用萨义德的后殖民理论，或是视其为西方对东方文化的畸形想象，西方就接受“东方是非理性的、堕落的、幼稚的、不同的，而西方是理性的、道德的、成熟的、正常的”①。但谁也不能否认，曹乃谦写的是真实。他那固执使用方言的方式，中国式的节俭笔墨，《红楼梦》那样的隐笔与曲笔，直指人性的追问，勇于犯禁的文学胆量，将存在的真相

① 爱德华·W.萨义德：《知识分子论》，单德兴译，生活·读书·新知三联书店2007年版。

逼至角落，粗陋的山村生活像一块永不风化的化石被保存下来。这些也许正是马悦然看到的在世界文学格局里中国文学的特点。那些学来的现代、后现代叙事，学得再好，短期内也不可能转化为纯粹中国的叙事。它们没有根基，即使生出一些根须，也无法壮大，这也是为什么先锋文学演变成了一场小说的语言革命，而实质上的革命内容却被忘记或丢弃了。没有附上精神与灵魂的语言游戏，自然难以真正打动人心。曹乃谦的方言写作当然有值得商榷的地方，但是从小叙事的角度来说，它至少保证了小而精的价值。

理论与文学创作的关系

中国当代文学对理论的引进和运用的过剩，实际上正反映出对理论的饥渴与贫乏。引进的理论正在脱离本土经验而显现出意义踏空的趋势，这是当代中国文学理论的特征之一。而在文学创作领域，宏大叙事的消融也反映出时代对文学的改写与选择。用文学来全方面记录时代与社会，已成为一个不合时宜的要求，因为多媒体会做得更好。而速度则在当代改变了人们的耐心，审美的耐心正在失去，人们越来越要求在一个精当的时间结构里满足自己的审美需求。类型化、片断式的小叙事适应了时代审美的要求。这类小叙事都体现在对时间的节约上，过去一个长篇的时间现在被大大浓缩，通过这种方式爆发出能量，完成小说在当代的传奇、揭秘功能。而先锋小说以后的解构风格，使宏大叙事本身成为不可能，虚无的历史观之下，一切都变得可疑起来。经历了语言革命和技术狂热的当代文学，在叙述畸形膨大的革命中将革命本身的使命忘记，而留下的遗产就是宏大叙事在哗众取宠、投机取巧的一次次尝试中归于失败。现代分工的精细化与作家的专业化，反而使作家成了很多领域的陌生人，如《老残游记》《红楼梦》的作者那样精通各门知识的杂家越来越不多见。与其如此，莫如定位准确地先搞好自己擅长领域里的小叙事，在深度的、灵魂的、精神的领域里重新发现自己的优势与活力。

就理论与文学创作的关系而言，很多时候，引进的理论已经抛弃了当代文学，自说自话，自我演绎，生成理论的循环。高校、研究机构对自己的定位向来是经典文学的阐释者与立法者，是文学史的鉴定者，而每年发表出来的论文，研究当代文学尤其是当下文学的少之又少。这很少的一部分，为了体现理论的权威，也动辄被撰写成“宏大叙事”，或是研究一个代际的作家群，不管群体成员是否有共性，或是研究断代历史，至少十年，即使有研究单个作家的，也一定是研究这个作家的全部作品。总之，中国的理论家往往很有野心，作家的单部作品似乎不足以进入批评视野。像罗兰·巴特那样用一本书来分析萨拉辛戏剧的理论家不多，而当代文学需要的就是这样的理论家，需要真正具有理论精神的理论家。

理论与文学创作的另一层关系是，在理论的影响甚至是诱导之下，当代文学正在失去自己的耐心。理论的追新强迫症影响了作家，使作家也不由自主地以追新为自己的目标。正是在日新月异的时间感中，作家失去了做宏大叙事的扎实态度，为最新的理论而写作、做理论的形象注脚，成了某种心理暗示，而这多少正在使叙事日渐消融。以莫言为例，他的写作自觉或不自觉地受到理论的影响，《丰乳肥臀》与过去的告别、《檀香刑》的解构历史与语言策略、《生死疲劳》的叙述畸形膨大与民间性的理论定位等，从他的小说中可以发现各种热门理论的发展痕迹。理论家借助引进的时髦理论，迅速定位、标注那些能使自己的理论有用武之地的作品，他们不仅具有象征资本，还是传播媒介中的高端权威者，更是各种奖项的评审人。理论家持有什么样的理论观，自然会影响到一群作家的创作观。

理论的引进与运用的过剩，宏大叙事的日渐消融，是当代文学的两个显著特征，在前者的影响之下，后者的形态面貌也发生了变化。产生本土经验意义上的自己的理论，已经成了一个必须面对的问题。对创作而言，秉持耐心，守住文学的内在精神，与时髦的理论尤其是脱离中国现实的理论保持必要的距离，也许是重拾宏大叙事信心的有效途径。

原载《小说评论》2010 年第 4 期

“非虚构”如何不“虚构”

“非虚构写作”是当前较为热门的概念。“非虚构”在语义学上显然是指虚构的否定形式，要说清“非虚构”就应先讨论虚构，虚构是非虚构的理论前提。关于虚构的概念，在西方早已涉及历史、哲学、语言学、人类学等，是这些学科普遍关注的问题，虚构的著作也可谓汗牛充栋。而文学虚构性历来是文学研究不能回避的基本问题。如果我们承认虚构性是文学的最基本特征，那么，非虚构写作的概念与实践便有了多元的论述空间和意义。本文试图从理论与写作实践两方面来论述非虚构与虚构的关系及其可能的前景。

一、虚构是“非虚构”的理论前提

R.M. 赛恩斯伯里从哲学的角度，在其《虚构与虚构主义》中指出：虚构对象是真实而非存在（nonexistent），虚构对象是真实而非现实的，虚构对象是真实而非具体的。因此把世界分为虚构世界、可能世界、不可能世界。[1] 在此，赛恩斯伯里用了三个“真实”

---

① ［美］R.M. 赛恩斯伯里：《虚构与虚构主义》，万美文译，华夏出版社 2015 年版。

来说明虚构是什么。在现代理论视野中，文学的虚构性是与审美、文学性密切关联的，其中虚构性是最为基本的特征。在论及什么是文学时，韦勒克、沃伦说，尽管对此很难有明晰的答案，但是，把“文学”一词限指想象性的文学，是最为妥当的。① 威德森说：“我接受并保留上两个世纪定义的‘美学性’(aestheticization)，将文学看成技巧人工的(artificial)领域内的运作，例如在最广阔意义上的‘虚构’(fictive)。”② 席勒更是认为：真理在虚构中永生。③ 巴罗则持“艺术的反现实主义的本性”观点。④ 纳尔逊·古德曼认为：我们所有的构建世界的方式都是“事实出于虚构”。这些观点从不同侧面凸显了虚构之于文学的重要性。

到了后现代时期，文学独立性、审美自律性在理论的众声喧哗中被弃之如敝屣，文学与权力、政治、意识形态的关系则得到凸显。虚构、审美不再为文学艺术所独占，现实已被鲍德里亚所谓虚幻的“仿象”所覆盖，日常生活也审美化了。⑤ 后现代时期对文学虚构边界的解构，似乎使虚构理论的大厦摇摇欲坠。如伊格尔顿认为，在事实与虚构之间进行区分是行不通的。在16世纪末和17世纪初的英国，novel这个词似乎既用于真实的事件，也用于虚构的事件。“如果‘文学’包括许多真实的写作，它同样也排除大量的

① [美]勒内·韦勒克、奥斯汀·沃伦：《文学理论》，刘象愚、刑培明等译，江苏教育出版社2005年版，第16页。

② [英]彼得·威德森：《现代西方文学观念简史》，钱竞、张欣译，北京大学出版社2006年版，第15页。

③ [德]席勒：《美育书简》，徐恒醇译，中国文联出版公司1984年版，第41页。

④ [英]爱德华·巴罗：《作为艺术中的因素和作为审美原则的“心理距离”》，孙越生译，见[美]麦·莱德尔编：《现代美学文论选》，文化艺术出版社1988年版，第433页。

⑤ 马大康：《现代、后现代视域中的文学虚构研究》，中国社会科学出版社2014年版，第30页。

虚构。”[①] 达维德·方丹认为，文学性是超出虚构的。[②] 解构主义否定了语言具有指涉能力，认为语言能指总是不断漂移，永远不能抵达所指，虚构与非虚构的界限因此也就消失了，文学虚构问题似乎不存在了。伊瑟尔则从文学人类学的视角，提出文学虚构是一种“越界行为”，用现实、虚构、想象三元合一来阐释文学整体，试图弥合虚构与现实的鸿沟。[③]

与这些理论构成某种互证关系，非虚构写作大行其道，获得了现实合法性，或者也可以说，非虚构写作是西方理论自语言学转向之后，后现代理论的一种现实结果与突破虚构边界、重振文学的尝试和努力。

究竟什么是非虚构呢?《韦氏大词典》第 2 版中对“非虚构写作”的定义是：一种内容基于现实和事实的文学分支，以叙事散文的方式处理或提供观念，包括传记与历史文章，与虚构文学相对，与诗歌和喜剧相异。非虚构（Nonfiction）还是一个“外旧内新”的概念，最早来源于美国 20 世纪 60 年代三位作家的写作，即杜鲁门·卡波特的《冷血》、诺曼·梅勒的《夜晚的军队》、汤姆·沃尔夫的《电冷却器酸性试验》。这些作品被叫作“非虚构”小说。在西方的文体分类里，“非虚构”是个大概念。在它的大旗下聚集着传记、报告文学、纪实小说、散文、游记等。新新闻报道、非虚构小说、历史小说这三种写作形式更是属于它的范围。[④] 由于边界宽泛，

---

① [英] 特里·伊格尔顿：《当代西方文学理论》，王逢振译，中国社会科学出版社 1988 年版，第 15 页。

② [法] 达维德·方丹：《诗学：文学形式通论》，陈静译，天津人民出版社 2003 年版，第 63、74 页。

③ [德] 沃尔夫岗·伊瑟尔：《虚构与想象：文学人类学疆界》，陈定家、汪正龙等译，吉林人民出版社 2011 年版，第 4 页。

④ [美] 约翰·霍洛韦尔：《非虚构小说的写作》，仲大军、周友皋译，春风文艺出版社 1988 年版，第 1 页。

所涉及的类型包括报告文学、纪实性文学、传记文学、历史文学、口述实录体等，甚至新闻领域也盛行着大量的非虚构写作，例如特稿、深度调查报道等。“非虚构”是一个至今难以厘清范围的概念。

本文讨论的是传统纸媒上发表的以新疆书写为中心的非虚构作品。通过具体分析这些作品，可以得出结论：如果语言是牢笼的话，那么非虚构不过是从一个牢笼到另一个牢笼。非虚构解放了虚构，声称直达现实，凸显了真实性及现实性，但是，首先，经过语言过滤、筛选的现实本身就难逃虚构的嫌疑。纯粹的非虚构是不存在的，在符号学看来，语言符号的能指永远处在漂移状态。因此，非虚构中的想象甚至虚构不可避免。其次，正因非虚构的现实限制，非虚构写作呈现出天然缺陷。它大部分时候只能是一种悬浮状态，截取的只能是生活的一个片断。一切都是确定的，作家不能人为编造结局。也恰恰因为非虚构不能虚构，使作家笔下的人物经常难以像虚构人物那样精彩生动。正如朱利安·巴恩斯所说：“虚构人物天生就是优越的，因为他们与现实中的人们相比更鲜明、清晰且具有凝聚力。而且他们还有一个额外的优点，那就是能知悉的关于他们的一切都局限在书中。”[①] 马塞尔·普鲁斯特在《盖尔芒特家那边》中写道：“在处理生存问题时，纯逻辑总显得力不从心。”[②] 同时也应看到，非虚构写作的兴起绝非偶然。从理论到实践，非虚构拥有其写作伦理及实践意义。它对真实性、真相的追求正是突破文学困境的某种尝试。非虚构是突破边界的实践努力，是文学对抗后现代境遇的自我更新。目前国内的非虚构写作还不同程度地存在着一些问题。

---

① ［美］R.M. 赛恩斯伯里：《虚构与虚构主义》，第 26 页。
② 同上。

二、文学是虚构效果的生产

早在古希腊时代，亚里士多德就发现，悲剧是从酒神颂的临时口占中发展出来的。维柯则认为，缪斯的最初的特性一定就是凭天神预兆来占卜的一种学问。[①] 卢卡契、弗莱都指出艺术与巫术的联系。也就是说，文学艺术是由“仪式”活动孕育而成的，而仪式具有虚构、虚拟的性质，这是显而易见的。文学艺术因其虚构性，将现实世界施为性地建构成一个“异在世界”，并通过康德所谓非功利审美，树立起文学的审美自律性特征。文学世界是人依据自己的主观意向性建立的虚拟关系及空间。审美形式，也即乔纳森·卡勒所谓的“程式”，既是一种马尔库塞所谓的“形式专制”，也是克莱夫·贝尔所谓“有意味的形式”，更是一种生命法则。文学艺术遵守生命的法则，感性生命由此建立自己的权威。以文学为代表的感性生命向世界敞开，人由此获得重返被“解蔽”的“大地”的可能性。文学的建构作用，用什克洛夫斯基的表述，是使“石头变得更像石头”。语言学文论揭开了隐蔽世界的另一个角落。世界终究是使用语言的世界，而语言的符号性质及其系统的运作不可避免地在延异和虚构着这个世界，融化着世界的坚实基础。语言在某种意义上并不能完全表述和指涉实在世界。它表述的和指涉的只不过是经过语言“重构”的世界。而主体间性赋予文学话语以抗拒作者意图的自主性，也赋予读者自主阅读的独立性。这些认识和观点正在消弭虚构的边界。

然而，文学终究是语言的“实验场”和“竞技场”。“而语词（逻各斯）在起源上居于首，因而在力量上也位于尊。”[②] 语言作为

---

① 马大康：《现代、后现代视域中的文学虚构研究》，第327页。

②［德］恩斯特·卡西尔：《语言与神话》，于晓等译，生活·读书·新知三联书店2017年版，第78页。

一种表现，就决定了语言的哲学是艺术的哲学、美学。[1]舒斯特曼则明确指出："现在进一步想象要是彻底将审美经验从我们人类文明中剔除出去，那么我们就会完全被改造为那种电子人或者被电子人所灭绝。"[2]

下文将以李娟《羊道·春牧场》为例，分析非虚构写作实践中非虚构与虚构的关系。

> 卡西帕家养了一群花里胡哨的羊。赶羊的时候，远远看去跟赶着一群熊猫似的。……共两百来只羊，大羊约一百二十只，小羊七十多只。在小羊中，有二分之一是白色羊，四分之一黑色羊，剩下的四分之一是棕褐色羊。其中白色羊里有五分之一长着黑屁股，五分之一则半边屁股黑半边屁股白，剩下五分之一是奶牛，五分之一是熊猫……有的浑身都没什么问题，就是脖子上系了根雪白的餐巾——相当标准的倒三角形；还有的屁股上被谁踢了两脚似的印着两团脚印形状的深色斑块……一般来说，白羊生白羊，黑羊生黑羊，白羊和黑羊生黑白花羊。可是，棕色羊妈妈又是怎么生下黑白花的宝宝呢？估计是品种改良的结果，传统地道的阿勒泰大尾羊越来越少了。[3]

这是来自李娟《羊道·春牧场》的一个片断。这一段描绘羊的毛色的文字长达六百多字。读者都会被如此精妙的描绘深深吸

---

① [意] 克罗齐：《美学原理　美学纲要》，朱光潜译，商务印书馆2012年版，第161—162页。

② [美] 理查德·舒斯特曼：《生活即审美：审美经验和生活艺术》，彭锋等译，北京大学出版社2007年版，第38页。

③ 李娟：《羊道·春牧场》，载《人民文学》2010年第11期。

引，赞叹于作家敏锐细致的观察和轻盈幽默的笔致。最先吸引人的是“跟赶着一群熊猫”这样的表述。这个比喻句高调地设置了一个悬念：羊怎么会像熊猫呢？这个比喻句，体现出文学语言的诗性特征，生动、形象、夸张、跳跃，充分证明了瑞恰慈所谓的语言的情感用法，同时也体现了文学话语的施为性、建构性，它意图与现实世界取得联系的主观意向性。文学通过隐喻和象征来指涉现实，并在最后实现现实世界与虚构世界的互动、互释、互构关系。热奈特认为，每一个修辞格都可以看作是一个微小的虚构，是虚构的基本单位，因为当它要求我们转换方式想象一个事物时，虚构就发生了。① 从这个层面来说，非虚构写作即使严格地以现实为对象，也会不可避免地使用带有虚构意味的文学手法。即使是对现实世界的文学建构，虚构的文学方法因素也不可避免。非虚构离不开虚构，诗与真总像一对孪生兄弟那样缠绕在话语活动中。

这段细化到奢侈的、只为描绘羊的毛色的文字，确实有令人发笑、喜悦的阅读效果。李娟的文字都是美文，叫不叫非虚构似乎都没有关系。唯一体现非虚构写作特质的，就是作家确实在牧区、在牧民家中生活了不短的一段时间。作者对像熊猫一样的花羊的描绘达到了不厌其烦的程度，但其实“估计是品种改良的结果，传统地道的阿勒泰大尾羊越来越少了”。这一句才应是这部分文字的思想核心。作为一个有着文化人类学追求的非虚构作家，“传统地道的阿勒泰大尾羊越来越少了”，类似这种关于游牧生活形态的深层思考，才是她应着重表述的方面。但可惜的是，作者的结论就到此为止了。李娟的《羊道》系列并未达到典型的非虚构写作应该达到

① 参见［法］热拉尔·热奈特：《转喻：从修辞格到虚构》，吴康茹译，漓江出版社 2013 年版。

的目标，而只是令人信服地沉浸在哈萨克牧民的生活中，却难以跳出来，对这种生活采取分析与思考的态度。也因此，其结果就是文体界限并没有得到有效明晰的区分。《羊道》跟李娟其他题材的散文之间，并没有特别的区分度，连以片断连缀为全文的结构方式都一样。

由此引出当下非虚构写作的一个倾向，即非虚构写作的审美化而非思想化。

> 乌伦古河下游三十公里处新建了一个牧民定居新村“胡木吉拉”，村里有人来找到我妈，要我去该村当“村长助理”，一个月给我两百块钱。又表示这个价位是合理的，村长本人才四百块。
>
> 我妈备感受辱，傲慢道：“我的女儿可做不了那种事！”……总之，在阿克哈拉村，我实在是个扑朔迷离的人物。主要有四大疑点：一、不结婚，二、不工作，三、不串门，四、不体面。
>
> 然而这个冬天，我终于要像模像样地做一件作家才做的事了——我要跟着迁徙的羊群进入乌伦古河南面广阔的荒野深处，观察并记录牧民最悄寂深暗的冬季生活。①

这是《羊道·冬牧场》开头几段。可以见出李娟这一类写作的基本风格：轻盈、幽默、灵动、真切。这也是她在全国出版界获得成功的原因。苏珊·桑塔格说过，人经历了苦难便获得了话语权。李娟的写作是活生生的范本。为了写《羊道》系列，她常年跟牧民

---

① 李娟：《羊道·冬牧场》，载《人民文学》2011年第11期。

生活在一起。可是在她的文字中，读者丝毫看不到对这种完全异质、艰辛生活的抱怨、厌弃。相反，她倒是尽可能地赞叹了哈萨克人乐观、坚强、豁达、好客等优良品质，对游牧民族的生活方式、伦理观念和生命形态进行了较为深入的描写。例如每天一次的相会、要过不好不坏的生活、哈萨克的“土电话”、骆驼的事、羊的事等段落及表述，都展现出作者天才般的文学建构能力。但正如在前文中提到的，形象、生动、深入、体验都没问题，但作为非虚构写作最为重要的一维——思考及理性的抽象功能，却是阙如了。

在李娟的写作中，我们似乎看到了非虚构的全部可能：仍然是写人物、事件，但并不以人物性格塑造为己任，只追求人物的气质特点和精神心理等，情节也并不突出，不追求曲折变化，只向读者提供生活的记录。她的笔仿佛一个摄像镜头，唯一不同的是，她的文字能告诉读者，当她参与这种生活时，她本人的各种感官及心理感受。

三、“非虚构”是一种结果预期或想象

“非虚构写作”与其说是一种文体概念，还不如说是一种写作姿态，是作家面对历史或现实的介入性写作姿态。[①]下面以丁燕的《沙孜湖》为例，探讨非虚构写作实践与虚构的关系以及可能的前景。

> 因为无法交流，观光客笔下的新疆，一面是民俗的猎奇，一面是探险的表演，唯独没有真实的人。语言像一道藩篱，树

① 洪治纲：《论非虚构写作》，载《文学评论》2016年第3期。

立在两个普通人面前，妨碍她们进一步交流。在面对面微笑的背后，总不免流露出惊慌和无措。

……毡房里的失语，变成道符咒，一直笼罩着我，让我深感沉重。①

在这段话里，可以见出两层意味。一是作者在被采访对象面前的失语，并因此焦虑不安。因为语言不通，有时没有翻译，这种采访给了作者一种强烈的失语感。另一层意味是，作家承认了自己实际上无法真正融入并懂得哈萨克牧民的生活和世界。尽管她在努力打破语言的壁垒，但语言像坚冰竖立在她的面前，而面前的异在世界的难以进入，逼迫作者进一步采取了想象或臆造的写作策略。比如：

他再次埋头。灵感的闪电在天空显现其蓝色血管；闪电复制成许多个，蕴藉于身体内，最终，在笔端得以集中爆发。词语顺畅，界限消失，激情渐涨。他和草原正皮肉贴皮肉地亲昵着，谁都掺和不进来。他们被神秘的暗码共同控制着，那暗码就是舌尖上的词语，那是他们的绝密信号。②

与其说这段文字是描述哈萨克作家的，不如说更像是作者的自述。在这里，作者对她采写的对象完全采取了想象的方式，令人想到伍德的“虚构是臆造和写实的结合”的论断。③

① 丁燕：《沙孜湖》，江苏凤凰文艺出版社2015年版，第56页。
② 同上书，第111页。
③ [美] R.M. 赛恩斯伯里：《虚构与虚构主义》，第5页。

四、对当下非虚构写作实践的分析

> 从山上搬下来，在县城租房住，陡然陷入喧嚣人群，需要适应的不仅是学生，还有家长。延续千年“逐水草而居”的生产方式变得凝滞，双脚踏上柏油路，牧民始终感觉自己是城市的陌生人。房屋带来的不仅是牢固，还有伤感，以及在这个四边形空间度过的不自由的分分秒秒。虽然身居闹市，感觉偏远绝世，可牧民期望孩子通过上学改变命运的心情，又那么强烈。①

丁燕的非虚构写作一直有着较为明晰、自觉的文体意识，她对国内外的非虚构写作历史及现状作过研究，也写有《纪实文学的新变化和可能性》②。她懂得结构、描绘节制，懂得在非虚构写作中理性、研究、文化人类学意义上的讨论的重要性。上面这段文字触及了新疆哈萨克牧民生活形态的内核，他们的矛盾及痛苦，他们的向往与希望。这样的新疆才抛弃了风光照片、民俗旅游式的符号化书写，呈现出真实、立体的面貌。

“我陡然一惊：如果我住在毡房里，周遭是无边的草原，沉默的羔羊，如果我被无情冷雨包裹，被无眠长夜折磨，我是否会喝酒、骑摩托、打电话？……我会。”③可以说，这种两相对照式的写法，是丁燕常用的：将他人与自己，将游牧文化与农耕文化及工业文化对比，试图拓展自己写作的半径。事实上，这种写法也取得了不错的效果。在对比中，被描述的对象或事实凸显出多维角度、多

---

① 丁燕：《沙孜湖》，第 116 页。
② 载《文艺报》2017 年 12 月 15 日。
③ 丁燕：《沙孜湖》，第 122 页。

层意义，世界变得多元了，文化的色彩也由此丰富斑斓，从而具有了文化人类学的书写意义。

纵观《沙孜湖》的写作模式，可以发现，从语义学角度来界定文学的虚构或非虚构，确实困难重重。文学话语是以建构性也即虚构性为主导功能的话语方式，在文学世界，虚构性与真实性并非相互对立，而是相互协作、相互渗透的关系。正是由于文学的想象能力在现实与虚构之间不断越界，文学方能参与人类社会实践，并形成巨大的批判力量。文学活动既以审美为其主要特征，又在审美、认识、伦理之间不断穿梭。丁燕的非虚构写作体现出人既存在着，体验着，又认识着，评判着。正如伊瑟尔所说："一方面，表演让我们走出藩篱，寻找被禁锢的那部分自我，过上出神入化般的生活（至少在我们的幻想里是这样）。另一方面，表演将我们表现为'单词句'的片断，所以我们通过另一种自我的可能与自我对话，这是一种起着稳定作用的形式。……因为认识能力不能充分把握这种双重作用，所以我们需要文学。"① 表演是伊瑟尔非常重要的一个概念，其实就是作家的文学活动。

王族的《长眉驼》也被冠以非虚构写作之名。这类以西北边疆的动物如狼、鹰等为写作对象的人文地理类散文，其实一直是王族的写作方向，在国内散文界有一定的影响。毕竟人类对野生动物有着不竭的求知欲，也因此，王族的动物写作系列开辟了一个独特的领域。以下以《长眉驼》为例，分析此类非虚构存在的问题。

> 叶赛尔一边往前走，一边给我讲一个关于长眉驼记地方的故事。有一次，一峰长眉驼在外面十几天未回，天突然下雪

① [德] 沃尔夫岗·伊瑟尔：《虚构与想象：文学人类学疆界》，第 385 页。

> 了，主人不得不赶着驼群迁徙到另一个草场。……有一双眼绿绿的眼睛——啊，狼！它背上驮着一只狼。
>
> 有一年一场提前降下的大雪让牧场上的秩序乱了套……几天后，牧民们迁徙到了一个温暖的草场上，长眉驼们早已站在路边等着他们。
>
> 还有一峰长眉驼，有一次主人外出放牧时摔断了腿……人们从它的声音中判断出它的主人出事了，便赶过去把人背回来送到了医院。①

在这一个片断里，作者连续使用了叶赛尔讲述的三个故事，连缀在一起，结束了这篇关于长眉驼的非虚构作品。这种转述，使非虚构的文学性减弱。场景、现场性的细致描写的缺乏，对长眉驼研究的缺乏，都使得这种非虚构写作堕入民间故事的层面。尽管作者呈现了所写对象的各种奇观，满足了读者的好奇心和听故事的欲望，但显然，非虚构更为深层的写作目标并没有达到。例如对长眉驼这种异常珍贵动物的科学性研究数据、保护措施，人类与动物之间的关系等人文讨论，也许才是非虚构写作更为重要的维度和方向。

英国文学评论家芭芭拉·劳恩斯伯里在《事实的艺术》中阐明了非虚构写作的四个特征：第一，记录性。她认为非虚构作品来自真实世界的“事实”记录。第二，详尽的研究。非虚构写作要通过观察、调查、采访和文献的验证来建立叙事的可信性。第三，场景。芭芭拉·劳恩斯伯里强调重建场景的重要性。第四，细致的写作。优美的语言是非虚构写作的文学特征。第五，浸入式采访。严

---

① 王族：《长眉驼》，载《人民文学》2010年第11期。

谨的非虚构写作活动要求写作者要有扎实、细致的采访过程。[1]对照国外对于非虚构写作的严格要求，国内很多所谓非虚构写作存在调查研究不足、采访体验缺乏并因此过度虚构、艺术感人性不够的问题。

五、结　语

非虚构写作在国内的兴起，有着现实原因。正如美国学者约翰·霍洛韦尔对20世纪美国非虚构小说的兴起的分析，美国20世纪五六十年代的社会剧变导致非虚构文学的出现，“一切事情好像都在以比过去高十倍的速度变化着，艺术家缺少能力去记录和反映快速变化着的社会……这一时期里的日常事件的动人性已走到小说家想象力的前面了”[2]。当下中国的社会现实存在着相似的境遇，随着社会分化、分层的剧烈变化，作家的虚构显出了回应现实的无力感。一些作家生硬编造的写作方式显现危机，令读者对虚构作品产生失望和厌倦心理。具体表征如李建军所说，“他们把‘虚构’当作一种不受节制的特权，所以，无论叙事，还是描写，都表现出一种极度随意和任性的态度。表面上看，有的小说作品的细节描写生动、鲜活，很具有生活气息，但是，本质上却芜杂而琐碎，缺乏最基本的真实感和意义感”[3]。一方面，当前一些虚构作品令人产生不信任感，人们对真实性、真相的呼唤生发出非虚构的写作实践。另

① 刘蒙之：《非虚构写作：内涵、特点以及在我国兴起的多维因素》，见http://new.qq.com/omn/20180218/20180218G0M1VM.html。

② ［美］约翰·霍洛韦尔：《非虚构小说的写作》，仲大军、周友皋译，春风文艺出版社1988年版，第3页。

③ 李建军：《真实是文学的最佳模式》，载《人民日报》2011年7月29日。

一方面，后现代现实也如鲍德里亚所谓的“拟象世界”，正在取代真实世界，我们看的新闻、浸淫的网络、电子世界都是一个仿真的、经过虚拟化运作的空间，世界的真相由电子技术提供，世界的真相被遮蔽了。“非虚构写作”试图通过重建有关真实的叙事伦理，进行一些必要的反拨。正如维特根斯坦所说，用法即意义。

“然而，在发展中国家，几乎没有这种写作传统。非虚构写作这个领域，在中国大地上有着难以置信的发展潜力，我们这些有幸参与其中的人，只是粗略地画出了这个写作领域的轮廓。”① 非虚构写作实践在中国并不成熟，还存在着明显的问题。对非虚构写作的研究及实践，应认识到非虚构与虚构的复杂关系：虚构是非虚构的理论前提。如果文学的基本特征就是虚构的话，那么非虚构只是一个相对的概念。在非虚构的具体写作实践中，更可看出，想象或虚构因素不可避免。一方面是虚构不可避免，另一方面却是当下的非虚构写作存在虚构过度的问题。

对比国外一些作家对非虚构写作的态度，可以见出差距。比如，霍华德·格里芬为了写作《像我这样的黑人》，乔装成一个黑人，多次乘坐公共汽车穿越密西西比州、亚拉巴马州和乔治亚州等种族主义区域。格里芬甚至先后以黑人和白人的不同身份，两次从新奥尔良经过，进行浸入式体验。白俄罗斯的非虚构作家阿列克谢耶维奇为了写作《来自切尔诺贝利的声音》，访问了上百个受到切尔诺贝利核灾影响的人，有居民、消防员、历史学家、科学家、官员、救援人员的家人、摄影师等。② 卡波特为了写《冷血》，花了六年的时间调查人物事件，就为了追求一种“接近到皮肤”的报道。

---

①［美］何伟：《在中国，非虚构写作有难以置信的潜力》，载《新京报》2015年1月17日。

② 刘蒙之：《非虚构写作：内涵、特点以及在我国兴起的多维因素》。

当然，国内也有非虚构作家如梁鸿，为了写作《出梁庄记》跑遍全国十一个省市，采访了三百余人。李娟直接住进牧区牧民家中，跟着哈萨克牧民转场。丁燕为了写《沙孜湖》，深入湖区周边，做了大量实地调查采访。但不必讳言的是，国内负责任的非虚构写作并不多，也没有出现一批颇具厚度、艺术水准高的作品。

正如米夏埃尔·兰德曼所说，“人离心地生存着，文学的虚构性赋予人以超越性，让人走出自我，远离自我，然而，又让人真正找到人本身，真正回归自己”[①]。伊瑟尔从文学人类学的角度提出：“虚构是人类得以扩展自身的创造物，一种能从不同角度研究的状态。”[②]同时，虚构在思维运动中与想象紧密联系：“虚构仅仅是一种手段，它使想象不可或缺地，如同流水一般淌入我们平凡的世界。”[③]正是由于与想象的联结，文学的虚构性变得更为复杂和微妙。当前的非虚构写作应处理好非虚构与虚构的关系。从理论上，认清非虚构无法避免虚构的现实，从实践上，则应尽量采取对事实真相的非虚构态度，从而创作出思想上具有社会学深度，同时充满艺术感人性的非虚构作品，使非虚构写作与完全虚构的作品得以区分，并真正体现其价值。

原载《南方文坛》2018年第5期

---

① 马大康：《现代、后现代视域中的文学虚构研究》，第8页。

② [德] 沃尔夫岗·伊瑟尔：《走向文学人类学》，见 [美] 拉尔夫·科恩主编：《文学理论的未来》，程锡麟等译，中国社会科学出版社1993年版，第279页。

③ 同上书，第287页。

批评的“八股”与“八卦”

什么是好批评？以前文学理论还不发达的时候，一些美学家和作家型批评家把持了文学理论的讲台，倒是留下了许多经典的好批评。宗白华的《流云小诗》《美学散步》，是公认的中国体验美学的高峰，再后来无出其右者。沈从文早就说过：“写评论的文章本身得像篇文章。”他以作家的眼睛和心灵发现：“一首诗，告诉我们不是一个故事，一点感想，应当是一片霞，一园花，有各样的颜色与姿态，具各样香味，作各种变化，是那么细碎又是那么整个的美……”在关于什么是诗的千百种说法中，这是我至今印象最深刻的说法。李长之的《道教徒的诗人李白及其痛苦》现在看起来，真正体现了一个批评家不人云亦云的独见。李健吾的随笔批评常常有发人不能言的别才别趣，他说：“有的书评家只是一种寄生虫，有的只是一种应声虫。有的更坏，只是一种空口白嚼的木头虫。”他大概不会想到，对于批评界来说，这三虫大概是永远不会消失的。更不用说鲁迅杂文批评的尖诮卓然，朱光潜融通中西美学的入乎其内和出乎其外，钱锺书《管锥编》的学统风度；而周作人晚明小品文式的平淡冲和，也许倒是这个喧嚣急躁时代的一剂猛药……

后来文学理论“发达”了，大学和研究机构里一夜之间冒出许多持有西方最新理论武器的理论家，可是大浪淘沙、披沙拣金之后留下的好批评反不多见了。是何道理？西方文论界自 20 世纪 80 年代中期以后，开始反抗理论、抵制理论、反省理论的限度，后理论时代来临了。向以引进西方理论为能事的中国理论界便也突然陷入理论匮乏，大量引进的跟中国现实、文学实践关系不大的理论问题、理论术语，因其不接地气、文不对题，开始渐渐淡出。找到中国文论自己的问题域，实现中国文论的自主造血，以及从传统文论中汲取营养，进而转化生成现代文论，成为真正的理论问题。

民间不管批评界的三分法（学院派、作协派和媒体批评），只按文本的文体风格，将现今的批评大体分为“八股”和“八卦”。“八股”大体指学院派的文风，自我缠绕在一些不是理论的理论里，踩空踏空不及物，自我增值不自觉……但有些拼命向学院论文看齐的作协派、媒体派也很能“八股”，“八股”起来不输于学院派，因我们的学术生产机制就是这样，晋身提升唯论文是举。“八卦”大体指媒体批评，常常东鳞西爪地“胡说八道”，为吸引公众的目光，没有不敢说的。但有些学院派动不动预言一下全球化时代理论的未来、后理论时代中国文论的历史走向时，也显得很“八卦”；而作协派由于跟作家走得太近，摆起作家的“八卦”来无人能及。不管是哪一派，就文体风格而言，“八股”和“八卦”的分野倒是呈泾渭分明状。

在批评界纷纷反思批评本身的时候，不揣浅陋地往上加一根柴，也算是批评共同体在共有话题上的“接着说”。撇开身份派别，就批评的“八股”或“八卦”，引出以下的“接着说”：好批评不惧怕理论，好批评不拒绝神采，好批评是一个实践问题，具有问题意识和犀利的思想性。

一、好批评不惧怕理论

批评的“八股”和“八卦”是不是本就不该有什么绝对的分野？那些倾向于批评的“八卦”的论者应该研究点理论，免得在指点文坛江山的时候，显得过于意气用事，让学院的“八股”们打心眼儿里看不起：卑之无甚高论。你说、你认为、你觉得，有什么了不起，你有相关知识学问的积淀吗？有相关学科的前理解吗？了解相关场域的最前沿信息和动态吗？你有爱智求真的科学态度吗？你在有所发现的时候附上逻辑缜密的科学论证了吗？如果这些都做到了，再配合上你的发现、创见、新见，也许就是站得住脚的批评了。理论很多时候惹人厌烦，并不是因为理论本身，而是因为那些运作理论的人的误用和滥用，在不该六经注我时乱注，毫无创见、断章取义地抄袭沿用。对理论运用得好，应该是跟理论保持张力关系，进行相互增值的理解深化，是站在巨人肩膀上的远眺，是与巨人对话辩论的理与智，并且尊重知识场域的积累。理论的系统和深度本就是相关学科的知识场，大家都要在这个场域里“接着说”，所以场域里原有的传统是学术增长的基础和原料，是相关学科已知已证的“真”，要进一步阐发这个“真”，就必然离不开相关的理论。因此，好批评不惧怕理论。对相关理论了然于胸、自如运用，在此基础上有所发现、提出创见，差不多就是好批评了。

二、好批评不拒绝神采

学术生产的论文机制短时期内不可能改变，但改变论文空洞陋乏、僵化平庸的八股味儿是可能的。就连西方文论的生产机制也同样遏制了自己的优秀文论：本雅明的论文《德国悲剧的起源》曾被法兰克福大学否决，但后来此书却成为20世纪文学批评的经典。尼采、福柯、弗洛伊德都曾在自己的学术生涯中蹭蹬过。但是真的学术，哪怕是有争议的学术，总会穿越时代证明自己的价值。马克思曾给恩格斯写信，宣称“要把《资本论》各卷写成一个艺术整体”。蒙田的随笔，几百年来就滋养着西方后世的哲学家、文学家；尼采的哲学之前不被承认，因其行文像疯癫的诗，可是人们最终被他诗一样的语言才能穿透的深刻思想折服——内心深处，哲学家都以被当作诗人为荣；福柯在法国高师的论文因写得过于文学化而饱受诟病，但没人能否认这位思想家的文章魅力；西方马克思主义文学理论家伊格尔顿，以及海德格尔、苏珊·桑塔格、萨义德等，都以理论为业，但他们的大部分论文都不是不忍卒读的类型。

不能想象一个做到“真”的批评文本，没有做到“美”，将是多么大的损失。美是一种价值，世界上的很多事情都有审美价值，而现阶段更是一个以审美、消费及个体为话语特征的中产阶级时代。对批评来说，在发现“真”的层面之上，表述得更有神采，更有形式之美，更有情趣（这个情趣包含论者的个性、幽默甚至智慧、性灵），不是能使批评有如一个生命体一样活起来吗？“文体”之“体”，从词源学上追溯，就与人的生命体之体有关。李泽厚的《该中国哲学登场了》和《中国哲学如何登场》，不管其间的哲学思想是否需要商榷，起码作者有关中国哲学在这个世纪的传承与更新的问题意识就令人钦服。而其哲学著作，没有佶屈聱牙、专事吓人的术语缠绕，汉语思维控制下的学术论述清晰晓畅、条分缕析，知识学问经由生命经验点化。真正的大家也许恰恰不拽“八股”，反而力争表述的个性情趣。举这个例子只为说明，连哲学论著都可以做到令人可亲，文学批评有什么必要灰头土脸、面目可憎呢？如果不能做到言说有神采，劝君不做批评也罢。

三、好批评是一个实践问题

最近，关于批评自身的批评层出不穷，最后自然就聚焦在批评的有效性上。这个命题的提出，显然有之前的批评都不怎么有效的意思。可是细细思量，有效还是无效，本身要经过实践的检验，一切都在历史化的过程中，没有谁能突然叫停历史。

只要本着良心做批评，认真关注了一个时代的文艺思潮以及代表作品、代表作家，提出了自己融合真与美的看法，就比做那些空泛的大讨论有意义得多。说到底，批评是一个实践的问题。令人尊敬的批评，可以是那些宏观的、总体的、史学意义上的批评，也可以是对某个文学问题、某位作家的精彩分析。中国的批评界还有一个有意思的现象：英美新批评派、法德结构解构派、苏俄车别杜、后现代主义和后殖民批评等各帮各派，都有自己在中国的铁杆追随者，追随者们也常常以各自的学派为正宗。这倒也不奇怪，武林争霸，争的从来都是谁是正宗，谁是旁门左道。但批评也这样使小性子，让我们这些门外人看不明白——难道我们大家最后不都得做中国自己的批评么？知识是用来积累交融和转化生成的，不是用来相互排斥和自囿门户的，尤其是关于文学的知识，有什么难以交流的隔阂？只要大家都是人类，对于文学的理解总有很多共通点。要是谁有本事既通英美新批评，也通法德结构解构，还通苏俄车别杜，更通后现代主义和后殖民批评，同时不忘中国自己的古典文论，在应对具体文学问题时，融会贯通地打出一套无影拳，才是高手呢。

四、好批评的问题意识

批评应该有自己的问题意识。也许是对问题惧怕了吧，人们经历了批评被政治牵着跑，又被商品经济引着跑的历史，不论是学院派还是作协派，都自然地转向文学内部，专注于玩形式。一批作家在搞纯形式的大比拼，干巴巴冷冰冰的文本试验永无止休，最终不过追新至死。批评在文本的内部打转，成了最稳妥也最“学术”的策略。以前听惯了批评家动不动“社会”“时代”的，现在则几乎听不到了，这也不正常。连哲学都承认是靠政治过活的，没有哪种社会意识或者文化艺术能脱离社会和时代。批评要是与现实生活无关，无怪乎无效；批评要想有生机和活力，就得搞清楚这个时代和社会。

可是，不仅是作家，批评家也在脱离社会和时代。批评家要是懂得这个时代农村的变化，从物质到精神的一系列最深刻最细微的变化，就不会对《秦腔》众口一词地说好。没有一个人提出不同意见，甚至一点点质疑？好像大家都长着一个脑袋。《秦腔》只写出了一个戏剧化的、粗略的、符合寓居在大都市的教授们想象的农村。真实的农村远比《秦腔》表现得深厚、复杂、荒诞、寂寞和不可知得多。为什么寓居在大都市的教授们会惊奇地说，天哪，这就是中国现时段的农村啊。就像瞎子摸象，摸到哪儿算哪儿吧。贾平凹自己对乡村也早已是一个客入者的身份了，能将他有限的感性经验抽象成《秦腔》也算尽力了。

但是不是就没人能写好现时段的农村？在民间名不见经传的人多得很，他们对农村的谙熟使他们写出来的作品完全超乎想象，这样的作家是存在的。可是我们的文学，我称之为无情的文学，眼睛只盯着几个功成名就的作家，就只能是这样一个结果。

批评的问题意识还体现在，一些应该关注的问题没及时关注，不是问题或一时不可能说清道明的问题却引起空头热议。20 世纪 70 年代出生的作家作品，早就应该予以集中关注了，文化研究也好，文本分析也好；80 年代出生的作家，除了对他们的商业化写作的批评，并没有人真拿他们当回事，没人深入研究他们的写作与我们这个时代的关系，而他们也许恰恰是时代症候群的集中体现者。还有一些别的问题：边缘写作者的身份识别，“50 后”“60 后”作家造就的写作模式和接受模式是否应突破，中国文学如何重新找到情之根本，作家的抽象能力渐弱，等等。

五、好批评的思想性

“思想”也快成陈词滥调了。心理学上说，人一般没有什么就嚷嚷什么。叙事平面化、浅薄化、认为语言是终极目的的风潮，使思想离人们越来越远，人们越来越习惯于成为不思考的娱乐的奴隶。有思想深度和新意的批评少见了，多见的是缠绕着术语和修辞，似乎言之凿凿但让人毫无触动的消费性文本。

以前中国人文史哲不分家，后来学科细化，古代、现代、当代、中国文学、外国文学，各人管各人一块自留地，不得越界。培养出来的博士其实不博，质量好的也只能算是很小一块自留地里的专门家。这样的知识背景，有什么值得炫耀的？大学里的教授自己说：为什么当代难以产生大家？知识积累到了今天，全靠门口一块自留地混饭，当然产生不了大家。大家绝不仅仅是对知识和学问进行技术操作，大家是要有对时代的思想贡献的。当然，专门家是需要的，但紧紧地只抱着文艺学是不行的，在专的基础上更需要博，需要哲学、美学、历史学、社会学、心理学都能通一点，不然很难写出有思想深度的好批评。这是为什么宗白华、朱光潜这些美学家谈起文学，更令人心动，因为他们有历史、现实的视野，他们的哲学功底、融通中西美学的学术积淀，使他们的表述更有穿透力和思想上的超迈。

要超越前人作出思想上的贡献是困难的，但发挥中国式思维的优势，在体验美学的范畴里，像作家一样去体验写作过程，再返身批评，一定会有跟文本更贴近的思想收获。宗白华本身也是一位书法家、艺术家，所以他对中国书法、建筑的艺术批评总是那么令人折服。美术界、书法界、戏剧界都可以堂而皇之地要求批评家也去创作，这些领域的名家大部分都身兼双职。文学界倒没人敢大张旗鼓地倡导批评家也去搞搞创作，因为批评家会不屑地说，我没吃过猪肉，还没见过猪跑吗？谦虚一点的也会承认：我们确实是一帮自己不会炒鸡蛋，还要教别人炒鸡蛋的人。

也许到了批评家也该去搞搞创作实践的时代了。

原载《文学报》2012年4月28日

文学批评如何“出圈”

——立言、方法及氛围

大概是在2015年或更早，中国作协就组织探讨文学、文学批评的有效性或“出圈”的议题。持续到今年，说明这类议题时至今日仍然具有“有效性”。相较于文学的“出圈”，文学批评的“出圈”似乎更需要提振一新的面貌来为之改变。倡导文学批评的“出圈”，想来应该是就文学批评的影响力、引导力方面来说的。一个毋庸讳言的事实是，今天的文学圈子、学术圈子也许比我们想象的还要小。这些圈子也越来越精英化，满足于圈内的自我欣赏或彼此表扬，既缺乏创作主体或批评主体意义上的向外吸收，无法完成自身的更新与创造，也缺乏突破术业壁垒的激情与信念，对社会文化生活中的公共热点、难点问题不具备发言的勇气与能力。长此以往，“圈子”必然越来越局限于自己专业的那一小块。因此，所谓“出圈”，我以为首先应该是批评家主体要出了自己的圈子。

一、立言的激情

如今传统意义上的文学日益边缘化，与之共进退的文学批评又该如何出圈？尽管看起来传统意义上的纯文学正在式微，但文学是不会消亡的。文学性的本能需要是与人类的文化生存紧密地联系在一起的。不论是从别林斯基所谓“文学是社会的家庭教师”这样的角度来说，还是从人类对自己文明的叙事需要角度来说，以及人们作为生命体的情感性、审美性等本质属性，都注定了文学是不会消亡的。而“在所有批评家中，最伟大、最正确、最天才的是时间”（别林斯基语）。将文学、批评放置于这样的历史、文化视野中，就不会对文学、批评丧失信念、产生动摇。文学批评除了跟踪研究文学创作，其实更是某种批评家主体立言的生存方式。萨义德就一向认为，批评家的作品比诗人和小说家的作品更重要。到底谁更重要，作家、批评家没必要做无谓的争论。批评家也要有自己独立的安身立命之处，要有立言的激情与理想，带着敏锐和智识上的正直，选择有价值、有意义的议题；关心所处的时代，以自己的批评回应当代文化生活中的热点与痛点；不以所谓的专业壁垒回避批评的当代性，实现立言的当代性品格。怀抱这样的立言初衷，也许能殊途同归地达到“出圈”的效果了。

我们总是强调，文学批评应该注重批评的思想力度与深度。那么思想的力度与深度从哪里来？当下绝大多数的批评难以引起关注，也许是因为我们的批评没有打动读者，没有吸引读者，更不用说进入读者的灵魂、提升民族审美力这等层次了。也许我们通常都在干的就是一些技术活儿：复述一些作品的句段，故作高明地拆解与点评，对作品的形式分析不厌其烦，似乎除了形式还是形式，话要说得比小说家更漂亮，还要沉浸在语言的细微缠绕里；档次高一点的，是用当下最时新的理论、最时髦的词汇，故作惊人语地完全新解了作品。这些技术活儿，跟读者无关，跟思想无关，甚至跟作家无关。更有甚者，批评所引起的反感在于，一些批评者自恃智识上的优越感，要弄一种文字上的诡辩计，将批评的论述朝着自己想要或不得不要的方向强行扭转，进而得出令人惊诧的结论。这种批评缺乏对客观性的尊重，更缺乏论道衡文的诚实与庄重。

思想的力度与深度，常常与批评家主体投入的情感力量也即激情有关。那些成功“出圈”的大批评家大多是将自己的生命体验融进自己的学术批评，从而使学术负载着批评家本人最大的生命能量，从而具有了言说的强烈魅力与吸引力。而批评家的情感力量往往来源于时代的大事件、大灾难，批评家本能地要以哲学的、历史的、社会的视野与知识，来纵深阐释这些大事件、大灾难所表征的文化政治内涵，为人类的文明生存提供证词与预言。譬如：阿多诺研究权力人格，源于对法西斯为祸德国的痛彻体验；萨义德发现“东方学”，跟自己既是巴勒斯坦人又接受西式教育的身份以及多灾多难的中东局势息息相关。萨义德秉承葛兰西的知识分子观念，认为知识分子不能降为一个无个性的专业人员。正是怀抱这样的学术激情与理想，他将自己种种彼此矛盾或不相干的身份联结升华为一种批评品格，即永远对自己的时代发言。而本雅明对卡夫卡的理解与阐释，比之同时代人远为深刻与精彩，就源于同为犹太人的生命感受，以及作为思想家对时代命题的敏感与投入。作为一名批评家，对纷繁复杂、风云变幻的现实也许无法书写决定性的文本，但可以选择阐释，用自己的智识和才学，为当代文化生活提供观念的、审美的、历史的不凡洞见。

二、理想的批评家

如今，批评界的主流，其实已经变为大学、科研机构里的文学从业者了。不得不说，大学、科研机构等都有自己运行的规则，系统的项目、课题、论文，以及繁重的教学任务，基本规训了业余批评家们的生活方式，使他们部分地丧失了言说的自由与激情。跟踪社会文化生活中的热点、痛点，这样的任务变得越来越遥远。而学术流水线上生产的长篇大论也早已耗尽批评家们的锐气与灵气。一边嘲笑“出圈”的都是“野狐禅”，一边早就不会写短小精悍、才华横溢、既犀利又蕴藉的文章了。絮叨而周延、引证连篇的学术八股，说实话，也许天生就与“出圈”绝缘。当然，出圈并不是评价批评的有效性的唯一标准，“出圈”是向前看的，是时代的命题，是应对时代的挑战。通常意义上的纯文学本身已边缘化，批评“出圈”，毕竟还是有难度的。单从“出圈”的角度来说，我愿意这样理解并实践这个问题：尽可能地参与社会关注的文学热点问题，尽可能地不要拘囿于某学科、某方向、某领域的小圈子，脑子里摆脱疆域限制，把宽广的文化视野作为自己的知识储备，作为一种基本的批评修养。有对哲学、历史深耕的野心，涉猎多种文化，有为文为艺的兴趣，有博学多才的境界追求。

还是以阿多诺与萨义德为例，在哲学家、批评家、思想家之外，他们还是精通音乐的行家，他们的批评都没浪费这种资源，这使得他们的批评比单纯的文学批评影响大得多。萨义德的《晚期风格论》，这本并不完整的书引起了广泛的关注，不仅是研究作家晚期风格的学者，研究音乐家晚期风格的音乐批评家也奉之为圭臬。这就是“出圈”。在这本书中，萨义德回应了阿多诺的《贝多芬的晚期风格》，他想探讨的是艺术家在其晚期风格中所可能有的表现及其所对应的时代、社会文化内涵。他试图总结提炼出一种带有规律性的观点，认真辨析晚期风格究竟是怎样的及其存在的悖论。在阿多诺之前，艺术家的晚期风格一般不受重视，通常会被忽略或简单地界定为艺术上的保守与穷途末路。但阿多诺通过详细地辨析贝多芬的晚期风格，将问题进一步深化，他在贝多芬晚期的音乐中听到了德国纳粹崛起的现代性的破裂之声。萨义德则指出，贝多芬的晚期风格并不是通常意义上的失败，而是对时代流行趣味的反抗。后来的接受史也早已证明，贝多芬的晚期风格恰恰是他音乐生涯的至高点，他最后十年的作品是他最伟大的艺术结晶与艺术创造。萨义德接过阿多诺的晚期风格论这一议题，当然因为他也是一位音乐行家，更重要的是他自己正身临其境地经历晚期，白血病晚期的生命体验令他思考艺术家，包括他自己的晚期风格。这些大批评家博学多才，并结合自己的生命体验，深入地思考时代、社会，这令他们成功“出圈”。萨义德晚年甚至利用自己精通音乐的特长，试图通过音乐把以色列人、巴勒斯坦人的感情和想象联结起来，希望音乐的融洽和谐能把彼此隔膜甚至仇视的人们带到一个新境界。

三、批评的氛围

文学的繁荣离不开对文学的论争。纵观历史上那些留下名称的文学流派、名家名作的产生，无不伴随着相应的文学论争而存在。正是论争推进了文学的发展与繁荣，形成系统的理论，并给后人的创作带来范式上的资源及灵感。一个时代的文学的沉寂，往往是批评缺席或贫乏的表征。一个开放的文学时代，必定是作家与批评家以及同行之间能够坦率交流、真诚对话的时代，必定是作家有襟怀容纳否定性的意见、批评家能客观公正地评析与辩驳的时代。

然而，不知从什么时候起，我们几乎听不到否定性的意见，更鲜有参与度高的、有质量的论争。如果哪个不识趣的胆敢冒犯这一团和气的文坛，大抵会被视作异端不受待见。于是“乡愿”式的好话、通篇的颂扬，成了通行的批评路子。但是文学要发展、繁荣，就应打破这一潭静水、彼此讴歌的文坛现状。也许批评之边缘化，正是因为批评家“滥好人”式的庸俗作风，得不到作家从心底里对批评专业的尊重，而批评上的隔靴搔痒、答非所问的无能，更使批评沦为无人问津的文学的剩余。在别林斯基的时代，大作家陀思妥耶夫斯基忐忑不安地等待着别林斯基对《穷人》的评价，当听到别林斯基说“只有天才，才能在 25 岁写出这样的作品”时，陀思妥耶夫斯基的脸上顿时“闪耀着幸福的光辉”。别林斯基在他的时代拥有这样的评论地位，并不是靠对作家一味说好话赚得的，那是一个批评家本着良知、公正、才华和爱憎，为他的时代的文学作出伟大贡献而赢得的。

文学批评要出圈，还得让文学的“争鸣”“论争”以及“反批评”等繁荣起来。在这个众声喧哗、文化多元的时代，一派清冷和平的“一言堂”早就难以为继了。君子和而不同，批评家不一味说好话，而是好处说好，不好处说不好，才是爱而知其丑。一旦听到了否定性的意见，不要狭隘地立即认为自己收到了敌意。正如鲁迅所言：“文艺必须有批评；批评如果不对了，就得用批评来抗争，这才能够使文艺和批评一同前进，如果一律掩住嘴，算是文坛已经干净，那所得的结果倒是要相反的。”（《鲁迅全集》第 5 卷）鲁迅在他的时代，是个彻底的批评家。他的批评令后世受惠无穷，这是一个无可否认的事实。

文学批评的类型也需多样化，面对各类文学形式，用一种固化的标准的文学批评来应对，其实已经很不适宜，并且没有针对性了。这就对批评的细化与区分提出了新的要求。要正视批评的雅俗之分、精英与大众之别，无论是高雅、精英化的批评，还是通俗、大众化的点评，只要提供了宝贵的观点，以其清晰的语言和批评的力量，展示了批评的价值与意义，那么批评在其合适的范围里就是合理的，也是有效的。总而言之，要尽可能地使批评有激情、有生命力，尽可能地运用各种学科资源、方法手段，实现目标文章的可读性与价值性的统一。

以上我的文字中，有些正是自身存在的短处和问题，并未尽做到理想的批评，写出来与同行共勉。

本文是“新时代·文学批评何为”学术论坛暨《中国当代文学研究》2021 年度优秀论文颁奖会上的发言。

交往交流交融

——少数民族文学发生的现场

2021年是中国共产党成立100周年，也是全国脱贫攻坚战取得全面胜利的一年。本年度的小说，既有表现国家层面的宏大主题，突出国家认同、国家凝聚力和主流文化观，也有反映社会生活方方面面的日常角落、彰显人文性、倡导向上向善的进步理念。这些小说有的主动拥抱大时代，承担起记录时代的使命；有的成为少数民族在现代化进程中的心灵见证，进入少数民族文学与现代生活交往交流交融的现场，从而凸显出21世纪以来少数民族文学繁荣发展的现状，令人看到少数民族文学的新鲜魅力。本年度小说具有一个突出的美学特点，那就是共通性、交融性和对话性。绝大多数作品的作家个性相较于民族性显得更为突出，这些小说从故事本位来看，已无多少符号式的民族文学标签，而是呈现出叠加的多维的文化内涵，表现出某种程度的观念革新和范式转型。而民族性与现代性的杂糅，则涵盖了当下少数民族文学的发展图景。其深层内涵则是多样的思维认知方式、精神情感态度，以及民族文化记忆。中国文化的丰富性、多元一体性，得到了充分展示。

一、中国故事的多样表述

在中国共产党成立100周年之际，回族作家金伟信以小说的方式缅怀革命先烈。长篇小说《塑像》讲述了党的早期活动家和领导人马骏短暂而光辉的一生，是一篇凸显国家凝聚力和主流文化观的作品。小说中多个细节表现了这一点："中国是回民的祖国，大家自觉的时候到了。我们要为自己的祖国去联合各民族爱国同胞，反对军阀政府，严惩凶手，严惩卖国贼！"在这里，作者清晰地表达了以马骏为代表的回族同胞的国家观和爱国情怀。马骏第二次入狱时，敌人找来马骏的父亲，试图以亲情诱使马骏投降。没有想到的是，老父亲反而坚定地支持儿子的革命行动，"他擦了擦老泪纵横的双眼，坚定地说：孩子，你妈……没白养你这个儿子！马骏紧紧握着父亲的手，激动地叫了声：父亲！"读到这里，读者既为马骏为中华民族谋解放的英雄气概而感动，更为有这样一位理解他、支持他的父亲而动容。这些细节彰显出中华民族的历史，是各民族共同奋斗、休戚与共的历史，体现了各民族是荣辱与共的命运共同体的主流价值观。作品从题材角度来说，具有开拓性意义，但也许正是因为如此，小说主人公的塑造显得较为缺乏生活内容的细节和个性。

哈萨克族女作家叶尔克西·胡尔曼别克今年出版了两部长篇小说，《白水台》是其中的一部。小说以尤莱·叶森家族为叙事主线，用交响诗一般的手法呈现出哈萨克族人民传统的游牧生活、爱国守边的军民鱼水情以及改革开放以来牧区发展的新面貌、脱贫攻坚取得的新成就。在叶尔克西·胡尔曼别克的早期小说中，对本民族文化心理、民俗风情有着精湛、细腻的表现。到了《白水台》，不但有着对本民族民俗生活的生动描写，更有对各民族文化交融，你中有我、我中有你的精彩呈现。如叶森家族几十年与边防军人相濡以沫。罗军医成功地接生了尤莱·叶森，挽救了母子性命，尤莱·叶森的父亲请求罗军医为儿子取名，罗军医欣然为孩子取名雨来。这一名字源自《少年英雄雨来》，哈萨克语发音便是尤莱。后来，罗军医又接生了威成·叶森，为他取名卫星，哈萨克语发音便是威成。又如，包户干部孟紫薇与叶森一家建立起深厚的感情，她在深入牧区、帮扶牧民的过程中，自己的精神境界也得到了升华。这些生动、鲜活的故事，使小说有关民族团结、民族融合的表现，实际上超越了一种表层的、具有宣传意味的话语方式，而进入丰厚、生动、火热的生活深处。小说的深刻内涵还表现在，它并不回避少数民族在迈向现代化的过程中所遇到的与传统告别的诸种不适、不舍和迷惘。对尤莱·叶森来说，转变、变化是一个令人不安和痛苦的过程。他固执地采用原始方式转场，不接受汽车等现代交通工具的使用，维护着家长制的威严……但年轻一代的侄子叶瑞克却能紧跟时代，成为哈萨克族新人的代表，他将接续起尤莱·叶森的生活使命，迈进充满希望的未来。小说中的人物如尤莱·叶森、叶瑞克、卡米拉、威成·叶森等，也成为当代少数民族文学画廊中精彩的人物群像。

除了小说主题思想上所达到的高度，小说另一个令人惊喜的表现是美学上的突破和创新。这种突破和创新，其实还是小说思想的体现，即多民族文化、语言交融之后绽放出的新异魅力。整部小说的语言远离拘谨、单调而表现出大开大合、泼墨泼彩一般的美学风格。各民族文化、思维上的交融，使小说的语言受益匪浅。

王华的《大娄山》把脱贫攻坚的政治主题用日常生活的方式结构出来，叙述了娄娄、陈晓波、李春光、王秀林、周皓宇这群普通英雄的故事。他们是基层干部、返乡大学生、驻村书记、志愿者，他们中有的牺牲在了脱贫攻坚奔小康的路上。他们在平凡的岗位上体现出讲责任、有奉献、勇于担当的忘我精神，是时代精神的写照。与《白水台》相似的情节是，月亮山村老一代人对易地搬迁政策，表现出了尤莱·叶森式的不理解与不接受。究其原因是月亮山村这个祖祖辈辈居住的地方于他们而言，已是民族传统文化和精神家园的象征。因此，在传统与现代之间，在传承与创新之间，产生了文明的张力。正是这些带有人文性的描写，极大地增强了小说的艺术内涵。

二、民族性与现代性的美学张力

肖勤的《你的名字》，是一幅当下文化、经济模式和复杂多样的诸种社会力量交锋、角逐和博弈的现世图。其中，人性、权力、空间、情境等的复杂关联，使小说具有强烈的道德力量感。

“身份政治”已成为困扰现代人的魔咒。枫叶寨的滚月光和小市民冯愉快，都有各自的身份问题：对前者而言，是苗寨人如何融入城市生活，成为“城里的月光”；对后者来说，是普通的小市民如何挣脱自己无名的人生，擦亮自己的名字，摆脱袁百里的阶层歧视，被权势“看见”“认出”。他们的“身份”问题在袁百里这里交汇、解决。故事叙述分两条线索，一条是冯愉快心理层面的成长经历，一条是滚月光在现实社会中的奋斗过程。本来看似平行的两条线索交叉在袁百里这里，碰撞出这个时代最立体多维的生活现场。冯愉快尽管是一个多少有些心理变态的小人物，但对于袁百里式的蛮霸恶行、权力的傲慢，却迸发出最强悍的正义能量，不但帮滚月光洗清了杀人的嫌疑，还拯救滚月光于破产的边缘。一个猥琐的小人物主持了公平与正义。滚月光成为小老板之后，人们尊称他一声“月总”，但袁百里的妻子、县领导等人物，仍不肯叫他一声以示平等和亲切的“月光”，这意味着他依然是县城的他者，他的融入之路也许还很漫长。由此，滚月光的身份问题内隐着城乡对立结构、民族文化概念，展现出当下民族文学书写的深刻力度。

谷运龙的《鸣声幽远》，以诗意化的笔触讲述了春风从一个捕鸟人到大自然的维护者的故事，是对20世纪90年代中国经济社会转型，人与自然关系异化，导致自然生态被破坏，人类尝到恶果之后自我反思这一主题的具体表现。春风们在物欲满足之后的精神空虚，使他们越来越强烈地意识到人类对鸟、对大自然所犯下的罪行，通过今昔对比，产生了回归山林的冲动。这种内心的诉求，和秋阳的临终遗言“以生报死”，使春风付诸行动：放生画眉，出资修路、建水池，购苗木，修复凤凰山的葱茏与和谐。小说超越了此类小说通常会有的站在道德制高点上的批判与谴责，而是通过人物的自省、反思，意识到人对环境的依赖与人与自然的亲密关系，人不能背叛这种亲密关系。大山养活了人，人非但不爱护自然反哺自然，反而变本加厉地掠夺大山的资源。这种自省与反思，有着直击人心的力量。小说具有空间地理中民族性的审美特征与经验，如人与鸟对视、对话、对歌等基于生活体验的唯美描写，这些都似乎不是一个生态概念可以一言以蔽之的。“有情”，这种对待万物的人生态度和平等意识，亦是小说的情感底色。不光是那些鸟乃至整个凤凰山，与秋阳师傅的情义所代表的那种古老和谐的情谊关系，可能更是作者想要追寻的。小说在写法上也是值得称道的，整个文本以一种诗性叙述、淡化情节的方式结构，而语言所追求的抒情性与想象性，仿佛诗歌的通感，小说的艺术性有了进一步开掘。

本年度最引人关注的生态事件，大概就是亚洲象在云南的北移南归。潘灵的《太平有象》正是与此题材有关的小说。小说以朴实幽默的笔调讲述了彝族太平村的两次搬迁、人与动物的故事。正如好的小说总是从中间讲起：沙玛发现了一片狼藉的甘蔗林，并捡回了野象的胎盘。与此同时，阿嘎和木呷在雨林深处救下了被陷阱所伤的小野象。两家又是喂养又是为小象疗伤，在这个过程中，阿嘎与傣族姑娘岩香产生了爱情，可是两家的财力已经养不起小象了，阿嘎与木呷受了坏人的引诱，决定把小象卖到国外去。小说插叙了沙玛的父亲倮武买通杀手要杀掉滥开矿产致使太平村生态恶化的马鸿鹄的过往，被判重刑的父亲的经历使沙玛发誓，“要把太平村和大包山建设成美丽的家园”。由于沙玛带领全村人的努力，太平村的生态恢复到从前，大片湿地引来了黑颈鹤。两只黑颈鹤交颈而死的爱情故事传遍了乡里，州上要搬迁太平村。新的太平村又来了亚洲野象，在阿嘎和岩香成亲的前一晚，扫荡并推翻了沙玛的院子，太平村又一次要搬迁到县里……小说中人们对动物的喜爱与维护令人泪目。这种感情是一种天然、朴素的推己及人的感情，比如沙玛和乌火毕摩都把小象叫作“象儿子”，乌火更是声称：大象来我们太平村，叫太平有象，是吉象，大吉之象。太平村为了黑颈鹤、亚洲象，不停地搬迁自己的家园，他们把这些野生动物当作自己家园中的成员，为了它们，可爱的太平村展现出了人类高贵、悲悯的平等心和慈悲心。

梁志玲的《翅影无痕》，以办公室主任李力的视角，围绕着一群县文化馆人，从文化馆的会议室写到基层文艺展演，再到乡镇与城市的古老对立，中间夹叙李力女友小皂一家经营酸菜的过往，讲述了在东部沿海与西部地区在经济、文化上的差距不断增大，文化心理距离也不断增大的背景中，城乡关系的一种新动向。山东某城市女孩廖青月作为文化馆的新人，衬托出黄馆长的人浮于事、李力的随波逐流；与小皂竭力逃离酸菜所代表的乡村生活相对，廖青月却返回乡村，不但为小皂母亲和村民们编排了一出高质量的舞蹈，还最终落户村镇，当了一名乡村教师。这种反向的流动，与李力和小皂的逃离形成鲜明对比。廖青月是一股清新的力量，她的奋斗与活法，闪现着理想主义的光彩。小说称许了廖青月这样有理想、有作为的青年，也使读者意识到廖青月这样的青年正是中国的希望所在。小说的语调平静而浅淡，像流水一般和缓，于不动声色中揭开当代生活的面和角。

向本贵的《业委会主任》是一篇直击日常生活现场、近距离展现城市生活细节的小说。家，“是我们在世界中的一角”，是“我们最初的宇宙”。家宅关系着人的安定幸福，是人的藏身之所、休憩的港湾，是存储记忆与历史的空间，是隐秘的心理生命的存在。小说因其对独特场域问题的揭示，具有浓郁的人间烟火味道，也因之显出小说题材的可贵。小说开出了社群关系的新处方，提高了社区生活的文明度。而这一切，都有赖于一位退休老干部——业委会主任。当业委会主任一个一个地解决业主与小区的矛盾时，读者感受到了人间生活的明亮与暖意。而在此过程中，一个可亲可敬的老人形象也跃然而出。

三、爱情的定义

本年度小说中还有一些令人或激动感喟或沉思倾听的爱情故事。如《捕蜂人小记》《爱情蓬勃如春》《沙沱里的暖霞》等。

郭雪波的《沙沱里的暖霞》讲述了一个残疾人与疯女人的爱情故事。主人公腾罗锅是一个典型的“生活赠予他痛，他回报以爱”的人物。他有着重度残疾，成日背着山一样的罗锅活着，与他丑陋的外表形成反差的是天使一般的心灵。周围那些健全人对比于腾罗锅，反而显得自私、渺小：旗医院的见死不救、有关部门对疯女人的漠视、村民看笑话一般把收留疯女人的机会硬塞给腾罗锅。疯女人在腾罗锅的悉心照料下，渐渐有些正常意识了，两人也产生了生死相随的感情。小说的结尾是善有善报的大团圆结局，多少有些理想主义的传奇色彩。但不可否认的是，这是一篇具有净化功能的小说。处在生活最低处的人们，“蚯蚓”一般地生存着，紧挨着土地，但他们同样拥有高贵的人性尊严与爱的能力。

尼玛潘多的《提亲》，是众多小说中最具差异性表述色彩的小说了。叙事精妙、细腻地展示了民族性与现代性的美学张力。小说通过提亲的诸多细节，昭示出主体性身份的流动性与建构性、传统与现代的嬗变。直到最后，小木匠才明白，琼珠拒绝提亲的理由竟然是“连自己是什么都不知道，还想要媳妇?”，以及他听任父母安排、慌张胆小、鬼鬼祟祟的样子。原来，小木匠在琼珠那里活成了没有主体性的存在。他不明白，“自己一直顺着父母的意愿，却成了不干正事”。小说的冲突与戏剧性焦点在于，琼珠母亲本来觉得嫁入木匠世家是荣耀，而琼珠也并不是老木匠夫妇的首选，实在是本地的女孩都出去打工了，才不得已向琼珠提亲。在他们印象里，琼珠一心想去拉萨，是个不安分的女孩。令人意外的是，提亲却以失败告终。木匠世家的光荣与尊严，被提亲失败击得粉碎，极大地打击了老木匠一家的自尊心和面子。提亲这一情节，将老老木匠、老木匠、小木匠的三代生活折射出来。小木匠天天喝着可乐，看起来现代，却只是有着外在的现代标签，内里仍然是一个没有完成主体性建构的前现代人物形象。而琼珠与顿旦兄弟，显然比他更现代，小木匠与他们在意识模式上已经产生了鸿沟。比如小木匠误解顿旦与琼珠的关系，使他与自己的同龄人产生了文化心理上的距离。

李约热的《捕蜂人小记》演绎了爱的另一种定义。这种爱的定义，基于乡村宗族的伦理关系，像土地一般厚实、朴素。正是这种爱，使赵桃花愿意重新接纳背叛过他们婚姻的赵洪民，“被同一颗石头绊上两回”。赵桃花是这样解释的：“说老实话，我也希望他跟钟老板的女儿成家，赵洪民不是忘恩负义的人，他真当上钟老板的女婿，有了钱，他不会不管我……”这在城里的李作家看来是大有深意的，因此他记录下这个故事。赵桃花象征着接纳一切、可承重的乡村，是赵洪民们的归宿。赵洪民在城里打工的时候，产生了对资本的现代性冲动。因为“我们太穷了，一片树叶飘在头上，都希望它是钱”。冲动失败之后，把精神重新安放在赵桃花的乡村。赵桃花则亲眼看着马巧枝成了精神病，因此觉得每天能清醒着上楼下楼，其实是一件幸福的事。赵桃花变得豁达。她对爱情的设定也许并不高，仍保有乡村的情感结构，爱情也许就是彼此帮衬、原谅和宽宥的情义。值得称扬的是作家的写法，令人联想到屠格涅夫的《猎人笔记》。作为“精准脱贫工作组”成员的李作家，走村入户，喝他们的酒，听他们的故事，既是观察者，也是参与者。他以见闻录的形式、精练的语言及独特的视角，呈现了这个最新版本的乡村爱情故事。

马金莲的《爱情蓬勃如春》，这个表面看来并无“民族”色彩的小说，在其深层底里，其实暗隐着对少数民族文学主体性本质化、固定化的文学意义上的突破：正因为作家的民族、女性身份，使她有足够的激情把这个日常生活中司空见惯的故事描摹出来，作家试图通过精准还原故事流程解决自己的震惊或疑惑。心目中的父亲形象、父亲与母亲的爱情神话，在小说最后其实有某种意义上的坍塌，小说的主人公面临着关于爱情信念、关于父女亲情模式的现代性的重建。这篇小说也表现出少数民族女性写作的观念革新。

原载《民族文学》2022 年第 1 期

以中西融通开创散文诗新篇

——论沈尹默的散文诗创作

沈尹默是新文化运动先驱，是学者、诗人、书法家、教育家，也被誉为中国散文诗创作的开山之人。他以自己的创作实践，为散文诗创作留下“守正创新，不失雅宗”的方法论遗产。回首中国散文诗走过的历程，从其来路寻绎诗学宗旨与美学精神，总结早期散文诗创作的攻玉之道，将有助于散文诗创作的繁荣和散文诗的理论建设。

一、迎面感受到“新的一种朝气”

沈尹默 1883 年出生于陕西汉阴，祖籍浙江湖州吴兴，早年留学日本，后任北京大学文学系教授。1918 年起，他与陈独秀、钱玄同、李大钊、刘复、胡适等轮流编辑《新青年》杂志。从 1918 年 1 月到 1920 年 1 月，沈尹默身体力行，倡导白话新诗写作，在《新青年》上发表了 18 首白话诗即散文诗，成为中国新诗开拓者之一。

新诗与散文诗同时诞生，因都为区别于旧诗而产生，人们不怎么在新诗与散文诗之间进行严格划分，还往往将二者合在一起，如沈尹默的《月夜》《人力车夫》《三弦》等散文诗，都曾被归入新诗。

《月夜》被认为是中国第一首散文诗。废名在《谈新诗》中称其为“不愧为新诗的第一首诗”，认为“旧诗不能有这里的疏朗，旧诗也不能有这里的完全”，赞美它“看来毫不用心，而自具有一种以异乎人的美”。沈尹默自小受传统文化熏陶，本是旧诗词的行家。那时知识分子都将推行新文化运动视为自己的职责。人们在《月夜》中迎面感受到“新的一种朝气”。

白话新诗要用散文的句法来写，至于用韵与不用韵并不重要，用韵也需是散文的句子。将《月夜》划分音节即可看出“用韵的散文句式”的写法：“霜风——呼呼的——吹着，/ 月光——明明的——照着。/ 我（和）——一株——顶高的——树——并排——立着，/ 却——没有——靠着。”全诗押“着”韵，有着音乐般的节奏，营造出清新、挺拔的意境，体现了“五四”时期对新诗的想象。这是新文化运动的“月夜”，月夜中的“我”，不再是旧封建文化中丧失独立人格的人，而是一个与“顶高的树”“并排站着”“却没有靠着”的觉醒的一代人的象征。《月夜》准确、及时地发出了新文化运动的新声与诉求，与时代社会同频共振。

《月夜》的句式虽是散文的句法，但以象示意，凝练飘逸，仍属于中国旧诗词的传统思维方式与结构方法。尽管诗人此时似乎已摒弃了中国传统诗歌“神会于物，乘物以游心”的齐物效应，但天机自张、妙想迁得的兴发感动的机制，仍然深寓其内。散文诗被注入了时代的强音，“五四”时期争取人格独立、冲破一切束缚的社会思潮是它的情感底色和境界支撑。由此，传统“月夜”的意象被打破、翻新，旧诗的文体格局为之一变。

二、小感想、一闪念，或一缕情思

废名说沈尹默的《月夜》有新诗的“美德”，而同刊的其他诗只不过是旧诗的“余音”。《月夜》所具有的新诗的“美德”，实质就是用散文的句式来写诗，倡导新诗、散文诗破除旧诗格律形式所桎梏的散文性。至于旧诗的“余音”，原本指初期新诗、散文诗难以彻底挣脱旧诗的传统，现在看起来，这一说法已经不具有贬义。旧诗的“余音”，恰恰正是中国新诗、散文诗能够“守正创新、不失雅宗”的宝贵传统资源。

细品沈尹默的散文诗，会发现这些作品诚如鲁迅所述自己散文诗的写作，“写的多是心头的随时的小感想，或是思想上的一闪念，抑或是因触景生情而萌发的一缕情思”。尽管是一些小感想、一闪念，或一缕情思，却能够不汲汲于个人悲欢，而是将真实的社会和真实的人生作为观察、抒写的对象，将个人的悲欢与时代融为一体。“五四”时期大量散文诗有着直白、不注重诗意诗性的艺术表现，缺乏形式上的精致讲究，沈尹默则提供了成功的例证。

他的《三弦》被誉为标志着中国散文诗进入文体自觉的时代：

中午时候，火一样的太阳，没法去遮拦，让他直晒着长街上。静悄悄少人行路，只有悠悠风来，吹动路旁杨树。

谁家破门大院子里，半院子绿茸茸细草，都浮着闪闪的金光。旁边有一段低低土墙，挡住了个弹三弦的人，却不能隔断那三弦鼓荡的声浪。

门外坐着一个穿破衣裳的老年人，双手抱着头，他一声不响。

自这首散文诗诞生以来，人们就赞美它在音调、节奏等声音层面的绝佳表现，却忽略了它如书画一般的构图，以及电影般的镜头感。正是这一空间的构图及其运动，与声音层面拟声的动静，共同构成它遗世独立的审美价值。沈尹默对古典诗词的精心研究，令他模拟三弦的声音从而造出意境，这是诗人的通感本能及技艺展示。中国传统书画的修养与润泽，使《三弦》的结构呈现出中国画一般的“远山如黛、近水含烟”的美学效果。它以散文句式描摹场景与形象，视点由远及近，犹如电影镜头的运动突接，再聚焦中间段落的大院之内，而大院的勾画也是半遮半掩，以疏落的笔墨对景色、事件、人物进行轮廓式的勾描。整首散文诗的叙述，制造出想象的空白，以散文的挥洒自如结合诗歌空中着色、节奏悦耳的特征，创造出优美的意境、和谐的韵律，全诗形成如音乐一般回旋的旋律。

沈尹默的散文诗力求做到字字有声、声调流美，达到当时新诗追求的“意境与声律相称”“节奏与词意俱佳”的风格。沈尹默散文诗能达成这一境界，离不开诗人关注社会现实、关注苍生命运的创作理念。正是在意象中寄寓了人道主义襟怀，对这人世间饱含热爱与激情，才使《三弦》具有打动人心的艺术感召力。

尽管从个人学识结构、兴趣所长来看，沈尹默本是一个旧诗词家，但他依然秉持高度的责任心参与新诗秩序的建构，身体力行写作新诗，与新诗诗人们共同突破旧诗的诗学体系，使新诗、散文诗得以诞生。虽然这些散文诗如今看来已不如当时震撼，但它们是鲜活的历史状态与精神品质的定格，是中国诗歌经历与世界文化大碰撞之后的产物。它们带着早期白话诗幼稚、轻浅的痕迹，但自铸新词的勇气与光明是它的审美意义所在。

三、“守正创新，不失雅宗”的艺术人生

沈尹默的散文诗成就，对于今天的散文诗创作，仍然有值得深入探讨挖掘的理论价值。

纵观沈尹默的散文诗创作，可以用“守正创新，不失雅宗”来总结概括。所谓“守正创新”中的“守正”，意味着对中国传统诗词歌赋的方法与技艺的坚持与继承；“创新”，则意味着在坚持与继承本土传统的基础上，别开生面地借鉴西方象征主义诗歌的范畴与手法，并将二者有机融合起来。中国传统诗词意象系统已经成为文化符号，融入我们民族的精神血脉，是民族思维方式的集中体现，也是一种民族的集体无意识。“五四”新文化运动时，如何突围这个强大的旧诗传统，是一个时代命题。

沈尹默的散文诗创作在充分尊重中国诗歌伟大传统的同时，破除旧诗系统的陈旧与惰性，积极实践、建构属于时代社会新声的新诗意象系统。他深知高明的诗人都应避免陈陈相因，要别取新声、另立新象。作为一个对古典诗词深谙精研的旧诗词家，沈尹默在写作新散文诗时注重我国诗歌传统的比兴手法，坚持诗歌的节奏、音韵，继承和发展传统诗歌的“写境”与“造境”。他的散文诗以意境优美别致、音节清新讲究而闻名。他的《人力车夫》被认为“是从古乐府中化出来的”。这一个“化”字，正是沈尹默散文诗守正创新的灵魂所在。

这是纵向的坚持与继承。而横向的借鉴则表现为他善于汲取西方象征主义的手法、范畴，创新出一种既在形式层面精致美丽、音韵和谐，又在意象系统、结构运思上体现出高妙的象征价值的文体。沈尹默被誉为中国象征派诗歌第一人，是中国最早在散文诗创作中实践象征主义手法的诗人。他善于将“意象”视为“一刹那思

想感情的复合体”，用象征手法来抒写诗情，达到诗艺卓越、诗意盎然的境界。沈尹默发表新诗的1920年前后，正是新诗的实验期，当时人们还未意识到象征主义的价值和意义。沈尹默对新诗的贡献还在于其勇于实验的开放性。他找到一条象征的道路，他的散文诗代表着中国新诗发展的方向。

而在这一切技艺层面之上的，则是“五四”时期知识分子追求平等、博爱、科学、自由的精神境界。沈尹默的散文诗创作，可以看出中国早期散文诗得以成立，不是对西方散文诗文体的简单移植和对古代散文诗的简单继承。它是时代的，也是民族的，更是现代的散文诗。

读沈尹默的散文诗，可以真切感受到赤诚、炽热的爱国主义情感。中国传统文人的爱国忧患意识与西方现代观念融合，使“五四”文学革命的首要任务“人的觉醒”，自然而然成为沈尹默第一首散文诗宣告的主题。而“五四”精神在他早期散文诗创作中跃然而出，由平等延伸出由己推人，从而跳出狭窄的个人情感空间，成就沈尹默“守正创新，不失雅宗”的艺术人生。

原载《光明日报》2023年9月13日

诗书一律，摇曳风神

——现代文人沈尹默

沈尹默祖籍在浙江湖州下昂竹墩村，出生在陕西汉阴。作为清末生人，幼时发蒙受的是私塾教育。5 岁入私塾，所遇第一位塾师是一位七十多岁的不第秀才，爱好诗词歌赋，让刚入学的 5 岁孩童沈尹默作咏菊诗。童年时的教育在沈尹默心中早早播下热爱文学的种子。

在宁静而相对偏远的汉阴，沈尹默成长至 20 岁（虚岁）成婚，一直过着传统书生的生活，平日里赋诗练字。34 岁时写的新诗《月夜》被赞为“具有新诗的美德”，人们忘了沈尹默自 5 岁开蒙起，就浸淫在旧体诗词的氛围里。八十九年的人生，历经清末二十九年、民国三十八年、新中国二十二年，早年还参加过科举考试。清科举考试中，书法是重要一环，即所谓的馆阁体，只有这种应试的字体练好了，才有可能及第。在书法上，沈尹默在三兄弟之中尤显天赋与热爱。15 岁时，父亲命他去定远城正教寺，用鱼油纸勾摹祖父留存寺壁的赏桂长诗，考验他做事的毅力；又给他 30 把骨扇，要他在这些扇面上题写，以锻炼他的腕力。题写扇面这一雅好，沈尹默终生保持。1953年，他送给自己的外孙谌北新两把题写过的扇子，上书自己回忆幼时在西安经历的词：“稠酒薰人意兴佳，秦川风土尽堪夸，依前杜曲通韦曲，别是杨家接李家。开广陌，走香车，长安市上旧繁华，欲从何事谈天宝，万古残阳噪乱鸦。”

沈尹默一生做旧体诗逾万（戴自中转沈尹默自述），然行家似乎更欣赏他的词作。一代词宗朱彊邨早在1907年就赞沈尹默词作《风入松·瓶荷》，谓之“清隽欲绝”，二十年后更是在《题〈秋明小词〉》中写道：“意必造极，语必洞微。而以平淡之笔达之，在汴宋与苏晁近。把臂九能，殆无愧色。”认为“倚声一道，大才易，清才难”，而沈尹默正是词家中极为难得的清才。

童年及少年的家学与经历，养成了沈尹默传统文人的文化性格，也奠定了他一生尊崇书法的心理结构。君子“游于艺”的追求贯穿着沈尹默“诗书一律”的艺术人生。

沈尹默早年痴迷于《红楼梦》，自称“写诗之师是曹雪芹”，“我把《红楼梦》从头看到底，一个章节也不漏。看到书中什么人做诗，我就随便遮住一个字，考考自己，如果我写，该用什么字。这样就等于请教了曹雪芹，拜他为老师了。”通过遮字炼句的学诗方法，沈尹默遍学名家名诗，练就了深厚的诗学功底，为他以后的旧体诗词乃至新诗一鸣惊人，打下了坚实的基础。

行家们也早已看出沈尹默的新诗多得益于他的旧体诗词修为，新诗是从旧诗脱胎而来的。如胡适称：“他用旧体诗词的音节方法来做的，最有功效的。”周作人也曾评说，只有两个人有做新诗的诗人天分，一个是尹默，一个是半农。“尹默早就不做新诗了，把他的诗情移在别的形式上表现。一部《秋明集》里的诗词即是最好的证据，尹默觉得新兴的口语与散文格调，不很能与他的情调相合，于是转了方向去运用文言，但他是驾驭得住文言的，所以文言还是听他的话。他的诗词还是现代的新诗，他的外表之所以与普通的新诗稍不同者，我想实在只是由于内含的气分略有差异的缘故”，这一段话其实解释了为什么沈尹默会在短暂的新诗创作期突然回到旧诗词中去。周作人提到的两点至关重要，一是“新兴的口语与散文格调”，对沈尹默来说，新文化运动提倡的白话文固然具有革命意义，但于他个人来说，早年的传统文化教育与书法生涯所陶冶出来的旧诗词情怀，是更为适合自己的情调。二是，正如周作人所言，沈尹默的旧体诗词骨子里还是现代的新诗，即诗中有现代意识与认知。其实，那时的文人多是新旧体兼作，如鲁迅、郭沫若等。在他们看来，新旧体诗的形式也许并不重要，重要的是不管是新诗还是旧体诗词，其中的意识是要现代的、新鲜的。沈尹默究竟是新文化运动的先驱，北大“兼容并包”的文化观念早已根深蒂固。旧体新体在他看来，都要“不失雅宗”。从沈尹默早期的旧体诗词就可看出与《月夜》一致的，表现独立人格、为国效力、为民请命的青云志。蔡元培、钱玄同、马一浮、穆木天等都曾对沈尹默的旧体诗有着高度评价。

目前对沈尹默的研究主要还是书法与文学二分，各论各的，其实对沈尹默来说，书法与诗词创作是高度合一的。最直接的例证就是沈尹默创作了大量专门论书的诗。由谢稚柳之子谢定伟编定的《沈尹默论书诗卷》，皆为书法作品的诗文。书法是其旧体诗词的文化载体，旧体诗词亦以书法为服务中心，而此“诗书一律”是对滥觞于宋元时期的诗书画三位一体——中国独特的文艺形式的承续与发扬。中国传统文艺以诗为魂，以书立骨，“诗画（书）一律”的创作，是建立在视听圆融、沟通视觉与听觉的美学基础之上的。

苏轼有名言：“诗不能尽，溢而为书，变而为画，皆诗之余”，这一观念对后世文人的影响是巨大的，此后书法为诗之余的观念深入人心。在古代社会，书法与人格互为表里，书法并不是独立存在的表演艺术，而是通往文人士大夫精神世界的技道一体的存在，文人看重的道德、学问、辞章、事功等都会在书法中留存与体现。王羲之的《兰亭集序》、颜真卿的《祭侄文稿》、苏轼的《寒食帖》、黄庭坚的《松风阁诗帖》等，无不是其才学与道德、书法与性情的集中展示。现当代的书法家们，不论是沈尹默还是陆维钊、沙孟海等，皆强调书家须多读书以立身，学问是终身之事。沈尹默首先是一位学者、诗人，他多次表达了要多读书、修炼人品，不能视书法为纯技术的观点，还曾引苏东坡的诗句“退笔如山未足珍，读书万卷始通神”来劝学。陆维钊评沈尹默的书法：“沈书之境界、趣味、笔法，写到宋代，一般人只能上追清代，写到明代，已为数不多。”正是沈尹默一生勤学博采、转益多师的明证。陆维钊在书法之外，精研古典文学与清词；沙孟海除书家之外，还是考古学家、文史学家，他明确提出书法教育中应倡导学生“必须有一门学问做基础，或是文学，或是哲理，或是史事传记，或是金石考古”。沈尹默那一代的书家，都以赓续文化传统为自己的职责与使命。

正是这种“诗书一律”的传统文化性格，决定了沈尹默“五四”以来的文化选择。作为一个闪亮的新诗明星，他在短短三年的新诗实践之后迅速重返旧诗词阵营，书法也从时人认为革命、进步的碑体复归二王正脉。沈尹默的文化选择看起来似乎都是一种“复古”，却深藏着一代学者艺术家对传统文化的辨析、对自我艺术个性的坚持以及师古建今的文化精神。沈尹默的18首新诗，被誉为新诗成功的范本之作。正是在对中国传统诗词歌赋的方法与技艺的坚持与继承的基础上，别开生面地借鉴西方象征主义诗歌的范畴与手法，将二者有机融合起来，以中西融通开创了散文诗新篇。而“博洽多闻”的旧学根底、学问修养，是其诗书的文化底蕴。围绕着碑学与帖学，沈尹默以自己的书学道路和诗书人生发动了一次于20世纪中国书法具有重大意义的突破。其新旧之辨的实质在于师古与建今的转化关系。

沈尹默对自我艺术个性坚持的背后，有着古典的名士气。新文化运动堪称20世纪中国最重要的文化事件，沈尹默在其中有着举足轻重的作用与地位，但他从不居功，自称不过是五四运动中的一名伙夫头儿。一方面固然和他与新文化运动主将胡适的恩怨关系有关，另一方面，何尝不是沈尹默传统文人性格中名士气的体现。那是骨子里的清高与孤傲，勘破人世的静气与守雌，而这份定力与修为，正是日日临池不废所供给的能量。

沈尹默不只有名士气，还有着不妥协的清流风。李大钊遇难后，沈尹默积极救助李大钊的儿子李葆华；经蔡元培推荐任北平大学校长，却因当局开除学生愤而辞职；沈尹默之孙沈长庆至今还记得父亲沈令翔讲过的一件事：九一八事变之后，沈尹默令在日本留学的长子沈令扬、次子沈令翔和长女沈令融速速回国。“我伯父、父亲、姑姑那时长期在日本，不太了解日军侵华后犯下的滔天罪行。回国后，还当着我祖父的面说日本的教育、科技、文化有多么先进，气得我祖父将他们带到书房里李大钊遗物前，进行革命教育。让他们面壁思过，罚背南宋抗金名将岳飞的《满江红》。背得我父亲泪流满面，成为他一辈子的回忆。”沈长庆说，父亲跟他讲，从来没有见过沉稳内敛的祖父对子女发那么大的火。沈尹默在重庆时，因于右任的推荐，任国民党监察委员，却弹劾孔祥熙、宋子文等人的贪腐。最终辞去监察委员之职，在上海过着“字同生菜论斤卖”的清贫生活。

沈尹默始终怀有强烈的历史责任感和文化自信心，热心投入到传承与弘扬书法及旧体诗词的创作与推广活动中去。没有人像他一样苦练碑学和帖学，打通、融合二者精粹。在其诗书人生中，显然旧体诗词的文化选择不排除是围绕着书法的需要而做出的，但早在新文化运动时期，沈尹默就对传统文化中什么需要坚守、什么需要创新，有着清醒的文化自觉。新中国成立后，他发起成立旧体诗词组织以及上海书法篆刻协会，也是这种文化自觉的体现。沈尹默耕耘在几呈冷落的书法与旧诗词园地，痴情守望，艰辛开拓，后半生还致力于推广书法教育。将笔法这一自古代起就被视为不传之秘的书学理论广被书界，还是第一个将“法”与“势”厘清的书学家。有关书写方法方面的论述，占了其著述的极大比重。为破除国人对传统文化的自卑心理，沈尹默亦多方奔走呼吁为传统文化张目。晚年沈尹默的行草书，代表了中国书法创作的最高水平，表现出蕴藉有致、情文相生的古典风范。他的文化精神与文化使命感，使他取得了卓越的成就，产生了深远的影响。事功总总、摇曳风神也都通过他的辞章、书法留存于后世。

今人总会不免生出沈尹默终究如其名一般，隐没于20世纪最为耀眼的几位大师的光环之后的感叹。传统社会的远遁、道技分离的现实，令他的声名有所遮掩。沈尹默生前曾说：“我无字不入诗，为诗坛之公认，平心而论，我之成就当以诗为第一，词次之，书法最下，世人不察，誉我之书法，实愧矣哉！”一生放不下的吟思，逾万的旧体诗词，终其一生的诗心诗魂，竟难以为世人所识，一个书法家的名号就将他盖棺论定，实在是屈才屈名了。

周涛的精神谱系

论及周涛，人们总是想用更华丽的修辞盖过他，因为周涛的文字激起了对等的好胜心。他目中无人颐指气使，文气文势不容你温温吞吞口讷言拙；他招式凌厉锋芒毕露，天马行空我行我素。要想评说他，人们最终被逼到就犯的区域里：修辞对修辞、现象对现象，同义反复地阐释理解，但还是没有说清周涛何以成为周涛，他的精神根源在哪里。他的精神谱系如果成立，他在中国当代散文格局中的意义才能真正明晰起来。

周涛之“狂”

论周涛的诗文，不能撇开周涛这个人。像英美新批评那一套，把作者完全排除出研究范围，绝对不适用。再没有比周涛与他的诗文更互为一体的了。即使不读作品，先接触人，周涛也一定会给你留下终身难以忘记的鲜明印象。某种意义上甚至可以说，他的诗文都只是更好地张扬地表现了他这个人。在所有有关周涛的趣闻逸事传说中，他的“狂”是被说得最多的，有时人们委婉地称之为“自信”“骄傲”“口无遮拦”，有时则直言为“狂”。贾平凹就赠其字幅“狂涛”，他自封“军中诗首领，天山文霸王”，还题为书法转赠他人。“对于推销、宣传自己，周涛不但说在嘴上，而且写在纸上，不怕评论界说三道四。”“他赞扬自己的作品《麦子》是‘神来之笔’，《时间漫笔》‘堪称神品’。”“他说，在同代人中，我无法做到崇拜谁。我和贾平凹的散文都好，各有风格，难分高下。”“宣称只崇拜鲁迅佩服孙犁，我的诗歌散文比徐志摩的强。”“他是真人，不谦虚几乎到了有口皆碑的地步。许多年前就听说他宣称自己是‘全军第一美男子’。”“但周涛的散文却果真富有‘狂’的精神，气势张扬，文体放荡，内蕴逼人。”“周涛散文的另一特征是写得放纵、随意、睿智、松弛。”“在周涛的心灵深处，在他的‘狷狂’‘强悍’的外表背后，隐藏着对大自然和超自然力量的虔诚的崇敬和膜拜。”“周涛推荐年轻人之时，正是他在中国文坛‘狂名’鹊起之时。”“周涛的‘傲然’表现在生命意志之狂傲。”“周涛，狂人也，亦新疆军区之荣。”……

人们论起周涛，都把他跟新疆、西部这块地域紧密联系起来：周涛是新疆文化的代表（余秋雨），是边地哲人（查志华），是西北边陲的一座奇异山峰（高建群），是中国西部的“东方之子”（李永欢），是“新疆文化的魅力”（朱又可）……新疆成就了周涛，周涛的写作与新疆这块地域有着扯不断的联系，新疆是他书写的对象，是他产生情感灵思的灵感之源。他说，让中国的拥有伟大山河和多民族历史文化的西部讲出它的身世和经历吧——这一天不会太远。他就是这样做的，也最终成为新疆、西部最有力的代言人。但这些都是周涛诗文的“表”，是什么最终促成了这些表现，周涛的诗文何以呈现这种面貌，他的精神谱系又在哪里？任何一个作家都不会是天生地长的，他总有自己的精神根源，周涛的根源在哪里呢？

魏晋风度之“狂”

现代文学史上，因鲁迅对魏晋风度的研究与喜爱，魏晋文学引起学界关注，凡是研究鲁迅的，必绕不过鲁迅的魏晋情结。而鲁迅之于魏晋文学的情结，则始于辛亥革命前后，自 1909 年 8 月从日本回国后至 1918 年，他先是在浙江绍兴的中学堂任教，后来又在教育部社会教育司谋个闲差，“枯坐终日，极无聊赖”（鲁迅语），正好借此闲暇整理古籍。他极爱嵇康，而嵇康原籍是会稽，即今天的浙江绍兴，祖姓奚，因先代躲避仇人报复而举家逃至谯郡铚县（今安徽宿县）的嵇山脚下定居，并改姓为嵇，与鲁迅多了一层同乡之谊。在近十年的沉默中，鲁迅“与魏晋文人生活在一起，有强烈的魏晋感受”（钱理群语）。

鲁迅做过演讲《魏晋风度及文章与药及酒之关系》，引用自然是极多的。他校订过《嵇康集》，对嵇康、阮籍深有研究，尤为欣赏；刘半农曾以对联“托尼学说，魏晋文章”赠鲁迅，鲁迅对此也欣然接受。王瑶从鲁迅作品与中国古典文学的历史联系的角度，阐述了鲁迅与魏晋文学相似的精神气质及血缘关系。鲁迅的老师章太炎先生是国学大家。“章太炎倾心于‘仪容穆若，气自卷舒，未有辞不逮意，窘于步伐之内’的魏晋文章。他说自己在‘三十四岁以后，欲以清和流美自化，读三国两晋文辞，由是体裁初变’。在《国故论衡·论式》中，章太炎更是称誉魏晋文章‘守己有度，伐人有序，和理在中，孚尹旁达，可以为百世师矣’。”（吴俊《暗夜里的过客》）可见，鲁迅之追踪魏晋，始于章太炎的引导和影响。曹聚仁在《鲁迅评传》中写道：“清代大师孙冶让、章太炎、王国维都是在考证校勘上下过功夫的。这一方面，鲁迅也还是朴学家的正宗，继承章太炎这一脉而来的。”曹又说：“鲁迅笃好魏晋文人的文字，其于嵇康阮籍的思想，有最深刻的研究。”“鲁迅是嵇康、阮籍的第一个知己。”

正如宗白华所言，“汉末魏晋六朝是中国政治上最混乱、社会上最苦痛的时代，然而却是精神上极自由、极解放，最富于智慧、最浓于热情的一个时代，因此也就是最富有艺术精神的一个时代”。曹氏父子三人的诗文实践，更是从贵族统治阶层引领了一个时代的诗文风尚，曹丕《典论·论文》是中国文学进入自觉时期后最早的文学批评，他认为文章是“经国之大业，不朽之盛事”，提出“诗赋欲丽”“文以气为主”的主张，开一代文学风气之先。鲁迅说：“曹丕做的诗赋很好，更因他以‘气’为主，故于华丽以外，加上壮大。归纳起来，汉末，魏初的文章，可说是‘清峻，通脱，华丽，壮大’。”

阮籍任诞自傲，有青眼、白眼对人之态，《晋书·阮籍传》说阮籍的狂放蔑礼是“外坦荡而内淳至”。据《世说新语》的描述，嵇康高人俊美，飘逸脱俗，是“晋人之美”的代表，其人其文融“自然化的人格美”与“人格化的自然美”于一体。在“道法自然”的老庄思想启迪下，嵇康“目送归鸿，手挥五弦，俯仰自得，游心太玄”，他临刑前，仍欣赏着自己阳光下的美风仪（“顾视日影”），这些都传为千古美谈。他把“越名教而任自然”作为自己的审美追求甚至人生观，形成向往自然、自由的人生哲学。

这是儒家入世经邦的传统之外，对后世文人影响至深的另一脉传统。白居易《对琴酒》云：“自古有琴酒，得此味者稀。只应康与籍，及我三心知。”皮日休《奉和添酒中六咏·酒杯》云：“昔有嵇氏子，龙章而凤姿。手挥五弦罢，聊复一樽持。但取性淡泊，不知味醇醨。兹器不复见，家家唯玉卮。”王昌龄《就道士问周易参同契》云：“仙人骑白鹿，发短耳何长。时余采菖蒲，忽见嵩之阳。稽首求丹经，乃出怀中方。披读了不悟，归来问嵇康。嗟余无道骨，发我入太行。”贺铸《六州歌头》云：“笳鼓动，渔阳弄，思悲翁，不请长缨，击取天骄种。剑吼西风。恨登山临水，手寄七弦桐，目送归鸿。”……可以说，这种以逍遥自由、求仙问道为旨归，兼具隐士及抵抗精神的山林文学（虽名为山林文学，其实也都是士族甚至贵族文人首创）自魏晋以来，就成为中国文人在学而优则仕之外，可以退守的另一精神之极。

“刘勰说：嵇康师心以遣论，阮籍使气以命诗。这‘师心’和‘使气’，便是魏末晋初的文章的特色。正始名士和竹林名士的精神灭后，敢于师心使气的作家也没有了。”这一段话是鲁迅在论魏晋风度的演讲里说到的，其实，他本人即是正始名士和竹林名士的精神延续者。许寿裳说：“鲁迅对魏晋文章素所爱诵……就因为鲁迅的性格，严气正性，宁愿覆折，憎恶权势，视若蔑如，皓皓焉坚贞如白玉，凛凛焉劲烈如秋霜，很有一部分和孔（融）嵇（康）二人相类似的缘故。”鲁迅对嵇康情有独钟，嵇康桀骜不驯的文人风骨，敢于直言、藐视权贵的人格魅力，文章中充满的浪漫色彩、诗性情怀与反叛思想，都与鲁迅产生了某种精神上的共鸣和心灵的相通。鲁迅的杂文风格与嵇、阮的“师心遣论”“使气命诗”有着一脉相承的精神相似性，而《狂人日记》中的狂人，《长明灯》里的疯子，甚至魏连殳、吕纬甫等知识分子形象，无不有晋人之“狂”的影子。鲁迅本人的精神气质及其作品，都与魏晋文学有着割不断的历史联系。晋人之“狂”有着深刻的历史渊源，某种意义上具有民族特征。

周涛诗文的“师心遣论”“使气命诗”

“师心使气”语出刘勰的《文心雕龙·才略》：“嵇康师心以遣

论，阮籍使气以命诗，殊声而合响，异翮而同飞。”所谓“师心遣论”，就是以心为师，以心为宗，创造性地发挥议论，无所顾忌地畅所欲言；所谓“使气命诗”，是凭借一种气势才气作诗，充分显露个性才情，把诗写得曲折有致，使气脉一贯首尾。所以这“师心”“使气”，既是思想感情的真实流露，又是无拘无束尽展才华的自由言说。

纵观周涛的写作历程，他诗文的精神气质与美学风格，与中原内陆、东南沿海作家的区分是鲜明的，他对于自己文化身份的归属，是有着某种自觉意识的。实际上，他多年来的写作似乎都在把自己塑造成“一个向内陆中心喊话”的人，是发誓要把“一块从未被说出的高地”说出来的人。他在这么实践着的时候，中原文化温良恭俭让的那一套自然全部被抛到脑后，新疆、西部的粗犷、雄伟、酷烈，有着史前一般大美的所在给他的暗示，使他的诗文直接地接受了这种自然决定一切的地域的影响。是自然的，也必是自由的。新疆地域的辽阔，山水的雄奇博大，文化的丰富杂糅，千年来孤悬塞外的寂寞与荒芜，都使周涛的诗文呈现出作为首位本土代言人的诗人作家所表现出的那种急切的责任感。他基本上没有前人可依据，在他之前的新疆文学，只是一些贬臣或者内地人的游历之作所形成的依稀隐约的不能称其为传统的细线。周涛是拓荒者，他只有自铸伟辞，但他从没有身处边缘可能会有的自卑，倒是一味张扬起雄踞高地的孤高狂傲，纵横捭阖地无视一切现成的规矩和法度，从而在其精神向度上，体现魏晋风度之狂放自由。他的诗文都只是凭借“师心遣论”“使气命诗”来写就的，全凭心灵、气势，很多时候甚至显得自由、随性，从而与中国当代文坛的主流写作区分开来，呈现出个性卓然、独树一帜、以精神贵族自居的古典气质。

周涛的诗文名篇有：诗歌《野马群》《致新疆》《对衰老的回答》

《长途客车》《有一个人骑马来自远方》等，散文《巩乃斯的马》《伊犁秋天的札记》《和田行吟》《吉木萨尔纪事》《哈拉萨尔随笔》《猛禽》《二十四片犁铧》等。自来评论的人太多，其中自然不乏知心的理解与精彩的分析之作。其实，从张扬个性、卓然不群、狂放自由、傲视天下的文气文势以及师心使气的创作方法来说，长诗《山岳山岳　丛林丛林》和长篇散文《游牧长城》最为集中地体现了周涛成其为周涛的本质特色——立足于大文化的文化史观，天马行空的自由思想，天才的语言想象，以及顾盼生辉的人格魅力。

两千余行的长诗《山岳山岳　丛林丛林》以一个战地随军记者的身份，描写了那场著名的战役。有关这场从 1979 年到 1989 年的战役的作品，最为人知的是《高山下的花环》，以及时代主流意识形态范畴里的一批电影，包括《自豪吧，母亲》《凯旋在子夜》《新兵马强》等。在 20 世纪 80 年代初大量涌现的取材于对越自卫反击战的文学作品中，完成于 1986 年的《山岳山岳　丛林丛林》大大地超越了时代。英国桂冠作家迈克尔·莫尔普戈的小说《战马》，与《山岳山岳　丛林丛林》有着相同的艺术旨归。这部写于 1982 年的小说被好莱坞名导史蒂芬·斯皮尔伯格于 2011 年拍成同名电影，该电影虽然最后没有获奥斯卡奖，但一举夺得了包括最佳影片奖在内的 6 项提名。《战马》通过一匹马被征为战马之后的经历，揭示了人类战争的血腥与虚无，而充斥其中的人文情怀更是寄托在一匹马身上，从而引发人们对战争的更深思考。当观众看到伤痕累累终于就要摆脱战争的战马，在英德两军对垒的战区里左冲右突，最终被层层铁蒺藜防线挂翻在地，身上缠满深深刺入皮肉里的铁蒺藜，无不流下热泪。最朴素自然的普世价值观所能带来的艺术震撼即在于此。同理，长诗《山岳山岳　丛林丛林》也因其人类主义的思想背景而闪耀出永恒的善与美。

最终取用了这种人道主义价值观的周涛，便是听从了心的召唤。他以心为师，尽显率真，不违背他从人道的眼光来看待战争的良心：战争以人类肉体的消灭为惨重代价，其残酷血腥值得深刻反思和质疑。他探寻战争背后更为深广的人性，挖掘更为人道的世界秩序的可能性，这些深邃的思想情感才是周涛想要表现的。这首长诗是典型的“诗心以遣论”的表现之作，正因为周涛站在人道主义的高度上，他能以客观超然的态度来描写战争，也因此超越了狭隘的民族主义和非此即彼的国家立场，体现出一位有良知的知识分子的人文情怀。

鲁迅曾说：“嵇康的论文，比阮籍更好，思想新颖，往往与古时旧说反对”，可见作文时的真性情，敢于亮出自己与众、与旧时都反对的新颖思想，在鲁迅看来是更好的。阮籍发言玄远，嵇康则轻肆直言，嵇康的艺术成就、艺术魅力却因此具有了更夺目的光芒。

《山岳山岳　丛林丛林》的开篇就显出它独到的视角：“有一天，我接到一纸战争的请柬 / ‘× 月 ×× 日赶到’，其他的什么也没说 / 但我马上明白了：士兵们就要开始他们的工作 / 那件庞大、笨重、喧闹的工程 / 已经在一支红铅笔下破土”。可以想象，周涛在写这场战争时一定想到了史诗《伊利亚特》，可以明显感受到那种要做战争史诗的气魄。也正是史诗化的创作雄心，使周涛拥有超乎时代的眼光和情怀。他直言战争的残酷：“它脾气古怪性格阴险多变 / 它喜欢看肢体横飞的杂技 / 听呻吟之歌　欣赏死人渐渐凝固的表情 / 它是死神年龄最小的弟弟”。他是这样描写来自另一方的俘虏的：“我和他们聊天 /……但并不影响他们用双手 / 恭恭敬敬地接我递过去的香烟”，“我撩起衣衫看他肋上弹伤 / 轻轻抚摸了那存有弹片的脚踝”。他敢于承认，对于战争，他是不理解的：“在它面

前 / 我将永远睁大 / 一双孩子的眼睛”。而最为深邃动人的插入式描写，莫过于在这场雄性的残酷角逐中，一个女人的形象：“那妇人的心猛地沉落如夕阳 / 跌进了远方那一片山岳丛林 / 我朝着那妇人的心沉落之地而去 /……她的牵念或许才是我此行的唯一目的 / 旁的人想的全是一件事：受挫，还是胜利 / 她想的只是一个人：活着，还是死了 / 只有一个声音是最真诚的，那妇人说 / 坟墓，把你里面的人还给我”。表现战争的疯狂和血腥：“从这惊天动地的巨兽喘吐中 / 士兵听见了属于自己的可怕威力 / 恐惧被时间拉长的徘徊着的影子 / 也倏然间失了踪；而其他的人，有的血肉涂抹在树枝上 / 有的肢体分离，被抛得很远再也接不起来 / 这些多声部中不忘别的声音：无数昆虫在墙角清点金币和首饰的声音；还有可怜的二班长：无辜的梦游者呵 / 你暴露了你的也是全体士兵的心思”。作者思索：“军队是一种工具 / 但军人是人 / 假如真能听到士兵们的语言 / 那一定才是真实的诗……”

看完这首长诗，除了佩服作者的心灵和才华，其史诗般的气概、气势、气魄、气场也令人倾倒，这是一个全方位立体呈现战争的史诗性作品。

很多人都看到了周涛散文的诗性，从诗人转型写散文的作家似乎都摆脱不了诗的影子，这是这类作家的优势，但也要看他们对尺度分寸的掌握能力。周涛无疑是实现成功转型的诗人散文家，论者大都倾向于认为其散文成就超出了他的诗歌成就。

周涛的散文创作始于 20 世纪 80 年代初，一些上述的散文篇章后来结集为《稀世之鸟》，这本集子可视为周涛初试散文的战果。事实也证明，周涛出手不凡，中国散文界为之一振，横扫当时流行的几近僵化的散文模式。他那大山河气派和大容量，笔下的烈风猛禽、汗血神驹、维吾尔庭院、哈萨克草原……像一股来自西部高地强劲狂野的疾风，令读者在猝不及防中被征服。90年代初的《读〈古诗源〉二十三记》以及长篇散文《游牧长城》，确定了周涛在中国散文界的重要位置，任何一本中国当代散文选都不可能漏选周涛的作品，遂有“南余北周”之说。

如果说长诗《山岳山岳　丛林丛林》更多地体现了周涛的“师心以遣论”，那么长篇散文《游牧长城》却充分张扬了周涛“使气以命诗”的古典风度。所谓“文以气为主”，正是一种以作家个性气质为最大参照系来审视文学作品风格特征的理论构想。曹丕说“至于引气不齐，巧拙有素，虽在父兄，不能以移子弟”，强调了先天禀赋，而这一禀赋甚至不是后天强力所能改变的。这看似唯心主义的天才观，实则包含着对历史积淀而成的“集体无意识”的一种不自觉的猜测和把握，有其合理性。

《游牧长城》自问世以来，颇遭质疑。周涛“轻肆直言”，不做考证、不做研究地随意比喻寄兴，“基本上只是一种关于长城的游记或随笔的连缀”，“缺乏形式架构上的经营与创意”，“之所以出现了上述种种的‘不足’，关键在于作者的文化准备上的差脱……没有扎实的学术研究以及牢固的学术观点做后盾，仅仅是‘游牧’两个月，是连走马观花也不够的，发言的困难和窘迫是可想而知的”。这些批评自然有道理，但也不尽然。

周涛的这部散文不适合用太理性的评论方法去观照，如果把它当成一部有根有据的学术或半学术论著去阅读，注定会大失所望。这就是一部具有游戏精神、天真姿态的天才之作，全凭作家的天纵才情、伟岸气势，要的就是阮籍《咏怀诗》82首那种使气命诗，慷慨悲歌，兴寄无端。“言在耳目之内，情寄八荒之表”的美学价值，难道在当代就不应存在并光大起来吗？“情寄八荒之表”的天才表现，而今还有几个作家能做到？ 13万字的结构，就为长城而铺就，这一口伟岸的长气，又有几人能有？周涛的写作从来就不以引经据典、吊书袋为能，他是知识分子，但更多的是一位心灵上的知识分子，他的话语系统是一种听从心灵、古典诗文传统与民间话语杂糅的语言。他的狂放气质决定了他要自铸伟辞，《游牧长城》就是一部作家自己心目中的长城史，一部他所理解的中华大地千年文明史。对这样一部“兴寄无端”之作，除了欣赏作者天才般的想象比喻，和纵横捭阖、以文学揣度历史的自信之外，还有什么必要像外科大夫那样，打开这个散文之躯，去一个器官、一个部位地检查？作者的目的，无非是让他自己和读者“可以陶性灵，发幽思。言在耳目之内，情寄八荒之表，洋洋乎会于风雅，使人忘其鄙近，自致远大”。

要是对其不做考证、不做研究的写作方式不予追究的话，对其结构的随意连缀的指责也大可不必了。读者要是想读一部权威正确的长城史，这样的书籍一定不在少数。《游牧长城》所能提供给读者的首要价值是审美，是一种兴寄无端的天纵才情、古典情怀。知识只是副产品，如果能以这样的眼光来看《游牧长城》，又有几部比《游牧长城》更具个性、更大气、更有审美价值的美文呢？

《游牧长城》中每写一个地方的人，通常都被认为是写得最精彩的：《甘肃篇》中的《户儿家》《黄河母亲》，《山西篇》中的《酒一样的乡情醋一般酸》《官场印象》《鲁臭小》《云冈的佛在微笑什么》，《陕北篇》中的《兵马俑的后裔》《遥怜小儿女》，能在三言两语中将人物的精魂勾画出来。周涛就有这样的才能，也许正因为有这样的才能，他不耐烦细细款款地去现实主义地写，诗人的心性使他更倾向于诗的高度凝练、夸张和力度。而《深夜倾听海》这样短制却唯美的结尾，正符合古人作文讲究豹尾的审美风格，令人过目难忘。

结　语

看完厚厚一本《众眼阅周涛》，似乎再没什么可藏着掖着的秘密了，周涛的风格就是大江大河般尽数泼将出去，不以未尽之意为宏旨，人们的阐释理解也没有超出周涛文本自身的意义。只有韩子勇以评论家兼友人的身份，看出周涛的古典性和他精神上的贵族气。即使写鲁臭小，读者看到的似乎还是贾母对刘姥姥的怜贫惜贱和一点好奇心。同样因为这份贵族气，周涛可以睥睨世间流俗，不与人同，诗文如高天流云，灵光乍泄。一个精神贵族注定会以凌空高蹈、纯粹审美为归属，要走的路也注定是一条不沾尘世琐屑的精神之路。他桀骜不驯，叛逆成性，“我就是章法”的为文个性，“狂涛”气质，“师心以遣论”“使气以命诗”的写作方法，可以上溯到现代文学史上的鲁迅，乃至一千多年前的正始名士、竹林七贤。这从来都是中国文人的一脉血缘，它潜隐在中国知识分子的血液中，成为基因密码代代流传，不知哪时哪世钟灵毓秀到哪一个人身上，遇着天时地利，终于基因突变而成一代文学巨灵。

原载《时代文学》2014 年第 3 期

人格论的审美实践

——何向阳创作论

如果从《朝圣的故事或在路上——张承志创作精神》的写作时间1989年算起（事实上何向阳的第一篇批评文章写于1984年），何向阳从事文学批评近四十年，出版了代表其文学批评理论建构的重要著作《人格论》及批评集《朝圣的故事或在路上》《夏娃备案》《似你所见》等；何向阳的诗歌写作自14岁起，1993年起有十年的断流期，2023年出版了四十年诗歌选集《如初》（另有《青衿》《锦瑟》《刹那》三部诗集出版）；做理论、批评、诗歌的间隙，她还创作了大量的文化思想随笔、散文，出版了《自巴颜喀拉》《镜中水未逝》《思远道》《被选中的人》《藻雪春秋》（与《思远道》有交集）等。多年来，何向阳在自己的批评实践中提出“心肠的标准”，在随笔、散文写作中“亲证”、实践这种标准，在诗歌创作中以体验美学的方式“证己”“立心”。不论是哪一种形式的写作，人格论的理论建构与实践是她集多种写作于一身的标志性特征。本文以何向阳的理论进路、学术思想为中心线索，以她的批评、思想随笔、诗歌等写作为阐析对象，全面勘探作为一个有着伊格尔顿所谓多种风格的知识分子[①]的人格演进图谱，探析在这个分工日益精细的当下，一个集多种风格于一身的人文知识分子的可能性与意义。

一、“心肠”是一种界限：“人格论”的学术进路与思想路径

20 世纪 80 年代初，文艺心理学学科重建。1988 年起师从鲁枢元研习文艺学的何向阳开始了自己的研究生阶段，此阶段正是中国文艺心理学取得众多学术成果的时段。不论是鲁枢元在 80 年代初对作家主体性的强调，还是腾守尧提出的审美心理四要素（感知、想象、情感、理解）等观点，应该都对何向阳之后的学术思想、理论路径产生了直接的影响。人本主义文艺心理学，成为何向阳“人格论”的思想基底与学术进路。人本主义文艺心理学以作家主体、人物心理、文学情感等为研究重点，高度肯定文学的精神价值和特殊功能，这在何向阳的理论批评风格中有所反映，她注重于阐释作家的情感现象及精神生态、作品的心理体验。她结合“文学是人学”与精神分析学理论，提出关于文学研究中“人格”的首要性观点。何向阳所指认的“人格”，在“人”的意义上有着 80 年代初“人”从工具论中解放出来的主体性，还有着心理学意义上“心”的生理性。荣格的集体无意识，马斯洛的自我实现需求、高峰体验

① Terry Eagleton, *Scholars and Rebels in Nineteenth Century Ireland*, Oxford: Blackwell, 1999, p. 11. 伊格尔顿指出，19 世纪晚期之前，文人扮演了具有多种风格的通才知识分子角色，后来这种情况被分工更加精细的专业化取代。何向阳曾言：“随着当代分工越来越细，批评家，小说家、诗人各在自己领域耕耘，而我是一个有古典之心的人，我愿意成为一种不为某一种身份框定，而在不同的领域能够取得成就的创作者，诗人、散文家、批评家以及多种艺术语言的跨界也是我对文艺复兴未经分工的巨人创造的一种敬仰。”

等理论，为何向阳的“人格论”建构提供了理论视界。她强调“人格”是“身”与“心”的统一体，将文学中的人格研究作为自己的学术目标，坚信“只有从良心中才产生出真理来”[①]。在何向阳的理论、批评写作中，人格成为主要描述、阐释、分析的对象，而“人格论”的最终目标是“立心”“成人”的理想人格，发展了文艺心理学前辈朱光潜在审美现代性意义上的审美启蒙思想。90年代文化研究的兴起，使过度重视文学内部研究、带有较强主观色彩的文艺心理学逐渐边缘化。鲁枢元也将自己的学术重心从文艺心理学转移到生态文艺学上来，倡导建立“以人的内在的情感生活与精神生活为研究对象的‘精神生态学’”[②]，何向阳作为生态文艺批评的一位开路先锋[③]，写作了一批生态文艺批评文章，贯穿中心的仍是“人格论”的主旨思想，即人心的沙化是自然的沙化的原因。与2023年才翻译传入的英国格雷戈里·贝特森提出的心灵生态学[④]观点相近，贝特森也将“心灵”作为研究中心，认为心灵与自然、社会及生态系统之间具有不可分割性，通过重塑“心灵—环境”关系的认知，连接起自然科学与社会科学。何向阳的人格论的生态批评，某种意义上也溢出了纯粹的文学心理学，向着人类学跨界。

早在写作张承志作家论时期，何向阳就提出了自己的批评标准：“心肠应该成为一种界限”。她解释“心肠”：“理智的文字写到最后也是人，是人心肠的区分，是尖锐、激越、刚烈、急切，是理解、宽容、善待、包涵，并不矛盾。最后的文字写到底，其实还是

---

① 何向阳：《人格论》（第一卷），中华书局2011年版，第375页。
② 鲁枢元：《生态文艺学》，陕西人民教育出版社2000年版，第146页。
③ 鲁枢元：《苍茫朝圣路》，载《南方文坛》2001年第4期。
④ [英] 格雷戈里·贝特森：《心灵生态学导论》，北京师范大学出版社2023年版。

人心。”[1]这里的“心肠”既指向批评对象的“心肠”，也指向批评者的“心肠”，强调的是心与心的交换。如果说作品是作家的心灵传记，那么批评应该做的是作家的心灵评传。正是从这一意义上，何向阳认同梅洛庞蒂关于“生命与作品相通，有这样的作品便要求这样的生命”的观点。[2]在知情意三个心理要素中，情、意是她格外重视的要素。[3]她声称写《人格论》的目的是从当前时代的深处“把人类情感中最崇高和最神圣的东西，即最隐秘的东西从内心深处揭示出来”[4]。这可以看作是朗吉弩斯论崇高的“没有任何东西像真情的流露得当那样能够导致崇高”[5]的观点的接续。

她收集一切可收集到的关于张承志的文献资料，在北京公主坟地铁站边的冷饮摊采访自己的研究对象，并最终完成了4万字的作家论。她认为对于张承志这样一个特殊的、满腔热血、情感充沛的作家来说，从情感上解读更容易进入。何向阳无意于做一个武断的评判者，而更愿意作为一个体验者去勘探张承志的心灵世界。她推论张承志常年行走在内蒙古、宁夏的草原与河岸的“心肠”，共情《心灵史》创作的情感机制，发现这个写下《西省暗杀考》的铁血硬汉最终的英雄观，竟是“最老百姓”的，也即人民的——最终联通了张承志作为知青之前的身份，而这一身份也许正是打通张承志研究的关键所在。

---

① 何向阳：《我的批评观》，载《南方文坛》2001年第4期。

② 同上。

③ “由意志产生，而不是由知性产生。只要意志义无反顾地，诚实地向善的方面进展，知性便会自行把握真理。要是只有知性在发挥作用，而意志却被忽视，那就只会产生一种进入绝对虚空中去作无谓思考与琐屑分析的技能。”见何向阳：《人格论》（第一卷），第374页。

④《马克思恩格斯论艺术》（第四卷），中国社会科学出版社1985年版，第351页。

⑤［古罗马］朗吉弩斯：《论崇高》，见伍蠡甫主编：《西方文论选》（上卷），上海译文出版社1979年版，第125页。

批评家需要以心换心地去理解体验作家的心肠，因为“文字，是看不见的人格的结晶体，是意识、道德、理想、伦理偌大海洋上的一角冰山”[①]。她深信德与言、人与文的对位关系。在以莫言为研究对象的众多成果中，何向阳的批评文章《一个叫“我”的孩子》显得尤为独特。她如侦探一般探入莫言的精神现象世界，发现莫言笔下众多的孩子都有一个共名的“我”，这个“我”可以是作家抛出的叙述诡计，但只要系统精心地研究过莫言的童年经历，会发现这个“我”，与真实的莫言有着几乎重叠的精神联系。这些无家可归的、吃煤渣的、挨打的、受委屈的孩子，生理上的饥饿与情感精神上的饥饿都透入骨髓，表征着作家童年的精神创伤性记忆（何文中论据都有出处）。她以女性批评家本能的敏锐，注意到莫言小说中女性形象的塑造，如《丰乳肥臀》中的母亲与姐姐们，《蛙》中的姑姑，以及《生死疲劳》中整个民族最后的希望寄托在女性的头发上等细节，推论作家儿时母爱的缺失，进而把握莫言整体创作中的心理机制：“是他孩子气地看，饥饿的莫言想望有一个更大的家——像家族一样庞大的家去温暖他的精神，保护他的安全，存放他的情感，听他作为沟通的说话。”[②]这篇某种意义上可称为莫言人格论的批评文章，同样获得到了作家本人的认可。这种认可得益于她的批评与对象之间发生的同频共振。

何向阳追溯曾卓的人生轨迹、心理节点，从微观的精神质素中勘探出曾卓作为无名者的潜在写作史：青年时代即有的向内拷问与辩争，“挣扎里面有一代人的面影”；成为“胡风集团”一分子后仍然坚持着自己的地下写作：“真实的憎恨和真实的追求必须要以真

---

① 何向阳：《批评的底气》，见《似你所见》，中国书籍出版社 2020 年版，第 6 页。
② 何向阳：《夏娃备案》，山东文艺出版社 2004 年版，第 253 页。

实的爱为基础……真正的强者也应该能够柔和地爱”，曾卓从未放弃思考与辩争的权利。然而，1976 年的诗人还是发出了历经浩劫之后“几乎无力歌唱”的悲叹[①]，正是从这些作家心灵史的轨迹出发，何向阳开始她谨慎、细致又不失敏锐、雄辩的阐析体验，将作家论做成了一份作家灵魂的动态档案。她以描述、呈现的方式，令读者默契冥会地理解了人格意义上的、感性的诗人及其创作的心理机制。更多时候，何向阳的作家论是一种创作，带有较大成分的描述以及情感色彩，具有丰饶的修辞性、交流性与论辩性。20 世纪 90 年代以来批评的唯理论、唯技术使文学所独具的感性价值丢失，后现代削平深度的文化狂潮使人们内视力萎缩，审美的人文内涵和理想情怀正在被对纯粹的形式美的追求所取代。整个社会呈现出审美形象空前泛滥而人文理想和人文精神却遁形远去的迹象，何向阳的批评使“批评的理念和方式被打破了”，使评论“回到了个性化写作的意义”。[②] 她的批评写作追求一种有生气的、活的戏剧效果，热衷于在文章中提出问题，向作者、读者、人物寻求答案。这种柏拉图式对话无疑突破了现代以来严格意义上的论文模式，使批评在一派生气的辩论中指向多个角度与立场。在几被理论理性完全绑架至僵硬的文学批评界，何向阳的文学批评无疑具有将感性还给文学、还给文学批评的意义。

如何建构理想人格——“立心”“成人”，何向阳给出的方法是“亲证”。她引用德国哲学家费希特的一句话“不仅要认识，而且要按照认识而行动，这就是你的使命”[③] 来说明亲证、行动的重要性。“亲身证悟事物背后的真理，在自然万物中发现内心，在对方心灵

---

① 何向阳：《无名者的潜在写作》，见《夏娃备案》，第 199—239 页。

② 陈思和：《主持人语》，载《当代作家评论》2000 年第 4 期。

③［德］费希特：《人的使命》，梁志学、沈真译，商务印书馆 1982 年版，第 79 页。

中体验自我，在自我内在的个体灵魂中亲证最高的灵魂”①，这其实也是中国传统美学中的体验美学思想，何向阳据此连接起生活实践与精神理想，接续起朱光潜的审美启蒙路线，朝向最终的立心与成人的人生艺术化的理想人格。

二、所思在远道：人格论的亲证与实践

何向阳的学术随笔或散文可以看作是其人格论的亲证与实践。她被称为“行走的思想者”，“用脚步丈量黄河，以心灵感应河山”②，随笔集《肩上是风》《自巴颜喀拉》《镜中水未逝》等都凸显了一个“在路上”的作者形象。正如罗宾德拉纳特·泰戈尔在《人生的亲证》中将自我描述为追求尽善尽美，努力从虚幻达到真境，从黑暗达到光明，从死亡达到永生的“一位永久的旅行者”③，何向阳也自觉将旅行视为自己修心体验的途径。远，这个代表着时间、空间距离的字眼，是理解何向阳思想随笔、散文创作的关键。远方、远道不仅指向外在时空的距离，也指向何向阳内心宇宙的无垠想象。与诗歌中的何向阳被内心的远方召唤同理，随笔中的何向阳则对志向的高远、意义的深远，有着近乎本能的渴念，这是何向阳的人格构成因素之一。一方面是什克洛夫斯基所谓“恢复对生活的体验，感觉到事物的存在”的理性需求，另一方面是“灵魂返乡”的古老的无意识冲动。而从个体无意识来说，何向阳的母亲，19岁的北平大学生奔走在革命道路上的身影，父亲那“不提供答案，

---

① 何向阳：《人格论》（第一卷），第8页。

② 葛景春：《用脚步丈量黄河，以心灵感应河山——学者作家何向阳和她的〈自巴颜喀拉〉》，载《中州今古》2003年第1期。

③ 何向阳：《思远道》，中国社会科学出版社2002年版，第57页。

他只让生活保有提供答案的特权”的思维方式，都成为何向阳成长道路中的暗示因素。这种人文主义的理想色彩，甚至带着不明所以的浪漫激情，使她要远上巴颜喀拉探访黄河的源头。“走马黄河，教我再次阅读这幅底层民众地图的细部，更多时候，真正的大地，用脚丈量的同时，更须用心去交换。”①

对张承志的作家论则进一步放大、加深了这种理想主义的激情色彩。《北方的河》《黑骏马》《金牧场》中至真、至纯的情感理想主义，与何向阳内心深处的远方精神化合，使她乐此不疲地走上艰难险阻的朝圣路。那一时期，乃至后续的很多年，何向阳的诗中仍会出现较高频率的诸如圣殿、庙宇类词汇，这种神性的指涉，更多意义上是19世纪浪漫派诗人华兹华斯、济慈等自朗吉弩斯《论崇高》继承而来的崇高感。而朝圣道路的目标与终点，正是何向阳人格论建构的目标，即通过亲证的方式实现立心与成人的理想人格。

亲证的方法，被何向阳用来治学，也是其散文，甚至是诗歌的作法。在《自巴颜喀拉》中，何向阳行至河州地界，关注到“花儿”与“少年”。她发现“花儿”之名来自牡丹花，中原的牡丹本来自河州。她录下“花儿”那刚烈，甚至带着极端的爱与死的气质的西北高音，与之共情，将之理解为生命的审美，激赏其“惊涛裂岸，回肠荡气，不死不休，心心交换，命命相舍，动地惊天”②的美感特质。诞生“花儿”的土壤，令她再次联想起张承志的《心灵史》《西省暗杀考》，联想到牡丹花对武则天的反抗，联想到马明心的张氏妻子，那个手刃旗官全家从容就死的烈女子。何向阳发现这是一群只在“圣”的空间里求存活的人，他们是异族的侠士，并

---

① 何向阳：《自巴颜喀拉》，中国青年出版社2001年版，第291页。

② 同上书，第118页。

最终将张承志与鲁迅在精神脉络上贯通，抽丝剥茧地将这种精神气质概括为“侠”——一种少年精神，而“花儿”与“少年”正是这种精神的物质承载。喜着黑衣的鲁迅笔下的黑衣人，不过是眉间尺的分身。鲁迅在一篇不足千字的文章里，竟将同一个句式连用了六次之多——“但他举起了投枪”。帮助眉间尺复仇的黑衣人本着的是马斯洛所谓“似本能的基本需要”的复仇精神的侠之内核，而张承志则寻找到鲁迅与春秋战国“侠”的精神联系。由此，张承志 / 鲁迅 / 黑衣人 / 复仇者，四者的人格在侠之面向上叠印在一起。何向阳甚至推论《史记》中所载“荆轲刺秦王”正是后来晋代《三王墓》所本，“只不过用了与那一时代精神相叠的神秘方式，更隐晦地表达出一种集体无意识”[①]。而荆轲的知其不可为而为之，不以成败论英雄的浪漫主义，彰显的正是侠之热血激情的人格魅力。

何向阳毕竟是一位理性的学者，对于张承志《心灵史》所书的那段历史，“我该如何学会对任何许诺，不发一言，对一切激情，不为所动”[②]，这段话同样耐人寻味，是何向阳内心情与理的矛盾与互搏。从情感上她对弱者、对世间的信仰充满同情与赞叹，从理性上她又对极端的非理性保留了一份犹疑。

在远上巴颜喀拉探访的途中，何向阳发现并印证了与黄河精神具有家族相似性的红军长征队伍、黄河漂流队、坚守在贫瘠土地上的人们，一步步解答自己的提问——它何以是母亲河。这是只有在路上才会有的体验与思想。只有自己心中先有“情”，才能发现道路上的“情”，正如普罗提诺说的，“只有眼睛变得合乎太阳，才能

① 何向阳：《思远道》，第 28 页。
② 何向阳：《自巴颜喀拉》，第 124 页。

看见太阳；只有心灵变得美，才能看见美”[①]。何向阳的在路上，毋宁说是为了自觉主动地“净化”，而净化是创造的过程、目的和本质，“一切美德都在于净化”[②]。

在这个过程中，甚至吃苦的身体、磨穿的59双鞋都有着信仰者在苦修中的深意，不断在路上的何向阳还自然联通了西蒙娜·薇依。这位黑暗时期三女杰之一的哲学家，在做工、苦役中体证她的哲学思想，并最终在结核病中选择与法国人一起受苦绝食而死。西蒙娜·薇依在影响何向阳的人物名单中占有重要一席。何向阳2004年为河南文艺出版社出版的一套知识女性文丛所作的总序《在期待之中》，取用了薇依的同名书名。薇依作为犹太人却终生不入教，追求她的精神廉正。这种精神后来成为何向阳对释迦阐释的理论角度。何向阳曾在多个场合声明过对女性主义的拒绝，在女性主义甚嚣尘上的20世纪90年代，她援引西蒙娜·薇依的话：“我不能拒绝接受良知的光芒”，“对任何人际环境来说，我都是局外人，游离在外”，“相比较我，我们的那部分要危险百倍”，“生活中没有真实，毋宁死”[③]。这些表述可以看作是她坚持批评的独立个体性，对不加入任何主义的批评人格的辩护，是将自己与女性主义剥离的宣言，她成为自己而不是任何的复数。她探讨什么是“善”，托尔斯泰在《安娜·卡列妮娜》中对安娜的道德审判是否“善”。托尔斯泰晚年最终落入与安娜一样孤立无援的境地，使何向阳有理由否认这种审判的“善”，她认为这种审判不过是借用了“善”的名义。对于文学批评来说，也许观念是最容易冲走的部分。只有找

① 朱光潜：《西方美学史》，江苏文艺出版社2008年版，第92页。
② 刁克利：《作者》，外语教学与研究出版社2019年版，第32页。
③ 何向阳：《总序：在期待之中》，见《镜中水未逝》，河南文艺出版社2004年版，第2—6页。

到自己真正的立足点，才有可能真实地而不是名义上地作出深刻的评论。

在《镜中水未逝》中，时间的“碎片”与心灵的痕迹被“镜像”所保留，这是另一种形式的“灵魂返乡”。无论是大历史还是个人史，何向阳相信情感的细节是进入历史的通道。她打量自己，回望来路，用较大的篇幅勾勒了父亲南丁在20世纪五六十年代的创作与经历。通过回顾父亲的历史，探究一代知识分子走过的心路。而父亲的言传身教①，促使她想看看人格到底是什么，这也是她后来写《人格论》的原因。实际上，正是父亲访日时与井上靖的见面，才引出她后来《思远道》中写井上靖的文字。井上靖为书写孔子，六次到访中国，沿着孔子被逐出鲁后所历十四年的流浪之路而行走。这种亲身证验的精神，以及以人物为中心的写作方式，通过父亲的记述传达给何向阳，成为她后来以人物为线索，梳理儒释道侠等中国传统文化人格的思想暗线。“比之述说，成为他，也许是爱他的最好途径。”②她将对父亲的敬意实践在自己的写作人生中，而井上靖对孔子的敬意同样触动了何向阳，使她将他们列为自己人格写作的对象，并更加坚定了亲证、实践的体验方法。

20世纪90年代至21世纪初的何向阳行走在另一种文化时间里③，她对周遭的虚无主义和对传统的排斥视而不见，在写作实践

---

① “我的父亲善良、正直、宽容，特别求真，对我的影响很大。他常常跟我说，作家最后拼的是人格，艺术上再讲究，人格上立不住，也不会让人服气。他还说，人的一辈子，最重要的就两三步，要走不好，人格就下去了。”见舒晋瑜：《何向阳：深入灵魂的诗歌才是好诗》，载《中华读书报》2018年3月29日。

② 何向阳：《思远道》，第204页。

③ 孟繁华：《在路上：创造自我的行走美学——评何向阳的散文创作》，载《扬子江文学评论》2021年第4期。

中一意高扬她的人文主义理想，显得特立独行。

三、一个勇士 / 我的 / 前身："自我"的诗学

作为一个学者评论家，何向阳为何会热爱写诗？柏拉图将诗人逐出理想国，亚里士多德则肯定诗人，说诗歌写的是可能发生的事，比历史更富于哲学意味。而何向阳内心的诗意则使她无法忍受生活中诗的丧失，现代人的灵魂已经显得太过干燥，对现实的沉湎使人们遗忘了太多的东西，如无意识、神话、传统和天命等。诗人的职责是重新发现这些，并将它们一一拾起。①

在艺术和诗里，人格确实就是一切。② 诗歌是最接近灵魂的文学样式。写诗的何向阳展示了自己人格的另一维度。她将诗歌作为"自渡"的灵魂需要，"我觉得我还是需要更长的时间，通过自己对心灵的历练，去完成'自我'这样一种形象的建构"③。诗歌是她的自我呈现。柏拉图在《伊安篇》中，说"诗歌就像光和长着翅膀的东西，是神圣的"；而诗人在缪斯的幽谷和花园里，在那流蜜的清泉旁采集诗歌，从那里把诗歌带给我们，就像蜜蜂一样飞舞。④ 可见诗人从历史的源头上就是一种独特的存在，而诗人的文字痕迹终将复现出一个完整的诗人形象。何向阳在诗中记录下自己生命的律动、灵魂的颤栗。在长诗《长风》中，她用22个"告诉我"与长风物我合一，让长风的声音与自己的生命产生回响与

---

① 刁克利：《作者》，第86页。
② 歌德语，见《歌德谈话录》，朱光潜译，人民文学出版社1980年版，第229页。
③ 李壮、何向阳：《"一切刚开始的样子"》，载《星火》2017年第2期。
④ [古希腊] 柏拉图：《伊安篇》，见《柏拉图全集》(增订版)，王晓朝译，人民出版社2015年版，第50页。

共鸣。

她的诗中始终有一种古典的灵魂返乡情结，如诗句“长风 / 如你一样 / 我们已无法调头 / 那被称作故乡的地方 / 是再也回不去的 / 地方”①。自选集起名《如初》，也有追寻自我的源头之意。普罗提诺引用《荷马史诗》中的诗句“让我们逃回到我们亲爱的故乡吧，在故乡才能听到最真挚的忠告！……我们的故乡是我们所由来的地方，我们的父亲就在故乡里”②，自此，“灵魂返乡”便成为一种心理原型，每当人类想要摆脱尘世和俗务的束缚，便会有一种对故乡 / 本真的向往和冲动。这种向往和冲动使诗人向内观照审视自己的内心，向外则去看美的心灵与事业。“而我最想看见的 / 是她如何 / 将火种 / 从地心取出 / 以一种洗礼的仪式 / 完成淬火 / 再将亘古的疼痛 / 揳成纸上的 / 一枚枚 / 铆钉”③。一个热爱诗如同热爱生命本身的诗人形象得以确立。

诗集中“镜”与“灯”的意象给人留下深刻印象。诗是诗人心灵的镜子，柏拉图称诗人为持镜人，镜子从此成为西方文学关于模仿说的一个最基本的比喻。这也许是何向阳钟爱“镜”意象的原因。不论是《镜中水未逝》还是《犹在镜中》，关涉的是人对自然的模仿以及人与自然的物我关系。席勒认为诗之精神在自然，并指出人与自然的违背导致现代人的精神分裂，因此古代多素朴诗人，现代多感伤诗人。何向阳感同身受地发现了自然对自己的疗愈，在跟自然的对话中，人生的疼痛得到了缓解。“格子打开，自然的、诗歌的气息又回来了”④，自然之镜中的“自我”被诗人反复吟咏，

---

① 何向阳：《长风》，见《如初》，江苏凤凰文艺出版社 2023 年版，第 291—292 页。

② 朱光潜：《西方美学史》，第 92 页。

③ 何向阳：《淬火》，见《锦瑟》，中国青年出版社 2017 年版，第 135 页。

④ 舒晋瑜：《何向阳：深入灵魂的诗歌才是好诗》，载《中华读书报》2018 年 3 月 29 日。

“灵魂的热”在她的诗中奔涌，仿佛回到诗歌的19世纪，像一个浪漫派诗人那样专注于灵魂的歌唱。《犹在镜中》的辑名是自我审视、内心观照之义，取的是叔本华“诗人是人类的镜子，人们通过诗人看到自己的情感和向往”①之意。除此之外，也许还包含了英格玛·伯格曼的电影《犹在镜中》里患精神分裂症的女性被围观、审视的意味。被“观看”所具有的深度与意指，也是何向阳感物美学思维的发散性的体现。

如果说“镜”是古典模仿论的象征，“灯”则是浪漫主义的宣言，浪漫派诗人的心灵为照亮真理之路的灯塔。对何向阳而言，中年之后，“灯”的意象凸显，理性的何向阳在诗歌中做起了“酒神的神圣祭司”，一路“提灯而行”，一首首呈现内在“真”与“非真”冲突的随想曲，都在以语言确立自身的存在。用言说为世界命名，吁请万物的到来，在诗中寻找最高的灵魂，听到天命的声音，冥想圣殿、庙宇所象征的神性。对神性的渴望是人的本真天性，其中不乏浪漫派的泛神论美学成分，自斯宾诺沙神性、理性、人性三位一体的自然观以来，浪漫派的诗歌范式得以确立。何向阳早年深受白朗宁夫人十四行诗影响，后来喜爱狄金森、索德格朗，接受浪漫派一脉的诗歌资源是顺理成章的。华兹华斯宣称：诗人者，是一个对众人说话的人。何向阳则说，诗人是一个类布道者，他认定一些东西。当然，何向阳诗歌中的浪漫派自然因素与中国传统美学中的感物美学也是分不开的。它们与她情感至上的感性化合，万物有情、神性寓其中的诗歌写作方式产生了。何向阳的爱情诗占了约百分之九十的比重，她热爱自己的热情和意志，喜爱精神生活。“我更爱一首诗 / 还未写出的部分 / 犹如深爱 / 那站在人群中一直沉默

---

① 叔本华：《作为意志和表象的世界》，石冲白译，商务印书馆2018年版，第252页。

的诗人”[①]。她深感“我还没有足够的笔力”写出爱，她在诗中思考生命的本质、爱的终极意义，在诗中释放人如孤舟于大海中的脆弱与恐惧，深刻体验由此岸到彼岸的救赎之旅：“来自心底的 / 呼喊 / 在前往救赎之前”[②]。

浪漫主义是沿着诗即诗人道路发展起来的。这使何向阳向内静观自己的内心，认定：“一个勇士 / 我的 / 前身”。她承认诗集《刹那》充分展露了自我的撕裂和挣扎，取名《刹那》，既有着人在病厄困顿中的沉痛难言，更有着超脱意义上的于刹那中见终古，在微尘中显大千，在有限中寓无限的追求。这一部诗集中的诗句短促，甚至单字成行，仿佛一个病中之人的喘息。诗人通过诗行的倾诉，弃去干燥的现实，远离无情的世俗，发出真我的歌叹，最终要达到宁静自在的境界。这正是济慈所谓“美即真，真即美”的诗歌精神的体现，更是何向阳通过诗歌自渡的审美实践。

四、“立心”“成人”：人格论的“以美启德”

一切学问的终极目的是德行。对何向阳来说，人格论作为理论，不是纯技术性的学术，她的批评、散文、诗歌写作最终都指向德行：“立心”“成人”。不论是朱光潜意义上的“立心”，还是带有儒家色彩的“成人”，何向阳旨在描述建构一种理想的文化人格。通过带有浪漫色彩的审美现代性的创作实践，最终指向以美启德的审美启蒙理想。

《澡雪春秋》追溯中华传统文化人格的源起，梳理儒、道、释、

---

① 何向阳：《局部》，见《如初》，第 322 页。
② 何向阳：《不够》，见《锦瑟》，第 86 页。

墨、侠的起源与传承，探究中华民族文化人格最初的人文精神。何向阳对春秋的兴趣可能源自张承志这样一段话："先生很久以前就已经向'古代'求索，尤其向春秋战国那中国的大时代强求。"张承志自觉地找寻着与鲁迅精神血脉上的联系，他从《铸剑》以及鲁迅晚年的谈话中意识到：中国需要公元前后那大时代的、刚刚混血所以新鲜的"士"①。他为之动心并引为知己的正是春秋时期以刺客、死士之名书写其壮美生命的"侠"之一脉。何向阳的父亲南丁曾记录过河南南阳出土的一块汉砖，上面画的正是聂政的故事。这个屠狗的刺客先尽了孝、全了义，终不忍株连姐姐，自毁其容就死。而姐姐聂荣则不欲其弟的节名被掩，伏尸痛哭随死。南丁为之感喟的文字令何向阳印象深刻。聂政的壮举及与聂荣互相成就顾念的赤诚，也被何向阳后来的文章赞为"反映了一种更完善的人性观"。而郭沫若对这个故事长达二十二年的重写，其中所蕴藏的情结，令何向阳将三人的情感投射集束成自己的学术兴趣，写成文化思想随笔《青衿无名》，并一发而成《澡雪春秋》。她将理想的"侠"概括为一种少年精神："青春气，活力，锐敏，是积极，是不拘于文化的个性，是创造文化的可能，是充满向往、希望、梦幻的心理定位，是活泼，是有所为……据说中国的唐代是这一精神的一种文化典范。"②这种文化典范成为她的理想人格之一。她同时发现"侠"这种文化对书写权的放弃，侠以人传神，跃过了语言，是真正亲证的实践派。作为学者的何向阳，不可能不清理"侠"这一文化人格中的暴力因素、嗜血性，侠并非都是正义的化身。但作为复仇解的《衣冠似雪》中荆轲不用一刀一剑、不取一人命的复仇，完

① 何向阳：《思远道》，第 30 页。
② 何向阳：《青衿无名》，见《思远道》，第 17 页。

成的是情感与理性结合之后的道德人格。[①]《青衿无名》写于1995年，其时正是1993年发起并已持续两年的“人文精神大讨论”成为文化界热点的时节，何向阳以自己的写作无形地参与了讨论，人文精神在何向阳这里的分量与意义是不言而喻的。

“儒一诞生，已是中年，它的入世道德又一直发挥着它的中年特点，它是求群性和谐的；道则开始于老年，如果说老庄之时还有青年味的话，那么它是愈来愈老的，讲出世的超脱，其间的消极与它的离性、灭性相联，是求天人和谐的。”[②]何向阳对道家的阐释还有着“贴心”的另一面：认为面对“上窥青天，下潜黄泉，挥斥八极，神气不变”的道家理想，无己是一个条件。[③]而庄子是有为的，这个有为就在于在一个战争的、不义的时代，以艺术的嘲讽、以美与之对抗的否定精神。道家是春秋战国时唯一能够飞翔的静守如一。正如庄子故里的名字“民权”，那是一种平朴真实的精神，犹如理想。[④]可以说，以上对儒、道的梳理、阐析，除了得之神髓、发现的独到，言辞本身即具有极大的审美价值。

而佛陀的人格，则是不断追求最高灵魂的修炼之旅：释迦的第一次放弃是针对王权、家庭的。第二次是对名望、利益的放弃。第三次是对滞于玄想、思辨层面的哲学的放弃。他只认准了一件事：亲证。第四次放弃是对生命的坦然告别。释迦的“渡”，是个别与无限、万千与纯一的相叠，是从智识者到实践者、从自觉觉他到自渡渡人的壮丽极限。[⑤]何向阳既倾心欣赏儒家的大禹、孔子、文天祥们，也深

---

① 在《人格论》的《侠》这一章节中，何向阳对《青衿无名》中的“侠”增加了内容，主要就是对“侠”的暴力非理性因素的反思。见《人格论》，第341—345页。

② 何向阳：《青衿无名》，见《思远道》，第40页。

③ 何向阳：《道在途中》，见《思远道》，第143页。

④ 同上书，第151页。

⑤ 何向阳：《渡在海上》，见《思远道》，第43—61页。

爱侠一路的荆轲、秋瑾、鲁迅、张承志们，对悉达多、西蒙娜·薇依们的精神圣洁同样深心赞美。她体验着他们人生中的突转时刻，品味着他们命运中的苦修传递出来的有关立心、成人的人文主义精神。反封建文化斗士鲁迅的人格中仍有“尽人力以救世乱”的儒家情怀，而孔子知其不可而为之的实践派精神，无疑契合何向阳的人生实践论。他们彰显的是“不失其赤子之心”的中国传统文化人格。

《十二个：一九九八年的孩子》以1998年发表的12个中短篇小说中的孩子形象为切入口，描述他们生长过程中的疼痛与伤害，检讨中国家庭与教育中存在的隔膜、限制，成人世界中的自私、无爱、庸俗，甚至是恶，提出“成年人”仍应保有少年精神，以及我们应当如何使孩子真正成人的现实问题。正如朱光潜始终有着“人生艺术化”的审美启蒙设想，何向阳的批评实践接续了她的文艺心理学前辈，在后现代一派“作者死了”的主体性危机中，何向阳仍然本着介入生活、社会的主体热情，“通过审美地表现人生、怡情养性，人可以确立自身朝向美好价值的社会定位”。而人只是人格的一个“半成品”，“成人”则是人格的不断调适以臻和谐的过程。[①]关于建构理想人格，何向阳给出的方法是亲证、实践。人格带有强烈的实践性，在此过程中，人类自我教育的精神值得提倡。她认同审美对人类心灵全面完善的以美启德的理想与实践，通过以美启德所达到的“善”，比之一般的外在伦常，更具有内在性、恒常性。

五、余　论

大多数时候，何向阳有意模糊批评与创作泾渭分明的界线，想

---

① 何向阳：《人格论》（第一卷），第370页。

要写出一种融多种风格在内的文体。《思远道》中的随笔，很难在学术散文与评论之间划分出明确的界限，甚至在其以评论名之的论文中，也很难找到文体界限森然的感觉。而她的批评与创作有着很大的互文关系。写诗时的何向阳，毕竟已将多一半的灵魂分给了理性。她自称有着古典之心，这使得她的思维不是那种典型现代性的“野性的思维”。朱光潜曾把人的心理原型分为“造形的想象”和“泛流的想象”两种①，何向阳的心理原型无疑属于前者。这种心理原型上的差别导致何向阳的诗不同于何其芳的构诗法。②对何向阳而言，理性与感性的平衡仍然是重要的，诗歌是与自我的对话，以消化“乐天”“顺化”和“任真”的生命取向，修的是陈寅恪谓陶渊明的“外儒而内道”③的人格。而何向阳的构诗法与郑敏有着相似性，即“思想知觉化”。通过艺术转换的能力，达到情感的宣泄与经验的传达。也就是说，何向阳的诗与思常常是浑然一体的，她的批评有诗性，是诗性之思。她的诗不是“泛流的想象”，而是思想的情感自白。

她在自己的批评、散文、诗歌中都强调“赤子之心”，肯定心灵、情感的重要性，认为“人类心灵发展的史实，构筑了人格理论在人文学科中的独一无二的位置”④。正如朱光潜也说过“我坚信情感比理智重要，要洗刷人心，并非几句道德家言所可了事，一定要

---

① 朱光潜：《心理上个别的差异与诗的欣赏》，载天津《大公报·文艺》1936年11月1日。

② “我不是从一个概念的闪动去寻找它的形体，浮现在我心灵里的原来就是一些颜色，一些图案。”见何其芳：《论梦中道路》，载天津《大公报·文艺》1936年7月19日第182期“诗歌特刊”。

③ 陈寅恪的原文是“故渊明之为人实外儒而内道，舍释迦而宗天师者也”，出自《陶渊明之思想与清谈之关系》，见《金明馆丛稿初编》，团结出版社2021年版，第215页。

④ 何向阳：《人格论》（第一卷），第365页。

从'怡情养性'做起……"[1]这大概正是何向阳的人格论自然走向审美启蒙的理论底气。她对此岸的安慰、永恒的境界，怀着人间的暖意。里尔克式哲理，即对苦难者有着深切的同情与怜悯，却也应看到死亡不是对生命的否定，要从死亡转化新生中领悟与解脱。何向阳与之有着情感上的呼应[2]，她深知诗通过美来传播爱，在这个过程中能够使人们深入到道德产生的成因，进而促进道德的最终实现。而最能启发德行的莫过于诗人。

---

① 朱光潜：《开场话》，见《谈美》，广西师范大学出版社2006年版，第1—2页。

② 在何向阳的《长风》中有这样的诗句："谁人葬礼上的一声长叹/与谁人怀中婴儿的呼吸/奇迹般接通"，可以理解为里尔克式对生死走向爱的转化的书写。

重估俄苏文学的意义

对出生于20世纪70年代的人来说，俄苏文学意味着陈旧、过时和落伍。这代人对它怀着深深的隔膜，甚至茫漠的敌意。当我们开始如饥似渴地阅读文学的时候，书店充斥的是欧美现代派和日系作品。就这样，我们错过了俄苏文学，错过了吸纳它的营养的机会。要命的是，我们还对俄罗斯文学产生了莫名的敌意和故意的忽略心理。对我们来讲，这就真的是不幸了。说来惭愧，在刚开始读这部《重估俄苏文学》[①]时，对俄苏文学的僵化印象使我在心理上不免有点高高在上：不就是那些老套东西吗？那么沉重、神经质，好像世界离了他们就玩不转了……无知无畏大概就是这样来的吧。

在这本著作的带领下，我重读了一些俄苏文学作品，越读越意识到自己之前的浅薄。康德在他的《论优美感和崇高感》中谈到，他认为法国和意大利是优美感的代表，而英国和德国是崇高感的代表。他写这本书的时候，俄罗斯文学一定还没有引起他足够的重视。如果一定要分优美感和崇高感，俄罗斯文学才更应该是崇高感

① 李建军著，二十一世纪出版社2018年版。

的代表。

> 俄罗斯，俄罗斯，你这个驾着三套车的民族、跳着芭蕾舞的民族、喝着伏特加的民族，到底有着什么样的气质和性格？你这个欢乐而忧郁的民族、优雅而恣纵的民族、敏感而鲁莽的民族，到底有着什么样的情感和思想？你这个慵懒而停滞的民族、热情而冷酷的民族、自负而贪婪的民族，到底有着什么样的目标和方向？它似乎是最有艺术气质和最能创造诗意生活的民族，但却常常深陷平庸生活的泥淖，缺乏超越残缺生活的热情和能力；它似乎是谦卑而内敛的，却极端傲慢和自负，没有学会与别人平等地交往，和睦地相处；它似乎相信道德和信仰的力量，动不动就流泪，就自责，就忏悔，但转眼间，便故态复萌，我行我素，并不在意末日审判的到来；它似乎热爱自然，爱好和平，但却更迷信马蹄和军刀的力量，常常用不计后果的手段来实现自己野心勃勃的目的。几百年来，它的双头鹰的目光，冷冷地窥视着东方和西方。它命令哥萨克们披挂齐全，倚马待命，随时准备冲向远方，冲向那些性格温和的邻居。

这一大段文字引自《重估俄苏文学》。这是一段特别值得留意的文字，因为，本书的一个重要的意图，就在于解释以上的矛盾，即用俄苏文学里面的形象和思想，阐释这个谜一样的民族和他们伟大的文学传统。

这本著作的最大特点，在于体大思深，亦论亦史。全书 83 万字，写作历经十四五年，涉及数十位作家和批评家以及大量的文本和事件。全书分六章，结构匀称，逻辑缜密，彼此关联，前后呼应。单就作家作品论和文学批评部分来看，就足见这部以文学为本体的著作的恢宏深透。

几十年来，我们出版了多种俄苏文学史，但让人觉得平易亲切的似乎并不很多。我家中就有一本厚厚的《俄苏文学史》，那漫长而机械的线性结构上来就把人吓退了。伟大的作品和充满魅力的作家，被分割在条块区划里，用僵硬的观念进行阐释，使人很难体会到感性、生动等文学的本质属性。而有些批评史，又太注重理论和思潮，作家作品不但成了说明思想的例证，也失去了作为文学的温度。当然，这些著作类型都是必要的，尤其对专业人士来说。《重估俄苏文学》却呈现出别样的风貌。它不仅在结构类型上有所创新，还拓深了作家作品乃至文学批评的研究深度；既尊重文学史实，又充分展示了中国学者于俄苏文学的研究个性和原创性；既博闻强记，旁征博引，表达了作者精辟的美学见解，又感受精微，别有会心，兼顾了文学的生动、感性和细腻；整部著作强烈地传达出作者关于文学的伦理观和价值观，却不正面强攻，而是知人论世，徐徐道来。本书论述清晰有趣，文采粲然，大可以雅俗共赏，是一部既有深度又亲切可人的著作。

比如，看到陀思妥耶夫斯基的名字，读者以为必会出现巴赫金的复调、杂语、狂欢、独白和梅尼普讽刺等概念。然而，在《重估俄苏文学》的“美好人物及其伦理意义——以陀思妥耶夫斯基为例”一节中，没有一次提到巴赫金这个名字。要知道，巴赫金诗学几乎是建立在陀氏文学之上的。然而，通篇读完，读者要为作者别开生面、构建中国学者的俄苏文学批评的努力喝彩。历来陀氏的文学就被视为“激情燃烧”型，复杂、激烈而极端。然而，作者却从陀氏那里看到他要写美好人物的初衷。作者所谓的“美好人物”，并不是那种道德上毫无瑕疵、人品纯洁的人物。实际上，陀氏笔下的人物不是小偷、妓女、杀人犯，就是一些疯子、荒唐的人。但就是这些人物，最后也爆发出人性的光辉。如拉斯柯尼科夫所说，“虽然我是一个杀人犯，但我要一辈子做个勇敢和诚实的人”。他果然做到了。他为自己的行为受尽了良心的折磨，他忏悔并最终投案，接受惩罚。从罪恶的深渊实现人格的升华和精神的救赎，这就是美好人物的意义所在。这一部分资料翔实，论证有力，逻辑自洽，结论合理，充分彰显了《重估俄苏文学》的作者关于文学的伦理价值观。

作者提出了“托尔斯泰难题”，并解答了这一问题。与写陀思妥耶夫斯基类似，作者看到了作家的灵魂深处，从根源处解释了托尔斯泰的文学，也阐发了自己对托尔斯泰式“不以暴力抗恶”难题的困境以及最终的仁爱意义的思考。从这个角度来诠释和分析托尔斯泰，以及俄罗斯文学的精神脉络，应该是探到伟大传统的根本了。

契诃夫似乎是作者最钟爱的作家。在俄苏文学群星灿烂的光谱图里，作者是这样形容的：

> 普希金倜傥风流，让你感受到了一种波希米亚式的自由精神，但却如云间的孤鹤，让人觉得高不可仰，渺不可期。托尔斯泰有着基督般的仁慈，他的内心盛满了人类的苦难。但是，他的充满宗教性质的庄严和神圣，对一个中国人来讲，常常显得遥远而隔膜，有的时候，用契诃夫批评《克莱采奏鸣曲》的话来说，甚至显得‘可笑’和‘不近情理’。陀思妥耶夫斯基对人的内心世界激烈、混乱、煎熬一般的冲突和痛苦，有着无情的拷问和展示。但是，那些痛苦，那些罪感，对一个无所畏惧的东方无神论者来讲，也多少显得有些匪夷所思。至于果戈

理，如果没有契诃夫，我就会把他当作最感亲切和亲近的作家——他的讽刺里，固然也不乏感伤的诗意，甚至不乏温柔的同情，但是，在契诃夫的比照下，他的犀利的讽刺，就多少显得有些夸张。

可以说，整本书随处可见作者对俄苏文学体恤到精神深处的精辟理解。他将契诃夫比作“低掠水面的海鸥”，与高尔基战斗昂扬的海燕形成比照。事实上，在整整一节的篇幅中，作者都在将契诃夫与别的作家进行比较。他引用库普林的话揭示道：“他既不使用比喻，也不借描画……不让他在文字的泡沫中浪费掉。”懂得文学的人，都应懂得这个评价的珍贵。看看当代文学中的那些文字泡沫吧。契诃夫时代已经过去了多少年，我们的文学超越他了吗？

契诃夫也是我最喜爱的作家。一次偶然看到《带阁楼的房子》的油画连环画，便爱上了这位天才作家，以后读遍了他所有的小说和剧作。契诃夫是俄罗斯作家中最具世界性的一位，看他的作品完全没有文化上的隔膜，有的只是心灵上最大程度的可通约性。诚如李建军先生的描述，从文学精神上看，他是俄罗斯文学的一个集大成式的作家。

“要做的应该是把人从奴隶地位上解放出来，给他们自由，和我们一起献身给科学和艺术，而不是只让他们看懂酒馆的招牌和灵书。”

“我只跟您说，”莉达说，“人不可能坐着不动。固然我们没有拯救人类，但尽力去做，那就是对的。”

“……可是我们的智慧全为了满足肉体的需要而消耗了……”

“真理还远得很，人类仍旧是最残暴的动物。我们的才能只是给罪恶凑趣，（米修司，出去）我不想工作。还是叫这地球掉到地狱里去才好！”

这是《带阁楼的房子》里的一段对话。在这短短的一段对话里，我们几乎看到人类发展几千年来仍然没有解决的所有痛苦。世间的不公、暴力、混乱和邪恶，一直是悬在俄苏作家头上的达摩克利斯之剑。俄罗斯作家怀着怜悯和同情，深切地关注着人类的痛苦、尊严、平等、幸福。跟那些轻飘飘的文学比起来，实在堪称人类文学的典范之一。契诃夫在俄罗斯作家里，还算是优雅、轻盈的，然而，在《带阁楼的房子》里，我们也可以看到俄罗斯作家深海式的愤怒和不满。俄苏文学似乎从来不抒写个人的愤怒，或者个人的愤怒于他们而言，远没有他人的痛苦和不公能引起心灵的震颤。

俄苏文学的星空，对一般的文学读者来说，是浩瀚的。普希金、果戈理、莱蒙托夫、托尔斯泰、陀思妥耶夫斯基、屠格涅夫、契诃夫、冈察洛夫、别林斯基、车尔尼雪夫斯基、杜勃罗留波夫、赫尔岑、奥斯特洛夫斯基、扎米亚金、曼德尔施塔姆、阿赫玛托娃、茨维塔耶娃、帕乌斯托夫斯基、肖洛霍夫、索尔仁尼琴、纳博科夫……这个名单贯穿了俄罗斯文学传统的“黄金时代”和“白银时代”，直至2015年获诺贝尔文学奖的阿列克谢耶维奇。这个名单建立起一种伟大的文学传统，而这个传统永远需要有识之士去重新挖掘和评估。

李建军先生的这部重估之作，旨在解决这些问题：“我们应该如何理解和吸纳俄罗斯文学的伟大经验？如何掌握包含在其中的那些可靠的标准？俄罗斯古典文学与苏维埃俄罗斯文学之间的转向和断裂，到底是如何造成的？又该如何来克服这两种文学之间的矛盾，从而实现与伟大传统的弥合与接续？”这些问题确实应该梳理和深析。其中有些问题，甚至是拦在我国当代文学研究路径上的拦路虎——不直面俄苏文学对我国当代文学的形塑与影响，不搞清当代文学发生学意义上的根源，何谈当代文学的研究？我们无法搞清楚自己从哪里来，又如何知道自己向哪里去？

所以，就像作者所指出的那样，中国最近一百年的许多事情，都需要到俄罗斯去追本溯源，去寻找理解的入口和阐释的线索。离开俄罗斯文学，中国现代文学和中国当代文学中的很多问题，尤其是当代文学的起源和观念体系的形成，就根本无法说清楚。从刘绍棠、张洁、王蒙、路遥、陈忠实、从维熙、蒋子龙、史铁生和张承志等人的充满诗意和道德热情的写作中，我们可以看见契诃夫、肖洛霍夫、艾特玛托夫、亚·恰科夫斯基和尤里·纳吉宾等人的影子，看见俄罗斯作家对中国作家巨大的经验支持。

这些就是《重估俄苏文学》的价值和意义。它是对伟大传统庄严的致敬，也是对我国当代文学的一次追本溯源的寻根之旅。它为我们时代的文学提供了一面自我认知的镜子。

原载《文学自由谈》2019 年第 1 期

总是失败的诸神

20世纪二三十年代，葛兰西在《狱中札记》中写道："……因此我们可以说所有人都是知识分子，但并不是所有的人在社会中都具有知识分子的作用。"

在这样的语境下看《陆犯焉识》，感受到了一种距离。也许，东西方对于知识分子的范型规约不一样。中国自然也有舍生取义、杀身成仁的说法，也有不为五斗米折腰、走上街头就义的知识分子，一直以来也有到底是胡适还是鲁迅的争论。西方后现代派理论家更是纷纷重回政治的视域来解剖一切真理。所以，关于知识分子的论述历来是最麻烦的。毕竟信仰是一回事，面对强权和屠刀是另一回事。恐惧是本能。自古以来能战胜本能的人，又有着崇高的信仰和正义的行止，才配得上为人景仰的尊崇。就知识分子而言，萨义德的总结更通俗明了：特立独行，能向权势说真话，耿直、雄辩，极为勇敢及愤怒的个人。即使面对艰难险阻，他也要向大众表明立场及见解；知识分子的言行举止也代表着自己的人格、学识与见地。

陆焉识的一生够悲摧的，民国的牢他坐过，共和国的牢他也坐过。他智力超群，是语言奇才、留美的语言学博士，认真地做一名普通的大学老师，唯纯学术研究为正途。在那个处处讲政治的环境中，一名顶尖的知识分子，却能够不闻不问世间事。作家热内说过，在社会发表文章的那一刻就已经进入了政治生活。陆焉识大概深谙此理，他从不主动发表时事文章，更不主动发表意见。但他追求自由，在那个年代里追求个人的自由，太超前了，必然不得实现，强权总是把他的自由踩得粉碎。他不关心公共事务，不对公共事务发言（作为那个时代的留洋博士，陆焉识的表现似乎乏善可陈）。他的恩娘痛心地说，你是一个没用场的人。这不奇怪，百无一用是书生，我们的传统已经把知识分子弄成了没用的书生。同时，他不得不成为一个虚无主义者。要自由，却缺乏勇气，总是被女人的眼泪羁绊；除了出国留学，他的人生都是被动的。这个人物可怜，却缺乏一揾英雄泪的壮烈之美，因他实在没有多少光彩夺目的时刻。如果用葛兰西关于知识分子的描述来看，陆焉识恐怕只能是一位没有起到知识分子作用的知识分子，最后连当一名有机知识分子的权利也被剥夺了。

作者的笔墨于两大块内容最集中，一是陆焉识的监狱生活，一是陆焉识的家庭生活。陆焉识怎样艰难地去见小女儿丹珏，写了77页，当然这中间还穿插着交代了好些事情，但仍然是在监狱生活和家庭生活这两大块内容上打磨。作为20世纪初留学美国的博士，陆焉识的学术或者文字生涯，在我们关于现代文学的语境想象中，应该是多么风生水起、跌宕起伏而这部分最能体现陆焉识风采的内容较少，大卫和凌博士是作品中仅有的文化圈人物。一个是有着斗争激情的革命者，穷且饿，要向陆焉识借论文，并没有“为四万万同胞”的崇高目的，总是几笔带过地略写。就在这不多的，几乎可以说是稀少的几笔中，大卫的形象如同小丑和漫画人物。另一个形象就更模糊了，似乎是一个心胸狭隘、冷酷无情的学阀政客。也许严歌苓为防有人对号入座，引来名誉纠纷甚至诉讼官司，所以一切都隐晦含糊地写来。读者想看一部20世纪二三十年代中国知识分子的精神史，看他们头脑中如何掀起知识或权力的风暴，看他们的小宇宙如何勾连起知识分子的前世今生，却只看到于作者来说最擅长的那些内容。严歌苓早在创作《雌性的草地》时，对于大西北荒漠生活的描写就已烂熟于心，就算是青海人，大概也挑不出她描绘的瑕疵，作者于这一部分内容非常自信。关于知青和犯人改造的历史掌故，她也掌握了不少第一手资料，也写过电影《天浴》。小说开头对于大草漠的描写，简直显出一位语言大师的表达力，令人叹为观止。光看开头，以为一部真正的巨著要诞生了。读者被激起全部的热望，想看看陆焉识这个主人公如何在时代风云的激荡中著书立说、左冲右突、前后矛盾、荣辱沉浮，遗憾的是，作者又转到她写惯的、能写好的那一部分上去了：陆焉识在狱中思考的仅仅是他的娘子，一个硬塞给他、他从未爱过的女人。作者倒叙起夫妻二人的家庭生活，津津有味，家长里短地写来写去。这部分内容自然令人想起她写过的《一个女人的史诗》《小姨多鹤》以及《寄居者》。写两个人在一个屋檐下的爱情，虚构一段电影式的爱情传奇，谁能写过严歌苓呢？

当葛兰西写《狱中札记》的时候，陆焉识在给妻子写随笔散文。其实即便是随笔散文，作者也可以把这部分内容亮出来，让我们看看这位知识分子的内心世界。但我们看到的却是，这个人物似乎并不以爱智求真、公理正义的信仰或野心为自己的身份归属，更遑论民族国家之类的宏大议题了。

本书的宣传语是“将知识分子陆焉识的命运铺展在政治这块庞大而坚硬的底布上，检视了残酷岁月里生命可能达到的高度”，似乎重庆监狱和后来的青海监狱就是他全部的“政治底布”。这些细节自然有其价值，作者在其中几次写到骤然降临的死亡，陆焉识的反应，那些恐惧、挣扎以及求生的本能，和最后放弃生命的坦然，都是真实可信的。在物质的死亡面前，精神似乎早已先期死亡，这才是知识分子陆焉识的悲剧。卢卡契将生命分为现实生命和真正生命，现实生命混沌可悲，真正生命便表现为否定形式——死亡。普通人怕死，可在希腊悲剧中，死亡凸显生命意义。悲剧的功能在于揭示现实生命中的“伟大瞬间”，从这个意义上来说，知识分子陆焉识的生命意义也许从没有得以凸显。

严歌苓的电影协会专业编剧的身份，使她总在不经意间把一部小说弄成好看的电影。《陆犯焉识》似乎在比拼《生命中不能承受之轻》、电影《布拉格之恋》。两个民族国家的政治背景有着惊人的相似，这种相似性构成了一种对比。《陆犯焉识》铺设的“底布”确实比《生命中不能承受之轻》酷烈得多。《生命中不能承受之轻》中的托马斯、弗兰茨、萨宾娜从未受到直接或者残酷的迫害和打击，托马斯只是因为言论，从一名医生沦落为擦玻璃的工人。《陆犯焉识》的幽默是语言上的，是作者中年风度的体现——不可能再像年轻时一样文风峻急，一切都可以娓娓道来，甚至加一点无伤大雅的自嘲以及东方美学的自虐，《生命中不能承受之轻》却使人时时沉浸在哲学辩论里：“轻与重”“灵与肉”，《误解的词》以及关于记忆、虚弱、眩晕、牧歌、天堂等生存暗码的深思和想象。作品探讨爱的真谛，男女之爱、朋友之爱以及祖国之爱。每个人对于爱皆有自由抉择的权利，但也应负起对于爱的义务。在历代的爱情诗中，女人总渴望承受一个男性身体的重量，于是，最沉重的负担同时也成了最强盛的生命力的影像。负担越重，我们的生命越贴近大地，它就越真切实在。相反，当负担完全缺失，人就会变得比空气还轻，就会飘起来，就会远离大地和地上的生命，人也就只是一个半真的存在，其运动也会变得自由而没有意义。那么，到底选择什么？是重还是轻？这是《生命中不能承受之轻》提出的问题，小说最后也以与爱人一起死亡作为爱的责任兑现。《陆犯焉识》关于爱情的想象是有限的，似乎是一种没有达成的爱使陆焉识在回忆中完成了爱情。严歌苓花了那么多篇幅来写的爱情，像没有对手的单方拉力赛，漫长而单调，比较起来，托马斯的爱情则张力十足。

严歌苓的小说从没有真实性的问题：《第九个寡妇》是以中原发生的一个真实事件作底子，《小姨多鹤》是基于作者对日本侵华战争后留在中国的日本女孩的采访，《一个女人的史诗》有着家族故事的影子，《金陵十三钗》自然也是真有其事，不过稍作虚构。这一次的《陆犯焉识》，直称是作者对于祖父人生遭际和精神世界的探寻。为祖父立传，作者必得更加遵循真实性的原则。但作为一部小说，读者要说，确实有很多真正精神性的内容，作者没有提供，这不得不说是一种缺憾。

原载《文学报》2012 年 4 月 29 日

让文学成为洞烛历史的那束光

近读陈歆耕的长篇历史非虚构作品《蔡京沉浮》，深感“大文科”的视域是突破学术研究过度精细化、壁垒化的有效途径。陈歆耕近年来致力于历史非虚构创作，《蔡京沉浮》是他继《剑魂箫韵：龚自珍传》《何谈风雅》后的第三部史传作品。当历史被用文学的视角、方法和手段来述说的时候，一种丰富立体的深度由此展现。关于本书在史学上的认真严谨，已有多人评论。它引起我强烈兴趣与思考的地方在于，文学的视角、方法与手段，如何成为洞烛历史的那束强光。

这是一部以蔡京生平为线索，呈现北宋文坛以及政治生态的全景式历史评传。全书的基础自然是《史记》“列传”的写法，通过蔡京的四起四伏，讲述北宋从神宗到哲宗再到徽宗的政治历史。君臣、后宫、道士，各色人等，只要牵涉到所述政治历史事件，均有笔墨着落。全书的撰述，“评”的部分接近百分之四十，作者在充分查阅历史资料、尊重史实以及博采众家观点的基础上，直抒胸臆，阐述自己的看法，对蔡京、司马光、王安石、苏轼等人都有直接褒贬。作者选取材料的眼光、对材料的分析评述、对众家观点的参考和选取，都折射出作者的批评风格，是他思维方式的直接反映。

文学性眼光的最直接表现，就是蔡京在本书中的形象。作者的立意是要打破人们对蔡京“奸臣”的刻板印象，将他还原成一个活生生的人。蔡京自然是奸臣，但这个“奸”具体体现在哪里？“奸”的文化或官场生态又是怎么生成的？“奉辽使”的经历使蔡京脱颖而出，进入中央成为直枢京官。之后神宗驾崩，高太后、司马光废弃变法，司马光的第一道命令就是五天内恢复所有旧法。蔡京虽奇迹般完成了任务，然而苏辙连上两道奏章说他“挟邪坏法”，心术不正，其他官僚也因不能及时恢复旧法而怀恨蔡京，蔡京因此被贬扬州数年。作为曾经的新党干将，蔡京第一个带头完成废新法的任务，从道德层面来说，苏辙等人说他“奸邪”并不为过，但从政治层面来说，蔡京也不过是一颗听话的棋子，急于挣脱被重新上台的元祐党人打击的命运而已。

蔡京从政的诸般表现都证明，他的能力是不容置疑的。新党多出理财高手，旧党多出道德狂人，蔡京正是新党理财高手的代表。他改革茶法，推动北宋教育事业发展，建立“漏泽园”“居养院”“安济坊”等，居相位十八年之久，四起四伏，成为官场不倒翁。陆游评价其为“奸人之雄”，王安石看扁他的人品：“他如何做得知制诰？一屠沽耳。”侯蒙对宋徽宗说蔡京“若心术正，当为千古贤相”。蔡京曾向将为相的章惇建议一系列好策，章惇却傲然拒绝，这也许是蔡京逐渐黑化的一个心理节点：只有权力才是成事的根本。蔡京早就放弃了做“好人”的道德约束，认为做“好人”与做“好官”不可兼得。只有文学的包容性，才能将这样一个复杂矛盾却真实立体的人呈现出来。

与之相似，作者并不讳言苏轼局囿于党争与立场，不惜向昔日密友章惇“插刀”，被重新上台的章惇贬黜岭南瘴疠之地六年。当残酷的政治游戏像翻烙饼一样，将章惇也贬往同一处所之后，苏轼释放出伟大的恕与爱。这就是苏轼最终的高处，它文学性地解释了千百年来中国人热爱苏轼的原因。临别海南的苏轼写下“我本海南民，寄生西蜀州。忽然跨海去，譬如事远游”，此时的苏轼，万般心绪早已化为宠辱不惊的淡然与超脱。

作者还通过细节的两相对照，令读者见证了苏轼苏辙兄弟情深、相知相扶的一生，与蔡京蔡卞的猜忌不和、冷漠抵牾作对比，描画出他们之间的云泥之别。爱与恨的能量是可以传递与转移的，蔡京与蔡卞兄弟阋墙，为蔡京的儿子们所继承——蔡攸上奏皇帝处死自己的弟弟蔡絛。这些细处无疑增加了历史的厚度，历史是人的历史，人在历史舞台上占据着核心地位，历史应该为文学提供人性的景深。

本书章节线索明晰，内容层层递进，线性的历史叙述与团块的故事评析纵横结合、经纬密织，将北宋政治生态日趋恶化、党锢之祸愈演愈烈直至亡国的历史，卷轴一般徐徐铺开。从“乌台诗案”到“车盖亭诗案”，再到“同文馆狱案”，直至“元祐党人碑”，党争不断升级，冰炭不容、你死我活。可怜蔡确为官清廉，却因新党的身份被诬陷，56岁客死新州，首开宰辅级大臣被元祐党人贬黜岭南的先例。范纯仁上奏“此事不可开端也”，然而被绑上党争战车的北宋，上至帝王下至臣僚，早已听不进范氏的中正之言。曾经饱受“乌台诗案”打击的苏轼提出了一个近似游戏的方案，大诗人的境界在此刻的党争站队中又能如何呢？至蔡京动议出台一个“元祐党人碑”，官家甚至亲自上录名单，元祐党人终被消灭殆尽了。

章惇上台第一件事，就是要清算元祐党魁司马光：“司马光奸邪，所当先辨，无急于此。”蔡京上台第一件事是修复元祐年间的神宗史，实际上还是要清算元祐党人。一部《神宗实录》成了元祐党与新党的战场，先后经历五次拉锯式编修。陆佃指出黄庭坚编修《神宗实录》时对王安石有不实攻击，黄庭坚也因在实录中讥嘲新党而受到重贬，蔡卞趁机主张对司马光、吕公著发冢斫棺。党争使密友成仇敌，从奇伟绝世的巨公伟才到被弹劾贬谪甚至身死族灭，只需一场政治洗牌，政治成了因果轮回。

本书将那些极具戏剧性的历史情节一一从材料堆中精心打捞：章惇被贬往苏辙曾被贬的雷州，当地百姓却拒绝他索居民房："前苏公来，为章丞相几破我家，今不可也。"弹劾蔡确的猛将刘挚，居然与蔡确一前一后客死在同一寺庙同一室。苏轼被贬的制词为蔡卞所写，其狠毒而充满攻击性的用语，正是苏轼曾给新党落职官员用过的。蔡确厄运的触发点，不过是吴处厚"通笺乞怜"，而蔡确"无汲引意"。吴处厚写了举报信，称二十年深仇得报，其儿子反而双目泪流，说"无容迹于天地之间矣"，吴想追回，已经晚了，最后的结局是"疽发于脑，自嚼其舌断而死"。这些因果循环、报应不爽的命运细节，令小说都黯然失色。

作者著历史随笔，却不忘人文本心。书中多次称赞范仲淹、范纯仁父子是北宋难得的良臣，将范纯仁死后因《遗表》建言铸成大难的史实还原叙述，更是直言不讳地评说司马光"孜孜以求的政治抱负其实是陈腐的、守旧的、不值一提的"。苏轼、黄庭坚、曾巩们，又何尝不是如此呢？

《废墟上的思绪》一章，在我看来尤为珍贵。作者提出了自己深思的问题，并试图阐释这些千古之问，为读者提供了深刻启示。如，权力党争除了给予在位者现实利益，更多时候成为挟带私怨的意气之争。人们品藻人物当然脱不了道德标准，但政治本身既是道德的，又越出了道德的范畴。蔡京固然是"奸人之雄"、"屠沽"之辈，但又是什么样的文化，促生了这样的人物，作为“董事长”的宋徽宗不是更应承担亡国的罪责吗？苏轼如在相位，其识人从政能摆脱蔡京式的轨道吗？

作者对人间温情的描述，也使这部历史随笔读来亲切感人。敢于打碎积习沉疴、施行新法的王安石，也有渴望亲情、思念爱女的柔软时刻。他作诗寄小女儿曰：“仰有桂兮俯有兰，嗟汝归兮路岂难？望超然之白云，临清流而长叹。”思念、渴望之情溢出诗外。作者对被冤贬岭南的蔡确深怀同情，不惜篇幅讲述蔡确与“琵琶姐”和一只鹦鹉的故事，读来令人心动；用对照法将蔡京与王安石在境界上的天差地别呈现出来；还有元祐党的道德狂人陈瓘的诸多事迹，读来让人既忍俊不禁，又扼腕叹息。

《蔡京沉浮》以文学方法来呈现历史，使历史从条分缕析的文献变成了有表情、有声音的众多鲜活形象。但这些形象得以活起来，并不是向壁凭空虚构，而是仍用了历史材料，用文学的方法去捏合与灌注灵魂。材料的真实保证了形象的实在，而选取材料的眼光和角度，使被放逐出历史研究的情感、精神等属性，以更亲和的方式得以回归。

原载《文艺报》2023 年 10 月 9 日

传播不等于阅读

据统计，2021 年抖音日活目标 6.8 亿，《经典咏流传》抖音官微的播放量则突破 1 亿，《诗画中国》首期获全网热搜八十多个，全网视频播放量达 7100 万以上。短视频如今已成为最火的观屏方式，近一半的中国人通过短视频来观看、了解世界。电子信息技术的升级必然带来一系列连锁反应，在各个领域引起信息的冲击波，读书类短视频也应运而生、借壳上市。一些读书类 IP 一夜爆红，聚集起数以亿计的粉丝，一时成为一种文化现象。

如何看待文艺经典作品阅读与传播“短视频”化、导读化？这个问题应该从两方面来论，一方面以阅读主体对文艺经典的接受为考量，另一方面则要从传播学的角度来看短视频的接受。如果从传播学的角度来看，短视频的风行是值得欢呼的传播奇迹，传播学要的结果是到达，是最终的价值释放或实现。竖屏作为新的视听模式，极大满足了人们在碎片化时间中获取信息的需求，及时、迅速地实现联动、跨屏的信息接受或互动。只要愿意学一点技术，自己就可以成为一个短视频的制作平台，而人人是平台则使信息裂变式扩散出去，传播的魔法盒由此打开。

以《经典咏流传》为例，成功的数据处理使节目取得成功的传播。过去人们需要在固定的电视频道完整地看完一个内容才能参与讨论，现在人们在手机上随时随地就能观看、留言并参与讨论。由于降低了人们参与节目的门槛，拉近了观众和节目的距离，而评论区则满足了人们的表达欲，人们在留言中彼此回应，一个短视频就形成一个小社会，人们在这里找到志趣相投的同道，短视频的 IP 就是他们的社团、暂时的精神家园。他们会感恩短视频 IP 丰富了他们的文化生活，更激发出要守护 IP 的团结力量。

正是意识到文化节目可以利用短视频来实现跨屏的超高效传播，才会有更多的读书类短视频跟进，其初衷与其说是为了人们的阅读，不如说是为了实现传播。而这二者是不同的。当年的人们还在辩论是看纸质书还是电子书，这一问题如今已被看电子书还是短视频所取代。短视频这个新的 IP 价值增长点，甚至会影响到影视行业。试问，当人们在短视频中能看到冗长影视中最精华的部分，谁还愿意花费更多的时间把一部影视剧看完呢？这就是加速度的悖论，越快越没耐心，越没耐心越快。然而，人的生物性意味着种种限制。人也许终有一天会被加速度摧折了自己的生物性，或者被加速度弹震回来，回到起点，一切重来。

《诗画中国》号称打破了不同艺术形态的鉴赏界限，让观众不仅知道诗画美在哪儿，更知其为何美。以我观看《快雪时晴书画合璧》的体验来说，我确实欣赏到了美。因为节目对此画的放大与聚焦，所有人的目光集中到名画上，这件事本身令我们注意到美。但至于说知道了诗画美在哪儿、为何美，就有点夸大其词了。美在哪儿、为何美，这涉及中国美术、书法的专业知识，短短几分钟的视频根本无法说清。即使能说清，没有观看主体智力的、情感的参与理解也不行。所谓美感体验，是体验主体投入其中，对画作、书法作品产生反应的过程。被动接受或欣赏，自己的感受与理解被化约，也即最重要的东西被化约了。节目用歌唱及表演的方式，讲述了一个连贯的小故事、一段风雅的艺坛佳话，这体现的更多是传播的效果和意义。而视频中说明文式的“唱”，也多少有些令人“出戏”。说自己看了之后，书画鉴赏水平有了提高，恐怕是过甚其词。换一幅画呢？还不是要从头再听一个故事？即使是对故事的了解也只是皮毛的，若不认真查阅文字资料，《快雪时晴书画合璧卷》都只能停留在一个恍惚模糊的印象之上，是无法达到深层次的理解的。与其说是观众懂得了美，不如说是观看了两位演员的演唱。这种传播学的效果，需要深入的阅读作为后续跟进，估计节目主办方的初衷之一，也是想通过传播的方式，引导人们深入阅读吧。正如视频中赵孟頫唱道：“纸上得来终觉浅，绝知此事要躬行。”阅读就是要躬行的审美的必备功课。在这一点上，并没有其他途径可以替代。

传播是为新闻服务的，这是传播的信息性本质。而知识并不等于信息，传播也不等于阅读。短视频在某种意义上是一种删减，一种碎片化的娱乐性、消费性行为。从更深刻的意义上来说，是使经验沦为商品的附庸的表征。深度阅读才能展开的探索与辨别，对那些文本中细微之处的丰富隐幽的感受，是促使人类不断前行的动力与资源。正是深入体验了文本与语言带给我们的文学性，学习了他人运用语言与定义的方式，人类的智识与情感才能朝向文明的方向前行。

伊格尔顿认为21世纪以来更糟糕的情况在于，经验的贫瘠导致个体性开始萎缩，人们的情感体验是浅薄而非深刻的。经验本身已被商品化。商品化社会所带来的经验贫乏，更为致命之处在于它借人与物（商品）的联系隔断了更广阔的人与人的联系，而物化是生命和意识的畸变。更为丰富的阅读感受也许正是避免人们物化的方法之一。

当然，文艺作品都具有物因素，审美体验摆脱不了文艺作品的物因素。但在物因素之外，文艺作品还有艺术因素。艺术因素通常是一种比喻或符号，比喻和符号给出艺术的观念框架。人们之所以能描绘、交流艺术，全赖于这一套共通的观念框架。如果说艺术作品的物因素是一座房子的物质基础，那么艺术因素就是其上的精神性及本真性的内容。文艺作品的物因素是容易掌握的，但其上的艺术因素，却要靠深入的阅读与思考才能获得。当我们深入阅读的时候，情感由贫瘠变得丰富，意识在挑战物化，心智正在维护我们驾驭物质的能力。我们正在试图复活一个碎片化的人。

文艺作品的理解并没有终极答案，见仁见智，给人的营养也必定因为受体的不同而不同，而统一的标准化的导读也许会导致受众的认知浅表化、单一化。受众之所以会觉得这类短视频有“爽”感，是因为作为一个消费者，面对商品的快感交换原则，他觉得物有所值甚至物超所值。而这种快感是一种即时性的满足，快感之后是快速的忘却，这与深入阅读一本书之后的深刻记忆是完全不同的。人们在适当的有难度的阅读当中，可以培养起一种经验的增值，一种文学或艺术赋予的独立个体意识，而不是仅仅作为一个孤立的消费者。

当然，阅读类短视频如果一无是处，也不会有如此众多的拥趸。首先，它在书本的海洋里帮你选定了一本或一些书；其次，它使阅读仿佛不是一个人的事情，博主发布读书视频，底下的评论区会有很多人跟帖讨论，毕竟理不辩不明，每个人的角度、感受不同，看别人的发言会丰富自己的阅读认知。但说到底，能吸收到营养的前提是你已经认真阅读了此书。不然，你也只不过是博主传播学意义上的一个分子。如果博主本身的认知水平有限，甚至解读错误，那么从他推荐的书里，你又能得到什么？如果你想进一步领略风格之类的更高深的审美因素，你更应该深入、系统地在阅读的海洋中徜徉。因为一个作者的思想、声音以及不可还原的个体性，正是其风格的保证，而这些风格特征只能通过深入的阅读才能逐渐探索、辨明。

如今，阅读正在愈加浅层化。根据中国社会科学院相关机构的调查，当代大学生浏览短视频的比例高达83%，其中56%为重度依赖，34%为中度依赖，只有2%为存在于移动短视频之外的独立个体。这一组数字是触目惊心的。作为人文知识分子，对此当代文化生活中的热点问题，理应作出回应。我的回应就是，短视频只是传播学意义上的胜利，但传播不等于阅读，深入阅读才是抵制意识物化、心灵畸变的良方。正是在深入阅读之中，我们被赋予了独立的个体意识，各种经验在增殖，只有在阅读中亲身经历过、体验过，才能真正理解那些书本传达给我们的美或力量。

原载《海峡文艺评论》2022年第4期

一位文学批评者的自我批评（代后记）

说起来，文学批评似乎总是一个尴尬的身份或职业。刚开始写作的时候，就听闻圈子里两位老师闹得不愉快，好像就是一个说另一个：当不了作家才写评论的。细想之下，这句话也顶多讥刺了批评家没才华，如果是我，我不会在意的。我的才华你哪儿懂。李健吾在他的《咀华集》里，就集中写到过作家对批评家的攻讦，看得我哈哈大笑：本·琼生（Ben Jonson）把批评家比作补锅的，弄出来的毛病比补的还要多；玻特勒（Butler）比作处决才智的法官和没有权利陪审的屠户；斯提耳（Steele）比作最蠢的生物；司威夫特（Swift）比作狗、鼠、黄蜂，最好也不过是学术界的雄蜂；沈司通（Shenstone）比作驴，自己咬够了葡萄，便教人来修剪；彭斯（Burns）比作名誉之路的打劫强盗；司考特（Scott）幽默地反映着一般的情绪，把批评家比作毛毛虫。这些话可比讥刺没才华犀利多了。

批评者也应自我批评，没有谁具备对批评的豁免权。我对自己的批评在于：目前还无法彻底摆脱名缰利锁对我的威逼利诱；自己的学识见解、思想襟怀还需砥砺修炼；人生苦短，我到底是有志于纯理论的探索还是当代批评的经营？也许到最后，我也还没想明白，倏忽人生最好的年华已经过去了。

其实也没什么好哀怨的，一代代学人、知识人，不都是这样过来的吗？作家、批评家本质上都不过是要活出自己想要的样子，证明人生一世的价值或意义，假如有的话。历来对卡夫卡的阐释已经到了汗牛充栋的地步，然而在这如海的资料堆里，同为犹太人的本雅明和汉娜·阿伦特的见解最为贴心。本雅明说："只是为了那些无望者，我们才被赋予希望。要理解卡夫卡的作品，除了别的诸多条件外，必须直接地认识到他是一个失败者。失败的原因是多样的，我们不禁想说，一旦他明白将以失败告终，凡事他做来都一路顺风，恰似在梦境。"每每读到这样的句子，我便隐隐感到先贤前哲早已在前面为我们蹚出了一条路。寂寞、孤独都是可以化约的代价，只管往下走，也许会遇见同路人，也许也会逐渐走散，但无限延宕的目的地就在前方。

虽然自忖写的每一篇批评都力图真诚、客观，但不给作者分辩的机会，武断地断定我所认为的，就算真诚、客观，对作者而言，完全公平吗？从这个意义上来说，批评家不断失去作家的心，一方面也许是没有人愿意听否定性意见，另一方面难道不是批评家根本不懂作家？可是为什么作家很少替自己辩护？为什么在中国，一种有益的在作家与批评家之间的互动总是这么缺乏？不是相互谩骂，就是表扬集团在作战，而作战的对象为虚无——没有人关心你们的自吹自擂、相互吹捧。作为批评家的苏珊·桑塔格自毁长城，提出"新感性""感觉美学"，倡议对当代艺术应该去体验而不是解释。有没有人敢说她没才华?《在美国》《反对阐释》《激进意志的风格》《论摄影》《火山情人》等代表作证明着她的才华。身兼作家和批评家两种身份，桑塔格是如何做到的？写作与批评，有什么必要壁垒森严？人为设置各种场域和游戏规则，仅仅是因为自己的能量、技艺狭隘而已。对专业读者来说，阅读是一种素质底色，她正是在这种阅读锻炼中，变得越来越专业。“而你作为一个作家所积累的东西，则大部分是不明朗和焦虑”（桑塔格）。作为批评家，应充分理解作家的不明朗和焦虑；作为作家，要提供尽可能高的智慧产品。说到底，尤其小说，考验的是作家的叙述智慧而非别的。

对一个批评者来说，最幸福的事莫过于在故纸堆和尘灰中发现闪光的语言和见解，引为知心之谈，有会心之笑。偶然读到吴小如一段话：“近人侈谈欣赏——欣赏之道，支离破碎其病小，隔靴搔痒其病大，笼统言之其病小，矫揉造作其病大。支离破碎是古来考据家旧病，隔靴搔痒则是近来洋状元之新病。旧病是殷鉴，可以一望而改，新病却是传染症候，尽你防得严，却当不得来势凶猛。往往老鸦落在猪身上，见得人家黑，见不得自己黑，便一误再误，不可收拾，欲救其弊而疗其疾，必得读书破万卷。愈读得通乃愈见其方案之灵也。”这些见解经住了时间的质疑和批评，直到今天，你仍然不能不为他的判断、机智而叹服。

还有一点需要检讨。一百多年前，尼采以疯癫般的夺人心魄的魅力，说出一系列讽刺时代的话，其中有一句：“一旦加入当代学术气喘吁吁、神经兮兮的赛跑中，他们中究竟还有多少人能保持一个战斗的文化个体的沉着、勇敢的凝视？”这句话对于今天的我，何尝不是一句至痛的鞭策？我忙于各种赶稿、课题、研讨会……我还能沉着、勇敢吗？

也许我已丧失沉着和勇敢，然而我仍然对批评充满想象和期待。艺术家和知识分子要为国民群体创造民族的历史形象和故事，如果没有批评的介入，怎么能有所创新呢？王尔德说：“创造的倾向是重复自己，每一新派的跃起，每一艺术应手的形态，我们全得之于批评的本能。”可以说，正是批评的本能，在推动人类人文学的不断前行。

图书在版编目(CIP)数据

无涯集 / 何英著. -- 上海 : 上海人民出版社, 2025. -- (浙江文坛). -- ISBN 978-7-208-19421-2

Ⅰ. I206.7-53

中国国家版本馆 CIP 数据核字第 2025XR5172 号

责任编辑 吕　晨

封面设计 道辙 *at* Compus Studio

内文设计 朱云雁

无涯集

何　英 著

出　　版 上海人民出版社

（201101　上海市闵行区号景路 159 弄 C 座）

发　　行 上海人民出版社发行中心

印　　刷 苏州工业园区美柯乐制版印务有限责任公司

开　　本 890×1240　1/32

印　　张 13.25

插　　页 5

字　　数 301,000

版　　次 2025 年 5 月第 1 版

印　　次 2025 年 5 月第 1 次印刷

ISBN 978-7-208-19421-2/I・2204

定　　价 78.00 元